suhrkamp taschenbuch 4525

Das Anwesen des Immobilienmoguls Nicky Vale ist bis auf die Grundmauern abgebrannt – mitsamt seiner jungen Frau Pamela. Zu viel Wodka und eine brennende Zigarette, ein klarer Fall, scheint es. Doch Jack Wade, der Star der Abteilung für Brandstiftung des Orange County Sheriff Department, glaubt nicht an einen Unfall. Sein Job ist es, die Sprache des Feuers zu entziffern. Er macht sich auf Spurensuche und findet heraus, dass Nicky Vale mitnichten der unbescholtene amerikanische Bürger ist, als der er sich ausgibt. Bald wird die Sache so heiß, dass Wade Gefahr läuft, sich die Finger zu verbrennen …

Abtrünnige KGB-Agenten und russische Kriminelle, vietnamesische Gangs und abgelegte Liebschaften – Jack Wade verstrickt sich in einem Dickicht aus Verschwörung, Korruption und Betrug, so sehr, dass er am Ende beschließt, Feuer mit Feuer zu bekämpfen.

Don Winslow wurde 1953 in New York geboren. Bevor er Drehbücher und Romane zu schreiben begann, betrieb er ein Kino, arbeitete als Privatdetektiv und als Fremdenführer in Afrika und China. Seine Thriller sind preisgekrönt, einige wurden bereits verfilmt.

Zuletzt sind im suhrkamp taschenbuch von ihm erschienen: *Vergeltung* (st 4500) und *Kings of Cool* (st 4488).

Don Winslow

DIE SPRACHE DES FEUERS

Roman

Aus dem Amerikanischen von
Chris Hirte

Suhrkamp

Die Originalausgabe erschien 1999 unter dem Titel
California Fire & Life
bei Simon & Schuster, Inc., New York

Umschlagfotos: FinePic®, München, plainpicture/Readymade-Images/Jay & An (Palmen), plainpicture/goZooma (Auto)

Erste Auflage 2014
suhrkamp taschenbuch 4525
© Suhrkamp Verlag Berlin 2012
Copyright © 1999 by Don Winslow
Suhrkamp Taschenbuch Verlag
Alle Rechte vorbehalten, insbesondere das
des öffentlichen Vortrags sowie der Übertragung
durch Rundfunk und Fernsehen, auch einzelner Teile.
Kein Teil des Werkes darf in irgendeiner Form
(durch Fotografie, Mikrofilm oder andere Verfahren)
ohne schriftliche Genehmigung des Verlages reproduziert
oder unter Verwendung elektronischer Systeme
verarbeitet, vervielfältigt oder verbreitet werden.
Druck: CPI – Ebner & Spiegel, Ulm
Umschlag: ZERO Werbeagentur, München
Printed in Germany
ISBN 978-3-518-46525-7

DIE SPRACHE DES FEUERS

Für die Schadensregulierer und ihre Anwälte.
Es war mir eine Ehre.

1

Eine Frau liegt im Bett, und das Bett brennt.

Sie wacht nicht auf.

Die Flammen züngeln an ihren Schenkeln hoch, und sie wacht nicht auf.

Unten an der Küste donnert der Pazifik gegen die Felsen.

California Fire and Life.

2

Auch der Tischler George Scollins wacht nicht auf.

Er liegt am Fuß der Treppe, mit gebrochenem Genick.

Warum, ist unschwer zu erkennen: Sein Häuschen im Laguna Canyon ist ein einziges Chaos. Werkzeuge, Holz, Möbel – alles wild verstreut, man kann sich kaum bewegen, ohne auf irgendetwas zu treten.

Nicht nur Werkzeuge, Holz und Möbel, auch Farbkübel, Büchsen mit Holzbeize, Plastikflaschen mit Terpentin, Putzlappen ...

Das ist der Grund, weshalb das Haus lichterloh brennt.

Eigentlich kein Wunder.

Alles andere wäre ja ...

California Fire and Life.

3

Zwei vietnamesische Knirpse sind mit dem Lastwagen unterwegs.

Der Fahrer, Tommy Do, biegt auf einen Parkplatz ab.

»So eine tote Gegend«, sagt Vince Tranh, Tommys Buddy.

Tommy ist das egal. Er ist froh, wenn er das Zeug loswird. Eine heiße Fuhre.

Tommy hält neben einem Cadillac.

»Die und ihre Caddys«, sagt Tranh auf Vietnamesisch.

»Na und?«, sagt Tommy. Tommy spart auf einen Mazda MX5. Ein MX5 ist cool. Tommy sieht sich schon in dem schwarzen Teil rumdüsen, mit schicker Sonnenbrille, neben sich eine Braut mit langer schwarzer Mähne.

Er sieht es förmlich vor sich.

Zwei Typen steigen aus dem Caddy.

Ein langer Schmaler, der an einen Windhund erinnert – oder einen Afghanen, denkt Tommy, nur dass ihm in seinem dunkelblauen Anzug sehr heiß werden wird hier in dieser Wüste. Der andere ist kleiner, dafür dicker. Trägt ein schwarzes Hawaiihemd, das mit großen Blüten bedruckt ist. Der sieht aus wie ein Idiot, denkt Tommy. Das dürfte der Knochenbrecher sein. Tommy macht drei Kreuze, wenn er das Zeug los ist, sein Geld kassiert hat. Und dann nichts wie zurück nach Garden Grove.

Normalerweise macht Tommy keine Geschäfte mit Nichtvietnamesen, schon gar nicht mit Typen wie diesen.

Aber diesen Job konnte er nicht ausschlagen.

Zwei Mille für eine Tour.

Der Dicke im Hawaiihemd öffnet ein Tor, und Tommy fährt hinein. Der Dicke macht das Tor wieder zu.

Tommy und Tranh steigen aus.

Der Blaue sagt: »Ladet das Zeug aus.«

Tommy schüttelt den Kopf.

»Erst das Geld«, sagt er.

»Klar«, sagt der Blaue.

»Geschäft ist Geschäft«, meint Tommy. Er will nur höflich sein.

»Geschäft ist Geschäft«, bestätigt der Blaue.

Tommy sieht, wie er in die Brusttasche greift, doch statt der

Brieftasche zückt er eine 9 mm mit Schalldämpfer und schießt drei Kugeln dicht nebeneinander in Tommys Gesicht.

Tranh steht mit seinem O-Gott-nein!-Blick daneben, macht aber keine Anstalten, wegzurennen. Steht da wie angewurzelt, weshalb ihm der Blaue ohne viel Umstände die restlichen drei Kugeln verpasst.

Der Dicke im Hawaiihemd wuchtet erst Tommy, dann Tranh in einen Müllcontainer. Übergießt sie mit Benzin und wirft ein brennendes Streichholz hinein.

»Sind Vietnamesen Buddhisten?«, fragt er den Blauen.

»Ich glaube.«

Beide sprechen Russisch.

»Verbrennen die nicht ihre Toten?«

Der Blaue zuckt die Schulter.

Eine Stunde später haben sie das Auto entladen und die Fracht im Haus verstaut. Zwölf Minuten danach fährt das Hawaiihemd den Lieferwagen in die Wüste und sprengt ihn in die Luft.

California Fire and Life.

4

Jack Wade sitzt auf seinem alten Hobie-Longboard.

Er paddelt durch Wellen, die keine werden wollen, und sieht eine schwarze Rauchfahne, die drüben hinter dem großen Felsen des Dana Head in den blassen Augusthimmel steigt wie ein buddhistisches Gebet.

Jack ist so in den Anblick der Rauchfahne vertieft, dass er die Welle nicht sieht, die sich hinter ihm aufbaut wie ein fetter Gitarrenriff von Dick Dale. Ein Riesenbrecher, der ihn zu Boden presst und vor sich her wälzt, immer weiter, ohne loszulassen, nach dem Motto: Selber schuld, wenn du nicht aufpasst, Jack. Du frisst Sand und atmest Wasser.

Jack ist fast im Jenseits, als ihn die Welle endlich an Land spuckt.

Keuchend rappelt er sich hoch, als er seinen Piepser hört, weiter oben, wo das Handtuch liegt. Er stolpert durch den Sand zu seinem Handtuch, greift sich das Ding und liest die Nummer ab, obwohl er sich denken kann, wer es ist.

California Fire and Life.

5

Die Frau ist tot.

Jack weiß das, bevor er zu dem Haus kommt, denn als er angerufen hat, war Goddamn Billy dran. Morgens um halb sieben, und Goddamn Billy ist schon im Büro.

Hausbrand, eine Tote, hat Goddamn Billy zu ihm gesagt.

Jack hastet die hundertzwanzig Stufen vom Dana Strands Beach zum Parkplatz hoch, duscht kurz, dann schlüpft er in die Arbeitsklamotten, die auf dem Rücksitz seines 66er Mustang liegen.

Seine Arbeitsklamotten: ein weißes Baumwollhemd von Land's End, eine Khakihose von Land's End, Mokassins von Land's End und eine Eddie-Bauer-Krawatte, die immer fertig geknotet ist, damit er sie überwerfen kann wie eine Schlinge.

Seit zwölf Jahren hat Jack keinen Klamottenladen von innen gesehen.

Er besitzt drei Krawatten, fünf weiße Baumwollhemden von Land's End, zwei Khakihosen von Land's End, zwei garantiert knitterfreie blaue Blazer (einer in der Reinigung, einer in Benutzung), ebenfalls von Land's End, und ein Paar Mokassins von Land's End.

Am Sonntagabend macht er große Wäsche.

Wäscht die fünf Hemden und die zwei Hosen und hängt sie gleich auf, damit sie nicht knittern. Knotet die drei Krawatten, und schon ist er für die Arbeitswoche bereit, die damit beginnt, dass er kurz vor Hellwerden ins Wasser springt, bis sechs Uhr dreißig surft, am Strand duscht, in die Arbeitsklamotten steigt, die Krawatte um den Hals schlingt, sich ans Steuer setzt, eine alte Kassette der Challengers einschiebt und in sein Büro bei California Fire and Life fährt.

Seit fast zwölf Jahren macht er das so, doch heute kommt es anders.

Billys Anruf ist daran schuld, dass er heute direkt zum Brandort fährt – Bluffside Drive 37 –, nur ein Stück die Straße über Dana Strands entlang.

Die Fahrt dauert vielleicht zehn Minuten. Er biegt in die kreisförmige Einfahrt ein – die Reifen im Kies machen ein schlürfendes Geräusch wie eine abfließende Welle –, und er ist noch nicht zum Stehen gekommen, da klopft Brian Bentley schon ans Fenster der Beifahrerseite.

Brian Bentley, auch Unfall-Bentley genannt, ist der Brandermittler der Polizei. Ein weiteres Indiz für einen Todesfall. Sonst hätte Jack hier einen Mann von der Feuerwehr angetroffen und müsste nicht Bentleys feiste Visage ertragen.

Oder sein schütteres rotes Haar, das mit den Jahren zu einem faden Orange verblasst ist.

Jack beugt sich rüber, kurbelt die Scheibe runter.

Bentley steckt seinen roten Kopf durch. »Das ging aber schnell, Jack. Machst du etwa Feuer *und* Leben?«

»Ja.«

»Na, fein«, sagt Bentley. »Doppelt beschissen.«

Jack und Bentley können sich nicht ausstehen.

Wenn Jack brennen würde, würde Bentley auf ihn pissen, aber vorher würde er Benzin saufen.

»Eine Leiche im Schlafzimmer«, sagt Bentley. »Die mussten sie von den Sprungfedern kratzen.«

»Die Ehefrau?«

»Steht noch nicht fest«, sagt Bentley. »Aber weiblich und erwachsen.«

»Pamela Vale, vierunddreißig«, sagt Jack. Goddamn Billy hat ihm die Daten durchgegeben.

»Kommt mir bekannt vor, der Name«, sagt Bentley.

»Rettet die Strände.«

»Hä?«

»Rettet die Strände«, wiederholt Jack. »Sie war in der Zeitung. Sie und ihr Mann sind große Spendensammler für Rettet die Strände.«

Eine Bürgerinitiative, die dagegen kämpft, dass Great Sunsets Ltd. eine Siedlung auf Dana Strands hochzieht, dem letzten unberührten Landstrich der südkalifornischen Küste.

Dana Strands, Jacks geliebtes Dana Strands, ein bisschen Freiland mit ein paar Bäumen hoch über dem Dana Strands Beach. Ein alter Campingplatz, den sich die Natur zurückgeholt hat, in die Breite und Höhe gewuchert und resistent gegen die Mächte des Fortschritts – bis jetzt jedenfalls, denkt Jack.

»Was auch immer«, sagt Bentley.

»Da gibt's noch einen Mann und zwei Kinder.«

»Nach denen suchen wir.«

»Mist!«

»Im Haus sind sie nicht«, sagt Bentley. »Ich meinte, wir suchen sie wegen der Benachrichtigung. Warum warst du so schnell?«

»Billy hat es aus dem Polizeifunk und mir sofort, als ich reinkam, die Adresse gegeben.«

»Die Herrschaften von der Versicherung«, sagt Bentley. »Können es nicht abwarten, ihre Spuren zu legen.«

Jack hört Hundegekläff hinter dem Haus, was ihn stutzig macht.

»Habt ihr die Brandursache?«, fragt er.

Bentley schüttelt den Kopf und lacht, wie er immer lacht. Es klingt wie eine undichte Dampfheizung. »Da musst du erst mal 'nen Scheck rüberreichen, Jack.«

»Was dagegen, wenn ich mich umsehe?«

»Und ob ich das habe«, sagt Bentley. »Aber ich kann dich nicht hindern.«

»Stimmt.«

So steht es im Vertrag mit der Versicherung. Wenn ein Schaden auftritt, hat die zuständige Versicherung das Recht, den Schaden zu untersuchen.

»Dann reiß dir mal schön den Arsch auf«, sagt Bentley. Er schiebt seinen Kopf noch weiter rein, um Jack in die Augen zu sehen. »Aber mach mir keinen Stress, verstanden? Ich gehe in zwei Wochen in Rente. Ich will Barsche angeln und keine Berichte schreiben. Wir haben hier eine Frau, die geraucht hat und ihren Wodka verschüttet hat. Dann hat sie die Zigarette fallen lassen und sich selbst gegrillt. Mehr ist da nicht.«

»Du gehst in Rente, Bentley?«

»Ich hab meine dreißig Jahre im Kasten.«

»Dann wird's ja Zeit, dass du's offiziell machst.«

Ein Grund – von vielen, vielen anderen –, warum Jack diesen Bentley nicht leiden kann, ist der, dass Bentley ein fauler Hund ist. Egal, was brennt, für Bentley ist es immer ein Unfall. Hätte er in der Asche von Dresden gestochert, hätte er ein durchgeschmortes Heizkissen zur Brandursache erklärt. Das reduziert seinen Stress auf ein bisschen Papierkram und eine Zeugenaussage vor Gericht.

Als Angler ist Bentley okay, als Brandermittler ist er eine Katastrophe.

»Hey, Jack«, sagt Bentley. Er grinst, aber es ist ein böses Grinsen. »*Ich* bin wenigstens nicht rausgeflogen.«

So wie ich, denkt Jack. »Weil kein Schwein mitgekriegt hat, dass du überhaupt da bist.«

»Fick dich«, sagt Bentley.

»Du dich auch.«

Das Grinsen verschwindet aus Bentleys Gesicht. Jetzt wird er richtig ernst.

»Das Feuer, die Tote, eindeutig ein Unfall«, sagt er. »Rumstochern lohnt nicht.«

Jack wartet, bis Bentley weg ist, dann steigt er aus.

Um rumzustochern.

6

Bevor die Spur kalt wird.

Und das im wörtlichen Sinn.

Je kälter der Brandort, um so schlechter die Chance, etwas zu finden.

Oder H & U zu ermitteln, wie man so schön sagt. Herd und Ursache.

H & U sind wichtig für die Versicherung, weil es solche und solche Brände gibt. Hat der Versicherte das Feuer fahrlässig verursacht, muss seine Versicherung den ganzen Spaß bezahlen. Aber wenn es wegen einer kaputten Heizdecke brennt oder einem minderwertigen Lichtschalter oder irgendeinem Elektrogerät, das nicht richtig funktioniert, versucht es die Versicherung mit einer Rechtsübertragung, die im Wesentlichen darin besteht, dass sie den Versicherten entschädigt und den Hersteller des fehlerhaften Teils auf Zahlung verklagt.

Also muss Jack in der Asche stochern. Nicht aus Vergnügen, sondern mit einer bestimmten Absicht.

Er öffnet den Kofferraum.

Da drin hat er eine Klappleiter, ein Sortiment Taschenlampen, eine Schaufel, ein robustes Bandmaß, zwei Kleinbild-Minoltas, einen Sony-Camcorder, ein Diktiergerät zum Anstecken, drei Scheinwerfer mit Klappstativ und eine Feuerausrüstung.

Die Feuerausrüstung besteht aus gelben Gummihandschuhen, einem gelben Schutzhelm und einem weißen Papieroverall, der die Füße bedeckt wie ein zu groß geratener Pyjama.

Der Kofferraum ist also randvoll.

Jack schleppt das ganze Zeug mit sich rum, weil er wie ein Dalmatiner ist – wenn es brennt, ist er zur Stelle.

In dem Overall kommt er sich vor wie in einem billigen SF-Film. Lässt er den Overall weg, versaut ihm der Ruß die Klamotten und bringt seinen ganzen Waschzyklus durcheinander.

Also steigt er lieber in den Overall.

Und setzt den Helm auf, den er eigentlich nicht braucht, aber Goddamn Billy (»Ich hafte doch nicht für deine beschissenen Unfälle!«) knöpft ihm hundert Dollar Strafe ab, wenn er ihn ohne Helm erwischt. Jack klemmt sich das Diktaphon unters Hemd – sonst kriegt es Ruß ab, und hinterher kann er es wegwerfen –, hängt die Kameras über die Schulter und geht auf das Haus zu.

Das im Versicherungsjargon als »Schadensrisiko« bezeichnet wird.

Aber nur so lange, wie nichts passiert.

Danach ist es einfach »der Schaden«.

Wenn das Schadensrisiko zum Schaden wird, wenn tatsächlich eintritt, was vorher nur ein Risiko war, dann tritt Jack in Aktion.

Das ist sein Job bei der California Fire and Life Mutual Insurance: er ist Schadensregulierer. Seit zwölf Jahren schon reguliert er Schäden, und über die Auftragslage kann er nicht klagen. Er arbeitet meist allein; keiner geht ihm auf den Nerv, solange er seinen Job macht, und er macht immer seinen Job. Mit anderen Worten, es ist ein relativ entspannter Job.

Manche Regulierer beklagen sich, dass ihnen die Versicherten so viel Ärger machen, aber Jack hat keinen Ärger mit den Versicherten. »Ich sehe das ganz einfach«, sagt er, wenn er ihr Gejammer satt hat. »Die Versicherungspolice ist ein Vertrag. Da drinnen steht genau, wofür gezahlt wird und wofür nicht. Was du zahlen musst, das zahlst du. Und was nicht, das nicht.«

Es gibt also keinen Grund, Gehässigkeiten einzustecken oder auszuteilen.

Man wird nicht persönlich, man wird nicht emotional. Egal, was man tut, man lässt sich in nichts reinziehen. Man macht seinen Job, und man geht surfen. Weiter nichts.

Das ist Jacks Philosophie, und für ihn funktioniert sie. Ebenso für Goddamn Billy. Denn immer, wenn es irgendwo richtig brennt, schickt er Jack los. Und zwar deshalb, weil Jack seinen Job bei der Polizei gelernt hat. Er war dort Brandermittler – bis sie ihn rauswarfen.

Jack weiß also, womit er anfangen muss, wenn er einen Gebäudebrand ermittelt. Er muss um das Gebäude herumgehen.

Das Standardverfahren bei einem Gebäudebrand: Man arbeitet sich von außen nach innen. Was man von außen sieht, verrät viel darüber, was innen passiert ist.

Er schiebt sich durch das schmiedeeiserne Tor und schließt es hinter sich, denn da war doch dieser bellende Hund.

Wenn zwei kleine Kinder ihre Mutter verlieren, denkt er, sollen sie nicht auch noch ihren Hund verlieren.

Vor ihm liegt das Grundstück, das von einer Lehmziegelmauer umgeben ist. Ein Splittweg schlängelt sich zwischen einem Zen-Garten zur Rechten und einem Koi-Teich zur Linken.

Einem *ehemaligen* Koi-Teich, denkt Jack.

Der Teich ist voller Asche.

Tote Kois – einst gold- und orangefarben – treiben an der Oberfläche.

»Notiz«, sagt Jack zu seinem Diktaphon. »Den Wert der Kois ermitteln.«

Er läuft weiter, auf das Haus zu.

Nimmt es in den Blick und denkt: ein wahrer Jammer.

7

Beim Surfen hat er das Haus viele Male gesehen, aber nicht mit dieser Adresse zusammengebracht.

Es ist einer von den älteren Bungalows auf dem Hochufer, gebaut in den Dreißigern, Holzrahmen aus kräftigen Balken, Zedernschindeln an den Außenwänden und auf dem Dach.

Ein Riesenjammer, denkt Jack, denn dieses Haus stammt aus der Zeit, als das Küstenland von Dana vor allem aus grasigen Hügeln bestand und man noch *richtige* Häuser baute.

Dieses Haus, denkt Jack, hat Hurrikane und Monsune überlebt, auch die Santa-Ana-Winde mit ihren Feuerstürmen. Noch erstaunlicher ist, dass es die Immobilienhaie und Hotel-Investoren und Finanzämter überlebt hat. Viele Jahre hat dieses Juwel unbeschadet über dem Ozean gethront, und es bedurfte nur einer Frau, einer Flasche Wodka und einer Zigarette, um ihm den Garaus zu machen.

Was ein wahrhaftiger Jammer ist, denkt Jack, denn er hat ein ganzes Leben lang von seinem Brett aus das Haus gesehen und gedacht: So ein tolles Haus möchte ich haben.

Es ist aus Holz gebaut, ohne Mörtel oder irgendwelchen Pseudo-Lehmverputz – und sie haben kein frisches Holz für den Rahmen verwendet. Damals, als noch richtige Häuser gebaut wurden, hat man die Balken vorher im Ofen getrocknet. Außerdem wurden richtige Holzschindeln genommen, denen das Ozeanwetter eine graubraune Färbung gab, so dass sich das Haus in die Küstenlandschaft einfügte wie das Treibholz am Strand. Wie ein riesiger Berg Treibholz, genauer gesagt, denn für einen Bungalow ist das Haus sehr groß geraten. Ein hoher Mittelteil, flankiert von zwei Flügeln, die sich im Winkel von etwa dreißig Grad dem Ozean zuwenden.

Jack steht davor und registriert, dass der Mittelteil und der linke Flügel unzerstört sind. Von Rauch und Löschwasser geschädigt, aber ansonsten intakt.

Vom rechten Flügel, der nach Westen zeigt, kann man das kaum behaupten.

Man muss kein Raketenwissenschaftler sein, um zu erkennen, dass das Feuer im Westflügel ausgebrochen ist. Generell gesagt, liegt der Brandherd in dem Teil des Hauses, der am meisten zerstört ist, weil das Feuer dort am längsten gewütet hat.

Jack tritt ein paar Schritte zurück und fotografiert das Haus erst mit der einen Kamera, dann mit der anderen. Einmal in Farbe, einmal in Schwarzweiß. In Farbe lassen sich die Schäden besser zeigen, aber manche Richter lassen nur Schwarzweißfotos als

Beweismittel zu, weil sie meinen, dass Farbbilder, besonders wenn es Tote gegeben hat, den Schaden »unangemessen dramatisieren«.

Die meisten Richter, denkt Jack, sind Idioten.

Viele Schadensregulierer knipsen einfach Polaroids. Jack bleibt bei Kleinbild, weil sich das viel besser vergrößern lässt, wenn man Beweismittel vorlegen muss.

Manche Klägeranwälte akzeptieren daher keine Polaroids und schmeißen sie dir vor die Füße.

»Polaroid hat stets gereut«, lautet einer der markigen Sprüche von Goddamn Billy.

Weil man nie wissen kann, ob die Sache irgendwann vor Gericht landet, hat Jack zwei Kameras dabei. Das ist viel einfacher, als den Film zu wechseln und dann alles noch mal zu fotografieren.

Er notiert sich jedes Bild, dazu Uhrzeit und Datum, die Seriennummern beider Kameras, die Filmsorte und die dazugehörige ASA. Dieselben Daten spricht er noch einmal auf Band, zusammen mit den Beobachtungen, die er eventuell für seine Akte braucht.

Jack macht sich diese Mühe, weil er weiß, dass er sich alleine nicht alles merken kann, was er aufgenommen hat und warum. Man kann es sich nicht merken. Man hat vielleicht hundert Schäden gleichzeitig zu bearbeiten, und man bringt sie schnell mal durcheinander.

Oder, in der blumigen Ausdrucksweise von Billy Hayes: »Willst du keinen Scheiß, liefere schwarz auf weiß.«

Billy kommt aus Arizona.

Daher diktiert Jack: »Bild eins, Haus von Süden. 28. August 1997. Westflügel des Hauses zeigt schwere Schäden. Außenwände sind erhalten, müssen aber wahrscheinlich neu hochgezogen werden. Fensterscheiben geborsten. Loch im Dach.«

Auf die andere Seite des Hauses kommt man am besten, indem man den Mittelteil durchquert.

Jack öffnet die Haustür und blickt direkt auf den Ozean. Denn die andere Wand besteht aus gläsernen Schiebetüren mit einem Panorama, das sich von Newport Beach zur Rechten bis zu den mexikanischen Inseln zur Linken erstreckt. Catalina Island liegt direkt vor ihm, Dana Strands unten links daneben und noch tiefer unten Dana Strands Beach.

Sonst nichts als blauer Ozean und blauer Himmel.

Allein der Blick ist zwei Millionen wert.

Die große Glastür öffnet sich auf eine weitläufige Terrasse, dahinter beginnt der abschüssige Rasen, ein grünes Rechteck, in dessen Mitte sich ein blaues Rechteck befindet, das ist der Swimmingpool.

Eine Ziegelmauer umgibt den Rasen. Bäume und Sträucher säumen die seitlichen Mauern. Schräg unten links liegt ein Tennisplatz.

Der Blick ist absolut traumhaft, aber das Haus, selbst der Mittelteil, der verschont blieb, ist ein einziger Schlamassel. Durchsuppt von Löschwasser und verpestet von beißendem Brandgeruch.

Jack macht ein paar Aufnahmen, hält die Rauch- und Wasserschäden auf Band fest, dann geht er raus auf den Rasen, knipst auch von dort mehrere Fotos, sieht aber nichts, was dagegen spräche, dass der Brand im Westflügel ausgebrochen ist, dort, wo er das Schlafzimmer vermutet. Er geht hinüber zu einem Fenster des Westflügels und entfernt vorsichtig einen Rest der Scheibe aus dem Fensterrahmen.

Als Erstes fällt ihm auf, dass der Glassplitter fettig ist, mit einem dicken, rußigen Ölfilm überzogen.

Jack spricht diese Beobachtung auf Band, aber er sagt nicht, was er *denkt* – dass ein solcher Belag auf der Innenseite der Scheibe auf brennbare Kohlenwasserstoffe im Inneren des Hauses verweist. Auch ist der Splitter von vielen kleinen unregelmäßigen Sprüngen durchzogen, was darauf schließen lässt, dass der Brandherd in der Nähe liegt und das Feuer sehr schnell sehr heiß wurde. Auch davon sagt er nichts, er hält sich streng an die Fakten: »Glassplitter mit ölig-rußigem Belag, von vielen Sprüngen durchzogen, deren radialer Verlauf auf Gewalteinwirkung durch Feuer aus dem Inneren des Hauses schließen lässt.«

Er sagt nur, was er sieht – das Beweisstück spricht für sich. Jacks Schlussfolgerungen und Vermutungen haben auf dem Band nichts zu suchen, denn kommt es zum Prozess, wird das Band beschlagnahmt, und spekuliert er auf dem Band über brennbare Kohlenwasserstoffe, wird der Klägeranwalt geltend machen, dass er voreingenommen ist, dass er nach Hinweisen auf eine Brandstiftung sucht und die Hinweise auf einen Brandunfall ignoriert.

Er kann den Anwalt förmlich hören: »Sie haben von Anfang an auf Brandstiftung gesetzt, nicht wahr, Mr. Wade?«

»Nein, Sir.«

»Nun, Sie behaupten aber hier auf diesem Band, dass ...«

Es ist also besser, nicht zu sagen, was man denkt.

Einfach Schlamperei, den Fakten vorauszueilen, und es gibt auch andere Erklärungen für einen ölig-rußigen Belag. Wenn das Holz im Inneren des Hauses nicht vollständig verbrennt, kann es zu so einem Rückstand kommen, oder es kann andere Kohlenwasserstoffverbindungen im Haus geben, die völlig unschuldig sind.

Und da bellt immer noch der Hund. Steigert sich richtig rein. Kein wütendes Bellen wie bei einem Köter, der sein Revier verteidigt, eher ein verschrecktes Bellen, ein Jaulen, und Jack spürt, dass der Hund Angst hat, außerdem Hunger und Durst.

Der kann einen fertigmachen, denkt Jack.

Er fotografiert die Glasscherbe, etikettiert sie und steckt sie in eine Beweismitteltüte aus Plastik, von denen er einen Vorrat in seinem Overall mitführt.

Statt ins Haus zu gehen, wie er es vorhatte, macht er sich dann auf die Suche nach dem Hund.

8

Der Hund ist wahrscheinlich weggelaufen, als die Feuerwehrmänner ins Haus eindrangen, und steht jetzt unter Schock. Die Kinder werden sich Sorgen machen um ihren Hund, und sicher wird es sie ein bisschen trösten, wenn sie ihn wiedersehen.

Jack mag Hunde, eigentlich.

Was er nicht so mag, sind Menschen.

Die neunzehn Jahre, seit er hinter den Menschen und ihren Katastrophen herräumt (sieben bei der Polizei, zwölf bei der Versicherung), haben ihn gelehrt, dass Menschen zu allem fähig sind. Sie lügen, betrügen, stehlen, töten und machen eine Menge Dreck. Hunde hingegen haben einen gewissen Sinn für Ethik.

Er findet den Hund unter den tiefen Ästen einer Jacaranda. So ein Schoß- und Spielhund, nichts als Knopfaugen und Gekläff.

»He, Kleiner«, sagt Jack, »ist ja gut.«

Ist es nicht, aber Menschen lügen nun mal.

Dem Hund ist es egal. Er ist einfach froh, ein menschliches Wesen zu sehen und eine freundliche Stimme zu hören. Kommt unter dem Baum vor und beschnüffelt Jacks Hand, um rauszukriegen, wer er ist und was er will.

»Wie heißt du denn?«, fragt Jack.

Das wird er mir gerade verraten, denkt er.

»Leo«, sagt eine Stimme, und Jack springt fast aus seinem Papieroverall vor Schreck.

Er blickt hoch und sieht den alten Mann hinter dem Zaun, mit einem Papagei auf der Schulter.

»Leo«, wiederholt der Papagei.

Leo wedelt mit dem Schwanz.

Was sozusagen der Job des Yorkshire Terriers ist.

»Na, komm«, sagt Jack, »so ist's brav.«

Er nimmt Leo hoch, klemmt ihn unter den Arm, krault ihm den Kopf und geht auf den Zaun zu.

Er spürt Leos Zittern.

Wie war das mit der Behauptung, dass Menschen ihren Haustieren ähneln und umgekehrt? Jack dachte immer, das gelte nur für Hunde, aber der alte Mann und der Papagei sehen irgendwie gleich aus. Beide haben sie kräftige Schnäbel: Bei dem Papagei versteht sich das von selbst, aber warum sieht die Nase des Mannes wie ein Papageienschnabel aus? Mann und Papagei wirken wie speziesübergreifende siamesische Zwillinge, nur dass der Papagei grün ist – mit grellroten und gelben Partien –, der alte Mann dagegen überwiegend weiß.

Weißes Haar, weißes Hemd, weiße Hose. Die Schuhe kann Jack hinter der Hecke nicht sehen, aber er könnte wetten, dass auch sie weiß sind.

»Howard Meissner«, sagt der Mann, »und Sie sind ein Marsmensch.«

»Beinahe«, sagt Jack. Er streckt ihm die linke Hand hin, weil er Leo unterm anderen Arm hält. »Jack Wade, California Fire and Life.«

»Das ist Eliot.«

Womit er den Papagei meint.

Eliot, Eliot, krächzt der Papagei.

»Schöner Vogel«, sagt Jack.

Schöner Vogel, schöner Vogel.

Jack ahnt, dass der Papagei den Spruch nicht zum ersten Mal hört.

»Schrecklich, das mit Pamela«, sagt Meissner. »Ich hab gesehen, wie sie rausgetragen wurde.«

»Tja.«

Meissners Augen werden feucht.

Er greift über den Zaun und streichelt Leo. »Schon gut, Leo. Du hast getan, was du konntest.«

Jack sieht ihn fragend an, und Meissner erklärt: »Leos Gebell hat mich geweckt. Ich ging ans Fenster, sah das Feuer und wählte die 911.«

»Wann war das?«

»Vier Uhr vierundvierzig.«

»Das wissen Sie so genau, Mr. Meissner?«

»Mein Digitalwecker«, sagt Meissner. »Da merkt man sich die Zahlen. Ich rief sofort an. Aber zu spät.«

»Sie haben getan, was Sie konnten.«

»Ich dachte, Pamela war aus dem Haus gegangen, weil Leo draußen war.«

Leo, Leo.

»Leo war draußen?«, fragt Jack.

»Ja.«

»Als Sie ihn bellen hörten?«

»Ja.«

»Sind Sie sicher, Mr. Meissner?«

Schöner Vogel, schöner Vogel.

Meissner nickt. »Ich habe ihn draußen gesehen, er bellte das Haus an. Ich dachte, Pamela ...«

»Ist Leo nachts immer draußen?«

»Ich bitte Sie!«

Eine dumme Frage, Jack weiß es. Niemand lässt so einen Hund über Nacht draußen. In dieser Gegend sieht man überall die Suchanzeigen: vermisste Terrier und vermisste Katzen, aber bei den vielen Kojoten, die sich hier rumtreiben, ist das kein Wunder.

»Kojoten«, sagt Jack.

»Allerdings.«

»Mr. Meissner«, fragt er weiter, »haben Sie die Flammen gesehen?«

Meissner nickt.

»Welche Farbe hatten sie?«

»Rot.«

»Ziegelrot, hellrot, knallrot, kirschrot?«

Meissner denkt nach. »Blutrot. Blutrot trifft es.«

»Und der Rauch?«

Kein Zögern, kein Zweifeln: »Schwarz.«

»Mr. Meissner, wissen Sie, wo sich die Familie aufhielt?«

»Die Kinder waren bei Nicky zum Übernachten. Zum Glück.«

»Sind die Eltern geschieden?«

»Getrennt«, sagt Meissner. »Nicky wohnt jetzt bei seiner Mutter.«

»Und wo wohnt die Mutter?«

»Monarch Bay. Das hab ich den Polizisten gesagt, als sie hier waren, wegen der Benachrichtigung.«

Nur dass sie immer noch suchen, wie Jack von Bentley gehört hat.

»Mir tun die Kinder leid«, sagt Meissner. Er seufzt das Seufzen eines Mannes, der schon zu viel gesehen hat. »Werden rumgeschoben wie Schachfiguren.«

»Verstehe«, sagt Jack. »Na, vielen Dank, Mr. Meissner.«

»Howard.«

»Howard«, wiederholt Jack. Dann fragt er: »Kennen Sie den Grund der Trennung? Worum es da ging?«

»Es lag an Pamela«, sagt er traurig. »Sie hat getrunken.«

Das ist es also, denkt Jack, während sich Meissner entfernt. Pamela ist für einen Abend die Kinder los und greift zur Flasche. Irgendwann lässt sie Leo raus zum Pinkeln, vergisst, dass er draußen ist, und geht mit Flasche und Zigarette ins Bett.

Das heißt, sie raucht und trinkt im Bett. Die Flasche kippt um, Wodka läuft aus. Entweder merkt sie nichts, oder es ist ihr egal. Dann schläft sie ein, mit der brennenden Zigarette. Ihre Hand mit der Zigarette sackt nach unten, die Glut entzündet den Wodka, die Flammen greifen auf die Bettwäsche über, und das Zimmer füllt sich mit Rauch.

Normalerweise dauert es zehn bis fünfzehn Minuten, bis die Bettwäsche zu brennen anfängt. Zehn bis fünfzehn Minuten, in denen Pamela den Rauch hätte riechen, die Hitze hätte spüren können. Sie hätte den Brand ersticken können, und gut. Aber Wodka brennt sofort, mit größerer Hitze als eine glimmende

Zigarette, die Flammen greifen sofort auf die Bettwäsche über, und da sie fest schläft, hat die Frau keine Chance.

Es ist der Rauch, der sie umbringt, nicht das Feuer.

Jack stellt sich vor, wie sie im Bett liegt, betrunken und im Tiefschlaf. Ihre Atmung funktioniert, obwohl ihr Verstand weggetreten ist, und mit ihrer Atmung saugt sie den Rauch ein, füllt ihre Lunge damit, bis es zu spät ist.

Sie erstickt am Rauch, während sie schläft.

Wie ein Betrunkener, der am Erbrochenen erstickt.

Es gibt also einen winzigen Trost für Pamela Vale. Sie wusste buchstäblich nicht, wie ihr geschah.

Sie mussten sie von den Sprungfedern kratzen. Aber sie war tot, als ihr brennendes Fleisch mit dem Metall verschmolz. Sie wachte nicht mehr auf, das ist alles. Das Feuer brach aus, sie inhalierte eine tödliche Dosis Rauch, und dann wurde das Feuer, genährt vom Mobiliar und den Balken des Hauses, so heiß und so vernichtend, dass es die Stahlfedern der Matratze zum Schmelzen brachte.

Ein bedauerlicher Unfall.

Es liegt eine grausame, aber auch wieder tröstliche Ironie in einem solchen Feuertod. Grausam, weil es die eigenen Gegenstände sind, an denen das Opfer erstickt – Möbel, Bettwäsche, Decken, Tapeten, Kleider, Bücher, Papiere, Fotos, alles, was sich im Laufe einer Ehe, eines Erdendaseins so ansammelt. Der Tod pumpt diese Sachen in die Lungen des Opfers und lässt es daran ersticken.

Bei einem Brand sterben die meisten an Rauchvergiftung. Die ist wie eine Todesspritze – nein, eher wie eine Gaskammer, weil es wirklich ein Gas ist, an dem man stirbt – Kohlenmonoxid.

Der versicherungstechnische Ausdruck dafür lautet »CO-Vergiftung«.

Das klingt grausam, aber das Tröstliche daran ist, dass es viel angenehmer ist, so zu sterben, als bei lebendigem Leibe gebraten zu werden.

Da hätten wir also einen bedauerlichen Unfall, denkt Jack.

Es passt alles zusammen.

Bis auf den rußigen Glassplitter.

Brennendes Holz erzeugt keine blutroten Flammen – die sind gelb oder orange.

Und der Rauch dürfte grau oder braun aussehen, nicht schwarz.

Andererseits sind das die Beobachtungen eines alten Mannes bei Dunkelheit.

Jack geht mit Leo unterm Arm zum Auto zurück, öffnet den Kofferraum und kramt, bis er die alte Frisbeescheibe findet, die er irgendwann hineingeworfen hat. Holt die Wasserflasche vom Fahrersitz und gießt etwas Wasser in die Frisbeescheibe. Setzt Leo davor, und der kleine Racker fängt sofort an zu schlabbern.

Jack holt ein altes Sweatshirt mit dem Aufdruck *killer dana* aus dem Kofferraum und breitet es über den Beifahrersitz. Kurbelt die Scheibe halb runter, kalkuliert, dass es um diese Morgenstunde nicht allzu heiß im Auto wird, und setzt Leo auf das Sweatshirt.

»Bleib sitzen!«, sagt Jack und kommt sich blöd vor. »Äh, Platz!«

Der Hund ist offensichtlich dankbar für einen Befehl und macht es sich auf dem Sweatshirt bequem.

»Mach keinen Blödsinn, hörst du?«, sagt Jack. Das ist ein klassischer 66er Mustang, und Jack hat so manche Stunde darauf verwendet, das Interieur originalgetreu herzurichten.

Leos Schwanz klopft auf den Sitz.

»Was war da drinnen los, Leo?«, fragt Jack den Hund. »Du weißt es doch, oder? Also sag's mir!«

Leo blickt ihn treu an und klopft eifriger mit dem Schwanz.

Aber sagt kein Wort.

»Schon gut«, sagt Jack.

Plaudertaschen kennt Jack zur Genüge. Kein Wunder bei sieben Jahren Polizei und zwölf Jahren Versicherung. Man braucht die Plaudertaschen, und trotzdem verachtet man sie.

Wieder ein Plus auf dem Konto des Hundes.

Hunde sind aufrechte Wesen, Hunde plaudern nicht.

Leo verrät nichts außer der Tatsache, dass er noch am Leben ist. Was bei Jack ungute Assoziationen auslöst.

Er weiß, dass Brandstifter nie ihre Hunde verbrennen.

Sie verbrennen ihre Häuser, ihre Sachen, ihr Geschäft, ihre Papiere, sie verbrennen sich sogar gegenseitig, aber ihren Hund verschonen sie um jeden Preis. Bei jedem Feuerschaden, der sich als Brandstiftung herausstellt, ist der Hund zufällig irgendwo anders.

Andererseits, denkt Jack, trifft das auch auf die Menschen zu.

Pamela Vale war ein guter Mensch.

Hat viel Geld zur Rettung der Strände gesammelt.

Also lassen wir's dabei.

Er pellt sich aus dem Overall und legt die Ausrüstung in den Kofferraum zurück.

Die Untersuchung des Schadens muss noch ein Weilchen warten.

Da sind zwei Kinder, deren Eltern in Scheidung liegen, dann stirbt die Mutter, und das Haus brennt ab. Sollen sie wenigstens ihren Hund bekommen.

Ein kleiner Trost für einen beschissenen Deal.

9

Goddamn Billy Hayes schützt das Streichholz mit der hohlen Hand vorm Wind und zündet seine Zigarette an.

Er sitzt auf einem Metallsessel im Kaktusgarten vor seinem Büro, hat Akten auf den Knien, eine Lesebrille auf der Nase und eine Camel im Mundwinkel.

Der Kaktusgarten war seine Idee. Seit die Volksrepublik Kalifornien das Rauchen am Arbeitsplatz verboten hat, ist Billy Vorsitzender des BdKFR, des Bunds der kalifornischen Freiluftraucher. Da er sowieso meistens draußen hockt und raucht, dachte er sich: Warum soll ich's mir hier nicht gemütlich machen? Und ließ die Freifläche vor seinem Büro mit Kakteen und Felsblöcken bestücken.

Wenn Billy nicht im Büro ist, sitzt er draußen auf dem Stahlklappsessel, wühlt in den Akten und qualmt vor sich hin. Einmal ist Jack am Sonntagabend zu ihm ins Büro gegangen und hat den Schreibtisch rausgeschleppt. Das fand Billy genauso witzig wie Zigaretten mit Filter.

Billy ist vor zwanzig Jahren aus Tucson nach Kalifornien gekommen, um die Schadensabteilung von California Fire and Life zu übernehmen. Gegen seinen Willen, aber die Firma hat gesagt: »*up or out*« – Karriere oder Rauswurf. Da sitzt er nun zwischen einem Ocotillo und einem Barrel-Kaktus im Sand, umwabert von Salbeidüften, Zigarettenrauch und den Kohlenmonoxidwolken, die vom Freeway 405 rüberwehen.

Goddamn Billy Hayes ist ganze 1,68 groß und schmächtig wie eine Marionette, die nur Drähte unter den Kleidern hat. Sein Gesicht ist sonnenverbrannt und schrumplig wie eine Backpflaume, er hat einen silbergrauen Bürstenschnitt und Augen so hellblau wie arktisches Eis. Zu seinen Cowboy-Boots trägt er gute blaue Anzüge – und früher, in Phoenix, als ständig Mafia-Immobilien abbrannten, trug er auch einen 44er Colt am Gürtel. Die Trescias hatten ihm diskret zu verstehen gegeben, dass auch ihm ein kleiner Unfall passieren konnte, wenn er kein Schutzgeld zahlte.

Und so hat Billy die Sache gelöst: Er betrat Joe Trescias Maklerbüro, den 44er in der Hand, spannte den Hahn, hielt Joe junior den Lauf unter die Nase und sagte: »Wenn schon Unfall, dann jetzt und hier!«

Fünf Ganoven standen um ihn rum und trauten sich nicht, ihre Schießeisen rauszuholen, weil sie wussten, dass dieser Irre keine Hemmungen hatte, Joe juniors Gehirn an der Wand zu verspritzen. Was Joe senior sehr verdrossen hätte. Also standen sie einfach da und schwitzten und sandten Stoßgebete zum heiligen Antonius.

Joe junior blickte an dem blauen Stahllauf entlang in Billys stahlblaue Augen und sagte: »Wir suchen uns eine andere Versicherung.«

Aber das waren die alten Zeiten, heute läuft das so nicht mehr, erst recht nicht in Kalifornien, wo es einfach als *unangemessen* gelten würde. (»Ich meine, verdammt noch mal«, sagte Billy, als er Jack die Geschichte eines Abends bei einer Flasche Jack Daniel's und ein paar Bier erzählte. »Wie soll ich hier in einem Staat, wo man nicht mal rauchen darf, jemandem das Gehirn rauspusten?«) Folglich lagert der Colt jetzt im obersten Fach von Billys Schlafzimmerschrank.

Statt Kanonen, denkt Billy, haben wir jetzt Anwälte.

Die sind nicht so schnell, aber mindestens genauso tödlich und viel, viel teurer.

Noch teurer als Anwälte zu haben, ist es, keine zu haben, denn heutzutage sind Versicherungen, wenn sie Versicherungen verkaufen und auszahlen, vor allem damit beschäftigt, Klagen abzuwehren.

Wir werden verklagt, denkt Billy, wenn wir nicht genug zahlen, wenn wir zu langsam zahlen, wenn wir zu schnell zahlen, aber vor allem, wenn wir gar nicht zahlen.

Was dann der Fall ist, wenn es sich um Brandstiftung handelt, einen vorgetäuschten Diebstahl, einen Autounfall, der nicht passiert ist, oder eine Lebensversicherung für einen Toten, der gar nicht tot ist, sondern seine Piña Colada in Botswana schlürft oder irgendeinem anderen gottverlassenen Weltwinkel.

Solche Schadensforderungen muss man ablehnen. Man muss sagen: Sorry, Charlie, es gibt kein Geld, und dann wird man natürlich verklagt, wegen »bösem Willen«.

Die Versicherungen haben eine Heidenangst vor solchen Prozessen.

Sie zahlen am Ende mehr für Anwälte und Gerichtskosten, als der verdammte Schaden sie gekostet hätte. Aber zahlen, wofür man nicht zahlen muss, das wäre das Allerletzte.

Auch so ein Spruch von Goddamn Billy: »Wir bezahlen die Leute doch nicht dafür, dass sie ihre eigenen Häuser abfackeln!«

Außer natürlich, ein Richter und/oder die Geschworenen wollen es so. Und finden, dass die Ablehnung »unbegründet« ist oder die Entschädigung zu niedrig. Dann wird dir »böser Wille« unterstellt, und du gerätst in Teufels Küche, weil sie dir nicht nur mit »Vertragsverletzung« kommen, sondern auch mit »Zahlungsverzug« und – wenn sie dir richtig eins reinwürgen wollen – mit Geldbußen.

Dann bezahlst du als Versicherer dafür, dass die Versicherten ihre Häuser abbrennen, und entschädigst sie für den Ärger, den du ihnen gemacht hast, *und* zahlst ein paar Millionen Strafe obendrein – falls der Drecksack von Klägeranwalt es schafft, die Geschworenen gegen dich aufzuhetzen, weil du den armen Versicherten, die ihr eigenes Haus angezündet haben, schuldhaftes Verhalten anhängen wolltest.

Es ist also absolut möglich – was heißt möglich? Es passiert *wirklich*! –, dass man eine Diebstahl-Entschädigung von 10 000 Dollar ablehnt und dafür eine schlappe Million an Kompensationen, Gerichtskosten und Strafen zahlen muss.

Wer einen guten Anwalt hat, den richtigen Richter erwischt und die richtige Jury, kann sich gar nichts Besseres wünschen als eine Versicherung, die seine Schadensforderung ablehnt.

Genau deshalb hat Billy die Brandsache Vale an Jack Wade übergeben, denn Jack Wade ist der beste Schadensregulierer, den er hat.

Das geht Goddamn Billy so durch den Kopf, während er die Versicherungspolice der Vales durchblättert und feststellt, dass er es mit einem wahren Juwel zu tun hat: Das Haus ist mit fünf Millionen versichert, sein Inhalt mit 750 000, die um weitere 500 000 aufgestockt wurden.

Nicht zu vergessen die Lebensversicherung der Frau: 250 000.

Alles Gründe, Jack Wade auf den Fall anzusetzen.

Er kennt Jack, und Jack wird die Sache regeln, komme, was wolle.

10

Jack ist in Dana Point aufgewachsen, was damals ein kleiner Badeort war. Ein paar Motels, ein paar Imbisslokale – und Wellen, für die man sich wegschmeißt. Tatsächlich haben sich schon so viele Surfer für diese Wellen weggeschmissen, dass der Strand bei denen, die Bescheid wissen, Killer Dana heißt.

Jacks Vater ist Baudienstleister, also ist Jack mit der Arbeit großgeworden. Jacks Mutter ist die Frau eines Baudienstleisters. Sie musste sich damit abfinden, dass ihr Kleiner, sobald er den Hammer halten konnte, nach der Schule, an Sonn- und Feiertagen und auch in den Ferien zu Daddy auf den Bau ging. Jack war erst sieben, als er für seinen Dad den Hammer schwang und, als Dad mal nach hinten langte, ihm Zack! mit dem Hammer auf die Finger schlug, denn der kleine Jack nahm seinen Job ernst. Und er wuchs an seinen Aufgaben. Mit dreizehn verfugte er Balken, verbaute er Gipskarton, goss er Fundamente. Mit sechzehn hockte er auf dem Dachstuhl und nagelte Schindeln fest.

Jack weiß, was *Arbeiten* ist.

Arbeitet er mal nicht, macht er, was alle in Dana Point machen – er surft.

Auch das hat er bei seinem Dad gelernt, denn John senior war einer der ersten, die dort mit dem Longboard rausgingen. John senior hat schon ein hölzernes Velzy-Ten-Foot-Longboard geritten, als Surfer noch als Gammler beschimpft wurden, aber John senior konnte das egal sein, denn er verdiente sein Geld mit ehrlicher Arbeit, und das taten Gammler nicht.

Etwa eine Million Mal, ob am Strand oder auf dem Bau, hat John senior seinem Sohn Jack erklärt: »Erst die Arbeit, dann das Vergnügen. Surfen ist schöner, aber man muss arbeiten, um sich das Surfen zu verdienen. Mir ist egal, was du wirst, aber arbeiten musst du. Du musst dir deinen Lebensunterhalt verdienen.«

»Ja, Dad.«

»Ja, ja, ja!«, sagt Dad. »Wenn du deinen Job machst, und du machst ihn gut, dann verdienst du dein Geld. Dann gehört dir deine Freizeit, du schuldest keinem was, und du machst, wozu du Lust hast.«

Mit anderen Worten: Sein Dad bringt ihm das Arbeiten und das Surfen bei und zeigt ihm all die anderen guten Sachen: In-and-Out-Burgers, Dick Dale & His Del-Tones, *tacos carne asada* bei El Maguey, Longboards, den Break von Lower Trestles – und den alten Trailerpark von Dana Strands.

Für Jack junior ist dieser Hügelrücken über dem Dana Strands Beach der schönste Flecken der Erde. Der Trailerpark ist seit Jahren weg, bis auf ein paar Bruchbuden und ein paar Stellplätze, aber wenn er dort oben steht, zwischen Eukalyptusbäumen und Palmen, und den Strand sieht, die geschwungene Küstenlinie, die sich bis Dana Head erstreckt, dann kann es gar keinen Zweifel geben: Er steht auf dem schönsten Flecken der Erde.

Jack junior verbringt Stunden – wenn nicht *Tage* – hier oben auf dem letzten unerschlossenen Baugrund der südkalifornischen Küste. Er surft eine Weile, dann steigt er die Schlucht zum Hochufer rauf, duckt sich unter einem alten Zaun durch und läuft da oben rum. Oder setzt sich in die Mehrzweckhalle, wo es früher Tischtennisplatten gab und eine Jukebox und einen Imbiss, wo man Burger und Hotdogs und Chili bekam. Manchmal bei Gewitter setzt er sich rein und sieht die Blitze über Dana Head zucken, manchmal während der Walwanderung setzt er sich raus auf die Klippe und verfolgt die großen Grauen auf ihrem Weg nach Norden. Oder er sitzt einfach da, starrt auf den Ozean und macht gar nichts.

Nur darf er das nicht zu lange tun, wenn es nach seinem Dad geht. John senior deckt ihn immer schön mit Arbeit ein, besonders als er größer wird und größere Sachen schultern kann.

Aber wenn sie mal wieder einen schwierigen Job erledigt haben, fahren sie mit dem Truck runter nach Baja, in ein kleines mexikanisches Fischerdorf. Schlafen auf der Ladefläche, surfen an den meilenlangen leeren Stränden, machen in der tödlichen Mittagshitze Siesta unter Palmen. Am Nachmittag bestellen sie ihren Fisch zum Abendessen, und die Fischer fahren raus, fangen den Fisch und haben ihn bei Sonnenuntergang fertig. Jack und sein Dad sitzen dann draußen und essen den Fisch und die Tortillas direkt vom Grill, schlürfen eiskaltes mexikanisches Bier und reden über die Wellen, die sie erwischt haben oder von denen sie erwischt wurden und über alles Mögliche. Dann greift vielleicht einer aus dem Dorf zur Gitarre, und wenn Jack und sein Dad ein bisschen angeheitert sind, singen sie die *canciones* mit. Oder legen sich in ihren Truck und hören auf Mittelwelle ein Spiel der Dodgers, oder sie quatschen, während im Hintergrund ein Mariachi-Sender dudelt. Oder glotzen in den Sternenhimmel und schlafen einfach ein.

Nach ein paar Tagen fahren sie zurück nach *el norte* und machen sich wieder an die Arbeit.

Jack bringt die Highschool zu Ende, studiert ein paar Semester an der Uni von San Diego, stellt fest, dass Studieren nicht sein Ding ist, und bewirbt sich bei der Polizei. Erzählt seinem Dad, er will mal eine Weile was anderes machen als Trockenbau.

»Ich kann's dir nicht verübeln«, sagt sein Dad.

Jack besteht die schriftliche Aufnahmeprüfung mit Bravour, vom Bauen und vom Surfen hat er eine kräftige Statur, also kommt er gut zurecht bei der Polizei von Orange County. Macht ein paar Jahre die üblichen Sachen, schreibt Anzeigen, nimmt Verhaftungen vor, fährt Streife – aber Jack ist ein kluger Junge, er will was werden, und da bei der Mordkommission kein Platz frei ist, bewirbt er sich an der Feuerwehrschule.

Denkt, wenn er was vom Bauen versteht, versteht er auch was vom Gegenteil.

Und damit hat er recht.

11

»Prometheus«, sagt der kleine Professor im Tweed-Anzug.

Pro-wer?, fragt sich Jack – und was zum Teufel hat der mit Feuer zu tun?

Der Professor starrt in lauter fragende Gesichter.

»Dann lesen Sie mal Aischylos«, sagt er, was die Verwirrung noch größer macht. »Als Prometheus der Menschheit das Feuer brachte, ketteten ihn die anderen Götter an einen Felsen und schickten Adler, die für alle Ewigkeit von seiner Leber fraßen. Doch wenn man bedenkt, was die Menschen mit dem Feuer alles anstellen, ist er noch gut weggekommen.«

Jack hatte geglaubt, auf einer Feuerwehrschule von Feuerwehrleuten unterrichtet zu werden, doch da steht nun dieser Professor Fuller mit Schlips und Kragen und faselt von Göttern und Ewigkeit und erklärt den Studenten mit seinem irischen Akzent, dass sie das Verhalten des Feuers niemals begreifen werden, wenn sie die *Chemie* des Feuers nicht begreifen.

Was ist Feuer? Mit dieser Frage geht es los.

Immer schön beim Urschleim anfangen.

Also ...

»Feuer ist das aktive Stadium der Verbrennung«, verkündet Fuller. »Verbrennung ist die Oxidation eines Brennstoffes, bei der eine Flamme, Hitze und Licht entstehen.«

»Also Verbrennung gleich Flamme, Hitze plus Licht?«, fragt Jack.

Fuller nickt, dann fragt er: »Aber was ist eine Flamme?«

Der Hörsaal stöhnt auf.

Es ist leicht, eine Flamme zu beschreiben – sie ist rot, gelb, orange, manchmal blau – aber zu definieren? Fuller lässt die Studenten eine Weile schmoren, dann fragt er sehr unprofessoral: »Erzählen Sie mir nicht, dass hier keiner sitzt, der nicht schon mal einen Furz angezündet hat!«

Ahhh!, macht der Hörsaal.

Ahhh!, denkt Jack. Eine Flamme ist brennendes Gas.

»Brennende *Gase*«, sagt Fuller. »Verbrennung ist also die Oxidation von Brennstoffen, die brennende Gase, Hitze und Licht erzeugt. Was zu welcher Frage führt?«

»Was Oxidation ist«, antwortet Jack.

»Ein Pluspunkt für das Surfer-As«, sagt Fuller. »Wie heißen Sie?«

»Jack Wade.«

»Nun, Master Jack«, sagt Fuller, »Oxidation umfasst eine Reihe chemischer Reaktionen, die ablaufen, wenn ein Atom – das heißt, Materie – eine chemische Verbindung mit einem Sauerstoffmolekül eingeht. Jetzt werden Sie alle bereuen, dass Sie in Chemie nicht besser aufgepasst haben.«

Allerdings, denkt Jack, denn jetzt schreibt Fuller mit quietschender Kreide chemische Gleichungen an die Tafel und doziert weiter: »Damit eine Oxidation stattfindet, muss ein brennbarer Stoff – darüber reden wir noch – mit Sauerstoff zusammengebracht werden. Dieser Vorgang wird als exothermische – also Wärme erzeugende – Reaktion bezeichnet.«

Schon hat er die Gleichung fertig: $2H + O_2 = 2H_2O$ + Wärme.

»Eine einfache Oxidation«, sagt Fuller. »Wenn man Wasserstoff und Sauerstoff zusammenbringt, bekommt man zwei Wassermoleküle und Wärme. Die Wärme wird in BTU gemessen – British thermal units. 1 BTU ist die Wärmemenge, die benötigt wird, um ein Pfund Wasser um ein Grad Fahrenheit zu erwärmen. Je mehr Wärme entsteht, desto größer also die Temperatur. Oder, einfach gesagt: Je mehr BTUs, desto heißer das Feuer.«

Fuller doziert weiter: »Sehen Sie, Gentlemen, bei einem Feuer müssen drei Dinge zusammenwirken: Sauerstoff, Brennstoff und Wärme. Ohne Sauerstoff keine Oxidation – also kein Feuer. Ohne Brennstoff kein Gegenstand der Oxidation – also kein Feuer. Ein Brennstoff ohne ausreichende Wärmeenergie – das Feuer erlischt.«

»Sehen Sie her«, sagt Fuller und zündet ein Streichholz an. »Wir haben Sauerstoff, wir haben Brennstoff, wir haben Wärmeenergie.«

Das Streichholz brennt ein paar Sekunden und geht aus.

»Was ist passiert?«, fragt Fuller. »Wir hatten jede Menge Sauerstoff, aber nicht viel Brennstoff und nicht viel Wärmeenergie.«

Er zündet ein neues Streichholz an.

»Ich versuche jetzt, den Hörsaal anzuzünden.«

Er hält die Flamme an den Metalltisch.

Die Flamme hinterlässt einen Rußfleck und erlischt.

»Was ist passiert?«, fragt Fuller. »Wir haben Sauerstoff, wir haben Wärmeenergie und eine Menge Brennstoff – der Tisch ist groß. Wo ist das Feuer geblieben?«

»Die meisten Metalle brennen nicht so leicht«, sagt Jack.

»Die meisten Metalle brennen nicht so leicht«, wiederholt Fuller. »So sagt es der Laie, wenn er von Entflammbarkeit spricht. Andere Substanzen sind leichter entflammbar. Zum Beispiel ...«

Er reißt eine Seite aus seinem Schreibblock, zündet wieder ein Streichholz an und hält es an das Blatt. »Papier brennt sofort«, sagt er, wirft das Blatt in einen Blecheimer und klappt den Deckel zu.

»Damit habe ich der Flamme den Sauerstoff entzogen«, kommentiert er. »Sehen Sie, der Flammpunkt des Papiers ist niedriger als der des Tisches. Der Flammpunkt ist die Temperatur, bei der sich ein Brennstoff entflammen lässt. Mit einem einfachen Streichholz kann man Papier entflammen, aber es hat bei weitem nicht genug BTUs, um den Flammpunkt des Metalltischs zu erreichen. Es kann nicht die Oxidation starten, die den Tisch in Brand setzt und weiterbrennen lässt.

Wenn wir dem Feuer mehr Brennstoff hinzufügen und damit genügend BTUs entwickeln, kommt der Punkt, bei dem der Tisch zu schmelzen beginnt. Das ist eine Kettenreaktion, Gentlemen – eine chemische Kettenreaktion. Schwierig im Einzelnen zu beschreiben, weil es ein endloser Zyklus von Kettenreaktionen ist, die in ihren Einzelheiten sehr beeindruckend sind. Aber aus praktischen Gründen reden wir hier von Brennstoffmenge, vom Flammpunkt des Brennstoffs und der Wärmeleitfähigkeit des Brennstoffs.

Also, die Menge des Brennstoffs – in korrekter Terminologie die Brandlast. Warum ist es wichtig, die Brandlast eines abgebrannten Gebäudes zu ermitteln? Wenn Sie zum Beispiel einen geschmolzenen Stahltisch in einem abgebrannten Gebäude vorfinden, und die Brandlast des Gebäudes hätte nicht genügend BTUs erzeugen können, um das Metall zum Schmelzen zu bringen, dann entsteht Klärungsbedarf.

Und Sie sollten lieber mitschreiben, weil Sie die Terminologie brauchen, wenn Sie den Test bestehen wollen.«

Jack schreibt mit.

Er will den Test nicht nur bestehen – er will der Beste sein.

12

Deshalb muss er gewisse Begriffe auswendig lernen.

Wie Brandlast.

Die Brandlast sind die potenziellen BTUs pro Quadratfuß des fraglichen Gebäudes. Man errechnet sie, indem man die Gesamtmasse des Gebäudes ermittelt und mit den gesamten BTUs der verwendeten Materialien multipliziert – 8000 BTUs pro ein Pfund Holz, 16 000 BTUs pro ein Pfund Plastik usw. usw.

Unterschiedliche Materialien erzeugen unterschiedliche Wärme. Holz etwa 8000 BTUs, Kohlen etwa 12 000 BTUs, brennbare Flüssigkeiten zwischen 16 000 und 21 000 BTUs.

Ein weiterer Terminus: die Wärmefreisetzungsrate. Das ist die Geschwindigkeit, mit der ein Feuer zunimmt, und sie hängt von dem Brennstoff ab, von dem es zehrt. Manche Materialien brennen schnell und heiß, andere eher langsam. Die Wärmefreisetzungsrate wird in BTUs pro Sekunde gemessen – eine Energie, die auch in Kilowatt angegeben wird. Ein Müllsack, der mit den üblichen Abfällen gefüllt ist, liefert zwischen 140 und 350 Kilowatt, ein Fernsehapparat etwa 250, eine Petroleumpfütze von zwei Quadratfuß Größe etwa 400. Petroleum erzeugt ein schnelles, heißes Feuer.

Jack lernt, dass Brandlast nicht gleich Brandlast ist, sondern in tote und lebende Brandlast unterteilt wird. Die tote Brandlast ist die Gesamtmasse des Bauwerks mit allen festen Einbauten. Die lebende Brandlast ist die Gesamtmasse aller beweglichen Gegenstände im Bauwerk – Möbel, Geräte, Kunstwerke, Spielsachen, Menschen und Haustiere. Die Ironie liegt darin, dass die »lebende Brandlast« nach einem Brand mit ziemlicher Sicherheit tot ist.

Die Wärmeleitfähigkeit ist sozusagen die Wärmemenge, die eine brennende Substanz abgibt. Manche Substanzen halten einen Großteil ihrer Wärme fest, manche übertragen sie auf andere Substanzen. Jack lernt, dass ein Feuer auf Substanzen mit hoher Wärmeleitfähigkeit treffen muss, damit es sich ausbreiten und seine BTUs steigern kann. Papier zum Beispiel besitzt eine hohe Wärmeleitfähigkeit, während Wasser die Wärme eher schluckt, als sie weiterzuleiten. Die Luft ist wiederum sehr wärmeleitfähig, weil sie 21 Prozent Sauerstoff enthält, daher breiten sich die meisten Gebäudebrände durch Konvektion aus, worunter man die Wärmeübertragung durch ein zirkulierendes Medium – gewöhnlich Luft – versteht. Brände klettern von unten nach oben, weil oben die Luft ist.

»Das Wichtigste ist der Brennstoff«, doziert Fuller. »Sag mir, was du isst, und ich sage dir, wer du bist. Bei Bränden ist es nicht anders. Aus der Brennstoffmasse oder Brandlast eines Bauwerks kann man die Schwere des Brandes, den Brandherd, die Ausbreitungsrichtung und -geschwindigkeit, die Branddauer ermitteln.«

Jack bekommt ein A im Chemietest.

Während er die Tests zurückgibt, steigert sich Fuller zu neuen rhetorischen Höhenflügen.

»Also«, fragt er. »Was passiert bei einem Feuer? Es verläuft genau nach der Dramenkurve eines klassischen Dreiakters, Gentlemen. Und zwar im Rhythmus einer Liebesaffäre: Oxidation, erster Akt: die Schwelphase. Die Liebeswerbung, wenn Sie so wollen, die chemische Reaktion zwischen dem Sauerstoff und festen Molekülen, wobei der Sauerstoff versucht, Wärme in der Festmaterie zu erzeugen. Die Werbephase kann einen Sekundenbruchteil dauern – wenn es eine heiße Affäre mit Benzin oder Petroleum und einem anderen flüssigen Brandbeschleuniger ist, den leichten Mädchen an der entflammbaren Straßenecke, könnte man sagen. Oder, um die Metaphern zu wechseln, flüssige Brandbeschleuniger sind die Aphrodisiaka der Werbephase. Sie sind die legendäre Spanische Fliege, das betörende Glas Wein, der Herrenduft, die Platinum Card, die ganz zufällig neben der Couch liegt. Diese Dinge können die Leidenschaft im Nu entfachen.

Aber die Schwelphase kann auch Stunden oder gar Tage dauern. Das brennbare Material muss hofiert und verwöhnt werden, zum Essen ausgeführt, ins Kino eingeladen werden. ›Komm am Sonntag zum Dinner, meine Eltern möchten dich gern kennenlernen.‹ Das Feuer ist ein geduldiger Verführer! Mit Ausdauer versucht es, ein bisschen Hitze zu erzeugen, und wenn es genügend Luft bekommt, hält es durch. Ein Kuss in den Nacken, ein Griff unter die Bluse, eine Fummelei im Autokino, immer baggern, baggern, baggern, Gentlemen, bis die spröde Materie weich wird, sich verflüssigt und in brennendes Gas verwandelt. Eine tastende Hand unterm Rock, die versucht, den Zündpunkt herbeizuführen … und dann:

Zweiter Akt, die Brandentwicklung. Der Zündpunkt ist erreicht. Jetzt bricht das Feuer aus, flammende Leidenschaft, Gentlemen. Das erhitzte Gas ist leichter als Luft, es steigt auf wie ein Zeppelin. Es reißt den Sauerstoff an sich und staut sich an der Decke. Ist es heiß genug, entflammt es die Deckenmaterialien, es kann auch ein Loch ins Dach schlagen, um an die würzige Frischluft heranzukommen. Die heißen Gase strahlen ihre Hitze auch nach unten ab und entflammen Gegenstände, die sich unter ihnen befinden. Weshalb es passieren kann, dass erst die Zimmerdecke brennt und dann die Möbel.

Es hängt alles nur vom Brennstoff ab, Gentlemen. Ist er eine kühle Blondine mit hohem Flammpunkt und niedriger Wärmeleitfähigkeit, dann erkaltet die Beziehung wegen mangelnder Leidenschaft. Sie können machen, was Sie wollen, Gentlemen, die frigide Zicke springt nicht an. Oder ist sie eine heiße Nummer? Niedriger Flammpunkt, hervorragende Wärmeleitfähigkeit? Dann bleiben Sie dran, dann geht die Post ab. Ist sie heiß genug, erreicht Ihr Feuer schnell die kritische Temperatur. Die Hitzestrahlung an der Decke übersteigt den Zündpunkt aller Gegenstände im Raum, und jetzt fangen die Feen an zu tanzen.

Was meine ich mit dieser esoterischen und etwas weibischen Bezeichnung? Kurz vor dem Flashover, der Durchzündung, Gentlemen, sehen Sie, wie sich kleine Gasflämmchen in der Luft entzünden. Das sind die tanzenden Feen, und wenn man die sieht, ist es Zeit, den Rückwärtsgang einzulegen, Gentlemen. Denn die tanzenden Feen kündigen den dritten Akt an – Wuuusch! –, die Flashover-Phase. Alle brennbaren Oberflächen erreichen den Zündpunkt, und jetzt ist das Feuer völlig außer Kontrolle. Eine rasende Leidenschaft, die alles verschlingt. Nichts kann ihr widerstehen, alles Brennbare macht die Beine breit und ergibt sich der Feuerorgie. Die Hitze steigt mit der Luft nach oben, sie strahlt nach unten ab und wird seitlich durch Wärmeleitung übertragen. Sie wütet in alle Richtungen. Bei jedem Temperaturschritt von etwa zehn Grad *verdoppelt* sich die Wärmeintensität. Die Hitze beschleunigt das Feuer, die Beschleunigung steigert die Hitze. Das ist der Orgasmus, Gentlemen, der ekstatische Höhepunkt der Affäre. Das Feuer brüllt und tobt und stöhnt und röchelt. Es heult wie tausend Furien und brennt, bis nichts Brennbares mehr da ist – oder jemand kommt, der es löscht.«

»Und jetzt rauchen wir erst mal eine.«

Er zündet sich eine Zigarette an und lehnt sich in einer Parodie sexueller Erschöpfung an den Tisch. Nach ein paar Zügen fasst er zusammen: »Also drei Phasen, Gentlemen: Die Schwelphase, die Brandentwicklung und der Flashover. Die erste Phase kommt oft zum Stillstand, aus Mangel an Energie, aus Mangel an Sauerstoff, die zweite Phase kann durch beherztes Eingreifen gestoppt werden, doch für die dritte Phase, den Flashover, gilt nur eines: Macht die Schotten dicht!

Was ist also ein Feuer? Eine trockene chemische Interaktion von Molekülen. Ein Dreiakter mit oftmals tragischem Ausgang. Eine Metapher für Sex, die auch unseren Sprachgebrauch beherrscht: eine ›flammende Leidenschaft‹. ›Du machst mich ganz heiß, Baby!‹ Die stereotype Verführungsszene auf dem Bärenfell vor dem lodernden Kaminfeuer. Ein Feuer, das nur durch Absonderung kühlender exothermischer Flüssigkeiten gelöscht werden kann.

Das ist die Chemie, die der alte Prometheus instinktiv begriff«, sagt Fuller. »Er gab sie an die Menschen weiter, die sie nun benutzen, um ihre Höhlen zu heizen, ihr Essen zu kochen – und ihre Mitmenschen auf jede erdenkliche Art ins Jenseits zu befördern.«

»Die Funken sprühen, und die Adler fressen sich satt.«

Er drückt die Zigarette aus und wirft sie in den Blecheimer. »Wagen wir also ein Tänzchen!«

Ein Tänzchen?

13

Der verrückte Hund schickt sie in ein brennendes Haus.

Jack ist begeistert.

Feuerwehrschule – das ist der Hammer!

Der kleine Mann mit dem irischen Akzent führt sie zu einem Platz mit einem zweistöckigen Betonkasten, der aussieht wie von einem sowjetischen Architektenkollektiv entworfen. Das Ding hat Türen und Fenster und überall Feuertreppen, und es stehen dort Feuerwehrleute rum, die sich schon die Lippen lecken, als sie die Studenten kommen sehen.

Sie haben so ein Schmunzeln im Gesicht, die Feuerwehrleute, als wollten sie sagen: *Willkommen in der Welt des Feuers. Unsere Schläuche warten schon.*

Da liegt auch ein Haufen Atemschutzmasken – der die Studenten ein klein wenig *nervös* macht.

Ein älterer Feuerwehrmann zeigt ihnen, wie man die Masken aufsetzt und wie man sie benutzt.

Fünf Minuten später steht Jack mit seinen Mitstudenten dichtgedrängt im Obergeschoss des Betonkastens, es ist heiß und stickig, und dann wird es stockdunkel, weil die Tür zuknallt. Ein paar fangen an, hektisch ihre Masken aufzusetzen, doch eine Lautsprecherstimme brüllt: *Noch nicht!!!*

Erst sollen Sie eine Erfahrung machen, Gentlemen.

Das Ersticken oder die Asphyxie.

Als Erstes spürt Jack die Hitze, dann füllt sich der Raum mit Rauch. Das ist der Irrsinn, denkt Jack, und Irrsinn deshalb, weil er hier mit einem Haufen Kerle in einen finsteren Raum eingesperrt ist, in dem es irgendwo brennt.

Jack weiß, was hier gespielt wird.

Wer jetzt die Maske aufsetzt, bevor der Befehl dazu kommt, ist draußen – aus dem Haus, aus der Schule, aus dem Rennen. Also hockt er sich so tief wie möglich auf den Boden, wo es noch ein bisschen Luft gibt. Schon fangen seine Augen an zu brennen und zu stechen, er würgt und schnappt nach Luft wie alle anderen, und er spürt eine Urangst – das, was man gemeinhin Panik nennt. Er spürt sie und kostet sie aus. Sie *wollen*, dass ich das spüre, mit diesem Gefühl wollen sie mich konfrontieren. Wollen, dass ich aufgebe, durchdrehe, ausraste.

Was tatsächlich ein paar machen – doch die sind Geschichte, längst vergessen. Jack sagt sich: *Scheiß drauf*. Mehr als einmal in seinem jungen Leben war er unter einer Welle begraben. Er weiß, wie das ist, wenn man keine Luft kriegt. Also sagt er sich: *Nur zu, Jungs. Eher krepiere ich, als dass ich nach der Maske greife.*

Er ist trotzdem sehr erleichtert, als er Fuller brüllen hört: *Masken auf, ihr blöden Hunde!* Nur dass das im Dunklen und in dem Gedränge gar nicht so einfach ist, wenn sie mit den Ellbogen aneinanderstoßen, wenn das Gehirn den Händen befiehlt, sich verdammt noch mal zu beeilen, und die Hände dem Gehirn mit dem Fingern Fuck you signalisieren, bis – *aaaahhhhhhh!* – die Maske endlich sitzt.

Nie war Sauerstoff so köstlich.

Dann geht die Tür auf, ein erlösender Lichtstrahl dringt in diese Ersatzhölle, und Jack sieht ein paar Jungs stehen, ein paar sind umgefallen, einer hockt am Boden und fummelt immer noch an seiner Maske. Der ist gleich erledigt, denkt Jack, duckt sich und presst ihm die Maske vors Gesicht, schnallt sie ihm fest, und in dem Moment kommt Fullers Stimme über den Lautsprecher: *Raus mit euch, ihr Vollidioten!*

Jack reißt sich kurz die Maske runter und brüllt: »Immer mit der Ruhe, Jungs!«

Einer steht neben der Tür und spielt Verkehrspolizist und schiebt die Jungs der Reihe nach raus. Jacks Schützling geht es aber wirklich dreckig, er kommt nicht hoch, also hilft Jack ihm auf die Beine. Wartet an der Tür, bis er dran ist, und schleppt ihn raus auf die Feuertreppe.

Die natürlich brennt.

Ist ja irre, denkt Jack, als er das Dach sieht – ein einziges Flammenmeer. Das Geländer der Feuertreppe ist eine Feuerschlange, und Flammen schlagen aus den Fenstern, an denen sie vorbei müssen.

Jack entdeckt Fuller und den Hauptmann auf einem nahen Beobachtungsturm, also lässt er den Kumpel los und gibt ihm einen kleinen Schubs die Treppe runter, die sowieso von den anderen verstopft ist, so dass er sich nicht weh tun wird, und wenn doch, ist es besser für ihn, sich eine Beule zu holen, als sich vor aller Augen raustragen zu lassen.

Damit die Sache noch lustiger wird, werden sie von den Feuerwehrleuten mit dem Schlauch bespritzt, so dass Jack, als er unten ankommt, halb erstickt, halb blind, versengt, verbeult und voll durchnässt ist.

Der ganze Kurs liegt auf dem Beton verstreut, inmitten der Pfützen, aber alle sind glücklich, dass sie noch atmen und nicht brennen, als Fuller kommt und sie in Augenschein nimmt.

Er zündet sich eine Zigarette an und zeigt ebenfalls dieses gemeine Schmunzeln. »Irgendwelche Fragen?«

Jack hebt die Hand.

»Mr. Wade?«

»Darf ich noch mal rein?«, fragt Jack.

Ja, die Feuerwehrschule.

Ein irrer Ritt.

Besser als jeder Vergnügungspark.

14

Dass eine Schule so viel Spaß machen kann, ist ihm fast unheimlich.

Er büffelt, was das Zeug hält, und am Abend trinkt er ein paar Bierchen mit den anderen.

Nach der Feuerchemie kommt die Bautechnik. Diesmal kein irischer Professor, sondern einer von hier, studierter Bauingenieur und der klassische Bauunternehmer: glatt zurückgekämmtes Haar wie in den Zeiten der Großen Depression, weißes Hemd mit kurzen Ärmeln und in der Brusttasche stecken Drehbleistift und Winkelmesser.

Aber der Knabe weiß Bescheid.

Das ist der leichte Teil der Ausbildung für Jack, weil er ja vom

Bau kommt. Jedes Fachwort, das an der Tafel erscheint, ist bei Jack schon abgehakt. Jetzt geht es nicht um Sex, Chemie, antike Dramen, sondern um Gauben, Fallrohrschellen, Fensterstützbalken, Unterzüge, Türstürze. Jetzt geht es um Treppenpfosten, Hängesäulen, Dachbalken und Wandverkleidungen, alles Sachen, die ihm sein Vater auf die harte Tour beigebracht hat. Was bedeutet, das Zeug ranzuschleppen, reinzubauen, falsch reinzubauen, wieder rausgerissen zu kriegen und alles von vorn zu machen. Jack weiß also genau, wovon der Baumensch spricht.

Als Nächstes fahren sie zu einem Rohbau, der in einem riesigen alten Wellblech-Hangar aufgestellt ist.

Das Ding sieht aus wie ein Saurierskelett im Museum.

Ein kleines Haus mit Gaubenfenstern, die eine Hälfte im Rohbau, die andere fertiggestellt mit Wänden, Schindeln, Türen und Fenstern und allem drum und dran.

Als Erstes müssen die Studenten jedes Holzteil in der Skelett-Hälfte benennen – Türstock, Ständer, Kehlbalken –, dann die Holzsorte und das Format bestimmen – Kiefer, 3x6 Zoll, 2x4 Zoll und so weiter und so fort. Und als das alle beherrschen, geht es zur fertigen Haushälfte, jetzt kommen die Fensterrahmen dran, die Glassorten, die Deckleisten, die Geländerpfosten, all das Zeug, das zur »toten Brandlast« gezählt wird, Nahrung für das Feuer.

Jack meistert auch die Bautechnik mit Bravour.

Nun geht es zu den Geräten, die in einem großen leeren Lagerhaus mit zahllosen Feuerlöschern aufgereiht sind, und sie legen Feuer unter Fernsehern, Mixern, Radios, Weckern und was es noch so gibt. Sie lernen, wie sich diese Geräte unter verschiedenen Hitzegraden verhalten. Was ein bisschen blöd ist, denn sie wollen schließlich löschen und nicht kokeln lernen. Wer eine halbe Stunde lang die Fernbedienung gequält hat, ohne eine anständige Sendung zu finden, hat vielleicht Lust, seinen alten 22-Zoll-Panasonic abzufackeln, aber Jack lernt nun, dass man dafür eine ganze Menge Hitze aufbauen muss.

Sie versuchen also den ganzen Tag, Dinge anzuzünden, und abends brütet Jack über den Büchern. Jetzt gibt's keine strapaziöse Praxis mehr, dafür wird die Theorie immer härter, und wer eine Prüfung verhaut, kann einpacken. Die Jungs machen schlapp wie dicke Männer beim Marathon. Reihenweise.

Jack schlägt sich halbe Nächte um die Ohren, um sich das Ohmsche Gesetz einzupauken (»Stromstärke gleich Spannung durch Widerstand«) oder sich den Zündpunkt von Magnesium einzuprägen (1200 Grad Fahrenheit) oder wie lange man ein Zweizollbrett einer Temperatur von 4500 Grad Fahrenheit aussetzen muss, damit es brennt (45 Minuten).

Den ganzen Tag werden Elektroingenieure auf sie angesetzt, Brandspezialisten, Heizungsbauer, sogar Juristen, so dass Jack in den Nächten nicht nur das Explosionsverhalten von Methan studiert, die Zündtemperatur von Magnesium und die Zerlegung von Zellulose über offener Flamme ($C_6H_{10}O_6 + 6\,O_2 = 5\,H_2O + 6\,CO_2$ + Wärme), nein, auch die Bedeutung der Prozesse Michigan gegen Tyler, und The People gegen Calhoun und dazu die Bundesgesetzgebung im Beweisrecht, betreffend die Sammlung und Aufbewahrung von Beweismitteln bei Brandfällen zum Zweck des Nachweises von Brandstiftung.

Man stelle sich vor: Derselbe Jack Wade, der sich nicht mal zwei Kapitel des *Moby Dick* reinziehen konnte, schreibt nun Aufsätze über Verfassungsrecht. Derselbe Jack, der in der Klippschule in Mathe ausgestiegen ist, kann nun vorrechnen, wie viel Kohlenmonoxid entsteht, wenn eine bestimmte Menge Polyurethan bei einer bestimmten Temperatur verbrennt.

Jack hängt sich aber auch gewaltig rein.

Lernt, wie man einen Brandort dokumentiert, eine Lageskizze zeichnet, die Entwicklung des Brandes in die Skizze einträgt, wie man Beweisfotos macht, was man fotografiert und wie es belichtet wird, wie man Notizen macht und Proben nimmt, wie man Beweismittel sammelt und aufbewahrt, wie man Verdächtige vernimmt, wie man Zeugen vernimmt, wie man eine Verhaftung vornimmt, wie man vor Gericht aussagt.

Viele springen ab, es gibt immer mehr leere Plätze im Hörsaal, immer mehr leere Barhocker, wenn sie sich mal ein Bier genehmigen, aber Jack hält durch.

Nimmt alles mit.

Staunt über sich selbst.

Dann kommt Captain Sparky.

15

Er heißt nicht wirklich Sparky, sondern Sparks.

Wenn einer, der Sparks heißt, zur Feuerwehr geht, ist er ein harter Hund. Einer, dem scheißegal ist, ob die Leute über ihn lachen.

Den Namen Captain Sparky hat ihm Jack angehängt, das war irgendwie zwingend. Doch Humor ist von Captain Sparky nicht zu erwarten. Er verbreitet den tödlichen Ernst einer Computertomographie und sagt den Studenten unverblümt, dass er sie fertigmachen wird.

Captain Sparky steht in seiner blauen Uniform vor ihnen und sagt: »Gentlemen, dass Sie diese extrem teure Ausbildung erhalten, hat nur einen einzigen Zweck: Sie sollen befähigt werden, einen Brand zu untersuchen und Brandherd und Ursache zu ermitteln. Sollten Sie diesen Kurs erfolgreich hinter sich bringen, wird das der einzige Inhalt Ihres Berufslebens.«

Er blickt sie an, als wäre er Jesus Christus, der Petrus befiehlt, eine Kirche zu gründen. Und sich dabei denkt: Diese trüben Tassen werden überhaupt nichts gründen.

Doch da er nun mal keine besseren Leute bekommt, muss er mit dem vorliebnehmen, was da vor ihm sitzt, und er fährt fort: »Von der Exaktheit Ihrer Ergebnisse hängt das Leben von Menschen ab, ihre Existenz, ihre finanzielle Situation. Ihre Ermittlungen sind die Grundlage für die Entscheidung, ob Anklage erhoben wird oder nicht, ob Strafe oder Freispruch erfolgt, ob Personen oder Firmen zivilrechtlich belangt werden oder nicht. Ihre Kompetenz oder Inkompetenz bestimmt also über das Schicksal von Menschen oder Firmen. Ich werde alles in meiner Macht Stehende tun, um zu verhindern, dass inkompetente Ermittler auf die Menschheit losgelassen werden. Und ›im Zweifel zugunsten des Angeklagten‹ zählt bei mir nicht. In diesem Kurs gibt es nur Entweder-Oder. Entweder, Sie bestehen mit der Bestnote, oder Sie fliegen.«

Was Jack nicht weiter beunruhigt, denn so ist er es von Kind auf gewöhnt: Entweder du machst es richtig, oder du machst es noch mal, bis es richtig ist – oder du gehst.

Also denkt er sich: *Nur zu, Captain Sparky.*

»Regel Nummer eins bei der Brandursachenermittlung«, sagt der Captain, »und ich zitiere, damit Sie sich die Regel Wort für Wort einprägen: ›Sofern nicht alle relevanten Hinweise auf eine Straftat deuten, muss der Brand als Unfall gewertet werden, selbst wenn es direkte Hinweise auf eine Straftat gibt.‹

Mit anderen Worten: Solange sich nicht alle denkbaren technischen und natürlichen Ursachen ausschließen lassen, können Sie nicht auf Brandstiftung plädieren. In dem Fall heißt es: ›Brandursache unbekannt‹.

Schauen wir mal, wie sich die Ursachen von Brandunfällen klassifizieren lassen ...«

Man unterscheidet natürliche, elektrische und chemische Ursachen. Die natürlichen sind die Brände von Gottes Hand. Blitzschlag, Flächenbrand, die Apokalypse. Ein Heimspiel für den Ermittler, denn wenn ein Haus vom Blitz getroffen wird, gibt es für ihn nicht viel zu tun.

Hauptursache für technische Brände sind Schäden an der Elektrik, erfährt Jack. Und die sind nun so lange Thema, bis er denkt, er soll zum Elektriker ausgebildet werden. Sie werden von Elektroingenieuren und Elektrotechnikern getriezt, bis in die Nächte hinein brütet Jack über den Standardschaltungen für ein klassisches Einfamilienhaus.

Sie kriegen verschmorte Kabel, Steckdosen, Heizdecken vorgelegt: »Sind das die Folgen oder die Ursachen eines Brandes? – Das müssen Sie eindeutig erkennen.«

Sie lernen, wie es aussieht, wenn jemand einen Schutzschalter manipuliert, um einen Schaltungsbrand vorzutäuschen. Sie lernen, wie Menschen aus Versehen ihr Haus anzünden, indem sie Verlängerungsschnüre überlasten oder den Hund auf ihnen herumkauen lassen oder mehr Geräte einschalten, als ihre Anlage erlaubt.

Elektrizität ist Hitze, lernt Jack, sie unterliegt den Gesetzen der Physik. Das heißt, Elektrizität ist das Frühstadium einer Schmorphase, die nur auf den auslösenden Impuls wartet.

Chemische Ursachen: Propan-, Erdgas-, Methanexplosionen. Da sucht man dann nach Bedienungsfehlern, schlampigen Installationen, technischen Schäden. Ein neues Gebiet für Jack, denn jetzt sind die Heizungsfachleute dran, und sie zerlegen Ölheizungen und Pumpen, Propangasflaschen, Gasanschlüsse, Zündsysteme. Er lernt, wie diese Sachen aussehen müssen und wie sie aussehen, wenn etwas nicht stimmt.

Auch ein Chemieunfall: Rauchen im Bett. Eine der häufigsten Brandursachen und hochinteressant. Eine Doppelmatratze aus Polyurethanschaum hat eine Wärmefreisetzungsrate von 2630 (dreimal so viel wie ein großer ausgedörrter Weihnachtsbaum). Wenn man so ein Ding anzündet, überträgt es seine Wärme auf das ganze Zimmer einschließlich seiner Insassen.

Das waren also die drei Hauptursachen von Brandunfällen.

»Um die genaue Brandursache zu bestimmen«, erklärt Captain Sparky, »müssen Sie den Brandherd lokalisieren.«

Der Brandherd ist das Entscheidende. Wenn man ihn findet, hat man fast immer die Brandursache. Man findet ein zerfranstes Kabel, einen kaputten Heizofen, eine Matratze, die aussieht wie mit Napalm behandelt.

Am wichtigsten sind Herd und Ursache, H & U.

Weshalb sie zum Thema der Abschlussprüfung werden.

Für die Abschlussprüfung wird ein Haus angezündet.

Die Ausbilder fahren zu einem abrissreifen Farmhaus am Stadtrand und zünden es an. Captain Sparky bringt die Studenten dorthin und sagt: »Gentlemen, das hier ist Ihre Abschlussprüfung. Übernehmen Sie die Ermittlung, stellen Sie Herd und Ursache fest.«

Wer sie findet, hat bestanden.

Wer nicht, darf gehen.

So soll es sein, denkt Jack. Entweder du kannst es, oder du packst ein.

Dann sagt Sparky: »Gentlemen, Sie sitzen alle im selben Boot. Arbeiten Sie zusammen. Liefern Sie einen Gemeinschaftsbericht zu Herd und Ursache. Ist er falsch, sind Sie alle draußen. Und Sie wissen ja: nichts überstürzen. Sie haben Zeit bis morgen früh, sieben Uhr, Gentleman, viel Glück.«

Sparky wirft ihnen ein Heft mit den Adressen der Eigentümer und Nachbarn hin. Diese Leute haben je fünfzig Dollar dafür bekommen, dass sie den Studenten auf bestimmte Fragen bestimmte Antworten geben. Sparky wirft ihnen also das Heft hin, dann geht er.

Lässt die Studenten stehen, die nun fluchend auf dieses ausgebrannte Gerippe eines Hauses starren.

»Na los, fangen wir an«, sagt Jack und übernimmt das Kommando, damit sie nicht wie eine Elefantenherde in das Haus einfallen und sämtliche Spuren zertrampeln. »Erst gehen wir um das Haus herum, und jeder macht sich Notizen. Ferri, du fotografierst, Garcia, machst du die Skizze?, Krantz und Steward, ihr nehmt euch die Nachbarn vor. Myers, du befragst die Eigentümer und nimmst das auf Band auf ...«

Ein paar bleiben einfach stehen und starren ihn an: *Wer hat dich hier zum Boss gemacht?*

Jack sagt: »Hey, Jungs, ich will nicht durchfallen.«

Also bewegt euch.

Vier Uhr morgens treffen sie sich zur Besprechung.

Feuer im Sicherungskasten, lautet die Diagnose.

Ein überlasteter Schutzschalter.

Sie haben starke Verkrustungen am Kasten vorgefunden und die schwersten Hitzeschäden direkt oberhalb des Kastens – ein großes schwarzes V.

Eine klare Sache, wie es scheint.

Die Jungs, die den Fußboden überprüft haben, melden: keine Abplatzungen im Beton, keine Spuren von Brandbeschleunigern.

Die Bewohner waren zur Brandzeit zu Hause.

Die Nachbarn haben nichts Außergewöhnliches bemerkt.

Die Brandspuren passen zum Brandherd.

Die Brandschäden entsprechen der Wärmefreisetzungsrate.

Alle sind sich einig: Ein technischer Brand der Klasse C.

»Ich bin da anderer Meinung«, sagt Jack.

Und bekommt das genervte Stöhnen von vierzehn erschöpften Männern zu hören.

»Was soll der Scheiß?«, fragt Ferri und ist echt sauer.

»Ich sehe das anders«, sagt Jack. »Für mich ist es Brandstiftung.«

»Dieser verfluchte Wade«, schimpfen andere. »Sei doch nicht so ein Arschloch, Wade ... du nervst, aber echt, Mann!« Ein Feuersturm des Protests, könnte man sagen, und Ferri führt das große Wort.

»Hör mal. Jetzt sind wir schon über fünfzehn Stunden an der Sache dran. Wir sind fertig! Spiel hier nicht den Superbullen! Ein durchgeschmorter Schalter ist kein Kapitalverbrechen!«

»Jemand hat den Schalter manipuliert«, sagt Jack. »Die Schutzkappe der Stellschraube fehlt.«

»Wenn du mich fragst, Wade, fehlt bei dir 'ne ganze Schraube.«

»Diese Stellschrauben haben immer eine Schutzkappe aus Plastik«, sagt Jack. »Wo ist die geblieben?«

»Abgeschmolzen«, sagt einer.

»Die schmilzt nicht ab«, sagt Jack. »Die schmilzt *auf*. Und davon ist nichts zu sehen. Jemand hat an der Stellschraube des Schutzschalters gedreht. Um das zu tun, muss man die Schutzkappe abbrechen. Ich denke da an die Eigentümer.«

»Die haben wir uns angesehen«, sagt Krantz. »Da gab es nichts Auffälliges.«

»Habt ihr ermittelt, wie hoch ihre Hypotheken sind?«

»Nein«, sagt Krantz.

»Warum nicht?«

»Wir sind von einem technischen Brand ausgegangen.«

»Sind die Eigentümer berufstätig?«

»Ja.«

»Habt ihr beim Arbeitgeber nachgefragt?«

»Nein ...«

»Scheiße«, sagt Jack, schon kurz vorm Explodieren.

»Tut mir leid«, sagt Kranz.

»Das bringt gar nichts. Mach lieber deinen Job.«

»Komm runter«, sagt Ferri.

»Komm du runter«, sagt Jack. »Diese Arschlöcher haben gepfuscht!«

»Hör mal zu, Großmaul«, sagt Ferri, »bloß weil du hier Eindruck schinden willst ...«

»Hast du eine Erklärung für die fehlende Schutzkappe, Ferri?«, fragt Jack. »Jemand anders?«

Keiner reagiert.

»Stimmen wir doch ab«, schlägt Ferri vor. Weil er weiß, dass Jack vierzehn zu eins überstimmt wird.

»Den Scheiß werd ich tun!«

»Bist du hier der Diktator oder was?

»Ich weiß, dass ich recht habe.«

Es entsteht eine peinliche Stille. Endlich sagt einer – es ist der, den Jack aus dem Betonbau geschleppt hat: »Scheiße, Jack, ich hoffe, du hast wirklich recht.«

Jetzt schreiben sie den Bericht. Brandstiftung – durch Manipulation des Schutzschalters.

Jack betritt den Seminarraum als Erster. Er trägt das Gewicht seiner vierzehn Mitstudenten auf den Schultern. Sechs Wochen Büffeln von früh bis spät. Und es könnte alles umsonst gewesen sein.

Captain Sparky kommt herein und nimmt den Bericht vom Tisch. Liest ihn im Stehen, während fünfzehn Studenten die Luft anhalten. »Und Sie sind sich sicher?«, fragt er.

»Wir sind uns sicher«, sagt Jack.

»Ich gebe Ihnen noch eine Chance«, sagt Sparky. »Gehen Sie eine Stunde raus, überlegen Sie, prüfen Sie nach.«

Scheiße, denkt Jack. Ich hab die ganze Truppe über Bord gehen lassen. Und ausgerechnet Sparky wirft uns die Rettungsleine zu. Wir müssen nur zugreifen.

Ferri hebt die Hand.

»Ja?«, fragt Sparky.

Ferri hat Mumm, Ferri ist ein Kerl. Er zeigt auf den Bericht und sagt: »Das ist unser Ergebnis, Sir. Wir stehen dazu.«

Sparky zuckt die Schultern. »Sie hatten Ihre Chance.«

Greift zum Rotstift und reißt den Bericht in Fetzen.

Jack möchte im Boden versinken, spürt dreizehn bohrende Blicke im Rücken. Ferri guckt zu ihm rüber, und sein Blick sagt: Pech gehabt!

Ferri ist ein Kerl.

Sparky beendet sein Massaker, blickt auf und sagt: »Dass Sie das mit der Schutzkappe rauskriegen, hätte ich nicht gedacht.«

Typisch Sparky, denkt Jack. Wir haben die richtige Antwort, und er will uns die falsche verkaufen, um uns alle reinzulegen.

»Sie können gehen«, sagt Sparky. »Gute Arbeit, Gentlemen. Morgen ist feierliche Zeugnisübergabe. Ziehen Sie sich an wie Erwachsene.«

Das war die Feuerwehrschule.

Ein irrer Ritt.

Und seitdem weiß Jack, was er zu tun hat, wenn er einen Brandschaden ermittelt. Weshalb sich Goddamn Billy nicht weiter wundert, als Jack mit einem Hund unterm Arm in sein Büro kommt.

16

Oder in sein Büro rauskommt. Billy sitzt draußen neben dem riesigen Säulenkaktus, den er sich aus dem südlichen Arizona besorgt hat.

Es ist ein Tag nach Billys Geschmack, denkt Jack, heiß, trocken und windig. Ein Tag, der mal wieder daran erinnert, dass Südkalifornien im Wesentlichen Wüste ist, mit ein paar zähen Gräsern, zu viel Bewässerung und einer Armee von begnadeten Gärtnern, die vor allem aus Mexiko und Japan stammen.

»Und?«, fragt Billy.

»Rauchen im Bett«, sagt Jack. »Ich wollte gerade die Akte anlegen.«

»Spar dir die Mühe«, sagt Billy und reicht ihm einen Ordner.

Jack blättert sich zum Versicherungsschein durch. Der Versicherungsschein ist das Blatt, auf dem die Art und die Höhe der Versicherung festgehalten sind.

1,5 Millionen für das Haus.

Was nicht weiter verwundert. Es ist ein großes, schön gebautes Haus mit Ozeanblick. Die Summe gilt nur für das Gebäude selbst. Das Grundstück ist wahrscheinlich eine weitere Million wert – mindestens.

Dann 750 000 Dollar für das Inventar.

Die Maximalsumme, denkt Jack. Das Inventar kann man maximal bis zur Hälfte der Gebäudeversicherung versichern. Wenn das Inventar wertvoller ist, muss man es zusätzlich versichern, was Vale mit Sicherheit getan hat.

»Heilige Scheiße«, sagt Jack.

500 000 Dollar Zusatzversicherung.

Was hat er in dem Haus aufbewahrt, dass er es mit 1 250 000

Dollar versichert?, fragt sich Jack. Und wie viel davon hat im Westflügel gesteckt?

»Die Leute, die das unterschrieben haben, müssen voll bekifft gewesen sein.«

»Reiß dich zusammen.«

»Die Konditionen sind jedenfalls absolut gaga.«

»Wir sind hier in Kalifornien.« Billy zuckt die Schultern. Die Konditionen sind natürlich gaga, aber in Kalifornien ist alles gaga. »Wieviel von dem Zeug ist zerstört?«

»Ich war noch nicht im Haus.«

»Warum nicht?«

»Diesen Hund hab ich hinterm Haus gefunden, und ich dachte, ich gebe ihn erst mal der Familie zurück.«

Als Billy hört, dass der Hund draußen war, hebt er vielsagend die Augenbraue. Zieht genüsslich an seiner Zigarette und fragt: »Rausgerannt, als die Feuerwehr kam?«

Jack schüttelt den Kopf. »Kein Ruß, kein Rauchgeruch, keine Sengstellen im Fell.«

Hunde verhalten sich gewöhnlich wie Helden. Bricht ein Feuer aus, rennen sie nicht weg, sondern halten die Stellung.

»Der Hund war draußen, *bevor* es brannte«, sagt Jack.

»Bitte nicht ins Blaue.«

»Ich treffe nur ins Schwarze. Und ich glaube, Mrs. Vale hatte den Hund rausgelassen, damit er sein Geschäft machen kann, und dann vergessen. Sie war voll im Tee. Wie auch immer, die Kinder sollen ihren Hund zurückkriegen.«

»Dem steht nichts im Wege. Vale hat vor einer halben Stunde hier angerufen.«

Sieh da!

»Das ist wohl ein Witz?«

»Er will, dass du zu ihm kommst.«

»*Jetzt?*«, fragt Jack. »Seine Frau ist seit gerade mal sechs Stunden tot, und er will den Schaden reguliert haben?«

Billy drückt die Zigarette an einem Felsblock aus. Die Kippe gesellt sich zu ihren Geschwistern im Wüstensand.

»Sie lebten in Trennung«, sagt Billy. »Vielleicht hat es ihn nicht so mitgenommen.«

Er gibt Jack die Adresse in Monarch Bay und zündet eine neue Zigarette an.

»Und, Jack: Hol dir eine Aussage von ihm.«

Als ob es dieses Hinweises bedarf.

Billy weiß, dass sich die meisten Regulierer mit dem Polizeibericht begnügen, ihn an die Akte heften und mit dem Regulieren beginnen.

Nicht so Jack.

Gibt man ihm eine fette Akte, arbeitet er sich daran ab.

Das liegt daran, vermutet Billy, dass Jack keine Frau hat, keine Kinder, nicht mal eine Freundin. Er muss nicht zum Essen zu Hause sein oder zum Schulballett in der Turnhalle, er muss nicht mal daten. Da er auch keine Exfrau hat, muss er nicht jedes zweite Wochenende mit den Kindern verbringen oder drei Wochen mit ihnen in die Ferien fahren oder ihm mit Sprüchen kommen wie *Ich muss zu Johnnys Fußballspiel, oder er landet wieder in der Therapie.*

Jack hat seinen Beruf, ein Auto und ein paar alte Surfbretter.

Ein Privatleben hat er nicht.

Deshalb ist er genau der Richtige für die Akte Vale.

Als er durchs Foyer läuft, spricht ihn die Empfangssekretärin an: Olivia Hathaway wolle mit ihm reden.

»Sagen Sie ihr, ich bin nicht da.«

Olivia Hathaway hat ihm gerade noch gefehlt.

»Sie hat Ihr Auto auf dem Angestelltenparkplatz gesehen.«

Jack seufzt. »Haben Sie einen Raum frei?«

»Eins-siebzehn«, sagt die Sekretärin. »Sie hat ihn schon bestellt. Es ist ihr Lieblingsraum.«

»Sie mag das Gemälde mit dem Segelboot«, sagt Jack. »Können Sie einen Moment auf den Hund aufpassen?«

»Wie heißt er denn?«

»Leo.«

Fünf Minuten später sitzt Jack Ms. Hathaway gegenüber.

17

Olivia Hathaway.

Eine winzige Frau, vierundachtzig, gepflegtes weißes Haar, ein hübsches Altersgesicht und funkelnde blaue Augen.

Heute trägt sie ein elegantes weißes Kleid.

»Es geht um meine Löffel«, sagt sie.

Jack hat es geahnt. Mit Olivia Hathaways Löffeln befasst er sich seit mehr als drei Jahren.

Hier ist die Geschichte von Olivia Hathaways Löffeln: Vor drei Jahren bekam Jack einen Diebstahl zur Bearbeitung. In das kleine Haus der einundachtzigjährigen Witwe Olivia Hathaway in Anaheim war eingebrochen worden. Jack suchte sie auf und wurde mit Tee und frischem Gebäck bewirtet.

Nach zwei Tassen Tee und etlichen Keksen kannte er ihre verzweigte Familiengeschichte und wusste alles über ihre neun Enkel und drei Urenkel, bevor sie auf den Diebstahl zu sprechen kam. Jack hatte an dem Tag zwar noch fünf andere Schäden zu regulieren, aber er fand es ganz in Ordnung, der charmanten alten Dame ein wenig Zeit zu widmen.

Es stellte sich heraus, dass bei dem Einbruch nur eine Sammlung von Löffeln verschwunden war.

Klingt absurd, dachte Jack, doch als er aus dem Fenster sah und zwischen der Crystal Cathedral und einer Reklametafel mit gigantischen Micky-Maus-Ohren die Riesennachbildung des Matterhorns mit künstlichem Schnee erblickte, wunderte er sich über gar nichts mehr.

Olivia Hathaway hatte den Wert der Löffel auf 6000 Dollar schätzen lassen – »Wissen Sie, Jack, ich lebe nicht ewig, und ich muss an mein Testament denken« –, bei diesem Gedanken bekam sie feuchte Augen, denn vier der Löffel waren aus Sterling-Silber, ein Andenken an ihre Urgroßmutter aus dem schottischen Dingwall. Sie entschuldigte sich, um nach einem Papiertaschentuch zu suchen, und als sie wieder hereinkam, fragte sie Jack, ob er ihr helfen könne, die Löffel zu finden.

Jack erklärte ihr, er sei nicht von der Polizei, werde sich dort zwar den Bericht geben lassen, könne aber leider nichts weiter tun, als den Schaden zu ersetzen.

Olivia Hathaway verstand.

Ganz zerknirscht und mitgenommen rief Jack bei der Polizei von Anaheim an und fragte nach dem Bericht, doch der Diensthabende lachte lauthals und legte auf.

Also tippte er ihren Namen ins zentrale Schadensregister ein und stellte fest, dass die Löffel von Olivia Hathaway schon vierzehnmal »gestohlen« und entschädigt wurden – jedesmal bei einer anderen Versicherung und jedes Jahr einmal. Seit dem Tod von Mr. Hathaway.

Die Löffel der Olivia Hathaway sind das, was im Versicherungsjargon als »Rentenaufbesserung« bezeichnet wird. Erstaunlich ist nur, dass alle dreizehn Versicherungen den Schaden bezahlt haben.

Jack ruft bei Fidelity Mutual an, und es stellt sich heraus, dass ein alter Bekannter, Mel Bornstein, den Fall bearbeitet hat.

»Hast du den Schaden reguliert?«

»Ja.«

»Und hast du die vorangegangenen Regulierungen gesehen?«

»Ja.«

»Warum hast du dann gezahlt?«

Bornstein lacht hysterisch und legt auf.

Jetzt fragt Jack bei den Regulierern Nummer neun, zehn und dreizehn an, und alle brechen in ein ziemlich hysterisches Gelächter aus, bevor sie auflegen.

Drei lange Jahre später weiß Jack, warum seine Vorgänger anstandslos gezahlt haben. Damals steckte er in einer Klemme: Er war verpflichtet, den Betrug zu melden, die Versicherung zu kündigen und die Regulierung abzulehnen. Aber er brachte es nicht über sich, Olivia Hathaway anzuzeigen und ihrem Schicksal zu überlassen – ohne Versicherungsschutz. Was, wenn es bei ihr brannte? Wenn jemand auf ihrem Gehsteig stürzte und sich verletzte? Wenn es wirklich zu einem Einbruch kam? Also beschloss er, die Regulierung abzulehnen und die ganze Geschichte zu vergessen.

Zwei Tage nach seinem Ablehnungsbrief erschien sie zum ersten Mal in seinem Büro, und seitdem führen sie etwa alle vierzehn Tage das immergleiche Gespräch. Sie schreibt keine Briefe, sie wendet sich nicht an seine Vorgesetzten, sie beschwert sich nicht beim Ministerium, sie verklagt ihn nicht. Sie kommt einfach immer und immer wieder, und sie führen jedesmal das gleiche Gespräch.

»Jack, Sie haben versäumt, mir meine gestohlenen Löffel zu ersetzen.«

»Ich habe es nicht versäumt, Mrs. Hathaway«, erwidert Jack. »Ihre Löffel wurden nicht gestohlen.«

»Aber natürlich, Jack!«

»Nun gut, sie wurden vierzehnmal gestohlen.«

Sie seufzt. »Die Gegend hat sich sehr zu ihrem Nachteil verändert, Jack.«

»Sie wohnen ganz in der Nähe von Disneyland.«

Nach dem Motto: *Gefahndet wird nach einem mannsgroßen Nagetier mit großen Ohren und weißen Handschuhen, das Löffel bei sich trägt.*

»Ich bestehe darauf, dass Sie mir meine Löffel ersetzen«, sagt Olivia Hathaway.

»Ihre Löffel sind bereits dreizehnmal ersetzt worden.«

Jetzt, denkt sie, hat sie ihn: »Aber sie sind *vierzehnmal* gestohlen worden!«

»Mrs. Hathaway«, sagt Jack. »Soll ich Ihnen abnehmen, dass die Löffeldiebe die Löffel in dreizehn Fällen zu Ihnen zurückgebracht haben und dass sie Ihnen jetzt wieder gestohlen wurden – und immer so weiter? Nein, bitte! Lassen Sie die Kekse stecken!«

Aber sie holt die Kekse raus.

Das macht sie immer so.

Sie sitzt immer ganz lieb da, spricht immer ganz leise, wird niemals laut und bringt immer eine Tüte Kekse mit.

»Sie mögen die Kekse, Jack. Das weiß ich genau.«

»Ich kann keine Kekse annehmen, Mrs. Hathaway.«

»Nun«, sagt sie, greift in ihre Handtasche und holt einen Stapel Fotos heraus. »Der kleine Billy. Geht jetzt ans Junior College, weil er Programmierer werden will ...«

Jack krümmt sich nach vorn und schlägt verzweifelt mit der Stirn auf die Tischplatte, während Olivia Hathaway fortfährt, die Neuigkeiten im Leben ihrer Kinder, Enkel und Urenkel und deren sämtlicher Partner aufzuzählen.

»... Kimmy lebt – in Sünde – mit einem Motorradmonteur aus Downey ...«

Bums! ... Bums! ...

»Jack, hören Sie mir zu?«

»Nein.«

»Nun, Jack, Sie haben versäumt, mir meine gestohlenen Löffel zu ersetzen.«

»Ich habe es nicht versäumt, Mrs. Hathaway. Ihre Löffel wurden nicht gestohlen.«

»Aber natürlich, Jack!«

»Ihre Löffel wurden also vierzehnmal gestohlen – ich dachte, Kimmy lebt mit einem Elektriker?«

»Das war letzten Monat.«

»Oh.«

»Ein Keks?«

»Nein, danke.«

»Nun zu meinen Löffeln ...«

So geht es fünfundvierzig lähmende Minuten weiter, bis er sie endlich los ist und zum Haus von Vales Mutter in Monarch Bay fahren kann.

18

Monarch Bay.

Der Name passt.

Absolute Spitzenlage an der südkalifornischen Küste.

Monarch Bay liegt genau zwischen den Städten Laguna Niguel und Dana Point, und zwischen beiden Städten gab es erbitterte Auseinandersetzungen um die Zugehörigkeit der kleinen Siedlung. Zur allgemeinen Überraschung entschieden sich die meisten Anwohner für Dana Point statt für das schickere Laguna Niguel, obwohl Dana Point zu der Zeit nur aus dem Hafen, ein paar Fastfood-Buden, Läden für Surfing-Zubehör und billigen Motels entlang des Pacific Coast Highway bestand.

Das Dana Point, das Jack liebte.

Viele waren sauer wegen dieser Entscheidung, besonders die Eigentümer des Ritz-Carlton Laguna Niguel direkt am Strand, die den Namen des Hotels nicht änderten, obwohl es technisch gesehen in Dana Point steht und nicht in Laguna Niguel.

Jack findet das okay, denn mit dem gehobenen Publikum des Hotels will er nicht unbedingt in Verbindung gebracht werden. So wie er das sieht, ist das Hotel vor allem für die jungen Surfer da, die dort als Kellner arbeiten und ihr mageres Einkommen aufbessern, indem sie die reichen Gattinnen vögeln, denen sie eigentlich nur das Essen servieren sollen. Nicht wenige von den Gattinnen wohnen in der exklusiven, bewachten Wohnanlage von Monarch Bay.

Wer mit einem Ford Taurus auf die Wachen zurollt, sollte tunlichst zu einer Reinigungsfirma gehören. Sollte einen Berg Putzmittel auf dem Rücksitz haben.

Ansonsten passieren das Tor nur Wagen der Marken Mercedes, Jaguar oder Rolls Royce.

Jack kommt sich ein bisschen schäbig vor in dem Taurus, aber er ist auf einen Firmenwagen umgestiegen, weil es ihm irgendwie unpassend erschien, vor Leuten, die gerade eine Angehörige verloren haben, mit einem 66er Mustang und einem Hobie-Surfbrett auf dem Dach zu prahlen.

Hätte etwas pietätlos gewirkt.

Den Firmenwagen zu kriegen, war keine leichte Übung.

Wer einen Firmenwagen braucht, muss zu Edna gehen.

Edna trägt ihre Brille an einer Kette aus kleinen Metallkugeln um den Hals.

»Edna, ich brauche ein Auto«, sagt Jack.

»Ist das eine Bitte oder eine Feststellung?«

»Eine Bitte.«

»Wir haben kein Auto mit Surfbrett-Halterung.«

Jack lächelt sie an. »Das war mein letzter Kunde an dem Tag. Three Arch Bay, da bot es sich einfach an ...«

»Die Sprüche kenne ich«, sagt Edna. »Die Kollegen vom Wagenpark mussten den Sand mit dem Staubsauger rausholen!«

Dass er ihnen immer zwei Sixpacks ins Auto legt, um sie für ihre Mühe zu entschädigen, verschweigt er Edna lieber. Die Jungs vom Wagenpark lieben Jack. Für ihn würden sie alles tun.

»Tut mir leid«, sagt er.

»Firmenwagen sind nicht zum Vergnügen da«, sagt Edna und schiebt ihm die Schlüssel hin.

»Ich verspreche Ihnen, dass ich mich nicht in dem Wagen vergnüge.«

Edna sieht nacktes Fleisch, ineinander verkeilte Pärchen auf dem Rücksitz des Firmenwagens, und ihre Hand über dem Schlüsselbund stockt.

»Sie werden doch nicht ...?«

»Nein, nein, nein, nein«, sagt Jack. »Nicht auf dem Rücksitz, jedenfalls.«

»Platz 17.«

»Danke.«

Jack fährt also mit dem Taurus nach Monarch Bay.

Wo der Wachmann den Wagen argwöhnisch beäugt, um sich

wichtig zu machen, und dann fragt: »Sind Sie bei Mr. Vale angemeldet?«

»Ja. Mr. Vale erwartet mich.«

Der Wachmann blickt an Jack vorbei auf den Beifahrersitz. »Was sind Sie? Der Hundefriseur?«

»Stimmt. Ich bin der Hundefriseur.«

Das Haus ist eine Villa im Pseudo-Tudor-Stil, der Rasen wie eine säuberlich manikürte Witwenhand, in seiner Mitte befindet sich eine sauber abgezirkelte Krocket-Anlage. Die nördliche Mauer wird von einem Rosenspalier gesäumt.

Es hat seit drei Monaten nicht geregnet, denkt Jack, aber die Rosen triefen vor Nässe. Sehen taufrisch aus.

Vale kommt ihm auf der Einfahrt entgegen.

Was für ein Mann! 1,86, schlank, das schwarze Haar in altmodischem Langhaarschnitt, der ihm aber blendend steht. Er trägt einen beigefarbenen Pullover über ausgebleichten Jeans und Slipper ohne Socken, und eine John-Lennon-Brille.

Sehr cool.

Er sieht jünger aus als dreiundvierzig.

Sein Gesicht hat Star-Potenzial, besonders die Augen. Leicht schräggestellt und von der graublauen Färbung des winterlichen Ozeans. Sehr intensiv.

So dass Jack fast verlegen wird.

»Sie sind vermutlich Jack Wade«, sagt Vale mit einem leichten Akzent, den Jack nicht lokalisieren kann.

»Ich bin Russe«, erklärt Vale. »Mein richtiger Name ist Dasjatnik Valeshin, aber wer will schon all die Schecks damit unterschreiben?«

»Tut mir leid, Sie unter diesen Umständen kennen zu lernen, Mr. Vale.«

»Nicky«, sagt Vale. »Nennen Sie mich Nicky.«

»Nicky«, sagt Jack, »hier ist Leo.«

»Leonid!«, ruft Nicky.

Der kleine Hund rastet aus, dreht Pirouetten, überschlägt sich vor Freude. Jack öffnet die Wagentür, und Leo springt in Nickys ausgestreckte Arme.

»Noch einmal«, sagt Jack, »es tut mir sehr leid wegen Mrs. Vale.«

»Pamela war jung und sehr schön«, sagt Nicky.

Was nun wirklich das Mindeste ist, wenn man einen reichen Typ heiraten und in einem Haus mit Ozeanblick wohnen will, denkt Jack. »Jung und schön« ist die Startbedingung. Wer das nicht ist, braucht nicht mal den Bewerbungsbogen auszufüllen.

Trotzdem ist es merkwürdig, dass er jetzt damit kommt.

»Sie hat sehr viel für Rettet die Strände getan, wie ich weiß«, sagt Jack. »Und Sie auch.«

Nicky nickt. »Es war uns ein Anliegen. Pamela hat viel Zeit am Strand verbracht – Malen, mit den Kindern spazieren gehen. Wir wollten nicht, dass er ruiniert wird.«

»Wie geht es den Kindern?«

»Ich glaube, wie sagt man in so einem Fall: den Umständen entsprechend.«

Wirklich merkwürdig, dieser Typ, denkt Jack.

Und Nicky muss gespürt haben, dass er das denkt, denn jetzt sagt er: »Lassen wir die Redensarten, Jack. Sie wissen sicher, dass Pamela und ich getrennt waren. Ich habe sie geliebt, ihre Kinder haben sie geliebt, aber Pamela konnte sich nicht entscheiden, wen sie mehr liebte – die Familie oder die Flasche. Doch die Aussichten auf eine Einigung waren gut. Wir haben uns aufeinander zu bewegt. Sie war wirklich jung und sehr schön. Ich weiß auch nicht, warum mir diese Feststellung so wichtig ist. Vielleicht so eine Art Selbstschutz.«

»Mr. Vale ... Nicky –«

»Ganz ehrlich, ich weiß nicht, wie man in solchen Momenten zu empfinden hat oder was ich wirklich empfinde. Ich weiß nur, dass ich das Leben meiner Kinder ordnen muss, weil sie so lange im Chaos gelebt haben, und noch mehr seit den Ereignissen der letzten Nacht.«

»Ich habe nicht –«

Nicky lächelt. »Nein, Sie haben nichts gesagt, Jack, Sie sind viel zu höflich. Aber innerlich irritiert Sie meine fehlende Trauer. Ich bin als Jude aufgewachsen, in der sogenannten ehemaligen Sowjetunion. Ich habe gelernt, mehr auf die Augen der Menschen zu achten als auf ihre Worte. Ich möchte wetten, Jack, dass Sie hier in Ihrer Welt ständig angelogen werden.«

»Manchmal schon.«

»Nein, öfter als manchmal«, sagt Nicky. »Die Leute lügen, um Entschädigungen zu kassieren. Selbst Leute, die sonst ehrlich sind, übertreiben maßlos, wenn es um ihre Schäden geht, damit sie wenigstens auf ihre Kosten kommen. Habe ich recht?«

Jack nickt.

»Und ich werde es wahrscheinlich ebenfalls versuchen.« Nicky lacht. »Wie wär's mit einem Deal? Ich nenne meine Summe, Sie nennen Ihre Summe, dann wird verhandelt. Wir werden uns einigen.«

»Ich mache keine Deals«, sagt Jack. »Ich halte mich an die Vorschriften.«

»Jeder macht Deals, Jack.«

»Nein, nicht jeder.«

Nicky legt ihm den Arm um die Schulter.

»Ich glaube, wir werden kooperieren, Jack Wade«, sagt Nicky. »Wir kommen ins Geschäft.«

Nicky bittet ihn ins Haus.

»Ich will aber nicht stören«, sagt Jack.

»Ich fürchte, es führt kein Weg daran vorbei«, sagt Nicky und lächelt komplizenhaft. »Mutter hat Tee gemacht.«

Tja, denkt Jack, wenn Mutter Tee gemacht hat ...

19

Mutter ist eine Schönheit.

Eine zierliche, makellose Schönheit.

Lackschwarzes Haar, glatt zurückgekämmt, und die weißeste Haut, die Jack je gesehen hat. Sie hat Nickys blaue Augen, nur dunkler. Eine tiefere Ozeanfärbung.

Erhobener Kopf, eine Haltung wie ein Feldwebel.

Nein, nicht wie ein Feldwebel, korrigiert sich Jack. Wie eine Ballettmeisterin.

Sie trägt sommerliches Weiß. Ein halblanges Kleid mit Goldborte. Shoppen wird sie nicht in Laguna, denkt Jack – zu trendig, zu viele Schwule –, sondern in Newport Beach. Am ersten September, egal wie das Wetter ist, wird das Weiß durch Beige- und Khakitöne abgelöst, und am ersten November steigt sie auf Schwarz um.

Jack geht auf sie zu. »Mrs. Vale –«

»Valeshin.«

»Mrs. Valeshin«, sagt Jack. »Ich möchte Ihnen mein Beileid aussprechen.«

»Ich höre, sie hat im Bett geraucht«, sagt Mutter. Ihr Akzent ist stärker, Jack hört so etwas wie einen Vorwurf heraus – als hätte Pamela verdient, in ihrem Bett zu ersticken: selber schuld, wenn sie geraucht hat.

»Nach dem vorläufigen Stand der Ermittlungen«, sagt Jack.

»Und auch getrunken?«, fragt sie.

»Es gibt Hinweise«, sagt Jack.

»Möchten Sie nicht hereinkommen?«, fragt sie.

Meinen Eintritt hab ich ja bezahlt, denkt Jack.

Und betritt ein Museum.

Schilder mit »Berühren verboten« sind zwar nicht zu sehen, aber sie sind auch nicht nötig. Die Böden und die Möbel glänzen. Kein Staubkörnchen würde wagen, sich auf ihnen niederzulassen.

Und düster wie im Museum ist es auch. Dunkle Holzdielen mit Perserteppichen. Eichentüren, Stuck und Kastenfenster, ein großer dunkler Kamin.

Doch das anschließende Wohnzimmer ist weiß.

Weiße Sofas, weiße Ohrensessel.

Ein Weiß, das besagt: Hier kleckert, schmiert oder nässt niemand.

Ein Weiß, das besagt: Das Leben könnte sauber sein, wenn sich alle zusammenreißen und ein bisschen Mühe geben würden.

Eine Wohnungseinrichtung als permanente Ermahnung, denkt Jack.

Nicky bietet ihm das Sofa an.

Jack ist bemüht, keinen Abdruck zu hinterlassen.

»Sie haben ein schönes Heim«, sagt Jack.

»Mein Sohn hat es mir gekauft«, sagt sie.

»Haben Sie das Haus schon gesehen?«, fragt Nicky.

»Ich hab nur einen Blick drauf geworfen.«

»Totalschaden?«

»Viele Wasser- und Rauchschäden, aber das Gebäude ist weitgehend erhalten«, sagt Jack. »Nur der Westflügel muss wohl abgerissen werden.«

»Seit ich den Anruf bekommen habe«, sagt Nicky, »versuche ich mich zusammenzureißen und hinzufahren ... die Kinder sind ziemlich entsetzt.«

»Klar.«

Nicky legt eine kleine Pause ein, das hält er für angemessen, dann fragt er: »Wie gehen wir das mit der Regulierung an?«

Nach dem Motto: Der sentimentale Teil ist erledigt, kommen wir zum Geschäft.

Jack klärt ihn auf.

Die Lebensversicherung ist kein Problem. Jack fordert den Totenschein an, und wenn er ihn hat, unterschreibt er – peng! – einen Scheck über 250 000 Dollar. Ein bisschen schwieriger wird es mit der Feuerversicherung, weil die Police drei verschiedene Deckungen umfasst.

Deckung A betrifft das Gebäude als solches. Jack muss das Haus genau untersuchen und die Kosten der Wiederherstellung schätzen. Deckung B betrifft das bewegliche Gut – Möbel, Gerätschaften, Kleidung –, Nicky wird ein Inventarverzeichnis anlegen müssen, mit dem er der Versicherung mitteilt, was durch den Brand vernichtet wurde.

»Unter Deckung B haben Sie auch einige Zusatzversicherungen abgeschlossen«, sagt Jack, was eine gewaltige Untertreibung ist, denn diese Zusatzversicherungen belaufen sich auf eine dreiviertel Million Dollar.

Und bringen California Fire and Life fette Prämien.

Wer linkt wen? Das alte Spiel, denkt Jack.

»Meine Möbel«, sagt Nicky. »Ich sammle England, 18. Jahrhundert, vor allem George II. und George III. Ich sammle, kaufe, verkaufe. Ich fürchte, das meiste davon befand sich im Westflügel. Ist da noch was ...?«

Jack schüttelt den Kopf, und Nicky zuckt zusammen.

»Ich brauche ein komplettes Bestandsverzeichnis«, sagt Jack. »Damit wir sehen können, was zerstört ist und was nicht. Es ist aber nicht dringend.«

»Ich habe eine Videoaufnahme«, sagt Nicky.

»Wirklich?«

»Vor ein paar Monaten haben Pamela und ich beschlossen, endlich den Rat unseres Maklers zu befolgen und das ganze Haus mit Inventar auf Video zu filmen. Wäre das hilfreich?«

Ja, das wäre hilfreich, denkt Jack.

»Klar«, sagt er. »Wo ist das Video?«

»Hier bei Mutter«, sagt Nicky. Dann fällt ihm ein: »Sie sprachen von drei Deckungen. Welche ist die dritte?«

»Deckung D«, sagt Jack. »Zusätzliche Aufwendungen. Für alle Unkosten, die Ihnen entstehen, wenn Sie nicht in Ihrem Haus wohnen können. Mieten, Restaurantrechnungen, solche Dinge –

bis Sie wieder etabliert sind. Aus dieser Deckung kann ich auch Vorauszahlungen veranlassen, damit Sie Kleidung kaufen können ... Spielsachen für die Kinder ...«

»Sehr entgegenkommend«, sagt Nicky.

»Sie sind eben sehr gut versichert«, sagt Jack.

Jetzt schaltet sich Mutter ein: »Nicky und die Kinder werden hier wohnen, bis das Haus repariert ist.«

»Das ist großartig«, sagt Jack.

»Ich berechne dafür 2000 Dollar Wohnkosten monatlich.«

Die tiefblauen Augen ruhen auf ihm – abwartend, herausfordernd. Sie will wissen, wie ich darauf reagiere, dass sie Geld von ihrem verwitweten Sohn und ihren mutterlosen Enkeln verlangt, denkt Jack.

»2000 Dollar sind eigentlich ein bisschen wenig«, sagt Jack. Wir würden auch zahlen, wenn Nicky ein entsprechendes Haus mietet.«

»Dasjatnik bleibt hier!«, sagt sie.

»Natürlich kann er wohnen, wo er will«, sagt Jack. »Ich meine damit nur, dass wir auf jeden Fall die Kosten übernehmen.«

»Nun gut«, sagt sie schließlich. »Wozu soll ich auch die Versicherung subventionieren?«

»Dazu besteht kein Grund«, sagt Jack. »Ich kann Ihnen sogar einen Vorschuss von 25 000 Dollar auf Deckung D auszahlen.«

»Wann?«, fragt Nicky.

»Sofort.«

(Auch so eine Billy-Regel: Zahl ihnen einen Vorschuss, so schnell wie möglich. Leute, die abgebrannt sind, brauchen Kleider auf dem Leib. Kinder, die ihr Heim verlieren, sollen wenigstens ein bisschen Spielzeug kriegen. Dann geht es ihnen schon besser.)

Und wenn sie ihre Mutter verlieren, Billy?

Na ja, ich bringe ihnen den Hund.

Schweigen. Mutter hat gerade begriffen, dass sie offene Türen eingerannt hat, und ärgert sich.

Und da sie sich sowieso gerade ärgert, gibt Jack noch eins drauf. »Ich brauche eine Aussage auf Band von Ihnen. Es muss nicht heute sein.«

»Eine Aussage auf Band?«, fragt Nicky. »Warum?«

»Bei Brandschäden ist das Vorschrift«, sagt Jack.

Und da die Welt schlecht ist, lautet eine weitere Billy-Regel: Verlange eine Aussage, so schnell es geht. Nagle sie auf eine Version fest, bei der sie dann bleiben müssen. Wenn es keine Brandstiftung war, spielt es keine Rolle, wenn doch, dann ...

Billy hat mal wieder recht. Hol dir die Aussage auf Band. In allen Details. Und so bald wie nur möglich.

(Noch eine dritte Billy-Regel: Wenn du vorhast, jemanden zu überführen, solltest du ihm die Füße vorher in Beton gießen.)

Nicky lächelt charmant: »Haben Sie ein Gerät dabei?«, fragt er Jack.

Und ob er das hat.

20

»Jack Wade, California Fire and Life«, spricht er in den Rekorder. »Datum: 28. August 1997, 13 Uhr 15. Ich zeichne eine Aussage von Mr. Nicky Vale und seiner Mutter Mrs. Valeshin auf. Ich mache diese Aufnahme in Kenntnis und Einverständnis von Mr. Vale und Mrs. Valeshin. Ist das korrekt?«

»Das ist korrekt.«

»Korrekt.«

»Bestätigen Sie bitte auch Datum und Uhrzeit?«

»Als korrekt bestätigt«, sagt Nicky.

»Dann können wir anfangen. Sobald ich die Aufnahme stoppe, gebe ich die Zeit an. Ebenso, bevor ich die Aufnahme fortsetze. So. Jetzt bitte ich Sie beide, Ihren vollständigen Namen zu nennen und zu buchstabieren.«

Eine Tonbandaussage ist eine heikle Sache. Einerseits muss

man alle Formalitäten beachten, damit das Band vor Gericht Bestand hat. Andererseits handelt es sich nicht um eine eidliche Aussage oder ein gerichtliches Verfahren. Daher bewegt man sich immer auf dem schmalen Grat zwischen formal und zwanglos.

Nachdem sie also ihre Namen buchstabiert haben, kehrt Jack zurück zur Talkshow-Masche und legt los: »Mr. Vale –«

»Nicky.«

»Erzählen Sie mir doch zunächst ein wenig über Ihre Herkunft.«

Jack weiß, dass er sein Gegenüber zum Reden bringen muss. Worüber, ist egal. Hauptsache, er beantwortet Fragen und plaudert munter drauflos. Außerdem: Wenn sich der Mann sträubt, Harmloses preiszugeben, wird er sich auch gegen alle anderen Fragen sträuben, und man darf sich fragen, was er zu verbergen hat.

Natürlich weiß Jack, was jeder Ermittler weiß: Je mehr einer redet, um so größer die Chance, dass er sich verplappert, in Widersprüche verstrickt, zu lügen anfängt – und das auf Band.

Die meisten Leute reden sich um Kopf und Kragen.

Und natürlich kennt Jack die absolute Grundregel: Wenn du um vier Uhr morgens von der Polizei aus dem Bett geholt wirst, und sie wollen deine Aussage, sei es zum Kennedy-Mord, zur Lindbergh-Entführung oder zur Komplizenschaft mit Pontius Pilatus, gibt es nur eins: Aussage verweigern. Egal wonach sie fragen: Nach deiner Schuhgröße, deiner Lieblingsfarbe, deinem Abendessen – sag ihnen kein Wort. Wenn sie dich fragen, ob es nachts dunkler ist als am Tag, ob hoch höher ist als tief – schweig wie ein Grab.

Es gibt nur vier Wörter, die du sagen darfst, und die lauten:

Nicht ohne meinen Anwalt.

Und wenn dein Anwalt dann eintrifft, wird er dir denselben klugen Rat geben.

Er wird dir sagen: Halt um jeden Preis die Klappe.

Und wenn du das tust, wenn du seinen klugen Rat befolgst, wirst du das Verhör aller Wahrscheinlichkeit nach als freier Mann überstehen.

Dass Leute plaudern, hat gewöhnlich drei Gründe.

Erstens, sie haben Angst.

Nicky Vale hat keine Angst.

Zweitens, sie sind dumm.

Nicky Vale ist nicht dumm.

Drittens, sie sind arrogant.

Bingo!

Nicky Vale fängt an zu plaudern.

Er ist in St. Petersburg geboren, das zu der Zeit Leningrad hieß, dann wieder in St. Petersburg umbenannt wurde. Doch es ist ihm scheißegal, wie sich das Kaff nannte, denn das Leben in St. Petersburg war für einen Juden keinen Deut lustiger als das Leben in Leningrad.

Du kannst deinen Namen ändern, wie du willst, du bleibst immer Jude (so Nicky, der es schließlich wissen muss), und Russen bleiben immer Russen. Ganz gleich, ob sie sich Zaristen, Bolschewisten, Stalinisten oder Perestroikisten nennen – sie sind und bleiben Antisemiten.

»Wir waren ein unverzichtbares Bindeglied der russischen Gesellschaft«, so Nicky. »Über Jahrhunderte haben wir ihnen einen Riesengefallen getan, indem wir sie alle in ihrem Judenhass vereinten.«

Nicky wächst also als Außenseiter auf. Ausgeschlossen von der Sowjetgesellschaft, lebt er in einem sozialen Ghetto.

»Im Unterschied zu diesen kommunistischen Idioten hatten wir Kultur. Wir hatten einen Gott, wir hatten die Literatur, die Musik, die Kunst. Wir hatten eine Vergangenheit, Jack, die uns trotz aller politischen Säuberungen niemand nehmen konnte. Was den Juden ausmacht, ist seine jüdische Vergangenheit. Also haben sie uns ausgeschlossen. Ausgeschlossen wovon?«

Natürlich nicht von der Armee.

Nicky muss einrücken. He, Jude, wir machen dir schon Beine.

Geht's dir als Jude in Leningrad zu gut, kommst du nach Afghanistan. Dort hassen sie dich doppelt – als Juden und als Russen. Kannst dir aussuchen, was dir lieber ist. Es ist wie Hass im Quadrat oder in dritter Potenz.

Und Nicky stellt sich nicht besonders geschickt an.

»Ich war blöd«, sagt er. »Ich habe den Davidstern am Kettchen getragen. Wozu? Damit sie mich doppelt foltern können, wenn sie mich erwischen? Aber wenn du jung bist ...«

Nicky hat den Ausflug ins Reich der Mullahs überlebt.

Doch was erwartet ihn in Leningrad?

Die alte Misere.

Also will er weg.

»Als die Perestroika kam, kratzten sich die Machthaber beim Volk ein, indem sie die rausließen, die sie sowieso loswerden wollten.«

Diese Heuchelei findet Nicky atemberaubend, aber ihm ist es nur recht. Als das Tor aufgeht, nutzt er seine Chance. Mutter will nach Israel, aber Nicky ...

»Den Krieg hab ich erlebt«, sagt er. »Ich habe genug zerfetzte Menschen gesehen. Und Israel, ganz ehrlich ...«

Nicky hat andere Pläne. Nicky hat von dem Land mit den traumhaften Stränden gehört, wo man mit Energie, Geschick und Ausdauer sein Glück machen kann, auch wenn man kein Geld hat, keine Beziehungen, keine tolle Ausbildung. Nicky will nach Kalifornien.

Ein paar Verwandte haben sie hier. Die sind schon länger da und haben sich in L. A. was aufgebaut. Sie besorgen Nicky einen Job: Er fährt Leute zwischen der City und dem Flughafen hin und her. Ein paar Jahre, und er hat sein eigenes Auto, dann zwei, dann drei. Dann einen Gebrauchtwagenhandel, dann einen Ersatzteilgroßhandel. Dann tut er sich mit anderen zusammen, kauft ein altes Mietshaus und saniert es, verkauft es mit Gewinn, kauft das nächste – und so weiter. Jetzt hat er eine ganze Armada von Taxis, zwei Gebrauchtwagenmärkte und sein Ersatzteilgeschäft.

Und Geld genug, eine ganze Wohnlage in Newport Beach aufzukaufen. Er macht gehobene Eigentumswohnungen daraus und verdient ein Vermögen. Setzt es gleich wieder für das nächste Sanierungsprojekt ein. Und schon steckt er mittendrin im überhitzten Immobilienmarkt der achtziger Jahre. Verkauft manchmal seine Erwerbungen noch am selben Tag weiter. Steigt ins Baugeschäft ein, kauft Land und setzt Townhouses, Eigentumswohnungen, Country Clubs drauf.

Orange County boomt, und Nicky boomt mit.

»Ihr Amis habt nur ein Problem«, sagt Nicky. »Ihr wisst nicht, wie gut es euch geht. Jedesmal, wenn ein Amerikaner über sein Land meckert, muss ich lachen.«

Seine Geschäfte blühen und gedeihen so prächtig, dass er sich ein Hobby leistet.

Die Kunst.

Malerei, Bildhauerei, alte Möbel.

Alte Möbel insbesondere.

»Es ist, um eine abgedroschene Phrase zu bemühen, die handwerkliche Meisterschaft«, sagt Nicky. »Damals legte man noch Wert auf Qualität. Die Qualität des Holzes, der Verarbeitung. Sorgfalt bis ins kleinste Detail und Sinn für die Ästhetik des Ganzen. Möbel mussten praktisch sein, haltbar und schön. Das Zeug wurde nicht einfach zusammengeschustert, um bei nächster Gelegenheit auf dem Müll oder beim Trödel zu landen.

Und Holz ist ein ganz besonderer Stoff, nicht wahr? Sie wissen doch, was ich meine, Jack. Wird ein schöner Baum geopfert, sollte wenigstens etwas Schönes draus geschaffen werden. Erlesene Dinge aus feinstem Walnuss und Mahagoni. Und wenn man sie jeden Tag benutzt – einen Stuhl, einen Schrank, ein Bett –, dann entwickelt man eine Beziehung zu dem Holz, auch zum Erzeuger des Gegenstands. Man wird Teil des historischen Kontinuums. Können Sie mir folgen, Jack?«

»Ja.«

Und ob er das kann. Warum sonst verbringt er seine halbe Freizeit mit dem Abschmirgeln alter Longboards aus Holz?

»Als ich es mir leisten konnte«, sagte Nicky, »verfiel ich meiner Leidenschaft. Ich kaufte alte englische Möbel. Manche zum Weiterverkauf, aber die meisten für mein Haus. Um einen Raum zu schaffen, der meine Seele befriedigt. Das ist meine Geschichte, Jack. Russischer Jude arbeitet sich vom kalifornischen Taxifahrer zum englischen Gentleman hoch. Aber nur in Amerika, nur in Kalifornien.«

»Warum nur in Kalifornien?«

»Das wissen Sie doch!« Nicky lacht. »Kalifornien ist wirklich das Land der Träume. Deshalb kommen die Menschen doch her. Sie sagen, es ist das Wetter, aber es ist die Atmosphäre, wenn Sie so wollen. In Kalifornien sind Sie losgelöst von Raum und Zeit. Sie können die Fesseln der Geschichte abwerfen, der Nationalität, der Kultur. Sie können sich von allem befreien, was Sie sind, und werden, was Sie sein *wollen*. Was immer Sie sein wollen. Niemand wird Sie aufhalten, niemand wird Sie verspotten, kritisieren – weil es die anderen genauso machen. Alle atmen sie dieselbe Luft, aber jeder auf seiner eigenen Wolke. Jeder schwebt, wie er will und wohin er will. Die Wolken begegnen sich, treiben auseinander und begegnen sich wieder. Dein Leben ist, wie du es haben willst. Wie eine Wolke. Es ist, was du dir erträumt hast.«

Nicky merkt, dass er ins Schwärmen geraten ist, und lacht.

»Also«, sagt er, »wenn ein russischer Jude die Sonne und die Freiheit und den Ozean und die Strände liebt und außerdem ein englischer Gentleman sein will, dann braucht er nur nach Kalifornien zu gehen, sein Haus mit teuren Möbeln vollzustopfen und sich seine eigene Realität zu schaffen ... und die Möbel sind nun alle verbrannt. Im Feuer untergegangen.«

Ganz zu schweigen von deiner Frau, denkt Jack.

Die erwähnt er tatsächlich nicht.

»Im Feuer untergegangen«, sagt Jack. »Ich will ja nicht aufdringlich sein, aber sagen Sie mir doch bitte, wo Sie in der Nacht waren.«

Wo wir doch so nett miteinander plaudern.

21

»Hier«, sagt Nicky. Ganz einfach.

»Ich war hier.«

Und zieht schicksalsergeben die Schultern hoch.

»Und die Kinder waren auch hier, Gott sei Dank«, sagt Mutter.

»Wann haben Sie die Kinder abgeholt?«

»Gegen drei Uhr«, sagt Nicky.

»War das die übliche Zeit?«

»Es gab keine übliche Zeit«, sagt Nicky. »Mal früher, mal später am Nachmittag.«

»Und Sie waren ab drei hier?«

»Nein«, sagt Nicky. »Wir sind gegen sechs oder halb sieben zum Dinner gefahren.«

»Wohin?«

»Ist das wichtig?«

Jack zuckt die Schultern. »Im Moment weiß ich noch nicht, was wichtig ist und was nicht.«

»Wir waren im Harbor House. Das lieben die Kinder, weil es dort den ganzen Tag Frühstück gibt. Sie haben Pfannkuchen gegessen«, sagt er.

Und, mit einem Hauch Sarkasmus: »Was ich gegessen hab, weiß ich beim besten Willen nicht mehr.«

»Um welche Zeit sind Sie nach Hause gekommen?«

»Zwanzig Uhr dreißig.«

»Es war fast zwanzig Uhr fünfundvierzig«, sagt Mutter.

»Dann zwanzig Uhr fünfundvierzig«, sagt Nicky.

»Große Pfannkuchen«, sagt Jack.

»Ja, richtig große gibt es dort. Die sollten Sie mal probieren.«

»Ich frühstücke dort fast jeden Sonnabend«, sagt Jack.

»Dann wissen Sie ja Bescheid.«

»Das Denver-Omelett. Meine Spezialität.«

»Nach dem Essen sind wir spazieren gegangen. Unten am Hafen«, sagt Nicky.

»Was haben Sie danach zu Hause gemacht?«

»Ich fürchte, wir haben ferngesehen. Die Kinder sind schließlich Amerikaner.«

»Erinnern Sie sich an die –«

»Nein«, sagt Nicky. »Für mich sind diese Shows alle gleich. Fragen Sie doch die Kinder.«

Kommt nicht in Frage, denkt Jack. *Wisst ihr noch, was ihr an dem Abend, als eure Mutter starb, im Fernsehen gesehen habt?* Ich bin zwar abgebrüht, aber so abgebrüht auch wieder nicht.

Jack wendet sich an Mutter. »Wann haben Sie die Kinder schlafen gelegt?«

»Das war um zweiundzwanzig Uhr fünfzehn«, sagt sie vorwurfsvoll, und Nicky reagiert sofort.

»Es sind Ferien«, sagt er. »Sie müssen nicht zur Schule. Deshalb bin ich wohl ein bisschen nachgiebig.«

»Kinder brauchen feste Gewohnheiten«, belehrt ihn Mutter.

Jack fragt: »Was haben Sie gemacht, als die Kinder im Bett waren?«

Nicky lacht. »Ich bin jetzt auch Amerikaner, also hab ich ferngesehen. Einen Film auf HBO.«

»Cinemax«, korrigiert ihn Mutter.

»Cinemax«, wiederholt Nicky, und sein Blick sagt: *Mütter!*

»Erinnern Sie sich an den Film?«

»Irgendwas mit Travolta«, sagt Nicky. »Der Diebstahl einer Atombombe.«

»Haben Sie den ganzen Film gesehen?«

»War sehr spannend.«

»Heißt das ja?«

»Ja.«

Jack wendet sich an Mutter. »Haben Sie zusammen mit Ihrem Sohn ferngesehen?«

»Werde ich etwa verdächtigt?«, fragt sie.

»Keiner wird hier verdächtigt«, sagt Jack. »Wir müssen diese Fragen stellen.«

Ihr wollt zwei Millionen, also stelle ich Fragen.

Mutter antwortet: »Ich habe gelesen, als Dasjatnik den Film sah, aber ich saß mit ihm im Zimmer.«

»Sind Sie nach dem Film ins Bett gegangen?«, wendet sich Jack an Nicky.

»Ja.«

»Wann war das?«

»Gegen halb eins, glaube ich.«

»Nein«, sagt Mutter. »Du warst noch schwimmen und dann im Jacuzzi.«

Nicky lächelt. »Sie hat recht. Ich hab einen Brandy mit nach draußen genommen.«

»Und sind wann ins Bett gegangen?«

»Etwa halb zwei muss es gewesen sein.«

»Und Sie, Mrs. Valeshin?«, fragt Jack. »Sind Sie nach dem Film ins Bett gegangen?«

»Ja«, antwortet sie. »Um eins habe ich das Licht gelöscht.«

Soweit zur Vorgeschichte, denkt Jack und wendet sich an Nicky: »Wann sind Sie aufgestanden?«

»Als das Telefon klingelte.«

»Wer rief an?«

»Die Polizei, die mir ... den Tod meiner Frau mitteilte.«

»Es tut mir leid, dass ich fragen muss ...«

»Sie machen nur Ihren Job«, sagt Nicky. »Deshalb habe ich Sie ja hergebeten, nicht wahr? Ihre nächste Frage ist, ob ich mich an die Zeit erinnere. Ja, ich erinnere mich. Als das Telefon klingelte, sah ich auf den Wecker, weil ich mich fragte, welcher Idiot um diese Zeit anruft. Es war sechs Uhr fünfunddreißig. Da bin ich mir sicher. Solche Dinge vergisst man nicht.«

»Verstehe«, sagt Jack.

»Dann habe ich Mutter geweckt. Ich informierte sie, und wir diskutierten, ob wir die Kinder wecken sollten. Wir beschlossen, sie noch eine Weile schlafen zu lassen, und ich glaube, es war etwa halb acht, als wir sie weckten und informierten.«

»Sie haben also etwa von halb zwei bis halb sieben geschlafen.«

»Das ist korrekt.«

»Nein«, sagt Mutter. »Du bist einmal aufgestanden, um nach den Kindern zu sehen. Michael hat geweint, und ich wollte gerade aufstehen, als ich dich hörte. Das war um –«

Ich tippe auf fünf Uhr, denkt Jack.

»– vier Uhr fünfundvierzig.«

Okay, beinahe.

»Mutter hat wie immer recht«, sagt Nicky. »Jetzt, wo sie es sagt, fällt mir ein, dass ich nach Michael gesehen habe. Er schlief natürlich schon, als ich in das Zimmer kam. Danach war ich wahrscheinlich noch auf der Toilette.«

Jack stellt noch ein paar Fragen und bittet Nicky um seine Steuerbescheide und Bankbelege.

»Wozu?«, fragt Nicky.

Weil ich wissen will, warum du dein Haus angezündet hast, denkt Jack.

»Reine Routine«, sagt Jack.

»Glauben Sie etwa, ich hätte das Haus angezündet?«, fragt Nicky. »Ein Fall von ›jüdischem Abriss‹, wie man hier sagt?«

»Ich glaube gar nichts«, erwidert Jack und blickt ihm in die blauen Augen.

Mutter meldet sich zu Wort: »Dasjatnik, willst du nicht die Kinder holen?«

Dasjatnik geht die Kinder holen.

Mutter setzt ihr eisigstes Lächeln auf und sagt zu Jack: »Vielleicht sollte ich über die Sache mit der Unterkunft und Verpflegung noch einmal nachdenken.«

»Das müssen Sie mit Ihrem Sohn regeln, Mrs. Valeshin«, sagt Jack.

Er sieht, wie es in ihr arbeitet.

Dann sagt sie: »Vielleicht *drei*tausend Dollar ...«

Jack denkt nur noch ans Surfen. An die Ozeanwellen, die über ihn hereinbrechen und das alles von ihm abwaschen werden.

»Haben Sie Kinder, Mr. Wade?«, fragt Mutter.

»Nein«, sagt er, »weder Frau noch Kinder.«

»Warum nicht?«

Jack zuckt die Schulter. »Ich bin ein Einzelgänger.«

Ich arbeite, ich surfe, ich bastle an meinen Longboards. Sonntags mache ich die Wäsche.

»Wenn Sie Kinder haben«, sagt sie, »verstehen Sie das Leben. Wenn Sie Enkel haben, verstehen Sie die Ewigkeit.«

Das Leben verstehen – ich weiß nicht, ob ich das aushalte, denkt Jack. Oder gar die Ewigkeit.

22

Ein herzzerreißender Anblick.

Jack spürt einen kleinen Stich in der Brust.

Die siebenjährige Natalie und der vierjährige Michael.

Beide von väterlichen Händen umfangen, ein anrührendes Bild. Das kleine Mädchen hat die blauen Augen des Vaters, jetzt rot und verquollen vom Weinen. Schwarzes Haar, zum Zopf geflochten. Dazu ein Röckchen in gelbem Schottenkaro. Der Junge hat braune Augen, und was für welche! Auch er ist proper gekleidet: himmelblaues Polohemd und weiße Tennisshorts.

Anziehpuppen, denkt Jack.

»Sagt hallo zu Mr. Wade«, befiehlt ihnen Mutter.

Sie murmeln einen Gruß. Höflichkeit muss sein, auch wenn sie gerade ihre Mutter verloren haben.

Jack ist beklommen zumute. Was soll er sagen? »Ich habe euch Leo gebracht«, sagt er. »Es geht ihm gut.«

Die Kinder freuen sich kurz und werden wieder ernst.

»Er ist draußen«, sagt Jack.

Sie bleiben stehen, ohne sich zu rühren.

Aber es sind nicht Daddys Hände auf ihren Schultern, die sie festhalten. Es sind die Augen ihrer Großmutter.

Sie benehmen sich, wie es von ihnen erwartet wird.

Nur nicht so, wie ich es erwarten würde, denkt Jack. Ich würde erwarten, dass sie losrennen, den Hund holen und ans Herz drücken.

Sie stehen starr wie Statuen.

»Jetzt gibt es Tee«, sagt Mrs. Valeshin. »Tee für die Erwachsenen, Limonade für die Kinder.«

Sie geht und kommt mit einem Tablett zurück. Ein Krug mit Eistee, ein zweiter mit Limonade, fünf Gläser. Sie stellt das Tablett auf dem Couchtisch ab, gießt ein und setzt sich.

Natalie und Michael setzen sich zu Jack aufs Sofa. Er bemerkt, dass sie es genauso machen wie er: sie sitzen auf der Sofakante und versuchen, das Polster möglichst nicht durchzudrücken.

Schauen geradeaus.

Der Tee ist süß, stellt Jack fest. Stark und sehr süß.

Alle sitzen stumm da, wie gebannt.

Bis Mrs. Valeshin das Schweigen bricht. »Ich erhöhe dir die Miete, Dasjatnik«, sagt sie.

Als wäre das ein gelungener Scherz.

»O Mutter!«

»Warum sollen wir die Versicherung so billig davonkommen lassen? Nicht wahr, Mr. Wade?«

»Wir zahlen, was wir Ihnen schulden, Mrs. Valeshin.«

»Und wie heißt Ihre Versicherung?«

»California Fire and Life.«

»Vielleicht sollte ich zu Ihnen wechseln«, sagt sie. »Ich bin jetzt bei Chubb.«

»Eine gute Wahl.«

Jack würde lieber Toilettenreiniger trinken, als hier einen Schaden zu regulieren.

Dann verschüttet Michael seine Limonade.

Hebt das Glas und will trinken, doch er verfehlt seinen Mund. Die Limonade läuft über sein Hemd, seine Hose, aufs Sofa.

»Michael!«, brüllt Nicky, und Michael lässt das Glas fallen, auf den weißen Teppich.

Jetzt ist die Hölle los. Der coole Nicky rastet aus.

Total.

Du Idiot!, brüllt er Michael an. Michael sitzt wie gelähmt in seiner Limonadenpfütze, und Natalie lacht hysterisch. *Halt die Klappe!*, brüllt er sie an. Hebt die Hand, und sie verstummt.

Mutter schreit immerzu *Pronto!, Pronto!*, und Jack braucht einen Moment, bis er kapiert, dass sie einen Teppichreiniger meint. Sie und Nicky rennen in die Küche. Sie schreien herum, als würde das Haus brennen, denkt Jack.

Michael steht auf, geht hinüber zu einem der Ohrensessel, beugt sich förmlich vor und beginnt zu schluchzen.

Jack weiß nicht, was er tun soll. Er legt seine Papiere weg, geht zu dem Jungen hinüber und nimmt ihn in den Arm.

Michael drückt sich an seine Brust und klammert sich an ihm fest.

»Nächstes Mal«, sagt Jack zu ihm, »bittest du um Traubensaft.«

Natalie blickt zu Jack auf. »Daddy sagt, Mama ist ganz und gar ... verbrannt.«

Ihre Stimme klingt brav.

Mama ist ganz und gar verbrannt.

23

Hector Ruiz hat das schon zigmal durchgezogen, kein großes Ding.

Ein ganz normaler Arbeitstag.

Er fährt einen Aerostar-Van mit sechs Leuten hinten drin und folgt Martin, der gerade in die Auffahrt zur 110 eingebogen ist. Im Rückspiegel sieht er, dass Octavio direkt hinter ihm ist, da, wo er hingehört, in seinem kackbraunen 89er Skylark, und das ist gut so, denn Octavio ist die Hauptfigur bei diesem Stunt.

Wenn Octavio Mist baut, kann es Ärger geben.

Aber Octavio baut keinen Mist.

Octavio ist ein *Player*.

Genauso wie Jimmy Dansky, der für einen Gringo ziemlich zuverlässig ist. Dansky fährt – zumindest sollte er das – auf der rechten Spur der 110 in Richtung Süden, in einem schwarzen 95er Camaro, und Dansky ist ein sauguter Fahrer, was er auch sein muss, denn bei diesem Stunt kommt es auf die Sekunde an.

Hector sieht auf den Tacho und drosselt das Tempo auf 50 kmh.

Sieht, wie Martin seinen Toyota Corolla beschleunigt, um sich in die Autobahn einzufädeln.

Im selben Moment, in dem Danskys Camaro nach rechts schwenkt, auf die Einfädelspur.

Dansky drückt auf die Hupe.

Martin steigt auf die Bremse.

Hector steht schon auf der Bremse, reißt das Steuer nach rechts und streift knapp Martins rechte hintere Stoßstange.

Sieht in den Spiegel, und da kommt auch schon Octavio.

Reifen quietschen.

Und BUMS.

Octavio ist absolute Spitze.

Octavio ist der Einzige, mit dem Hector solche Dinger drehen würde, weil es bei Octavio gewaltig knallt, auch wenn er nur mit 15 Sachen unterwegs ist. Und eine Bremsspur hinterlässt wie ein F-16 bei der Landung auf dem Flugdeck. Bei minimalem Aufprall.

Sanft wie ein Kuss, möchte man sagen.

Die zwei Autos allerdings bieten einen traurigen Anblick. Und zwar deshalb, weil Hector und Octavio die Stoßstangen schon vorher in der Werkstatt zerbrochen und dann wieder angebracht haben. Alles frisch lackiert und so weiter, denn schließlich sind sie Profis.

Hector in seinem Van brüllt nach hinten: »Die Show beginnt!«

Er steigt aus, läuft auf Octavio zu, beschimpft ihn auf Spanisch, und Octavio schimpft zurück. Die sechs Jungs aus Sinaloa, die im Van sitzen, fangen an zu jammern und zu stöhnen: *Au, mein Kopf, mein Hals, mein Rücken!*

Der Arzt wird mittelschwere Prellungen feststellen und sie über *Monate* behandeln. Eine Physiotherapie verordnen, Ultraschall, Massagen und chiropraktische Behandlungen und all den anderen Kram, der dann nicht wirklich ausgeführt wurde, sondern nur auf dem Papier stand.

Hector brüllt Octavio an: »Lassen Sie sich doch versichern, Mann!«

»Ich bin versichert!«, brüllt Octavio zurück.

»Ach ja? Und bei wem?«

Octavio holt seine Karte raus.

Wie American Express, nur besser. Mit dieser Karte zahlt man kein Geld, mit dieser Karte *macht* man Geld.

»California Fire and Life!«, brüllt Octavio.

Diese Nummer haben sie schon zigmal durchgezogen.

Ein ganz normaler Arbeitstag.

24

Mama ist ganz und gar verbrannt.

Jack ist so fassungslos, dass er sich fragt, ob er weiterfahren kann oder erst mal tief durchatmen muss.

Das Schicksal der Pamela Vale trifft ihn wie ein Schlag in den Magen. Die Ehe gescheitert, die Kinder aus dem Haus geholt und zur Alptraum-Oma gebracht. Wodka und Zigaretten trösten sie über die Einsamkeit hinweg und verschaffen ihr eine längere Auszeit, als gewünscht.

Aber sie ist ja nicht die Einzige, die auf traurige Weise umgekommen ist, sagt er sich. Warum geht mir die Sache so nahe?

Weil da noch mehr ist außer der betrunkenen Pamela, die in ihrem Bett verbrannt ist. Da ist Bentley, der ihm zehn Minuten lang erzählt, dass es ein Unfall war. Da ist der trauernde Gatte, der als Erstes nach seinem Geld fragt, da ist die analfixierte Megäre, die ihrem verwitweten Sohn und ihren mutterlosen Enkeln eine Wuchermiete abknöpfen will. Da sind die Kinder, deren Mutter trinkt, deren Oma so warmherzig ist wie ein Stahllineal und deren Windhund von Vater seinen Kindern erzählt: *Mama ist ganz und gar verbrannt.*

Und da ist der Verdacht, der in ihm schwelt. Der rußbedeckte Glassplitter, der ausgesperrte Hund, die blutroten Flammen, der schwarze Rauch ...

Daddy sagt, Mama ist ganz und gar verbrannt.

Nennen Sie mich Nicky, hat er gesagt.

Ich nenne dich Perverses Monster, weil du deinen Kindern so was erzählst.

Sei doch ehrlich, sagt sich Jack. Du findest ihn nur deshalb so widerlich, weil er Bauunternehmer ist. Einer von den typischen Achtzigerjahre-Fuzzis, die einen Riesenreibach machen, indem sie die ganze südkalifornische Küste mit ihren Drecksbauten verschandeln. Die Hügel abrasieren und billige, schlampig gebaute Eigenheimsiedlungen und Wohnanlagen draufklotzen.

Das ist *dein* verkacktes Kalifornien, Nennen-Sie-mich-Nicky! Du stampfst dir dein Kalifornien aus dem Boden und machst mir meins kaputt.

Jetzt begreift er auch, warum Nicky sich so stark macht für Rettet die Strände. Ein Bauunternehmer, der gegen das Bauen kämpft. Ist ja klar, sein Haus überragt die ganze Küste und bietet ein irrsinniges Panorama. Allein das Panorama ist Millionen wert. Wer will schon durch Nachbarn den Blick verstellen lassen? Dieses Kalifornien gehört *mir*!

Scheiße.

Als ob du einen Deut besser wärst.

Du bist doch genauso, ob mit oder ohne Kohle.

Schieb es nicht auf Nicky Vale.

Du bist doch nur wütend auf dich selbst, denkt Jack.

Dass dein Leben daraus besteht, in der Asche zu stochern und Trümmer zusammenzusetzen: So kann es gewesen sein, so kann es nicht gewesen sein.

Trümmer zusammensetzen.

»Du solltest dich mal reden hören«, denkt er.

Wirklich peinlich. Das pure Selbstmitleid.

Kalte Asche.

Jack, der gefeierte Brandspezialist, ein ausgebrannter Fall.

Wenn das kein Witz ist.

Sein Handy klingelt.

»Eigentlich dürfte ich dir das nicht sagen«, sagt die Stimme.

Aber ...

25

Eine Stimme aus der Vergangenheit.

Aus der Zeit nach der Feuerwehrschule, als er beim Branddezernat der Polizei angefangen hatte.

Jack war der kommende Mann, ein Aufsteiger mit Starpotenzial.

Er stürzte sich in die Arbeit, besuchte jeden Fortbildungskurs, besichtigte sogar Brände, für die er gar nicht zuständig war. Seine Kollegen witzelten schon, sie würden nicht mehr wagen, in ihrem Garten einen Burger zu grillen, vor lauter Angst, dass Jack auftauchte, um den Brandherd zu suchen.

Und Jack, er denkt, er hat sein Leben jetzt im Griff.

Er wohnt in einem Trailer am Capo Beach, nur zehn Minuten von Trestles, zehn Minuten von Dana Strands und zwanzig Minuten von Three Arch Bay, und wenn die Zeit knapp ist, muss er nur über die Straße gehen und kann am Capo Beach surfen. Er fährt einen 66er Mustang, der erstklassig in Schuss ist, er hat ihn nur ein bisschen gespachtelt, gelb lackiert, eine Stereoanlage eingebaut und einen Dachträger aufgeschraubt.

Mit dem Mustang fährt er eines Tages zum Schauplatz eines Brandanschlags, und dort, vor dem Jüdischen Gemeindezentrum, steht das, was seinem Leben bisher gefehlt hat.

Letitia del Rio.

Es ist ziemlich unmöglich, in einer Polizeiuniform gut auszusehen, aber Letty schafft es spielend. Das schwarze Haar ein wenig länger als Vorschrift, goldbrauner Teint, schwarze Augen und eine Figur, die keine Wünsche offenlässt.

»Das sollte nicht schwer sein«, sagt sie zu Jack, als er näher kommt. Sie zeigt mit dem Kinn auf einen Skinhead, der gerade in einen Krankenwagen verladen wird. »Adolf jr. hat einen Molly geworfen und Feuer gefangen.«

»Die denken, was brennt, ist die Flüssigkeit, aber es sind die Dämpfe«, sagt Jack.

»Weil sie in der Schule schlafen.«

Jack schüttelt den Kopf. »Weil sie bekloppt sind.«

»Das auch.«

Zwei Minuten später hört er sich eine Einladung aussprechen.

»Wie bitte?«, fragt sie.

»Ich glaube, ich hab dich zum Essen eingeladen«, sagt er.

»Was du glaubst, ist mir egal.«

»Würdest du mit mir essen gehen?«

»Ja.«

Jack räumt sein Konto ab und geht mit ihr ins Ritz-Carlton.

»Du willst wohl Eindruck schinden?«

»Und ob!«

»Find ich gut«, sagt sie.

Beim nächsten Date besteht sie auf MacDonald's mit anschließendem Kinobesuch.

Beim dritten Mal kocht sie mexikanisch, und er hat in seinem Leben noch nie etwas so Gutes gegessen. Er sagt es ihr.

»Das steckt in den Genen«, sagt sie.

»Sind deine Eltern aus Mexiko?«

Sie lacht. »Meine Vorfahren wohnten schon in San Juan Capistano, als es noch spanisch war. Kannst du Spanisch, weißer Mann?«

»Ein bisschen.«

»Na gut, ich bring's dir bei.«

Und das tut sie.

Sie nimmt ihn mit ins Schlafzimmer und bringt ihm nicht nur Spanisch bei, sondern auch den Sinn des Lebens, als sie aus den Jeans steigt und ihre weiße Bluse aufknöpft. Sie trägt einen schwarzen BH und einen schwarzen Slip, und sie weiß, wie das auf ihn wirkt, weil sie die Wölbung seiner Hose sieht. »Ich mach dich heiß, stimmt's?«

»Ja.«

»Gut«, sagt sie und lächelt. »Ich hätte hier was für dich, Baby ...«

Sie hat nicht zu viel versprochen.

Du weißt nun alles über Brände, aber diese Art von Feuer hast du noch nicht erlebt, denkt Jack, als Letty del Rio wie ein Wirbelwind über ihn hinwegfegt. Er will nach den Brüsten über sich greifen, aber sie packt seine Hände und presst sie aufs Bett, während sie weitermacht, seine Energien dorthin lenkt, wo sie hingehören, und er nur noch das Eine fühlt: *Bist du drin, willst du nie wieder woanders sein.* Als der Höhepunkt naht, greift sie nach unten und klampft ein wenig auf ihrer »mexikanischen Gitarre«, wie sie es später nennt. Und als sie kommt, schreit sie schmutzige Worte auf Spanisch.

Sie ist nicht nur absolut sexy, sondern auch zäh und ehrgeizig – und trotzdem sensibel. Als sie eines Abends in seinem Trailer schmusen, und sein Funksprechgerät quakt etwas von einem Brand auf einem Hausboot, braucht sie zum Beispiel nur eine

Minute, um *Hau schon ab!* zu sagen, weil sie weiß, dass Jack noch nie einen Bootsbrand bearbeitet hat. Und das Tollste: Als er wiederkommt, ist sie noch da, und er darf ihr alles von dem Bootsbrand erzählen.

Manche ihrer Dates verbringen sie auf dem Schießstand, wo ihn Letty regelmäßig besiegt und ihn dann beim Essen zum Wahnsinn treibt: Sie droht ihm an, dass er als Verlierer nachher im Bett alles machen muss, was sie von ihm verlangt.

»Alles«, betont sie und streicht mit der Fußspitze über seinen Schwanz. Dann flüstert sie *en español*, malt sich aus, was er mit ihr macht, und als er fragt, was das bedeutet, antwortet sie: »Leg einfach los. Ich lass es dich wissen.«

Sie fährt sogar mit ihm nach Mexiko und schläft in dem Truck, den er von seinem Vater geborgt hat. Als sie zurück sind, sagt sie: »Jackie, das war wundervoll, aber das nächste Mal gehen wir ins Hotel.«

Es dauert nicht lange, und sie verbringen ihre ganze Freizeit miteinander. Sie fahren an den Strand, gehen ins Kino, in irgendeinen Club zum Tanzen. Sie lieben sich und reden über ihre Fälle. Sie reden übers Heiraten und übers Kinderkriegen.

»Ich will zwei«, sagt sie.

»Nur zwei?«

»Du denkst wohl, als Mexikanerin muss ich zehn kriegen? Ich bin eine moderne Mexikanerin – ich lese *Cosmopolitan* und *Ms.*, ich gebe Blowjobs, will zwei Kinder, und du kannst mir dabei helfen.«

»Nein, ich bin ein altmodischer Gringo«, sagt Jack. »Erst musst du mich heiraten.«

»Vielleicht«, sagt sie. »Aber nur, wenn du um meine Hand anhältst, dann mit allem drum und dran. Ich will die Feier, die Blumen ...«

Jack fängt an, auf einen Ring zu sparen.

Er hat eine Bleibe, ein Auto, eine Frau.

Und einen Job, den er liebt.

Er schläft beim Rauschen der Brandung ein und wacht beim Rauschen der Brandung auf, und manchmal wird ihm das Rauschen durch Lettys Atemzüge versüßt.

Dann brennt das Teppichlager von Kazzy Azmekian.

Ein verheerender Großbrand. Deshalb werden zwei Leute drauf angesetzt.

Jack und ein alter Hase.

Brian Bentley.

26

Das Teppichlager Atlas ist ein klarer Fall von Brandstiftung. Jack geht rein und macht die Untersuchung, sieht die Putzlappen neben der Sockelheizung und riecht den satten Benzindampf, der ausreichen würde, ein Auto mit leerem Tank in Gang zu setzen.

Der Nachtwächter, irgendein Frührentner von einer zweitklassigen Wachfirma, hat es nicht mehr geschafft, war wahrscheinlich eingeschlafen, die Rauchmelder funktionierten nicht, und er starb an Rauchvergiftung.

Da hat Jack also eine Brandstiftung und ein Tötungsdelikt, vielleicht nur Totschlag, aber er will den Kerl *erwischen*.

Jack und Bentley machen ihre Arbeit in dem ausgebrannten Bau, als ein alter mexikanischer Gentleman auf sie zukommt. Er habe gehört, dass hier jemand umgekommen sei, er wolle seine Pflicht tun.

Jack ist geplättet.

Da stehen sie nun in diesem schwarzen Loch, das einmal ein Teppichlager war, und dieser Mann taucht auf wie ein Gespenst. Weißer Anzug, weißes Hemd, sorgfältig geknotete Krawatte – er muss sich extra feingemacht haben, bevor er zur Polizei ging, weil ihm die Sache so wichtig ist.

»Ich heiße Porfirio Guzman«, stellt er sich vor. »Ich habe gesehen, was passiert ist.«

Mr. Guzman wohnt im Mietshaus gegenüber, nachts um drei hat er Geräusche gehört, ist ans Fenster gegangen und hat einen Mann gesehen, der aus dem Lagerhaus kam, Benzinkanister in den Kofferraum warf und davonfuhr.

»Können Sie den Mann beschreiben?«, fragt Jack.

Guzman hat ihn gesehen. Und das Auto. Und das Nummernschild.

»Er warf die Kanister in den Kofferraum, und gleich darauf sah ich die Flammen.«

Jack erfährt, dass Mr. Guzman sechsundsechzig ist, als Platzanweiser im Kino arbeitet, seine Miete bezahlt. Ruhige Stimme, gepflegte Erscheinung, ein echter Gentleman.

»Sind Sie bereit, das zu bezeugen?«, fragt Jack.

Guzman sieht ihn an, als wäre er nicht bei Trost.

»*Sí*«, sagt er. »Natürlich bin ich dazu bereit!«

Er ist der ideale Zeuge.

Das Problem ist leider: Der Verdächtige heißt Teddy Kuhl.

Jack und Bentley lassen Mr. Guzman im Verbrecheralbum blättern, und er zeigt auf Teddy Kuhl. Teddy ist der Anführer einer weißen Biker-Gang, die obskuren Geschäftsleuten gewisse Gefälligkeiten erweist: Inkasso, Erpressung, Vandalismus, Überwachung, Brandstiftung, Mord.

In dem Moment, als Guzman auf das Foto von Kuhl zeigt, *weiß* Jack, dass Kazzy Azmekian sein eigenes Teppichlager abfackeln ließ. Und er weiß auch, dass er ein Problem hat: Wenn Guzman aussagt oder in den Zeugenstand tritt, ist er ein toter Mann.

Die klassische Zwickmühle.

»Wir können ihn nicht aussagen lassen«, sagt Jack zu Bentley.

»Ohne ihn haben wir keinen Täter.«

Sie haben eine Brandstiftung, aber keinen Brandstifter.

»Wenn er aussagt, ist er erledigt«, sagt Jack.

Bentley zuckt die Schultern.

Jack zerbricht sich den Kopf, während sie unterwegs sind, um

Teddy einzukassieren. Teddy zu finden ist nicht besonders schwer. Wenn er nicht gerade ein Ding dreht, sitzt er auf dem dritten Barhocker von vorn in Cook's Corner, um das nächste Ding zu planen oder ein Ding, das er gerade gedreht hat, zu begießen. Jedenfalls ist Jack noch am Überlegen, als sie Teddy von seinem Hocker holen, anketten und ins Revier bringen. Und während sie Teddy ins Vernehmungszimmer setzen, wird ihm klar, was er braucht.

Ein Geständnis.

Jack holt sich eine Tasse Kaffee und geht ins Vernehmungszimmer.

Teddy ist eine echte Sau und sieht aus wie eine echte Sau. Lange blonde Haare, die vorne ausdünnen. Ein violettes T-Shirt ohne Ärmel, das seine Muskeln freilegt. Etliche Tattoos, darunter ein Teddybär mit anatomisch korrekter Erektion. Sogar Knast-Tattoos hat er auf den Fingern. Ineinander verschränkt ergeben sie L-E-T-S-L-O-V-E.

Jack schaltet den Rekorder ein: »Kuhl wie Cool oder wie Kjuhl?«

»Teddy Cool.«

»Letzte Nacht ist ein Teppichlager abgebrannt, Teddy Cool.«

Teddy zuckt die Schulter. »Geiles Ding.«

»Wie bitte?«, fragt Jack.

»Geiles Ding.«

»Geiles Ding?«, fragt Bentley. »Wen meinen Sie denn? Wissen Sie, mit wem Sie reden, Teddy?«

»Könnte sein, Fettsack.«

»Wo warst du letzte Nacht?«, fragt ihn Jack.

»Wann?«

»Gegen drei.«

»Deine Mutter ficken.«

»Du warst im Teppichlager Atlas.«

Jack sieht, wie es in Teddy arbeitet. Wenn sie das wissen, hat ihn entweder jemand verpfiffen, oder es gibt einen Zeugen.

Wenn ihn jemand verpfiffen hat, war es einer von der Gang. Wenn es einen Zeugen gibt, dann ...

»Deine Mutter ist voll die Schlaftablette im Bett, so wie die bläst«, sagt Teddy. »Aber wem sag ich das!«

»Du warst im Teppichlager.«

»Deine Schwester dagegen ...«

»Du hast einen Kanister vergessen«, sagt Jack. »Mit deinen Fingerabdrücken.«

Der Trick hat mal bei einem jungen Amateurkokler funktioniert, der prompt protestierte: »Quatsch, ich hatte doch Handschuhe an!«

Aber nicht bei Teddy.

»Ich war's nicht«, sagt er.

»Stell dich nicht blöd«, sagt Jack. »Willst du etwa für Kazzy Azmekian in den Bau gehen? Würde der nie für dich machen. Bring uns Azmekian, und wir holen vor Gericht eine Ermäßigung für dich raus.«

Jetzt schaltet sich Bentley ein. »Sie haben die Wahl. Entweder Sie retten Ihren Arsch, oder ich sehe was Zweistelliges auf Sie zukommen.«

»Wie wär's mit einem Geständnis?«, sagt Jack. »Zum Beispiel jetzt.«

Teddy lutscht an seinem ausgestreckten Mittelfinger und zeigt ihn Jack.

Draußen auf dem Flur sagt Jack zu Bentley: »Wir brauchen ein Geständnis. Wir müssen Guzman da raushalten.«

»Der Mann wusste, worauf er sich einlässt«, sagt Bentley.

»Teddy lässt ihn verschwinden.«

»Mord und Brandstiftung. Damit kommt der mir nicht durch«, sagt Bentley.

Jack schüttelt den Kopf. »Entweder, Teddy gesteht, oder wir werfen das Handtuch.«

Bentley studiert den Fußboden, lange. Und sagt: »Tu, was du für richtig hältst.«

Dass er in der zweiten Person redet, entgeht Jack nicht.

»Ziehst du mit?«, fragt er.

Sie fixieren sich gegenseitig, während Bentley überlegt.

»Ja«, sagt Bentley, und sie gehen wieder hinein.

Bentley lehnt sich in der Zimmerecke an die Wand, Jack setzt sich an den Tisch, Teddy gegenüber, schaltet den Rekorder ein. »Wenn du nicht schreiben kannst, kannst du auf Band sprechen.«

Teddy beugt sich über den Tisch, bis er ganz dicht an Jacks Gesicht dran ist. »Ihr habt keinen Scheiß-Kanister und keine Scheiß-Fingerspuren. Ihr habt höchstens einen Scheiß-Zeugen, und bevor das Ding vor Gericht geht, ist der ... Wär doch schade, wenn dem Typ was passiert. Geiles Ding.«

Jack schaltet den Rekorder ab. Zieht die Jacke aus und legt sie über die Stuhllehne.

Jack ist groß und kräftig. Er stellt sich hinter Teddy, sagt »Teddy Coooool« und klatscht ihm die flachen Hände mit Wucht auf die Ohren.

Teddy brüllt auf, rutscht auf seinem Stuhl zusammen, hält sich die Ohren und schüttelt den Kopf. Jack zerrt ihn hoch und schleudert ihn gegen die Wand. Fängt ihn auf, als er zurückprallt, und schleudert ihn gegen die andere Wand. Das macht er dreimal, dann lässt er ihn zu Boden gehen.

»Du hast den Brand gelegt.«

»Nein.«

Jack zerrt ihn hoch und bohrt ihm das Knie in die Brust. Mit einem grunzenden Geräusch, dass selbst Jack übel wird, entweicht die Luft aus Teddy Lunge. Entweder richtig oder gar nicht, sagt sich Jack und wiederholt den Kniestoß noch ein paarmal, bevor er ihn wegstößt und mit dem Kopf auf den Betonboden knallen lässt.

Er geht auf Abstand, und Teddy krümmt sich am Boden.

»Wär doch schade, wenn dem guten Mann was passiert«, sagt Jack.

»Du bist ja irre!«, stöhnt Teddy.

»Das kannst du annehmen, Teddy«, sagt Jack. »Was ist? Gibst du auf, oder fangen wir von vorne an?«

»Ich will einen Anwalt.«

Jack muss ihn knacken, und zwar schnell. Wenn ein Anwalt kommt, weiß Teddy, dass es um Mord geht, und dann ist es vorbei.

»Hast du was gesagt?«, fragt Jack. »Du fällst ja ständig auf die Nase – was hast du denn genommen? Angel Dust? Verdrecktes Meth?«

Jack verpasst ihm kräftige Tritte. Viermal.

Teddy krümmt sich zur Kugel.

»Komm schon«, sagt Jack. »Brandstiftung. Du kriegst acht Jahre, drei sitzt du ab.«

Teddy liegt da und schnappt nach Luft.

Bentley hat sich mit dem Gesicht zur Wand gedreht.

»Oder willst du noch 'ne Runde, Teddy? Dann geht's dir richtig dreckig. Ich wiege hundertzehn Kilo. Wenn ich auf dich draufspringe, dann ...«

»Okay, das Feuer vielleicht«, sagt Teddy.

»Vielleicht?«

»Ich hab das Feuer gelegt«, sagt Teddy. »Aber im Auftrag von Azmekian.«

Jack spürt das Gewicht der Welt von sich abfallen. Das Gewicht von Guzmans Leben.

Zehn Sekunden später sitzt Teddy auf dem Stuhl und schreibt wie besessen. Ein komplettes Geständnis. Als er fertig ist, sagt Bentley: »In dem Feuer ist einer verbrannt, du dummes Arschloch. Du hast gerade dein Mordgeständnis unterschrieben.« Und kriegt sich nicht mehr ein vor Lachen.

Jack ist schon draußen auf dem Flur und hört Bentleys Gewieher und Teddys Gebrüll: *Ihr verfluchten Drecksäue! Ihr verlogenen Schweine!*

Aber auch damit wird Teddy fertig, denn jetzt packt er richtig aus – gegen Azmekian, gibt weitere Brandstiftungen zu, alles mögliche Zeug. Teddy baggert wie ein Maulwurf, um sich die Leiche im Teppichlager vom Hals zu schaffen.

Und Jack hängt über der Toilette und kotzt.

Noch nie hat er einen Kerl so aufgemischt.

Nach Feierabend fährt er zu seinem Vater, und sie gehen zusammen surfen, bis es dunkel wird. Ruft Letty an und sagt, dass es heute nacht nichts wird.

27

Jacks Geschichte, dritter Teil.

Der Prozess gegen Kazzy Azmekian – Jack muss in den Zeugenstand.

Er hört sich die Fragen des Anklägers an und wendet sich an die Geschworenen: »Der Brand im Teppichlager entsprach mehreren Täterprofilen, darunter auch dem von Mr. Kuhl. Wir haben Mr. Kuhl vernommen und mit den Beweisen konfrontiert. Er hat schriftlich gestanden, den Brand gelegt zu haben, im Auftrag von Mr. Azmekian.«

»Welcher Art sind die Beweise?«

Jack nickt. »Mr. Kuhl hat einen Benzinkanister mit seinen Fingerabdrücken am Tatort hinterlassen.«

Die Geschworenen hören gebannt zu.

»Hat Mr. Kuhl unter Druck ausgesagt?«

Jack strahlt. »Nein.«

Jetzt ruft der Ankläger Kuhl auf, der in seinem orangefarbenen Overall schon wie ein richtiger Sträfling aussieht. Kuhl sitzt im Bezirksgefängnis und erwartet seinen eigenen Prozess, also hängt einiges von seiner Aussage ab. Wenn er Azmekian nicht belasten kann, wird ihm der tote Wachmann angehängt. Nachdem der Kleinkram abgehakt ist, holt der Ankläger zum großen Schlag aus:

»Haben Sie den Brand im Teppichlager Atlas gelegt?«

»Nein.«

Goddamn Billy sitzt auf der Galerie und verschluckt fast sein Gebiss, denn er hat Azmekians Schadensforderung abgelehnt und sich dabei auf Kuhls Aussage gestützt. Azmekian hat natürlich gegen den Bescheid geklagt, der Zivilprozess soll in drei Monaten steigen. Und der wird zum Freudenfest, wenn Azmekian in Fußketten vor den Richter treten muss.

Auch der Ankläger ist nicht begeistert. Er schluckt und stellt eine Frage, die in den Justizzirkeln von Greater Orange County noch lange für Gesprächsstoff sorgen wird:

»Wirklich nicht?«

»Nö.«

Der Ankläger geht an seinen Platz zurück, wühlt in den Akten. Stößt auf Kuhls Geständnis und liest es laut vor. Dann fragt er: »Haben Sie dieses Geständnis geschrieben und unter Eid beglaubigt?«

»Ja«, sagt Kuhl und macht eine dramatische Kunstpause. »Aber es war gelogen.«

Jack spürt, wie ihm alles wegrutscht, seine Karriere in den Keller geht, in der tiefsten Kloake landet.

»Keine weiteren Fragen«, krächzt der Ankläger.

Azmekians Verteidiger jedoch hat Fragen.

»Mr. Kuhl, Sie sagen, Sie hätten in Ihrer Aussage gelogen.«

»Ja.«

»Warum haben Sie gelogen?«

Kuhl grinst zu Jack hinüber. »Weil mich Officer Wade zu Brei geschlagen hat.«

Und erzählt genüsslich, Wade habe ihm noch viel Schlimmeres angedroht, wenn er sich weigere, Azmekian zu belasten, worauf er alles gesagt habe, was Wade von ihm hören wollte. Dabei kenne er Azmekian gar nicht. »Nein, Sir, ich habe ihn noch nie zuvor gesehen.«

Jack sitzt da und fragt sich, wer Kuhl umgedreht hat. Wer ihn so erschreckt haben könnte, dass Kuhl auf seinen Deal pfeift und lieber die Mordanklage in Kauf nimmt.

Dann hört er den Verteidiger fragen: »Befindet sich Officer Wade hier in diesem Gerichtssaal?«

»Klar doch«, sagt Kuhl. »Da drüben sitzt er, der Wichser.«

Wie zu erwarten, bricht die Hölle los.

Der Richter hämmert auf sein Pult, der Verteidiger beantragt Abbruch der Verhandlung, der Ankläger fordert Kuhls sofortige Verhaftung wegen Meineids, der Verteidiger fordert Jacks sofortige Verhaftung wegen Meineids, der Gerichtsdiener flüstert Kuhl zu: »Wenn Sie Wichser vor Gericht noch einmal das Wort Wichser verwenden, schlage ich Ihnen im Transporter die Fresse ein«, Kuhls Anwalt beantragt Nichtigkeitsklage, der Richter sagt, das wird es mit ihm nicht geben, und ehe sich Jack versieht, hat der Richter die Geschworenen hinausgeschickt und ein Beweisverfahren eröffnet, in dem Jack als Hauptzeuge auftreten muss.

Kammerrichter Dennis Mallon ist stocksauer.

Er hat den finsteren Verdacht, dass hier jemand aus der Reihe tanzt und dass dieser Jemand Officer Wade ist. Also beordert er Jack vor den Richtertisch, erinnert ihn daran, dass er nach wie vor unter Eid steht, und fragt ihn nicht sehr freundlich: »Officer, haben Sie die Aussage dieses Zeugen *erzwungen*?«

Jacks Problem – na ja, eins von vielen – besteht darin, dass er keine Bedenkzeit hat. Wäre er erfahrener, würde er auf sein Recht der Aussageverweigerung pochen, womit er den Prozess beerdigt, seinen eigenen Arsch aber wahrscheinlich gerettet hätte. Doch Jack sieht die Sache anders. Er sieht sich in der Pflicht, seinen Zeugen zu schützen. Er sieht auch, dass seine und Bentleys Aussage gegen die eines Berufsverbrechers und kapitalen Drecksacks steht, dass sie gegen einen Kerl antreten, der sich einen Teddybär mit Erektion auf den Oberarm tätowiert hat. Und er beschließt, die Sache durchzustehen.

»Nein, Euer Ehren.«

»Entspricht die Aussage von Mr. Kuhl in irgendwelchen Punkten der Wahrheit?«

»Nein, Euer Ehren.«

Der und ich, wir lügen beide wie gedruckt, Euer Ehren.

Richter Mallon knurrt, und Kuhls Anwalt bittet um eine Unterredung. Jetzt stecken der Richter, der Ankläger und der Anwalt die Köpfe zusammen. Flüsternd und zischelnd handeln sie Dinge aus, die Jack nicht versteht, und als sie sich geeinigt haben, wendet sich der Anwalt an Jack.

»Officer Wade, worauf gründet sich der Verdacht der Brandstiftung gegen meinen Klienten?«

»Der Brand entsprach dem Täterprofil.«

»Entspricht das wirklich den Tatsachen?«

»Ja.«

»Sie sagten aus, Sie hätten einen Benzinkanister mit den Fingerabdrücken meines Klienten gefunden.«

»Ja.«

»Entspricht das den Tatsachen?«

»Ja.«

Was genau genommen wahr ist, denn er und Bentley haben einen Benzinkanister besorgt, Teddys Finger draufgedrückt, am Tatort plaziert und dann »gefunden«.

»Sie haben dieses Beweismittel selbst plaziert. Stimmt das?«

»Nein, Sir.«

»Haben Sie meinen Klienten geschlagen?«

»Nein.«

»Sie haben dieses sogenannte Geständnis aus ihm herausgeprügelt, nicht wahr?«

»Nein.«

Jack bleibt hart.

Billy Hayes sieht sich das an und denkt: Dieser Wade ist ein knallharter Typ.

Richter Mallon entlässt Jack aus dem Zeugenstand, verbietet ihm aber, den Saal zu verlassen. Jack sitzt auf der Galerie und schwitzt Blut und Wasser, während vorn eine endlose Beratung stattfindet, ein Beamter telefoniert, weiter beraten wird, bis zwanzig Minuten später Bentley den Saal betritt.

Er marschiert direkt an Jack vorbei, ohne ihn eines Blickes zu würdigen, und der Rücken seines Jacketts ist schweißdurchtränkt.

Er wird vereidigt, der Richter fragt ihn, wie das Geständnis zustande kam, und Bentley erzählt ihm, dass Jack Wade das Geständnis aus Theodore Kuhl herausgeprügelt habe.

Bentley schwitzt wie eine ganze Sauna, während er sich vor dem Richter als Plaudertasche hervortut. Wade habe ihn gebeten, den Raum zu verlassen, und als er zurückkam, habe Wade auf Theodore Kuhl rumgetrampelt und habe ihm Schlimmeres angedroht. Er selbst habe Wade von Kuhl weggezogen und Kuhl erklärt, dass es einen Zeugen gebe –

Nein! Nein! Nein!, schreit Jack innerlich.

– der ihn am Tatort gesehen habe, er könne also genauso gut gestehen, worauf Kuhl das Geständnis abgelegt habe. Jack habe ihn dann gezwungen, seine Fingerabdrücke auf dem Benzinkanister zu hinterlassen, und den Kanister am Tatort plaziert – ein unnötiger Aufwand, da sie einen Tatzeugen hätten –

»Ich möchte den Zeugen sehen«, sagt Richter Mallon zum Ankläger.

Nein! Nein! Nein! Nein!

»Jawohl, Euer Ehren.«

»Wie heißt der Zeuge, Officer Bentley?«

»Mr. Porfirio –«

Jack springt auf und brüllt »Nein!«

»– Guzman.«

Jack will losrennen, aus dem Gerichtssaal, um als Erster bei Guzman zu sein, aber da bekommt er Handschellen angelegt, weil ihn der Richter wegen Meineids verhaften lässt. Teddy Kuhl sitzt da und grinst ihn an. Azmekian grinst Billy Hayes an, der gerade überschlägt, wie viele Millionen ihn der Prozess kosten wird. Bentley im Zeugenstand wischt sich mit dem Taschentuch die Stirn ab und greift nach seinem Notizbuch, weil er Guzmans Adresse angeben soll.

Was er auch tut, im Angesicht Gottes, des Richters, des Kuhl-Verteidigers. Als die Polizisten losfahren, um Mr. Guzman zu holen, ist er – o Wunder – verschwunden.

Wie vom Erdboden verschluckt.

Jack hofft, dass er sich in Mexiko aufhält, in irgendeiner Strandbar ein kühles Bier trinkt, doch wahrscheinlicher ist, dass ihn Teddys Crew schon ermordet hat.

Es war mein Fehler, denkt Jack.

Ich habe versagt.

Und Guzman musste dafür mit dem Leben bezahlen.

Während Teddy Kuhl freigesprochen wird, Kazzy Azmekian zwei Millionen von California Fire and Life kassiert, Jack sich vom Meineid durch eine Bewährungsstrafe und seine Entlassung aus dem Polizeidienst freikauft.

All das lässt Jack stumm über sich ergehen. Ohne sich zu erklären, sich zu rechtfertigen, ohne Bentley zu belangen. Er steckt die Arschtritte ein und geht.

Das Schlimme ist: Er kriegt keinen Job.

28

Egal welchen.

Er ist ein überführter Verbrecher, ein korrupter, gewalttätiger Cop. Mit diesem Zeugnis braucht er sich gar nicht erst zu bewerben. *Möchten Sie's mit Pommes, Sir?* Sein Vater hat sich zur Ruhe gesetzt, da ist also auch nichts zu machen, und ein paar Monate später stirbt sein Vater beim Angeln in seinem Sportboot vor Catalina. Jack zieht sich in seinen Trailer zurück, trinkt Bier zum Frühstück, geht surfen, doch nach ein paar Monaten hört er mit dem Surfen auf.

Letty steht zu ihm, sie ist treu wie Gold, auf sie kann er sich hundertprozentig verlassen. Sie will mit ihm leben, eine Familie gründen, Kinder haben. Das sagt sie ihm, und er starrt sie an wie ein Gespenst: »Heiraten? Bist du besoffen?«

Sie will ihm Paroli bieten: *Nein, Freundchen, du bist besoffen,* aber sie vergisst ihren Stolz und sagt: »Ich dachte, wir wollten heiraten?«

Er lacht. »Ich hab nicht mal einen Job.«

»Aber ich hab einen.«

»Und du willst mich ernähren?«

»Klar«, sagt sie. »Bis du was findest.«

»Ich finde nichts.«

»Sieht nicht so aus, als würdest du groß suchen.«

Es sei denn, es gibt Jobs auf dem Grund einer ausgeleerten Bierdose.

»Was willst du von mir?«, fragt Jack.

»Dich heiraten«, sagt Letty. »Mit dir leben. Ich will Kinder.«

»Ich setze keine Kinder in diese beschissene Welt.«

»Jack, du hattest Pech«, sagt sie. »Du hast einen Prozess verloren –«

»Ich habe *alles* verloren.«

»Nicht alles!«

»Durch meine Schuld wurde ein Mensch ermordet!«

»Nicht alles, Jack!«, schreit ihn Letty an.

»Schon klar«, sagt Jack. »Was willst du überhaupt?«

»Was ich *will*?«

»Verschwinde, Letty.«

»Ich will aber nicht.«

»Aber ich.«

»Nein, willst du nicht«, sagt Letty. »Wirf mich nicht weg, Jack. Dafür bin ich mir zu schade.«

»Wenn du bleiben würdest, wäre es schade um dich.«

»Hör endlich auf mit diesem verdammten Selbstmitleid! Wenn ich nicht bei dir sein wollte, wäre ich –«

»Bist du taub, verdammt noch mal? Ich hab gesagt, verschwinde! Hau ab! *Pintale!*«

»Bin schon weg.«

Sein erstes spanisches Wort, und es heißt *Hau ab!*

»Bin schon weg«, wiederholt sie.

»Gut.«

»Ja, gut.«

Sie knallt die Tür hinter sich zu.

Zwei Monate später, seine Stütze geht bald zu Ende, klacken Billy Hayes' Cowboy-Boots auf Jacks Stufen und durch den Trailer, in dem Jack fernsehend und biertrinkend auf dem Sofa hängt. Jack erkennt ihn – der Versicherungstyp, dem er die Tour vermasselt hat. Also fragt er: »Was ist? Wollen Sie mich fertigmachen?«

Billy sagt: »Nein, ich will Ihnen einen Job anbieten, verdammt noch mal.«

Jack starrt ihn an, lange, dann sagt er: »Mr. Hayes, alles, was mir vorgeworfen wird, habe ich wirklich getan.«

»Sie kommen aus der Baubranche«, sagt Goddamn Billy, »und Sie waren auf der Feuerwehrschule. Das spart mir eine Menge Geld. Ich denke mir, dass Sie als Schadensregulierer keine schlechte Figur machen. Im Grunde geht es darum, den Versicherten ihre abgebrannten Häuser wiederherzustellen. Nehmen Sie den Job oder nicht?«

»Ich nehme ihn.«

»Morgen früh, sieben Uhr«, sagt Goddamn Billy. »Und lassen Sie das Bier zu Hause.«

»Mach ich.«

»Außer Sie bringen mir auch eins mit.«

So fing sein Job bei California Fire and Life an.

Zwölf Jahre später steht er in der Einfahrt zum Haus von Nicky Vales Mutter und hört diese Stimme aus der Vergangenheit.

29

Es gibt keinen Rauch in der Lunge von Pamela Vale.

Das flüstert die Stimme durchs Telefon.

Ich dürfte dir das gar nicht sagen, aber ich dachte, irgendjemand soll erfahren, dass es laut Autopsie keine Rauchspuren in der Lunge gegeben hat.

30

Dr. Winston Ng ist wahnsinnig beglückt von Jacks Auftauchen.

»Geh weg«, sagt er, als Jack sein Büro betritt. Ng hat sich gerade für eine Minute hingesetzt, um eine Tasse abgestandenen Kaffee zu trinken, und will nicht belästigt werden. Jack Wade ist eine Belästigung.

»Du hast heute morgen ein Brandopfer reingekriegt«, sagt Jack. »Eine Mrs. Pamela Vale.«

»Bist du sicher?«

»Sie hatte keinen Rauch in der Lunge.«

»Wer hat dir das gesagt!?«

Weiß ich nicht, denkt Jack, aber er fragt: »Hast du auf Kohlenmonoxid getestet?«

Ng nickt. »Auf den Carboxyhämoglobin-Gehalt in ihrem Blut.« Das Kohlenmonoxid ist wild auf rote Blutkörperchen. Wenn es über die Lunge in den Kreislauf aufgenommen wird, sucht es sich sofort die roten Blutkörperchen. Bei Menschen, die an einer CO-Vergiftung erstickt sind, bindet sich zum Beispiel zweihundertmal mehr CO als Sauerstoff an das Hämoglobin. Der CO-Gehalt des Blutes ist dann deutlich messbar.

»Wie hoch war die Sättigung?«, fragt Jack.

»Unter neun Prozent«, antwortet Ng.

Was zu vernachlässigen ist, wie Jack weiß. Kleine Mengen CO absorbiert ein Brandopfer durch die Haut.

»Totenflecken?« fragt Jack.

»Schwarzblau.«

»Die müssten hellrot sein«, sagt Jack. Kohlenmonoxid hellt das Blut auf. »Brandblasen?«

»Ein paar«, sagt Ng. »Klein, mit Luft gefüllt.«

Jack nickt. Das ist zu erwarten, wenn das Opfer schon vor dem Brand tot war. »Ringe?«

»Keine Ringe.«

Genau. Bei lebenden Menschen bilden sich Entzündungsringe um die Brandblasen, nicht so bei Toten.

»Sie war tot, bevor sie brannte«, sagt Jack.

Ng steht auf, holt einen Styropor-Becher und gießt Jack Kaffee ein. »Das wusstest du doch vorher. Sonst würdest du mir nicht auf die Eier gehen.«

»Ich geh dir nicht auf die Eier.«

»Doch.« Ng lässt sich auf seinen alten Holzstuhl plumpsen, zieht eine Schublade seines grauen Stahlschreibtischs heraus und schiebt Jack eine Akte hin. »Das hast du nicht gesehen.«

Jack klappt die Akte auf und muss würgen.

Fotos von Pamela Vale.

Zumindest eines Teils von ihr.

Die Beine sind so gut wie verbrannt. Entblößte Schienbeinknochen. Die Unterarme erhoben, mit gekrallten Fingern, wie um sich zu schützen. Ihr Gesicht ist erhalten. Violette Augäpfel starren ihn an.

Jack schluckt hörbar.

»Hey«, sagt Ng. »Du gehst mir auf die Eier, also kriegst du, was du wolltest.«

»Scheiße«, sagt Jack.

»Allerdings. Irgendeine Idee, warum die obere Hälfte noch intakt ist?«

»Die Beinknochen liegen frei«, sagt Jack. Ein durchschnittliches Feuer von 650 Grad benötigt 25 bis 30 Minuten, um sich bis zu den Schienbeinen durchzufressen. Nur dass dieses Feuer nicht so lange brannte. Doch das behält er für sich. »Der Schutzreflex, wahrscheinlich. Hat Körper und Gesicht gegen die Flammen abgeschirmt.«

»Die Glückliche«, sagt Ng.

Jack zwingt sich zu einem weiteren Blick. »Typische Boxerpose.«

Die Boxerpose entsteht, wenn starke Hitze die Arm- und Beinmuskeln kontrahiert – bevor die Totenstarre eintritt.

»Totenstarre?«

»Nein.«

»Kein Rauch in der Lunge, keine Rußspuren um Mund und Nase, geringer CO-Gehalt, Boxerpose«, fasst Jack zusammen.

»Sie starb vor dem Feuer, aber nicht lange davor«, schlussfolgert Ng.

»Bäuchlings oder rücklings?«

»Rücklings.«

Die meisten Menschen, die von einem Feuer überrascht werden, werden mit dem Gesicht nach unten aufgefunden. In einer solchen Situation legt man sich nicht auf den Rücken und wartet ab.

»Und? Ist es ein Unfall?«, fragt Jack.

»Das sagen die Polizisten. Und Polizisten lügen nicht«, befindet Ng.

»Sie hatte Alkohol im Blut.«

»Ja.«

»Viel?«

»Es reichte.«

»Auch zum Wegtreten?«

»Schwer zu sagen«, meint Ng. »Ich habe Barbiturat-Spuren gefunden.«

»So könnte es passiert sein«, sagt Jack. »Sie trinkt, nimmt Tabletten und raucht, sie tritt weg, die Zigarette entzündet den Alkohol ...«

»Wenn sie bewusstlos war«, sagt Ng, »hat sie noch geatmet.

Und Rauch eingeatmet. Nein, diese Frau war tot, bevor es brannte.«

»Woran ist sie dann gestorben?«

Sie sitzen stumm da, dann sagt Ng: »Keine Würgemale, kein erkennbares Kehlkopftrauma. Auch keine Kampfspuren. Ich wollte mit dem Ehemann reden, doch sein Anwalt hat geblockt. Die Mordkommission will da nicht ran. Sie sagen, es war ein Unfall. Jetzt weißt du, was ich weiß.«

»Da erfährt einer, dass seine Frau verbrannt ist, und zehn Minuten später hat er schon einen Anwalt. Findest du das nicht seltsam?«

»Ich bin Gerichtsmediziner, kein Verhaltensforscher«, sagt Ng. »Ja, natürlich ist das seltsam.«

Jack fragt: »Hinweise auf Sex?«

»Diese Teile sind verbrannt«, sagt Ng. »Warum?«

»Irgendein Irrer vergewaltigt sie, legt das Feuer.«

Ng zuckt die Schultern. »Ich habe Blut- und Gewebsproben genommen. Wenn Interesse besteht, lasse ich sie auf Erdrosselung analysieren.«

»Darf ich die Leiche sehen?«

»Die ist nicht mehr da.«

»Wieso?«

»Ich hab sie freigegeben«, sagt Ng. Und als er Jacks Blick bemerkt: »Jack, was sollte ich machen? Ich habe einen Ermittlungsbericht, der auf Unfalltod erkennt, Rauchen im Bett. Ich habe Blutproben voller Alkohol und Barbiturate –«

»Sie war schon tot, als es brannte!«

Ng nickt. »Sie lässt die Zigarette fallen, verliert das Bewusstsein, stirbt an einer Überdosis, bevor das Feuer ausbricht. Es passt alles zusammen. Wenn du Gründe suchst, die Zahlung zu verweigern –«

»Fick dich, Winston.«

»Tut mir leid«, sagt Ng. »Ich hatte einen langen Tag. Das war unter Niveau.«

»Ja, was für ein Tag! Also ...«

»Also, ich tippe auf Überdosis.«

Ein Tablettenunfall, gefolgt von einem Brandunfall.

»Danke, Winston. Ich wollte nur eine Erklärung.«

»Keine Ursache.«

»Wie geht's den Kindern?«

»Gut«, sagt Ng. »Ich glaube, sie sind froh, wenn die Schule wieder losgeht. Nein, ich *weiß* es.«

»Und Elaine?«

»Hat zu tun«, sagt Ng. »Ich sehe sie kaum. Steckt tief in ihrer Diss.«

»Grüße sie von mir.«

»Wird gemacht. Hey, du magst doch schwarzen Humor, oder?«

»Klar.«

»Mrs. Vale«, sagt Ng. »Sie wollen sie einäschern.«

O Gott, denkt Jack.

Nicht schon wieder.

31

Jack sieht Pamela Vale durchs Haus gehen.

Ein makabrer Anblick. Er sitzt im Medienraum von California Fire and Life und sieht sich das Video an, das ihm Nicky gegeben hat.

Sie mussten sie von den Sprungfedern kratzen.

Und da ist sie. Pamela Vale in dem Zimmer, das nun voller kalter, schwarzer Asche ist. Wo Jack ihr Blut an den geschmolzenen Sprungfedern sah. Jetzt sieht sie in die Kamera und spricht zu ihm.

Er kommt sich fast wie ein Voyeur vor. Er hat die Fotos von ihrem nackten, verkohlten Leib gesehen, und nun läuft sie herum und spricht zu ihm.

Hatte Nicky nicht gesagt: *Sehr jung und sehr schön*? Das war kein Witz, denn Pam Vale ist – war, muss sich Jack korrigieren – wirklich eine schöne junge Frau.

Ist schon verrückt, denkt er. Man muss sich laufend daran erinnern, dass sie tot ist, um sich nicht auf der Stelle in sie zu verlieben. Ihr bedrucktes Sommerkleid betont ihre Figur, statt sie zu verbergen. Ihr Gesicht wird von langem schwarzem Haar eingerahmt, aber was einen umhaut, sind ihre Augen. Die Farbe ihrer Pupillen.

Purpurrot?

Violett?

Ein Farbton jedenfalls, den er noch nie gesehen hat.

Diese Augen beherrschen das Bild, fesseln den Blick und halten ihn fest.

Und ihre Stimme? Purer Sex.

Obwohl sie nur Nickys Inventar aufzählt. Er hält die Kamera und flüstert Befehle. Jack hat keine Ohren für Nickys Geflüster, nur für ihre Stimme, während sie auf den großen Fernseher zeigt, auf die Gemälde, die Skulpturen, die Möbel. Er hat die typische Glamourgirl-Piepsstimme erwartet, aber sie hat eine Frauenstimme. Die Stimme einer Ehefrau und Mutter und Managerin eines teuren, komplizierten Haushalts – die Stimme einer reifen Frau und der pure Sex.

Selbst auf diesem Video, das im Grunde nur besagt: *Schaut nur, das gehört alles mir, unter anderem auch diese tolle Frau.*

Sie weiß es. Er sieht es in ihrem Blick.

Aber sie ist darüber erhaben.

Wie schafft sie das?, fragt sich Jack.

Vielleicht sind es die Kinder, die ihren Status als Mutter sichern, und vielleicht reicht das aus. Oder sie steht unter Drogen, treibt in einem wohligen Nebel dahin, der ihr über den Tag hilft. Lass es, sagt sich Jack. Das kann man nicht mehr aufklären, und es ist sinnlos. Konzentrier dich lieber auf ihre Worte.

Und auf das Zimmer.

Das Video ist wichtig für Jack, weil es die Einrichtung vor dem Brand zeigt.

Das Zimmer mit seinem hohen Dachstuhl ist natürlich riesig. Es gibt einen Mittelpfosten, der das Gebälk trägt, auf Hochglanz polierte Kieferndielen, weiße Tapeten mit Golddekors. Dicke rote Vorhänge verdecken die Glastüren zur Terrasse. Ovale goldene Spiegel und englische Jagdstiche in Walnussholzrahmen komplettieren die Einrichtung.

Jack spult zurück und startet von vorn, diesmal macht er sich Notizen. Er hat Nickys Inventarliste auf dem Schoß und versucht, Pamelas Beschreibungen mit den aufgelisteten Stücken und Wertangaben zu vergleichen.

Pamela zeigt mit beiden Händen auf einen Schreibtisch. (»Zeig ihnen das Besondere, Pam.«) Und auf sein Signal sagt sie: »Das ist ein englischer Mahagoni-Schreibtisch mit gekehlten Ecksäulen, von 1775. Beachten Sie die außergewöhnlichen Volutenfüße.«

Die Kamera schwenkt hinab auf die außergewöhnlichen Volutenfüße.

Jack überfliegt die Liste und findet den Schreibtisch.

Schätzwert 34 000 Dollar.

Pam spricht weiter: »Der Spiegel darüber ist ein Kent-Spiegel mit vergoldetem geschnitztem Rahmen und klassizistischer Muschel-Büste, entstanden um 1830.«

Wie Jackie Kennedy bei einer Führung durchs Weiße Haus, denkt Jack.

Der Spiegel wird auf 28 000 Dollar geschätzt.

Und so geht es endlos weiter.

»Dieser Wandtisch von zirka 1730 mit seinen vergoldeten Schnitzereien ist deutlich von der italienischen Renaissance inspiriert. Beachten Sie, dass die Akanthusblätter an den geschwungenen Beinen schon auf den Klassizismus verweisen.«

30 500 Dollar.

»Zwei vergoldete Sessel aus der Zeit Georges I.«

25 000 Dollar.

»Ein Kartentisch aus der Zeit Georges I.«

28 000 Dollar.

»Und hier eins unserer Prunkstücke: Ein kostbarer Büroschrank von etwa 1730 in rotem und schwarzem Japanlack. Beachten Sie die wie behaarte Hufe ausgeführten Füße, auch die schlangenförmigen Streben mit angedeuteten Akanthusblättern. Ein sehr seltenes Stück.«

Stimmt, denkt Jack. 53 000 kostet das seltene Stück.

Die Kamera verweilt auf dem Möbelstück, und Jack muss zugeben, dass es ein ganz besonderes Stück ist. Liebevoll und sorgfältig gebaut.

Für die Ewigkeit.

Der Führung geht weiter.

Zwei englische Mahagonistühle von 1730.

10 000 Dollar.

Ein Hepplewhite-Sessel mit Prince-of-Wales-Federbusch.

14 000 Dollar.

Ein vergoldeter Rokoko-Konsolentisch von Matthias Lock.

18 000 Dollar.

Jack macht emsig Notizen, schreibt auf, was er finden müsste, wenn er die Asche siebt.

Er müsste die Griffe von Schubladen finden, vielleicht ein paar Reste von den dicksten Holzteilen – den klobigen Füßen und Voluten. So manches Fragment dürfte unter der Asche erhalten geblieben sein.

Das Band läuft weiter.

Englisches Barock sogar im Badezimmer.

Der Frisiertisch ein Schnäppchen für 20 000 Dollar.

Ein stummer Diener für schlappe 1500 Dollar.

Die Einbauschränke um das Doppelwaschbecken sind stilgerecht in Walnuss ausgeführt, die Oberteile in teuren Pseudomarmorkacheln, als Handtuchhalter dienen Akanthusblätter aus Walnuss.

Dann zurück ins Schlafzimmer, denn dort steht das absolute Prunkstück der Sammlung.

Das Bett.

Es einfach Himmelbett zu nennen, das wäre, als würde man die Chinesische Mauer als Gartenzaun bezeichnen.

Jeder der vier Bettpfosten ruht auf einem Säulenschaft aus vergoldetem Walnuss mit blauen Intarsien. Darauf erheben sich die goldverzierten Säulen aus Mahagoni, die das Postament mit geschnitzten Engelsfiguren aus Walnuss tragen. Drapiert ist es mit einem Behang aus schwerer weißer Seide mit dem Wappen irgendeines Fürsten oder Grafen. Der Betthimmel besteht aus einem Rahmen, an dem Vorhänge aus schweren Goldstickereien befestigt sind, sehr alt und kostbar, und nach dem Video zu urteilen, muss der Rahmen noch Querstreben haben, denn er wird von einer Krone aus goldenen Adlern und geschnitzten Burgzinnen überragt, die bis an die Decke reichen. Die Vorhänge sind an den Säulen festgebunden.

Dieser Aufbau würde erklären, denkt Jack, warum Pamela Vales obere Körperhälfte nicht verbrannt ist. Ohne Zweifel hat der Betthimmel früh Feuer gefangen, ist auf sie gestürzt und hat die Flammen erstickt, die anderenfalls ihren ganzen Körper erfasst hätten.

Der Kopfteil besteht aus einer Fläche mit aufgemaltem Wappen.

Es handelt sich also um ein geschichtsträchtiges Möbelstück.

Pamela Vale beschreibt es: »Dies ist der Stolz unserer Sammlung, ein klassizistisches Bett, entworfen 1776 von Robert Adam. Es ist im Originalzustand erhalten bis auf Matratze und Federkasten – schließlich legen wir Wert auf Bequemlichkeit – und einige Behänge. Dieses Stück ...

Jack blättert in der Inventarliste, um nach dem Preis zu suchen – 325 000 Dollar.

Für ein Bett, das jetzt verkohlt ist.

All die alten Holzteile, all die Golddrapierungen, all die Vorhänge ... brennen wie Zunder. Und würden sogar ein Loch ins Dach brennen.

Aber sie würden auch Pamelas Lunge mit Rauch füllen.

Wie die anderen kostbaren Möbel. Auch die Einrichtung in den zwei anderen Flügeln des Hauses ist von Rauch und Löschwasser geschädigt, aber jetzt will Jack erst mal wissen, wie hoch die Verlustsumme ist.

Er tippt die Preise der verbrannten Antiquitäten in seinen Rechner ein.

Um die 587 500 Dollar.

Das Datum auf dem Etikett des Videos: 21. Juni 1997.

Am 21. Juni hat Nicky Vale sein wertvolles Inventar auf Video dokumentiert, und kaum zwei Monate später ist alles verbrannt.

Einschließlich Ehefrau.

Die, in Geld ausgedrückt, weitere 250 000 Dollar wert ist.

Bevor wir also über das Gebäude und den Rest der Einrichtung reden, haben wir schon einen Schaden von 837 500 Dollar.

Kein Wunder, dass Nicky Druck macht.

Die Summe ist astronomisch.

32

Hector Ruiz zieht eine seiner seltenen Doppelnummern durch. Er hat wieder einen alten Van präpariert und fährt die Auffahrt zum Freeway 57 in Anaheim hinauf. Mit frisch gefälschten Papieren und einer frischen Ladung Mexikaner. Hinter ihm fährt Octavio, vor ihm fährt Martin. Dansky naht auf dem Freeway.

Eine Doppelnummer ist deshalb selten, weil die Vorbereitungen kompliziert und anstrengend sind, aber Hector kriegt eine neue Wohnung, und seine Frau reflektiert auf eine ganz bestimmte Schlafzimmereinrichtung, also ...

Und vor Schwierigkeiten ist Hector noch nie zurückgeschreckt.

Er sieht auf den Tacho und geht runter auf fünfzig.

Sieht, wie Martins Dodge Colt beim Einbiegen auf den Freeway beschleunigt.

Während Danskys Camaro auf die Einfädelspur einschwenkt.

Dansky drückt auf die Hupe.

Martin geht auf die Bremse.

Hector ebenfalls, er reißt das Steuer nach rechts, erwischt Martins rechte hintere Stoßstange.

Hab ich das nicht sauber hingekriegt?, denkt Hector.

Schaut in den Rückspiegel, hinter ihm kommt Octavio.

Hector blinzelt und schaut ein zweites Mal, denn was da kommt, ist nicht Octavio, sondern ein Benzintanker mit beachtlichem Tempo. Der Fahrer ist auch auf Vollbremsung gegangen, man hört es am Schnauben der Kompressoren, aber er wird es nicht schaffen.

»Jetzt geht's rund«, ruft Hector noch, und eine halbe Sekunde später kracht der Tanker in den Van. Die Explosion ist gewaltig. Ein riesiger Feuerball erleuchtet die milde kalifornische Nacht.

Eyewitness News auf Channel 5 sind wieder mal voll dabei. Zufällig kurvt ihr Verkehrshubschrauber in der Gegend, und die Luftaufnahmen von der Karambolage mit den vielen Toten sind der ideale Aufmacher für die Spätnachrichten.

Der Beitrag wird ein Hammer.

Der Blaue stutzt und beugt sich im Sessel vor. »Ist der von uns?«, fragt er, als er Jimmy Dansky im Fernsehen sieht.

Dansky erklärt gerade einem blonden Reporter: »Plötzlich der grelle Lichtblitz. Ich kann froh sein, dass ich noch lebe.«

»Der könnte von uns sein.«

Der Reporter am Unfallort meldet mindestens acht Tote, alles Mexikaner, wie es aussieht.

Das Hawaiihemd sieht den brennenden Van und witzelt: »Hey, aufgewärmtes Chili con carne.«

»Du bist ekelhaft«, sagt Nicky Vale zu ihm.

33

Bei der Trauerfeier gibt es Krawall.

Dabei fängt sie so gut an.

Jack sitzt auf der letzten Bank der Surf Jesus Episcopal Church, die nicht wirklich so heißt, aber von den Einheimischen so genannt wird, weil die geschwungene Turmspitze an eine überkippende Welle erinnert – nach dem Motto: Jesus ist hip, Jesus ist cool, Jesus ist der ultimative Tunnelsurfer!

Surfst du für Jesus, surft Jesus mit dir.

Jack wundert sich ein bisschen über das christliche Begräbnis, doch dann dämmert ihm, dass Nicky zwar Jude ist, aber Pamela eine *shiksa* war – sicher ein weiterer Grund, weshalb die Schwiegermutter über die Brautwahl ihres Sohnes nicht sonderlich glücklich war.

Die Kirche ist trotz ihrer Größe gut besucht – nicht überfüllt, aber so, dass sie nicht leer wirkt. Die meisten sind südkalifornischer Geldadel. Sie sehen nicht nur gesund und reich aus, man sieht ihnen auch an, dass sie hart daran arbeiten, gesund und reich auszusehen. Tennisbräune, trainierte Körper, und alle kennen sie sich, denkt Jack, der ihre Begrüßungsrituale und ihr Geplauder verfolgt.

... *wirklich schade um Pamela* ...

... *ich mache jetzt Spinning* ...

... *Graphitgriffe* ...

... *und hab zwölf Pfund abgenommen* ...

... *Nicky ist am Boden zerstört* ...

... *Liegerad, belastet die Knie nicht so* ...

... *wenigstens keine Sorgerechtsprozesse* ...

... *bleibt den Kindern viel erspart* ...

... *Cardio-Kickboxen* ...

Eine Menge Unterstützer von Rettet die Strände. Jack erkennt sie an den »Rettet die Strände«-Buttons, die ihm bei einer Trauerfeier reichlich deplatziert vorkommen.

Es gibt Anlässe ... wo man es auch mal sein lassen kann.

Die Familie kommt durch eine Seitentür vorne. Nicky, Mutter Valeshin und die Kinder. Alle in Schwarz.

Schwarz wie verkohlte Asche, denkt Jack.

Nicky wirkt besonders – nein, es gibt kein anderes Wort dafür – elegant. Seidenjackett mit breiten Schultern und schmalem Revers, weißes kragenloses Hemd, schwarze Wildlederschuhe. Als hätte er in einer Sondernummer des *GQ Magazine* für hippe junge Witwer geblättert und dann seine Bestellung bei Armani gemacht.

Nicky trägt eine gramvolle Gefasstheit zur Schau, und die steht ihm, Jack muss es ihm lassen, unverschämt gut.

Die Frauen, die er hier sieht, scheinen an alles andere als ans Trauern zu denken, und wenn Nicky nicht noch heute eine von ihnen flachlegt, hat Jack eine Wette verloren.

Die Kinder wirken geradezu filmreif: perfekt kostümiert, mit makellosen Manieren, abgrundtief traurig.

Nachdem ihnen der Prediger eine tröstende Hand aufs Haupt gelegt hat, besteigt er die Kanzel. Wartet auf das Verklingen der Orgel und begrüßt die Gemeinde mit einem Lächeln.

Jack meint, ihn aus dem Fernsehen zu kennen. Er hat die obligatorische Silbermähne der Fernsehprediger, nur dass seine nicht so dämlich nach hinten gegelt ist, er trägt ein 75-Dollar-Styling von Jose Ebert zur Schau, dazu die passende Pilotenbrille, eine schwarze Robe mit Purpurborte und einen weißen Kragen, der frappierend dem von Nicky ähnelt.

Irgendwann stellt er das Lächeln ein und sagt: »Wir sind hier, um ein Leben zu feiern ...«

Dann kommt das übliche *Gott ist ein toller Typ, aber die liebe Pam musste trotzdem sterben, und ich habe keine Erklärung für diesen scheinbaren Widerspruch, also reden wir nicht vom Tod, reden wir vom Leben, und war ihr Leben nicht wundervoll?, hatte sie nicht einen wundervollen Mann und wundervolle Kinder?, war sie nicht eine wundervolle Ehefrau und Mutter?, und nun ist sie bei meinem Buddy da oben, wo es viel besser ist als hier unten in Orange County, und wir werden ihre Asche über dem Ozean verstreuen, den sie so geliebt hat, an den Stränden, die sie so geliebt hat, und jedesmal, wenn wir den Ozean und die Strände sehen, werden wir an Pamela denken, und Jesus liebt sie, und Gott liebt sie, und Jesus liebt euch, und Gott liebt euch, und wir müssen uns alle gegenseitig lieben, und das jeden Tag, denn wir können ja nicht wissen, wann Gott uns auf seiner göttlichen Bananenschale ausrutschen lässt und peng!, sind wir weg,* und natürlich sagt es der Prediger nicht so, aber das geht Jack so durch den Kopf.

Der gute Doktor Soundso – Jack weiß jetzt, dass er ihn aus dem Fernsehen kennt, er hat ihn erlebt beim Betteln um Spenden – redet nun davon, dass sie alle zusammenhalten müssen, um Nicky und den Kindern zu helfen, dafür werden alle Hände gebraucht, Gott sei Dank gibt es ja die liebe Großmutter, die sich um die Kinder kümmern wird, und als Jack das hört, sucht er in der Kirchenbank nach einer Kotztüte, zumal eine Frau in der Nachbarbank vernehmlich schluchzt. Schließlich blickt der Prediger zur Kirchendecke aus rotem Zedernholz auf und sagt: »Herr Jesus, lasst uns beten ...«

Es folgt ein langes Gebet, in dem es um die Seele von Pamela Vale geht und um den *Heilungsprozess* für Nicky und Natalie – zum ersten Mal hört Jack den Vornamen von Mutter Valeshin – und die Kinder, dann spielt die Orgel ein bißchen Musik, geeignet zur Untermalung eines Horrorfilms, und als Jack aufblickt, steht Nicky auf der Kanzel und bittet die Trauergäste, von ihren Erinnerungen an Pamela zu erzählen.

Das tun sie gern. Einer nach dem anderen, vielleicht zehn Personen, stehen auf und erzählen von dem Tag, den sie mit Pam am Strand verbracht haben, wie sehr Pam den Sonnenuntergang liebte, wie sehr Pam ihre Kinder liebte ... Eine Frau erzählt von ihrer Shopping-Tour mit Pam, eine andere von einem Whalewatching-Ausflug mit Pam.

Aber niemand will über die betrunkene Pam reden, die sich auf der Party übergab, die den Lexus gegen die große Kiefer in der Einfahrt setzte, die so mit Valium abgefüllt war, dass man sie bewusstlos in ihrem Auto fand. Niemand will über ihre lautstarken Streitereien mit Nicky reden, über die zu Bruch gegangenen Gläser, über den Vorfall auf der Bootsparty, als sie ihm ihren Drink ins Gesicht schüttete, über Nickys Affären mit praktisch jeder sexhungrigen Geschiedenen und gelangweilten Ehefrau und ehrgeizigen Serviererin entlang der ganzen südkalifornischen Küste ...

All diese Sachen sind überblendet vom Sonnenuntergang, den Pam so sehr liebte.

Läuft doch wie geschmiert, denkt Jack, als Nicky tapfer, gefasst und mit umflortem Blick von der Kanzel herab fragt, ob es noch Wortmeldungen gebe.

In diesem Moment schreit eine Frau hinter Jack: »DU HAST SIE UMGEBRACHT, DU DRECKSKERL!«

Und jetzt geht's los mit dem Krawall.

34

»DU HAST MEINE SCHWESTER UMGEBRACHT!«

Nicky fällt der Unterkiefer runter, und Jack denkt: Du hast schließlich nach Wortmeldungen gefragt.

Der Prediger hält erschrocken Ausschau, ob Reporter anwesend sind oder gar Kameras, als die Frau schon wieder schreit: »DU HAST SIE UMGEBRACHT, DU DRECKSKERL!«

Steht da hinten und zeigt mit dem Finger auf Nicky.

Die Trauergäste sind in ihren Sitzen erstarrt. Sie wagen es nicht, einzuschreiten, denn diese Frau ist offensichtlich auf Krawall aus, und niemand will eine teure Nasenoperation riskieren.

Doch, zwei Wachmänner.

Jack hat sie vorher nicht gesehen, die zwei Typen in schwarzen Anzügen, die von hinten kommen, um die Lage *unter Kontrolle* zu bringen, und sie sind schneller als er.

»Pfoten weg!«, schreit die Frau, als der eine Wachmann seine dicke Pranke auf ihre Schulter legt. Sie stößt die Hand weg, dann wird sie von zwei dieser Pranken gepackt und auf den Gang gezerrt, wo sie erneut auf Nicky zeigt und ruft: »ER HAT SIE UMGEBRACHT! ER HAT PAM UMGEBRACHT!«

Der dicke Wachmann hält ihr den Mund zu und nimmt ihren Hals mit dem Unterarm in die Zange.

»Lassen Sie los!«, sagt Jack zu ihm.

»Die Lady muss gehen«, antwortet er.

Mit russischem Akzent.

»Sie geht freiwillig«, sagt Jack.

Der andere Wachmann, groß und drahtig, sagt zu Jack: »Haben Sie Probleme?«

Derselbe Akzent.

»Möglich«, sagt Jack.

Der Kerl will zuschlagen, man sieht es an seinem Blick, aber er hat seine Befehle, er reißt sich zusammen und merkt sich Jacks Gesicht – für später.

»Lassen Sie los!«, sagt Jack noch einmal zu dem dicken Wachmann. Als der Dünne nickt, lässt der Dicke die Frau los, und Jack sagt zu ihr: »Komm!«

»Er hat Pam umgebracht!«

»Alle haben es gehört.«

Er greift nach ihrem Arm.

»Komm mit!«

Und sie gehorcht.

Als er mit ihr hinausgeht, hört er die Kinder nach ihrer Tante rufen. Er dreht sich um und sieht den weinenden Michael. Mutter Valeshins Gesicht ist zu Stein erstarrt. Nicky sieht aus, als könnte er töten.

Auch der dicke Wachmann, der Jack einen hasserfüllten Blick hinterherwirft.

»Ich komm schon zurecht«, sagt Jack.

»Das werden wir sehen.«

»Klar.«

Jack führt die Frau aus der Kirche, zu seinem Auto, setzt sie auf den Beifahrersitz.

»Mein Gott, Letty«, sagt er. »Du hättest mir sagen können, dass sie deine Schwester war.«

Ich dürfte dir das gar nicht sagen, aber ich dachte, irgendjemand soll erfahren, dass es laut Autopsie keine Rauchspuren in der Lunge gegeben hat.

35

Sie sieht immer noch gut aus, denkt Jack.

Schwarzglänzendes, schulterlanges Haar, dunkle mexikanische Augen, tolle Figur, perfektes Make-up, dezenter Schmuck, exquisit gekleidet. Trotz der höllischen Hitze trägt sie einen weißen Blazer über den Jeans – wegen der 38er in ihrem Halfter, wie Jack weiß.

Und er wundert sich fast, dass sie Nicky nicht einfach erschossen hat.

»Meine Halbschwester«, sagt Letty. »Dieselbe Mutter, ein anderer Vater.«

»Ich wusste nicht mal, dass du eine Schwester hattest«, sagt Jack.

»Ich hatte damals nicht viel Kontakt«, sagt Letty. »Sie wollte nicht daran erinnert werden, dass sie eine Halblatina war. – Mein Gott, ich hab mich total vergessen da drinnen.«

»Schon gut.«

»Nein. Als Profi kann ich mir das nicht leisten.«

»Letty, hast du etwa den Fall übernommen?«

Sie schüttelt den Kopf. »Weil Ng keinen Rauch in ihrer Lunge fand, hat er uns benachrichtigt, und ich war zufällig am Apparat.

Ich bin zur Gerichtsmedizin und sehe, um Gottes willen, das ist ja Pam. Aber ich habe niemand gesagt, dass sie meine Schwester ist, weil ich an der Sache dranbleiben will.«

»Letty, das ist ja furchtbar!«

»Du kennst doch Ng. Er wollte sofort los und Vale vernehmen, aber wir sprechen das lieber mit den Leuten vom Branddezernat ab, damit wir keinen Ärger kriegen. Er ruft also dort an, kriegt Bentley an den Apparat, und Bentley sagt –«

»– lass mich in Ruhe angeln.«

»Genau so war es«, sagt Letty. »Ein Brandunfall, ein Unfalltod. Ich frage ihn, wie er sich den fehlenden Rauch in der Lunge erklärt, und er sagt ›überhitzte Luft‹.«

»Überhitzte Luft?«, fragt Jack. »Glaubt der etwa, sie hat mit ihrer Zigarette eine Wasserstoffbombe gezündet?«

»Vermutlich. Jedenfalls sagt sich Ng, Bentley kann mich mal, und ruft bei Vale an, um seinen Besuch anzukündigen. Da schaltet sich Vales Anwalt ein und sagt, dass er Vale vertreten wird.«

So einfach geht das, denkt Jack.

Ng ruft Bentley an, Bentley ruft Vale an, Vale ruft seinen Anwalt an.

»Die Vernehmung von Vale konnte ich mir also abschminken«, sagt Letty. »Trotzdem wollte ich ihn festsetzen, doch da ruft mein Boss an, er habe einen Anruf von Bentleys Boss, der habe ihm ein Ohr abgekaut, deshalb sagt nun mein Boss: *Tut mir leid, ich kann mich zur Zeit nicht mit dem Sheriffbüro anlegen.* Ich also: *Bentley hat falsch ermittelt.* Er: *Das weiß ich selbst. Aber Bentley hat seinen Bericht schon geliefert, der lautet auf Unfall, und das Sheriffbüro wird seinen eigenen Leute nicht in die Suppe spucken.*«

»Und nun?«

»Nichts«, sagt Letty. »Das war's. Wir dürfen kein Verfahren eröffnen, und ich wurde auf zwei vermisste vietnamesische Kleinkriminelle mit zig Vorstrafen angesetzt. *Setz dich lieber in Bewegung und suche Tranh und Do, ehe du mir Lektionen erteilst.*«

Jack kennt die Lektion: Man flickt seinem Boss nicht am Zeug.

»Dann hast du mich angerufen«, sagt Jack.

»Bentley sagte, du hättest in dem Haus rumgeschnüffelt.«

»Und du wusstest, dass ich genau hinsehe.«

Letty zuckt die Schultern. »Er hat sie umgebracht, Jack. Ich weiß es.«

Jack nimmt ihre Hand. »Deine Schwester ist an einer Tabletten- und Alkoholvergiftung gestorben. Ich habe den Befund gelesen.«

Letty schüttelt den Kopf.

»Sie hat nicht getrunken.«

Wie bitte?, denkt Jack.

36

»Sie hat aufgehört mit dem Trinken«, sagt Letty. »Etwa vor einem Jahr.«

Sie sitzen draußen vor Harpoon Henry's, im Hafen von Dana Point. Von hier aus sehen sie den Kanal, sie können in der Sonne sitzen und die Segler und Sportfischer ein- und ausfahren sehen. Jack hat gehört, dass der Gelbflossenthunfisch anbeißt wie wild, also ist er ganz frisch, und deshalb ist er mit Letty hierher gefahren.

»Sie ging auf Entzug, musst du wissen. In der berühmten Klinik, wo du alles selber machen musst, als käme es genau darauf an. Jedenfalls kam sie raus und war trocken. Hat ihre Meetings organisiert, mit allem drum und dran.«

»Vielleicht hatte sie einen Rückfall?«, fragt Jack.

»Sie hatte keinen Rückfall. Sie kam bestens zurecht.«

Als die Serviererin das Essen bringt, unterbrechen sie das Gespräch: Gegrillter Gelbflossenthunfisch mit Röstkartoffeln, dazu gelber und roter Paprika. Gleich darauf kommt Bob, der Eigentümer des Lokals, und begrüßt Jack.

»Wie sind die Wellen?«, fragt Bob.

»Kann nicht klagen«, sagt Jack. »Das Wasser ist schön warm.«

»Ich glaube, deshalb beißen die Gelbflossen so gut«.

»Warm wie Badewasser«, sagt Jack.

»Warm wie Badewasser«, stimmt ihm Bob zu.

»Bob, das ist Letty ...«

»Für dich immer noch del Rio«, sagt Letty.

»Ich bin Bob. Schmeckt es Ihnen?«

»Großartig«, sagt sie.

»Sag mir Bescheid, wenn du was brauchst«, sagt Bob zu Jack und geht lächelnd davon.

»Ist Bob dein Buddy?«, fragt sie.

»Er ist okay.«

»Er kommt wohl immer raus, um zu sehen, wen du gerade vögelst?«

»Hey, Letty ...«

»Entschuldige. Wieso Badewasser?«

»Weil es so warm ist, dass man keinen Neopren-Anzug braucht«, erklärt Jack. »Du kannst einfach so reingehen, mit der Badehose.«

»Gehst du etwa noch surfen?«

»Ich arbeite, um zu leben, ich lebe, um zu surfen«, sagt Jack. »Der Ozean in seiner Reinheit ... das hat etwas Absolutes.«

»Wow!«, sagt sie halb spöttisch. »Das Absolute.«

»Er hat seinen eigenen Willen – seit Millionen Jahren –, ob mit dir oder ohne dich. Wenn du also in den Ozean steigst, musst du dich auf ihn einlassen, auf dieses Absolute. Und das hat eine reinigende Wirkung auf meine Seele.«

»Wollen wir hoffen, dass der Ozean groß genug für dich ist«, sagt sie, und sie müssen beide lachen.

Eine Weile essen sie schweigend und schauen den Booten nach, dann rafft er seinen Mut zusammen und fragt: »Letty, ist es nicht möglich, dass es ihr an dem Abend richtig schlecht ging, und sie deshalb wieder zur Flasche gegriffen hat?«

»Nein.«

»Letty ...«

Sie schüttelt den Kopf. »Wer sie gekannt hat, weiß es.«

»Dann erzähl mir«, sagt Jack.

Erzähl mir von Pam.

37

Sie wollte immer die Prinzessin sein.

Erzählt Letty.

Meine kleine Schwester. Bastelte sich Kronen aus Goldpapier, Gewänder aus alten Stoffen vom Dachboden. Und ich sollte sie im Karren rumschieben, als ob sie Cinderella wäre und wir vor Mitternacht zu Hause sein müßten, damit sich der Karren nicht in einen Kürbis verwandelte. Obwohl wir uns über einen Kürbis schon gefreut hätten.

Wir sind auf einer armseligen Farm bei Perris groß geworden. Was bei meinem Stiefvater wuchs, war verkümmerter Salat, verkümmerter Mais und ein paar verkümmerte Tomaten, weil er kein Geld für die Bewässerung hatte. Wir hatten ein paar Kühe, ein paar Schafe, und als »Dad« Käse herstellen wollte, waren die Maschinen zu teuer, also scheiterte er auch damit.

Ich war der Tomboy, Pam die Prinzessin. Ich träumte von Converse Chucks, sie von gläsernen Schühchen. Ich wollte Bälle ins Netz bringen, sie wollte tanzen.

Mein Stiefvater hat getrunken, *mi madre* hat geschuftet. Alkoholiker und Workaholic. Doch das Erbe war ungleich verteilt. Ich erbte die Arbeitswut, Pam den Hang zur Flasche.

Aber ich habe sie geliebt. Pam war ein wundervoller Mensch, Jack.

Voller Liebe, voller Hingabe, sie hatte ein großes Herz.

Wenn Dad und Mom stritten, so acht Nächte die Woche, ging ich hoch in unser Zimmer und hielt mir die Ohren zu. Pam kam dann zu mir und erzählte mir Geschichten, wie sie mich da rausholen wollte, verstehst du? Ich habe darauf geachtet, dass es ihr gut geht, rein körperlich, sie hat sich um meine Gefühle gekümmert. Hat mir die tollsten Geschichten erzählt, von Prinzen und Prinzessinnen, von Monstern und Drachen, Zauberern und schönen Rittern. Später änderte sich das Personal, aber die Geschichten blieben die gleichen. Sie wollte dann mit mir ans College, wo es die tollen Typen gab, und heiraten.

Es zog sie weg von Perris, sie wollte an die Goldküste – Letty schwenkt die Hand Richtung Hafen, zum Ozean hinüber –, wo es Geld und Abenteuer gab.

Und wenn man sie so ansah, glaubte man ihr. Zum einen sah sie umwerfend aus. Hast du Bilder von ihr gesehen? So wie sie aussah, war klar, dass sie kriegte, was sie wollte.

Einen gutaussehenden Typ mit viel Geld.

Hat sie auch geschafft, sagt Jack.

Das hat sie, stimmt Letty zu.

Mit siebzehn ging sie von zu Hause weg und brach die Schule ab. Ich arbeitete schon bei der Polizei. Lange habe ich mir Vorwürfe gemacht, weil ich in meine eigene Wohnung gezogen war und sie allein auf der Farm zurückgelassen hatte. Jedenfalls hat sie's nicht mehr ausgehalten und ging, ohne ein Wort zu sagen, nach L. A.

Sucht sich ein billiges Zimmer in Santa Monica, das sie mit vier anderen Mädchen teilt, arbeitet in einer schäbigen Kneipe als Serviererin. Wird ständig angebaggert, aber sie denkt nicht daran, mit einem dieser Kerle ins Bett zu gehen. Die reißen sich trotzdem darum, die Drinks bei ihr zu bestellen.

Sie spart jeden Cent, kauft sich einen guten Badeanzug, ein gutes Kleid, ein gutes Abendkleid – und erobert den Strand. Hat lackschwarzes Haar, die Augen von Liz Taylor, einen tollen Busen, einen kleinen Arsch, und sie macht sich auf die Pirsch nach den Alpha-Typen. Tummelt sich in dem kleinen schwarzen Badeanzug am Strand, zieht die Blicke auf sich, wird zu Partys eingeladen, und wenn ihr die Adresse gefällt, fährt sie hin.

Bald wird sie so oft eingeladen, dass sie nur noch drei Schichten pro Woche arbeitet – und nicht am Wochenende, vielen Dank. Eigentlich braucht sie nur das Geld für die Miete, essen kann sie auf den Partys, sie wird zum Lunch eingeladen, zum Frühstück.

Sie erobert die Partyszene von Hollywood, Brentwood, Beverly Hills, macht Segelturns nach Catalina, Tagesausflüge auf Fischerbooten, fährt zu Dinnerpartys bis nach Newport Beach und Laguna.

Doch sie lässt sich nicht flachlegen.

Das musst du mir glauben, Jack. Pam gibt sich nicht her. Für keinen. Und die Kerle finden sich damit ab, weil sie so verknallt in sie sind. Sie hat das Aussehen, die Figur, die Persönlichkeit dafür. Sie besitzt Wärme und Humor, alles, was man braucht, und die Boys laufen ihr nach.

Aber bei ihr läuft nichts.

Sie wartet auf den Richtigen.

Sie will die ganze Cinderella-Nummer. Sie will den Prinzen, das Geld *und* die Liebe.

Sie war kein Goldgräber, Jack. Sie hatte alle Chancen, aber sie sagte zu mir: Es muss Liebe sein, Letty.

Dann, auf einer Party im Las Brisas von Laguna Beach, trifft sie Nicky. Das Restaurant liegt hoch auf einer Klippe mit Blick auf den Ozean. Die Jacaranden stehen in voller Blüte, in den Bäumen hängen die Laternen, eine mexikanische Gitarre spielt Liebeslieder, das Mondlicht glitzert auf den Wellen.

Nicky sieht sie und geht mit ihr hinaus.

Und was waren seine ersten Worte?

Du siehst aus wie eine Prinzessin.

38

Seine Mutter war nicht angetan, erzählt Letty weiter.

»Ach, wirklich?«

Sie sind mit dem Lunch fertig und gehen am Yachthafen spazieren. Hunderte Boote schaukeln in der zurückweichenden Flut.

Eine zweiundzwanzigjährige Schulabbrecherin?, sagt Letty. Von irgendsoeiner Farm? Mütterchen Russland hat sie *gehasst*. Wenn du schon eine *shiksa* heiraten musst, kannst du nicht eine reiche *shiksa* heiraten? Eine mit Familie?

Zum Glück wusste sie nicht, dass Pam halb mexikanisch war, sagt Letty. Dann hätte sie der Schlag getroffen. Wäre vielleicht das Beste gewesen ...

Aber Mütterchen mochte sie noch so sehr hassen – Nicky wusste, dass er die Trumpfkarte in der Hand hielt.

»Enkelkinder«, sagt Jack.

»Genau.«

Nicky macht Karriere, und Mütterchen kriegt langsam Angst, dass ihr Sohn keinen männlichen Erben hinterlässt. Und dann die üblichen Gerüchte. Fünfunddreißig, und noch nicht verheiratet?

Jedenfalls beordert sie Nicky und Pam in ihr steriles Wohnzimmer und sagt: »Mein Sohn ist verliebt in Sie, aber nur, weil Sie ihn abweisen.«

Darauf Pam: »Mrs. Valeshin, wenn ich ihn nicht abweisen würde, wäre er erst recht in mich verliebt.«

Mütterchen verschluckt sich an ihrem Tee, und Nicky kriegt einen Ständer, der mindestens bis zur Hochzeitsnacht vorhält.

Eine gewaltige Hochzeitsparty, veranstaltet in Mütterchens Garten. Sie lassen einen Rabbi und einen Pfarrer kommen, die viel über ihr gemeinsames kulturelles Erbe reden, darüber, dass auch Jesus Jude war. Nicky hat die natürlich dafür bezahlt, dass sie den religiösen Kram ein wenig beiseite schieben, also bleiben sie etwas vage, reden lieber über Humanismus. Jedenfalls tauschen Nicky und Pam die Ringe, zertreten Gläser und werden zu Mann und Frau erklärt.

»Moment mal«, unterbricht Jack. »Warst du etwa eingeladen?«

»Als ihre *Freundin*«, sagt Letty. »Ich gestehe zu meiner Schande, dass ich der Einladung gefolgt bin. Meine Mutter hatte sich schon zu Tode geschuftet, mein Stiefvater war endgültig dem Suff verfallen. Pam war überglücklich, dass ich kein Spielverderber sein wollte. Mütterchen tobte zwar, weil Pam keine Jüdin war, doch wenn sie als Halbmexikanerin aufgeflogen wäre, hätten sie die Heirat annulliert und Pam in die Küche geschickt.

Es war ein glamouröser Empfang, hier in Monarch Bay, ich hoffte auf Balalaikas und russische Volkstänze, aber nichts dergleichen. Nur der langweilige Geldadel von Orange County, so dass man im Stehen einschlief.«

Aber Pam, sie ist die Prinzessin.

So formvollendet, als hätte sie einen Kurs belegt.

Während ich mich wie betäubt durch die Menge schob, hörte ich ständig: *Wo hat er die nur aufgetrieben?*

Voller Bewunderung.

Und Neid.

Pam war ein Star.

Das hätte das Happy End werden können, sagt Letty, wie bei *Sabrina*.

Aber der Film ging weiter.

Und endete, wie alles endet.

In Asche.

39

Die ihnen der Wind in die Augen bläst.

Sie stehen in der Einfahrt und sehen sich den Brandschaden an. Letty wollte ihn besichtigen, Jack war dagegen, aber besser, er war dabei.

»Im Moment stechen sie gerade in See«, sagt sie zu ihm. »Um ihre Asche zu verstreuen. Er will, dass nicht das Geringste von ihr bleibt.«

Und das schon lange, erklärt ihm Letty.

Seit Michaels Geburt.

Der Stammhalter.

Ein Valeshin.

Ich dachte, ich wäre die Prinzessin, hat Pam ihr erzählt. *Aber ich bin nur die Zuchtstute.*

Sie liegt noch im Wochenbett, als Nicky eine Serviererin vom Salt Creek Inn flachlegt. Sie hört es von einer Freundin, die ihr Blumen bringt und den Seelenfrieden raubt.

Ich will dich ja nicht aufregen, meine Liebe, aber ...

Doch das ist nicht alles. Nicky hat sich mit seinen Immobiliengeschäften übernommen. Kredite werden fällig, dann geht ganz Orange County in die Insolvenz, und es gibt keine neuen Baukredite mehr, egal zu welchen Zinsen. Selbst mit Geld kann man kein Geld mehr kaufen.

Erst bleibt Nicky auf seinen Immobilien sitzen, dann auf seinen antiken Möbeln. Wer keine Hypotheken mehr bedienen kann, kauft keine englischen Barocksessel; aus Nickys Geldanlage wird eine Sammlung. Und er verliebt sich in seine Sammlung. Die verfluchten Antiquitäten werden sein Besitz, von dem er sich nicht trennt, selbst wenn sich einmal Interessenten melden.

Und sie brauchen das Geld, es reicht vorn und hinten nicht.

Er muss sein Haus verpfänden, was ihm das Herz bricht.

Tröstet sich mit Kokain und Frauen. Bläst sich das Geld durch die Nase und vögelt wild durch die Gegend, sagt Letty.

Pam vereinsamt in ihrem Haus und fängt an zu trinken, ersetzt das Lunch durch einen Drink oder zwei, dann auch das Frühstück. Nüchtert sich aus, um am Nachmittag für die Kinder zu sorgen, sie zu füttern und zu baden, ins Bett zu bringen, dann trinkt sie sich in den Schlaf.

»Letty ...«, sagt Jack.

»Ich weiß. Aber ich schwöre dir, dass sie *trocken* war.«

»Vielleicht hatte sie einen Rückfall«, sagt Jack. »Ich könnte es verstehen. Nicky nimmt ihr die Kinder weg, will sich scheiden lassen ...«

Letty schüttelt den Kopf. »*Sie* wollte sich scheiden lassen.«

»Oh.«

Pam erträgt es irgendwann nicht mehr, berichtet sie weiter. Sein Fremdvögeln, sein Geschnupfe, seine Lügen, seine Ohrfeigen, wenn mal wieder ein Grundstücksdeal in die Hosen geht. Und kauft teure Antiquitäten, mit Geld, das sie nicht haben.

Auch sich selbst erträgt sie nicht mehr. Ihren Frust, ihr ramponiertes Aussehen. Sie hasst sich selbst, weil sie ihre Kinder nur noch durch einen Schleier aus Alkohol und Tabletten wahrnimmt.

Sie meldet sich zum Entzug an.

Ich weiß nicht, was da mit ihr passiert ist, sagt Letty. Pam ging als falsche Prinzessin rein und kam als erwachsene Frau wieder raus. Da muss es richtig zur Sache gegangen sein, denn sie war wie ausgewechselt. Danach wirkte sie echter, wärmer.

Sie rief wieder an, lud mich ein. Stellte mich sogar als ihre Halbschwester vor. Wir sprachen Spanisch miteinander, was Nicky zur Weißglut trieb. Ich spielte mit den Kindern, fuhr mit ihnen an den Strand, in die Berge –«

»Kennst du dich dort aus?«, fragt Jack.

»Ich wohne jetzt dort«, sagt Letty. »Hab mir was Kleines gekauft am Ortega Highway, im Cleveland National Forest. Reden wir jetzt über mich oder über Pam?«

»Über Pam.«

Als Pam aus dem Entzug kommt, ist sie eine andere.

Selbstbewusst und stark.

Stellt Nicky ein Ultimatum: Entweder, du hörst auf zu koksen, oder die Ehe wird geschieden.

Sie schleppt ihn zur Eheberatung. Das bringt die Wende. Drei Wochen später ertappt sie ihn mit einer Kokshure von Newport Beach im Ehebett. Sagt ihm, er soll seine Sachen packen und verschwinden.

Nicky zieht wütend ab und kommt nach einer Stunde zurück. Hat sich mit Kokain zugedröhnt und drischt auf sie ein. Pam, die Prinzessin, hätte sich das noch bieten lassen, aber die neue Pam zieht vor Gericht und erwirkt eine einstweilige Verfügung. Schmeißt ihn aus dem Haus.

Er rennt zu Mama. Mama ruft Pam an und eröffnet ihr, dass sie die Kinder niemals bekommen werde. Sie sei eine schlechte Mutter. Nickys Anwälte würden sie fertigmachen.

Die Kinder hergeben? sagt Pam – *nur über meine Leiche*. Verstehst du, Jack?

Jack versteht. Sieht sie im Bett brennen, sieht sie noch einmal brennen, im Krematorium, sieht ihre Asche über dem Ozean verwehen.

»Eine Scheidung konnte er sich nicht leisten«, sagt Letty. »Er war bis über die Ohren verschuldet, und sie würde die Hälfte von allem bekommen, außerdem das Haus *und* die Kinder ...«

Daddy sagt, Mama ist ganz und gar verbrannt.

»Das wäre ein mögliches Motiv«, sagt Jack, »aber –«

»Er hat ihr *gedroht*, sie umzubringen«, sagt Letty. »Ist ins Haus, wenn sie nicht da war, und hat Sachen rausgeholt. Ihr Drohbriefe hinterlassen. Hat ihr nachts am Telefon angekündigt, dass er sie umbringt.«

»Mein Gott!«

»Am Tag vor ihrem Tod hat sich mich angerufen«, sagt Letty und fängt an zu weinen.

Er hat die Kinder geholt, hat Pam gesagt. *Und mir ins Ohr geflüstert: Heute nacht komme ich und bringe dich um. Heute nacht bringe ich dich um.*

»Ich habe sie angefleht, loszufahren und bei mir zu übernachten, aber sie wollte nicht«, schluchzt Letty. »Ich hätte sie zwingen müssen. Ich hätte zu ihr fahren müssen. Ich hätte –«

»Letty –«

»Er hat die Kinder, Jack«, sagt sie. »Dieser Dreckskerl und seine grässliche Mutter haben die Kinder. Und sie wollen sie großziehen.«

»Sieht ganz so aus.«

»Nur über meine Leiche«, sagt Letty.

Jetzt verliert sie die Fassung, und Jack muss sie in den Arm nehmen. »Kommst du mit zu mir?«, fragt er.

Sie nickt.

Als sie in die Straße einbiegen, parkt da ein Auto.

Daneben zwei Männer.

Die Wachmänner aus der Kirche.

Nicky hat sich Bodyguards zugelegt.

40

Jack wohnt in einer von diesen abgeschirmten südkalifornischen Wohnanlagen. Eine umzäunte Ansammlung von Ein- und Mehrfamilienhäusern, die wie eine Burganlage mit Seeblick auf einer kahlen Bergkuppe thront.

»Wann bist du aus dem Trailer ausgezogen?«, fragt Letty, als sie aus ihrem Auto steigt.

»Als sie den Campingplatz geschlossen und Wohnungen draufgesetzt haben, die ich mir nicht leisten konnte«, erklärt Jack. »Also hab ich mir das hier gekauft.«

»Das hier« ist ein Apartment im Obergeschoss eines dreistöckigen Hauses. Es gibt noch zwei solche Apartments weiter unten, stufenförmig in den Hang gebaut. Das ganze Gebilde sieht aus, als würde es abrutschen, und der Eindruck täuscht nicht, denn es rutscht wirklich den Hang runter, jeden Tag ein winziges Stückchen tiefer.

»Im Bauboom der achtziger Jahre konnten sie diese Buden gar nicht schnell genug hochziehen«, erklärt Jack. »Alle wurden plötzlich Bauunternehmer, um Dollars zu scheffeln, und haben gepfuscht, was das Zeug hielt. Es dauerte ihnen zu lange, den Untergrund zu befestigen, deshalb rutscht nun die ganze Wohnanlage ab. Die Eigentümergesellschaft wollte die Baufirma verklagen, aber die ist längst pleite, jetzt versucht sie es bei der Versicherung der Baufirma. Und so weiter und so fort ... irgendwann rauscht die ganze Anlage in den Ozean.«

»Ich dachte, das passiert erst, wenn das große Beben kommt«, sagt Letty.

»Das ist gar nicht nötig. Sieh mal die Berge dahinten. Das sind so ziemlich die letzten unbebauten Hanglagen der südkalifornischen Küste. Es gibt nur noch einen kleinen Landstrich oberhalb von Laguna und einen oberhalb von San Clemente. Um diese Jahreszeit, wenn es heiß, trocken und windig ist, reicht ein einziger Funke, und alles steht in Flammen. Das Feuer rast durch die Canyons, kreist die Siedlungen ein, manche verbrennen, manche bleiben verschont. Wir stehen dann wieder unten am Strand und versuchen zu löschen.

Nach den Bränden kommt der Regen. In den letzten Jahren war es nicht so schlimm mit den Regenfällen, es wird also mal wieder Zeit. Erst das große Feuer, das die ganze Vegetation vernichtet, dann der Regen, die Mutter aller Erdrutsche. All die Hänge, die sie gerodet und mit ihren Bruchbuden bebaut haben, rutschen ab und wir mit ihnen – in einer Lawine aus Schlamm und billigem Krempel.«

»So sehr scheint dich das gar nicht zu beunruhigen.«

Sie stehen auf der Straße, vor seiner Garage. Vor einer Reihe von Häusern, die alle gleich aussehen.

»Nein, eigentlich nicht«, sagt Jack.

Dann würden sie wenigstens nicht die Strände verschandeln.
Am Garagentor hängt ein Zettel.

Garagenbesitzer sind angehalten, ihre Autos
in der Garage und nicht auf der Straße zu parken.
Eine Garage ist keine Surfboard-Werkstatt.
Die Eigentümergesellschaft

»Surfboard-Werkstatt?«

»Ich hab da ein paar alte Surfbretter drinnen«, sagt Jack. Jacks Garage befindet sich direkt unter seiner Küche. Er drückt die Fernbedienung, worauf sich das Tor mit blechernem Stöhnen öffnet.

Surfboard-Werkstatt ist keine schlechte Beschreibung, denkt Letty.

Zwei alte Longboards liegen auf Sägeböcken, ein paar weitere hängen an der Wand neben Postern von alten Surfer-Filmen. Es riecht nach Surfwachs und Holzlack.

»Jack, du bist unverbesserlich«, sagt Letty.

»Das hier ist das beste.« Er streicht über das alte Longboard aus Holz, das in der Mitte der Garage aufgebockt ist. Drei verschiedene Holzsorten, helle und dunkle, wunderschön verfugt. Eine hervorragende Arbeit. »Von Dale Velzy, 1957.«

»Gehörte das deinem Vater?«

»Ja.«

»Ich kann mich an diese Dinger erinnern.«

»Das merke ich.«

»Du klebst an der Vergangenheit«, sagt Letty.

»Damals war alles besser.«

»Okay.«

Sie steigen die sechzehn Betonstufen zu seiner Haustür hinauf.

Jacks Wohnung entspricht Muster C – genannt Admiral. Rechts neben der Haustür befindet sich die kleine, aber funktionelle Küche mit Blick auf die Häuserreihe, an klaren Tagen kann man die Saddleback Butte im Osten sehen. Zur Linken die Essecke, die in das Wohnzimmer mit Kamin übergeht. Das Schlafzimmer liegt links vom Wohnzimmer. Eine gläserne Schiebetür führt vom Wohnzimmer auf den kleinen Balkon.

»Tolle Aussicht«, sagt Letty und geht raus auf den Balkon.

»Allerdings«, sagt Jack und zeigt mit dem Kopf auf das Shopping Center, das rechts unten gegenüber vom Golden Lantern liegt. »Ich sehe von hier aus Hughes Market, Burger King und die Reinigung. Bei Westwind rieche ich das Bratfett von Burger King, bei Ostwind den Knoblauch vom Italiener.«

»Komm schon«, sagt Letty, denn die Aussicht vom Balkon ist phantastisch. Wenn man das Shopping Center und die anderen Bauten ausblendet, hat man ein breites Stück Ozean vor sich, mit Catalina Island zur Rechten und geradeaus San Clemente Island. Dana Point Harbor liegt links hinter einer Kuppe verborgen, dahinter die offene Küste die bis hinunter nach Mexiko reicht.

»Du musst ja hier grandiose Sonnenuntergänge haben«, sagt Letty.

»Ganz nett«, sagt Jack. »Im Winter schiebt sich der Ozean hoch wie ein blauer Farbbalken. Er ist zwei Meilen entfernt, aber wenigstens kann ich ihn sehen.«

»Spinnst du? Dieser Blick ist eine glatte Million wert!«

Die Wohnung hat ihn 260 000 Dollar gekostet – billig nach hiesigen Standards.

»Ich glaube, ich muss wieder heulen«, sagt Letty.

»Soll ich bleiben, oder willst du lieber allein sein?«

»Lieber allein.«

Mi casa es su casa, will er sagen, aber er verkneift es sich. »Fühl dich wie zu Hause«, sagt er.

»Ich will dich aber nicht vertreiben.«

»Ich hab unten zu tun«, sagt er. »Wenn du mich brauchst, musst du nur mit dem Fuß stampfen. Das höre ich dann.«

»Okay.«

Er verzieht sich schnell, weil ihr »Okay« schon in Tränen erstickt, und widmet sich seinem Surfbrett. Nimmt ein Blatt extrafeines Schmirgelpapier, wickelt es um einen Block und streicht damit die Maserung entlang. Langsam und sanft, mit gleichmäßigem Rhythmus, um dem alten Balsaholz einen samtigen Schliff zu verleihen.

Von oben hört er Letty schluchzen. Schluchzen und schreien und Kissen werfen, und eigentlich wartet er schon auf den Anruf der Eigentümergesellschaft, die ihm erklärt, dass eine Wohnung zum Wohnen da ist und nicht als Trauerkapelle oder Therapiezentrum zweckentfremdet werden darf und dass offene Bekundungen von Trauer eine Ordnungswidrigkeit darstellen.

Nach anderthalb Stunden wird es oben still.

Jack wartet noch zwanzig Minuten, dann geht er nachsehen.

Sie schläft auf seinem Sofa.

Ihre Augen sind geschwollen und jetzt sowieso geschlossen, ihr schwarzes Haar zerwühlt.

Sie hier schlafen zu sehen, macht ihn glücklich und tut ihm weh. Die schlafende Letty, das ist wie ein unterirdisches Feuer, das nur darauf wartet, loszubrechen. Das weiß er noch aus der Zeit, als er morgens aufwachte, sie neben sich liegen sah und nicht glauben konnte, dass etwas so Wunderbares zu ihm gehörte.

Und zwölf Jahre später weiß er, dass er sie immer noch liebt.

Vergiss es, denkt er. Du hast sie über Bord geworfen.

Und nun wird sie vom Ozean an deinen Strand gespült. Das Leben gibt dir etwas zurück, was du nicht verdienst.

Vergiss es, denkt er. Sie ist nicht hier, weil sie dich liebt, sondern weil sie dich braucht.

Weil ihre Schwester bei diesem Brand umgekommen ist.

Er holt eine Decke aus dem Schrank und deckt sie zu.

Was sie ihm erzählt hat, ändert nichts an den Tatsachen. Pam war abhängig von Alkohol und Tabletten. Beides wurde in ihrem Blut nachgewiesen.

Daran ist nicht zu rütteln.

Das einzige, was ihm weiterhelfen kann, ist das Feuer selbst.

41

Feuer spricht seine eigene Sprache.

Kein Wunder, denkt Jack, dass man Flammen mit Zungen vergleicht. Sie können wirklich sprechen. Sie sprechen schon, während sie brennen – die Farbe der Flammen, die Farbe des Rauchs, die Art der Ausbreitung, ihr Geräusch –, und sie hinterlassen eine präzise Beschreibung ihres Werks.

Das Feuer schreibt seine Chronik selbst.

Es ist so verdammt stolz auf sich, denkt Jack, dass es gleich anfängt zu reden, dir alles erzählt, was passiert ist.

Deshalb steht Jack gleich am nächsten Morgen im Schlafzimmer der Vales. In diesem schwarzen Loch, wo es passierte, und er bleibt still stehen, um das Flüstern des Feuers zu hören. *Na los,* flüstert es, *du bist doch so schlau. Lies mich. Ich habe dir alles aufgeschrieben, aber du musst meine Sprache verstehen.*

Kein Problem, denkt Jack. Die Sprache des Feuers kenne ich aus dem Effeff.

Fangen wir mit dem Bett an.

Das Bett, sagt Bentley, ist der Brandherd – und genauso sieht es auch aus.

Sie mussten sie von den Sprungfedern kratzen.

Jack spürt den unverkennbaren Geruch verbrannten Fleischs in der Nase. Er sieht das Metall mit den angetrockneten Blutspuren. Die verformten, ineinander verschmolzenen Spiralfedern. Das Feuer muss sehr heiß werden, um so etwas zu bewirken. Diese Sorte Stahl schmilzt erst bei weit über tausend Grad Celsius.

Ich war irre heiß, sagt das Feuer zu ihm. *Ich hab sie übel zugerichtet.*

Dann das Loch im Dach – infolge einer BLEVE oder *Boiling Liquid Expanding Vapour Explosion,* wie das bei den Fachleuten heißt, oder Gasexplosion einer expandierenden siedenden Flüssigkeit, auch bekannt als Kamineffekt. Die entzündeten Gase steigen explosionsartig auf und bilden einen Feuerball. Der Feuerball prallt gegen das Dach – und wuuum! Was zwangsläufig voraussetzt, dass dort, wo das Bett steht, etwas Dramatisches passiert ist. *Ich war so gewaltig, Jack, dass ich durchs Dach schlagen musste,* sagt das Feuer. *Dass ich ausbrechen musste, meine Kraft dem Himmel zeigen musste.*

Jack sieht die Stelle am Boden, wo Bentley neben der linken Bettkante in der Asche gewühlt hat, und er sieht den Wodkafleck, der sich buchstäblich in die Dielen eingebrannt hat. Daneben ein paar rußig-ölige Scherben, einen Flaschenhals.

Hierauf also hat Bentley seinen Befund gestützt.

Dann hat er aufgehört zu suchen, dieser faule Hund, und ist angeln gefahren.

Also sucht Jack weiter.

Nicht nur, weil er Bentley für einen Schwachkopf hält, nicht nur, weil er mit Letty gesprochen hat, auch, weil es der Gipfel der Faulheit wäre, den Befund des Vorgängers einfach zu übernehmen. Ein fauler Hund schreibt vom anderen ab – und schon wird der Fehler, falls es denn einen gab – zur unumstößlichen Wahrheit.

Jack fängt ganz von vorne an.

Vergisst alle Befunde und Vermutungen und hört zu, was ihm das Feuer zu sagen hat.

Zuerst einmal sagt es ihm, dass in diesem Zimmer eine Menge Zeug verbrannt ist, denn er steht bis zu den Knöcheln in den verkohlten Resten. Er schaltet das Diktaphon unter seinem Hemd an und hält seine Beobachtungen fest.

»Notiz: Brandreste knöchelhoch. Verweisen auf eine hohe Brandlast. Ob vorwiegend tote oder lebende Brandlast, bleibt vorerst offen.«

Die vielen Brandreste verraten ihm noch einiges mehr, was er aber nicht auf Band spricht. Gewöhnlich verweisen sie auf ein schnelles, heißes Feuer, sonst hätte in der kurzen Zeit bis zum Eintreffen der Feuerwehr nicht so viel verbrennen können.

Als Nächstes schaut er sich die *Brandmuster* an.

Wenn das Feuer eine Sprache spricht, dann sind die Brandmuster ihre Grammatik, ihre Satzstruktur. Und die Sprache dieser Muster hier klingt wie Kerouac auf Speed – weil sie nur Verben aneinanderreiht; die Muster sprechen von einem Feuer, das nicht stillstand, sondern *raste,* ohne Punkt und Komma.

Besonders das »Alligatormuster«, wie es bei den Brandspezialisten heißt. Was aussieht wie die Haut eines Alligators, kommt zustande, wenn sich ein sehr heißes Feuer sehr schnell über brennbare Gegenstände bewegt. Dann hinterlässt es scharfe Linien zwischen dem, was brannte, und dem, was nicht brannte – und das Bild einer Alligatorhaut.

Je heißer und je schneller das Feuer, um so größer der Alligator.

Jack sieht sich mit einem ziemlich gefräßigen Alligator konfrontiert.

Er besichtigt die verkohlten Reste der teuren Goldtapete und fragt sich, ob diese Tapete, teuer wie sie war, einen so hungrigen Alligator sattmachen konnte.

Auch diesen Gedanken vertraut er dem Diktaphon nicht an, sondern behält ihn lieber für sich. Er sagt nur: »Entlang der westlichen Schlafzimmerwand sehe ich großflächige Alligatormuster.«

Etwas sehen ist eine Sache, Dokumentieren eine andere. Da in dem Zimmer alles schwarz ist, kommt Jack mit einfachen Fotos nicht weiter. Er steckt sein Blitzlicht auf und »malt« das Zimmer mit Licht.

Stellt sich in eine Ecke und knipst das Zimmer von links nach rechts, Abschnitt für Abschnitt. Das Ganze erst in Farbe, dann noch einmal in Schwarzweiß. Dann stellt er sich in die nächste

Ecke und macht das Ganze noch einmal und so weiter und so fort, bis er das ganze Zimmer im Kasten hat. Zu jedem Foto macht er sich eine gesonderte Notiz und spricht dazu auf Band, was er gerade tut.

Danach zeichnet er eine Lageskizze und notiert, wo er bei jedem Foto stand und welcher Teil des Raums erfasst wurde. Es könnte ja sein, dass ihn ein ganz schlauer Anwalt fragt: »Sie wissen also nicht genau, wo Sie standen, als Sie dieses Foto aufgenommen haben?« Dann zückt Jack sein Notizbuch und sagt: »Doch, das weiß ich ganz genau, denn ich notiere mir grundsätzlich die Position, von der aus ich ...«

Natürlich klappt das nur, denkt Jack, wenn man die Position jedesmal notiert. Bei jedem Foto. Deshalb nimmt er sich Zeit, lässt keinen Schritt aus.

Nächster Schritt: das Vermessen.

Er holt das Stahlband heraus und vermisst das Zimmer und notiert die Punkte, von denen seine Quervermessungen ausgehen. Er gibt mehrere solcher Messpunkte, denn die großen Möbel im Zimmer haben Hitzeschatten hinterlassen.

Helle Flächen an den Wänden – umgekehrte Silhouetten, wenn man so will –, wo die Möbel die Wand vom Flashover abschirmten. Also benutzt er zwei Hitzeschatten als Messpunkte und hört weiter zu, was ihm das Feuer zu sagen hat.

Die Verkohlungen an den Balken.

Das gleiche Alligatormuster an der Unterseite der Balken mit scharfen Abgrenzungen zum unverbrannten Holz darüber.

Nichts, was Jack überraschen könnte. Das Feuer brennt von unten nach oben, folglich sind die Unterseiten der Balken stärker verkohlt. Und über dem Bett, wo das Feuer am längsten brannte, erwartet er die stärksten Verkohlungen. Was er nicht unbedingt erwartet hat, sind *mehrere* Stellen im Zimmer, wo die Balken stärker verkohlt sind als anderswo. Eine an der gegenüberliegenden Wand, eine neben der Garderobe, eine neben der Badezimmertür.

»Notiz: Starke Verkohlung der Dachbalken über dem Bett. Außerdem: stärkere Verkohlungen in der Nähe der Garderobe und der Badezimmertür.«

Jack bohrt mit dem Stahllineal in einen verkohlten Balken über dem Bett. »Verkohlung von 3,5 cm am Dachbalken über dem Bett«, diktiert er und wiederholt die Messung an den beiden anderen stark verbrannten Stellen. »3,5 cm an den Balken nahe der Garderobe, 3,5 cm an den Balken nahe der Badezimmertür.«

Dann misst er die Verkohlung an zwei weniger stark verbrannten Balken. Nur 2,5 cm.

Sehr merkwürdig, denkt Jack. Denn es kann nicht drei Stellen geben, an denen das Feuer am längsten brannte. Nicht bei einem Brandunfall. Natürlich sind andere Erklärungen denkbar. Es hängt davon ab, was sich unter diesen Stellen befand. Vielleicht gab es da leckere Beute für den Alligator, einen sehr heißen Brennstoff, der lange brannte. Das könnte die Sache erklären.

Doch da war ja noch der Hund, der nicht nach draußen gehörte, und die falsche Farbe der Flammen und des Rauchs.

Das, kombiniert mit den drei heißen Stellen an den Balken, macht Jack nun wirklich misstrauisch.

Er weiß, wie Bentley seine Untersuchung gemacht hat. Bentley hat sich das Loch im Dach angesehen, die stark verbrannten Balken über dem Bett, hat in der Asche vor dem Bett gestochert und die Brandstelle im Fußboden entdeckt. Dann die zerbrochene Wodkaflasche und die verbrannte Matratze mit den geschmolzenen Sprungfedern, und geglaubt, er habe den Brandherd gefunden.

Weil es normalerweise nur einen Brandherd gibt und das Rauchen im Bett die häufigste Ursache für Schlafzimmerbrände ist.

Plausibel ist es immerhin, denkt Jack. Aber das reicht ihm nicht.

Er macht sich auf die Suche nach V-Mustern.

42

Feuer breitet sich nach oben und nach den Seiten aus.

Wie ein V.

Es entzündet sich an der Wurzel des V und strebt nach oben, wo der Sauerstoff ist, und seitwärts, da die Raumatmosphäre für Wärme- und Druckausgleich sorgt.

Und das V verweist wie ein Pfeil auf den Brandherd.

Wenn das Feuer aber in der Zimmermitte ausbricht, gibt es keine Oberfläche, auf der sich das V bilden kann, stattdessen darf man an der Zimmerdecke eine runde Brandspur erwarten.

Was auch in diesem Fall zutrifft. Doch nicht nur das. Statt der runden Brandspur über dem Bett gibt es hier ein riesiges Loch im Dach. Die Brandreste auf dem Fußboden sind knöchelhoch, die Balken sind an mehreren Stellen stärker verkohlt als an anderen, das Dach hat ein Loch, und draußen bellt ein Hund.

Jack wendet sich der Garderobe zu.

Die Garderobe ist ein begehbarer Schrank.

Aber ein ziemlich großer – zumindest für eine Garderobe.

Und die Brandreste reichen hier bis zur Wade, was Jack gar nicht anders erwartet hat, weil in einer Garderobe immer eine Menge Zeug steckt. Genau das ist der Zweck einer Garderobe, oder? Man versteht sofort, dass sie für den Alligator ein gefundenes Fressen ist.

Besonders wenn dort reihenweise Kleider aufgehängt sind, denn Stoffe schmecken ihm gut, und unter den Kleidern gibt es reichlich Sauerstoff. Die Kleider ergeben eine Menge Asche-Niederschlag, der so heißt, weil sich die Asche auf dem Fußboden niederschlägt.

Auch hier gilt die Grundregel, dass das Feuer nach oben strebt, um Sauerstoff und neue Nahrung zu suchen. Wird der Sauerstoff knapp, beginnt das Feuer zu schwelen. Wird die Nahrung knapp, geht das Feuer aus. Am besten gefällt es dem Feuer, wenn es nach oben streben kann und dort ausreichend Nahrung findet. Zum Beispiel Kleider. Zum Beispiel Kartons auf Regalen und dann die Regale selbst.

Das Feuer frisst sich also nach oben, verzehrt diese Sachen, und die verkohlten und verbrannten Reste fallen zu Boden. Wenn genug davon zu Boden fällt, wird das Feuer am Boden erstickt. Dann kann man den Brandort betreten, selbst wenn das Feuer das Dach zerstört hat. Der Fußboden, von dem das Feuer ausging, bleibt erhalten.

Manchmal aber breitet sich das Feuer auch seitlich aus, nachdem es an die Decke gestoßen ist. Es frisst sich an der Decke entlang, wo es reichlich Brennstoff findet. Während es diesen Brennstoff verzehrt, wird es immer heißer und hungriger, und es kommt zur Konvektion. Das Feuer unter der Decke erzeugt so viel Hitze, dass die Hitze und nicht die Flammen die Gegenstände im Zimmer entzünden, und wenn es so weit kommt, kann auch der Fußboden brennen.

Aber das Ganze braucht irgendeinen Ausgangspunkt, den Punkt an der Wurzel des V. Und weil Jack ein zynischer Hund ist, nimmt er sich die Garderobe vor.

Ein zynischer Hund sagt sich, so eine Garderobe ist ideal für eine Brandstiftung, weil sie etwas versteckt liegt und weil die viele Asche häufig den Brandherd verdeckt.

Er geht also auf die Knie, wühlt in der Asche an der Wand der Garderobe und findet sehr bald, was er gesucht hat: Ein schlankes V. Dass es schlank und nicht breit ist, hat etwas zu bedeuten. Ist das V breit, hat sich das Feuer normal ausgebreitet, ist es schmal, sieht die Sache anders aus.

Dieses Feuer war sehr heiß. Und sehr schnell.

Noch eine weitere Besonderheit hat das V. Die Wurzel bildet keinen Punkt, der Punkt fehlt einfach. Das V ist unten abgeschnitten und sieht aus wie ein Bottich.

Für Jack eine klare Sache. *Hey,* sagt ihm das Feuer, *da hat mir jemand auf die Sprünge geholfen.*

Wenn zum Beispiel Brandbeschleuniger auf dem Fußboden verschüttet wurde, wird die Wurzel des V so breit wie die Pfütze des Brandbeschleunigers. Dann hat man keinen punktförmigen Brandherd mehr, sondern einen pfützenförmigen Brandherd.

Außerdem, denkt Jack, haben wir jetzt zwei Brandherde.

Und das ist einer zu viel.

Wenn Jack überhaupt etwas über Brandunfälle weiß, dann das eine, dass sie immer nur einen Brandherd haben.

Dass ein Feuer an zwei verschiedenen Punkten von selbst ausbricht, das gibt es nicht.

Ist einfach nicht möglich.

Unter dem des abgeschnittenen V schiebt Jack die verkohlten Reste, möglicherweise Reste von Mänteln, beiseite. Er könnte schwören, dass er das Feuer lachen hört.

Denn dort ist ein Brandloch in den Dielen. So breit wie das abgeschnittene V.

Und das Loch macht Jack nachdenklich.

Vielleicht hat Letty recht, denkt er.

Vielleicht wurde Pam ermordet.

43

Letty del Rio steht in einer illegalen Werkstatt, inmitten von ausgeschlachteten Autos. Fünf Vietnamesen in Handfesseln hat sie an der Wand aufgereiht, doch keiner von ihnen beantwortet ihre Frage.

Die Frage, was Tranh und Do vorhatten, als sie verschwanden.

Und wegen der Autos will sie die Jungs eher nicht einkassieren, weil das einen Riesenärger macht und wenig bringt, aber sie muss es trotzdem tun, wenn die Kerle nicht bald ein bisschen mehr Entgegenkommen zeigen.

Letty wendet sich an den Dolmetscher: »Sagen Sie ihnen, sie kriegen fünf bis acht Jahre wegen der Autos.«

Während der Dolmetscher übersetzt, wickelt sie ein Fruchtbonbon aus und schiebt es in den Mund.

»Sie sagen, sie kriegen Bewährung.«

»Nein«, sagt sie. »Ich werde den Richter so scharfmachen, dass ihnen Hören und Sehen vergeht. Sagen Sie das.«

Der Dolmetscher übersetzt es.

Und liefert die Antwort: »Sie sagen, Ihre Sexualpraktiken gehen sie nichts an.«

»Sehr witzig, die Jungs. Sagen Sie ihnen, ich sorge dafür, dass sie ins Bootcamp kommen, wo sie Liegestützen machen, bis sie Knochen kotzen. Nein, lassen Sie's. Die verstehen schon. Die können ganz gut Englisch.«

Mist!, denkt Letty. Diese kleinen Ganoven sind hier in Little Saigon geboren, was technisch gesehen in Kalifornien liegt, aber immer noch irgendwie zur Republik Vietnam gehört. Sie sprechen alle Englisch, bis sie geschnappt werden. Dann stellen sie sich dumm und verlangen einen Dolmetscher, um die Sache komplizierter zu machen.

Letty wird langsam sauer.

»Du kannst doch Englisch«, sagt sie zu dem, der am ältesten aussieht und den anderen die Klappe-halten-Blicke zuwirft. Sieht sich seinen Führerschein an. Der Kerl heißt Tony Ky. »Ich suche Tranh und Do, und ich weiß, dass sie in eure kleinen Ersatzteilschiebereien verwickelt sind. Ich hetze euch so lange die Polizei auf den Hals, bis ihr kooperiert. Nein, lasst den Dolmetscher in Ruhe. Ich brauche eure Sprüche nicht. Denkt lieber nach über das, was ich sage.«

Nützen tut es eh nichts, denkt sie sich.

Little Saigon ist eine Welt für sich, sie kommt da nicht rein. Sie ist sauer auf diese Kids, aber noch mehr auf ihren Chef, der sie als Latina auf diese asiatische Männerwelt loslässt.

Als würden die auch nur ein Wort mit mir reden.

Sauer ist sie auch deshalb, weil sie nun mit Onkel Nguyen reden muss. Onkel Nguyen ist der Einzige, der die Typen zum

Reden bringen könnte, doch Onkel Nguyen geht ihr mächtig auf die Nerven. Er war früher mal Cop in Big Saigon, im richtigen Saigon also, und er nervt sie mit seinen plumpen Ich-war-auch-mal-Cop-Vertraulichkeiten, ohne ihr am Ende auch nur eine einzige Tür zu öffnen.

Ganz blöd wird es, wenn Tranh und Do umgelegt wurden, denn so was geht nur mit dem Okay von Onkel Nguyen. Sollte das der Fall sein, beißt sie bei ihm auf Granit. Trotzdem muss sie da jetzt durch. Schon, um ihren Chef glücklich zu machen.

Aber es kotzt mich an, denkt sie.

Sie lässt die fünf Vietnamesen abführen und durchsucht die Werkstatt.

Das Schöne an den Vietnamesen ist, dass sie die geborenen Buchhalter sind, sagt sie sich. Haben hier diese tolle Masche aufgezogen – sich gegenseitig die Autos zu klauen, sie auszuschlachten, die Teile zu verklickern, die Versicherungen zu kassieren –, doch sie müssen unbedingt Buch drüber führen, wessen Auto sie »gekauft« haben und wie viel sie dafür bezahlt haben. Immer im Glauben, dass sie die Listen verbuddeln können, bevor die Cops kommen.

Sorry, nicht mit Deputy del Rio, denn die ist schneller als die Cops, die sonst immer kommen.

Auch schlauer.

Und viel schneller und schlauer als diese trüben Tassen, die nicht mal auf die Idee kommen, es mit der Schule oder irgendeiner Ausbildung zu versuchen, sondern glauben, geklaute Autos ausschlachten sei ein Beruf.

Letty kennt da kein Mitleid.

Sie krempelt die ganze Werkstatt um, auf der Suche nach den Listen, und steckt alle Papierfetzen ein, die sie findet. Nimmt sie als Beweismittel mit und lässt sie übersetzen.

»Ich brauche alle Aufzeichnungen, in denen der Name Tranh oder Do vorkommt – und zwar schnell«, sagt sie dem Übersetzer.

Genauso gut könnte sie in Chula Vista auf die Straße gehen und alle rufen, die Gonzalez heißen. Aber was soll sie machen?

44

Feuer brennt nach oben.

Es sei denn, es hat einen *Grund*, nach unten zu brennen.

Jack weiß, dass es nicht allzu viele Gründe dafür gibt. Schüttet man etwas auf den Fußboden, um ein Feuer zu entfachen – einen sogenannten Brandbeschleuniger –, sickert der nach unten wie andere Flüssigkeiten auch, durch die Dielen ins Gebälk, und das Feuer folgt ihm nach, auch nach unten, weil es nun einen Grund hat. Der Brandbeschleuniger – Benzin, Petroleum, Styrol, Benzol – brennt viel leichter, schneller und heißer als alles andere, das Feuer macht sich gierig darüber her, um dann erst richtig nach oben zu brennen.

Jack besichtigt das Brandloch im Fußboden – etwa 60 x 30 cm – und wundert sich. Leuchtet mit der Taschenlampe hinein und besichtigt den Balken. Die Oberseite des Balkens ist verkohlt, die Unterseite ist unversehrt. Er beugt sich noch tiefer und richtet den Lichtstrahl auf den Balken hinter dem Brandloch. Und sieht, was er erwartet hat: fingerförmige Spuren einer herabgelaufenen Flüssigkeit.

»Notiz: Spuren einer herabgelaufenen Flüssigkeit auf dem Dielenbalken«, diktiert er auf Band.

Das ist alles. Er sagt nicht, dass dies ein typischer Hinweis auf einen Brandbeschleuniger ist.

Bentley, dieser faule Hund, denkt er. Sieht Brandreste vor sich, fegt ein bisschen Asche beiseite und behauptet, er hätte den Brandherd gefunden. Schnappt seine Angeln und geht fischen.

Ohne genau hinzuschauen. Ohne die Asche wegzuräumen.

Man *muss* die Asche wegräumen, damit man die Brandursache bestimmen kann. So zumindest hat Jack es gelernt. Und nicht nur dort, wo man die Brandursache vermutet, sondern überall im Gebäude.

Es ist gar nicht so leicht, ein Haus abzufackeln.

Die meisten Leute glauben das, aber sie irren sich. Ein Feuer braucht eine Menge Sauerstoff und eine Menge Nahrung, um groß und stark zu werden, und bei vielen Gebäudebränden reichen Luftzufuhr und Brandlast dafür einfach nicht aus. Bei Brandstiftungen, die Jack bearbeitet hat, fanden sich geöffnete Fenster oder gar Löcher in den Wänden, die hineingebrochen wurden, um das Feuer zu ventilieren. Einmal untersuchte er den Brand eines Rohbaus, und sie hatten die Trockenbauwände entfernt, damit sich das Feuer ordentlich entwickeln konnte.

Aber es ist nicht nur eine Frage von Luftzufuhr und Brandlast, es ist auch eine Frage der Zeit.

Der Zeit bis zum Eintreffen der Feuerwehr.

Früher war das anders. Da waren die ländlichen Gebiete dünner besiedelt, die Feuerwehr war weit, Rauchmelder, Sprinkleranlagen, automatische Feuermelder gab es nicht.

Doch heutzutage – besonders in der südkalifornischen Megalopolis – ist alles vernetzt und verdrahtet. Wenn es brennt, schaltet sich die Sprinkleranlage ein, wird der Feueralarm ausgelöst, und keine zehn Minuten später ist die Feuerwehr da.

Wollen Sie Ihr Haus anzünden – oder einen Flügel Ihres Hauses –, starten Sie also einen Wettlauf mit der Zeit. Zünden Sie es in irgendeiner Ecke an, haben Sie den Wettlauf wahrscheinlich schon verloren. Gegen die Gesetze der Physik kommen Sie nicht an.

Sie müssen dem Feuer schon ein wenig auf die Sprünge helfen.

Und haben dafür zwei Möglichkeiten.

Erstens, Sie benutzen einen Brandbeschleuniger, meist einen fossilen Brennstoff, um dem Feuer richtig Schwung zu geben. Zweitens, Sie legen das Feuer an mehreren Stellen zugleich. Bei Brandstiftung finden sich häufig mehrere Brandherde, weil auch ein dramatisch beschleunigtes Feuer nicht schnell genug ist, den gewünschten Schaden anzurichten, bevor die Feuerwehr kommt.

Sie brauchen also mehrere beschleunigte Brände, (a) um den

gewünschten Schaden zu erzeugen, (b) um die Gesamtsumme der BTUs so weit zu steigern, dass die Konvektionswirkung eintritt. Wenn Sie genügend Hitze erzeugen, verbreitet sich das Feuer nicht nur durch die Flammen, sondern auch durch die Hitze. Erreicht sie den Flammpunkt der brennbaren Materialien – Wuuusch!

Der Flashover.

Das Feuer ist außer Kontrolle.

Der Alligator stürzt sich auf sein Fressen.

Oder steigert sich zum Orgasmus, wie Fuller das formuliert hätte.

Natürlich weiß Jack, dass die Konvektionswirkung nicht immer auf diese Weise eintritt. Legt jemand zwei oder drei Brände zugleich, kann es passieren, dass einer oder zwei von ihnen verlöschen, bevor sie genügend Hitze entwickeln. Viele Brandstifter verbinden daher die Brandherde durch Straßen von Brandbeschleunigern, oder sie legen »Zündschnüre« aus verknoteten Laken, um die Brandherde miteinander zu verbinden.

Eine kleine Autobahn, damit das Feuer in Fahrt kommt.

Und die Beweise vernichtet.

Doch wer das Feuer versteht, hört es sprechen und findet die Beweise trotzdem. Zum Beispiel das Brandloch im Fußboden und die Flüssigkeitsspuren an den Dielenbalken.

Beweise dafür, dass das Feuer nach unten statt nach oben gebrannt hat.

Die Physik, denkt Jack, lügt nicht.

Selbst Anwälte und Richter können die Naturgesetze nicht außer Kraft setzen. Wirft man einen Ball in die Luft, fällt er nach unten. Kommt man unter eine Welle, rollt sie dich am Grund entlang. Zündet man ein Feuer, brennt es nach oben, außer es hat physikalische Gründe, nach unten zu brennen.

Jack kniet in der Asche und schwitzt in seinem weißen Papieroverall, der Brandgestank sticht ihm in die Nase, und er wäre viel lieber im kühlen blauen Wasser unter dem kühlen blauen

Himmel, statt in diesem schwarzen Loch, in dem es nach Brand und Tod riecht.

Er zieht noch einmal die ganze Foto-Routine durch, beleuchtet das V und knipst es, das Brandloch, den Balken und den ganzen Raum. In Farbe und Schwarzweiß. Schreibt seine Beobachtungen auf und spricht sie auf Band.

Als er das erledigt hat, holt er eine Beweismitteltüte aus dem Overall. Manche benutzen lieber Büchsen, aber Jack befürchtet, dass das Metall die Proben kontaminieren könnte. Genauso wie handelsübliche Plastikbeutel. Deshalb hat er sich spezielle Plastikbeutel besorgt, die für diesen Zweck behandelt und sterilisiert wurden. Sie sind zwar teurer, aber aufs Ganze gesehen ist es billiger, sie zu benutzen, als vor Gericht mit kontaminierten Proben zu scheitern. Er kratzt verkohlte Substanz vom Brandloch ab, schüttet die Probe in den Beutel, versiegelt und etikettiert ihn, benennt die Probe, verzeichnet Datum, Uhrzeit und den genauen Fundort. Zum Schluss signiert er das Etikett mit seinem Namen.

Dieselben Angaben schreibt er in sein Notizbuch und spricht sie auf Band.

Jack ist einer, der Gürtel *und* Hosenträger benutzt.

Diese Prozedur wiederholt er etliche Male, er schneidet einen Span vom Balken, von den Dielen, dann eine Verkohlung aus einer anderen Ecke der Garderobe. Er sammelt Vergleichsproben, von denen er hofft, dass sie nicht mit Brandbeschleunigern in Berührung gekommen sind. Denn sonst könnte jemand behaupten, dass diese Stoffe schon im Holz enthalten waren. Kieferndielen zum Beispiel können viel Terpentin enthalten. Also sucht man eine »saubere« Probe, um den Unterschied zu zeigen.

Er nimmt Proben von verschiedenen Stellen.

Ich muss die Asche ausräumen, denkt er.

Die Asche Schaufel für Schaufel rausholen und die Dielen freilegen, nach Löchern suchen, Spuren von Flüssigkeiten, auch unter den Dielen – Hinweise auf Brandbeschleuniger.

Er greift zur Schaufel und fängt in der Ecke mit dem Brandloch an, arbeitet sich durch die Garderobe, dann durch das ganze Schlafzimmer. Schaufelt Brandmüll in einen von den großen Plastik-Müllcontainern, die er mitgebracht hat. Er hebt sich das Zeug für später auf, wenn es ans Sieben geht.

Findet er größere Stücke – halbverbrannte Kleidung, Teile von Gegenständen, Möbelreste –, legt er beiseite, was ihn besonders interessiert: Messinggriffe, Kupferscharniere, Metallfüße, und vermerkt alles in seinem Notizbuch. Er verzeichnet auf der Lageskizze, wo er die Stücke gefunden hat, fotografiert sie und verstaut sie in Beweismitteltüten.

All das braucht seine Zeit.

Als er die ganze Fläche geräumt hat, kann er den Fußboden sehen – oder das, was von ihm übrig geblieben ist.

Er sieht sich den Fußboden an, und schon spricht das Feuer zu ihm.

Die Flüssigkeitsspur, die in der Garderobe beginnt, führt zum Bett.

»Interessant«, sagt Jack.

Hätte Bentley seine verdammte Pflicht und Schuldigkeit getan, hätte er die Spur von der anderen Seite zurückverfolgt – von der Wodkapfütze bis zur Garderobe. Aber er hat es nicht getan. Für Jack, der es getan hat, ist die Spur wie ein aufgeschlagenes Buch.

Jemand hat eine Menge Brandbeschleuniger in der Garderobe verschüttet. Denn die Dielen sind dort nach unten durchgebrannt bis auf den Betonboden darunter. Dann hat jemand mit dem Brandbeschleuniger eine Straße gelegt – von der Garderobe bis zum Bett. Jack sieht das Brandmuster auf dem Fußboden, hier und da helle Flecken oder schwarze Löcher, wo das Feuer am heißesten wurde.

Aber neben dem Bett, wo die Scherben der Wodkaflasche lagen, gibt es kein Brandloch. Wer immer das Zeug verschüttet hat, war vorsichtig genug, es dort nicht hinzuschütten.

Jack hebt die verkohlte Matratze hoch und schiebt sie beiseite.

Darunter müßte ein relativ unversehrter Fußboden zum Vorschein kommen. Das hat wieder mit dem Fall-down-Effekt zu tun: Wenn das Feuer neben dem Bett ausgebrochen ist, hat es die Holzkonstruktion des Betts in Brand gesetzt, die Konstruktion ist zusammengebrochen, die Matratze ist nach unten gesunken und hat den Fußboden vor den Flammen geschützt.

Aber was Jack unter dem Bett sieht, spricht eine andere Sprache. Denn jetzt spricht das Feuer wieder zu ihm, es flüstert, zischelt, zirpt ihm seine Wahrheiten zu. *Hier in diesem Bett. Hier hab ich sie erledigt. Hab glatt das Dach durchschlagen.*

Denn es liegt sehr viel Asche unter dem Bett – dort, wo sie nicht hingehört.

Jack wühlt sich durch die Asche.

Darunter ist ein großes Loch, unregelmäßig geformt, etwa von der Größe des Betts, mit einer Ausbuchtung auf der anderen Seite, dort wo die Flasche *nicht* stand.

Jack wühlt sich weiter in die Asche.

Gräbt sich durch die Dielung bis auf den darunterliegenden Beton, kratzt die Asche vom Beton und sieht einen weißen Fleck unter dem verrußten Beton.

Wieder Flüssigkeitsspuren.

Und wieder ein Hinweis auf Brandstiftung. Wenn es solche Flecken gibt, ist Brandbeschleuniger durch die Dielen getropft und hat den Alligator zu einem Snack nach unten gelockt.

Jack stellt sich vor das Loch im Boden und blickt nach oben, zum Loch im Dach.

»Heilige Scheiße«, sagt er.

Das Feuer brüllt ihn jetzt an.

Als würde es in ihm selbst brennen.

Wer immer das Feuer gelegt hat, hat eine Menge Brandbeschleuniger unter das Bett gegossen. Und dann Pamela Vale damit begossen. Sie von den Hüften bis zu den Füßen mit Brandbeschleuniger begossen. Und ein Streichholz angezündet.

Kein professioneller Brandstifter würde so was tun, denkt

Jack. Eine Frau im Bett mit Brandbeschleuniger übergießen, das macht einer nur, wenn er persönliche Gründe hat, sexuelle. So was passiert aus Wut.

Auch hier die übliche Routine. Jack fotografiert den Fußboden in Farbe und Schwarzweiß, dokumentiert die Fotos, nimmt ein Video vom Zimmer auf. Gürtel *und* Hosenträger, denn er braucht eine Menge Beweise, wenn er vor die Geschworenen tritt.

Am besten wäre ein Lokaltermin für die Geschworenen, aber er weiß, dass es nicht passieren wird. Zum einen sind die Chancen, den Abriss zu stoppen, gleich null, zum anderen erlauben die Richter eine solche Besichtigung sehr selten, besonders wenn es Tote gegeben hat. Denn die emotionale Belastung könnte die Geschworenen in ihrem Urteil beeinflussen.

Dabei könnte schon der Augenschein beweisen, denkt Jack, dass Nicky Vale seine Frau im Ehebett verbrannt hat. Jack müsste die Geschworenen nur durch dieses Zimmer führen und ihnen erklären, was sie mit ihren eigenen Augen sehen ...

Aber das kann er vergessen. Deshalb dokumentiert er alles so genau wie möglich – mit Fotos, Videos, Lageskizzen – und sammelt Proben. Für jede »belastete« Probe zum Vergleich eine möglichst »unbelastete«.

Er verstaut die Proben in den Beweismitteltüten und macht seine Notizen dazu.

Von den Proben hängt jetzt *alles* ab.

Wenn sie positiv auf Brandbeschleuniger getestet werden, ist die These vom Rauchen im Bett erledigt.

Dann ist es Brandstiftung.

Und Mord.

Jack steigt ins Auto und fährt zu Bentley.

Die Akte Vale muss wieder geöffnet werden.

45

Du hast es wieder vermasselt, du dummer fauler Sack!

Das würde er Unfall-Bentley am liebsten ins Gesicht schleudern. Aber das klingt nicht sehr diplomatisch, also sagt er: »Vielleicht solltest du dir die Brandsache Vale noch einmal vornehmen.«

»Hau bloß ab!«, ist Bentleys Antwort. Er räumt gerade seinen Schreibtisch aus. Und wenn er sagt: Hau bloß ab!, dann meint er es auch.

Bentley zeigt mit dem Daumen auf die Tür.

Jack würde ihm nur zu gern Folge leisten, aber er ist ja hier, um Bentley zu sagen, dass die Akte neu geöffnet werden muss. Deshalb atmet er tief durch und sagt: »Brian, das Haus steckt voller Indizien.«

»Als da wären?«

»Sehr viel Asche.«

»Das Haus war vollgestopft mit Kram.«

»Alligator-Muster auf den Balken.«

»Dummes Zeug«, sagt Bentley. Er blickt nicht mal zu Jack hoch. Ist voll damit beschäftigt, Papiere in einen Karton zu stapeln. »Das kann alles und nichts bedeuten.«

»Flüssigkeitsspuren auf dem Betonunterboden.«

»Wie ich schon sagte.«

»Der Federkern war angeschmolzen.«

Bentley legt seinen Kaffeepott in den Karton. »Was willst du damit sagen, Jack? Dass das Feuer heiß war? Klar war es heiß. Mit der Brandlast hätte man halb Chicago abfackeln können. Und jetzt verschwinde.«

Ein paar seiner Kollegen blicken schon herüber.

»Ich habe ein Gießmuster gefunden.«

»Es gab kein Gießmuster.«

»Du hast doch gar nicht unter die Asche geschaut.«

»Das war auch nicht nötig.«

»Was zum Teufel willst du damit sagen?!«, brüllt Jack.

Jetzt ist schon das ganze Großraumbüro in Alarmbereitschaft. Bereit zum Einschreiten, falls nötig.

Bentley brüllt zurück. »Das Opfer hat im Bett geraucht! Die häufigste Todesursache bei Bränden!«

»Sie hatte keinen Rauch in der Lunge«, brüllt Jack. »Unter zehn Prozent CO im Blut!«

»Sie war betrunken!«, blökt Bentley. »Zugeknallt mit Wodka und Tabletten. Tod durch Überdosis!«

»Und vorher ist sie durchs Schlafzimmer gelaufen und hat Brandbeschleuniger verschüttet?«, fragt Jack. »Hat sich selbst ein Wikinger-Begräbnis spendiert? Vergiss es, Bentley!«

»Brandbeschleuniger? Spinnst du? Wovon redest du überhaupt?«

»Ich habe Proben genommen, und die werden positiv ausfallen.«

»Quatsch!«

»Ich wollte dir nur Gelegenheit geben, vorher deinen Bericht zu revidieren.«

»Wie nett von dir, Jack! Aber ich revidiere gar nichts. So, jetzt kannst du gehen. Witwen und Waisen um ihr Geld betrügen.«

»Du musst die Akte noch mal –«

»Dein Job als Schadensregulierer passt dir wohl nicht?«, sagt Bentley. »Willst wohl immer noch den Cop spielen. Aber du bist kein Cop. Sie haben dich rausgeschmissen, Jack. Schon vergessen?«

Nein, denkt Jack. Hab ich nicht.

»Nein«, sagt er. »Ich hab auch nicht vergessen, wie du als Zeuge umgefallen bist.«

Bentley packt ihn am Hemd. Jack tut das gleiche. Zwei Polizisten gehen dazwischen, so dass eine richtige kleine Rauferei im Gange ist, als Letty um die Ecke kommt.

»Jack, was zum Teufel –«

»Hey, Jack«, ruft Bentley. »vielleicht kannst du das Geständnis aus ihm *rausprügeln*!«

»Du mach lieber deine Arbeit!«

»Ich hab dir doch gesagt, du sollst da nicht rumstochern –«

»*Jack* –«

»– in Sachen, die du nicht –«

»– du dumme, faule –«

»Jack!«

Letty packt Jack am Ellbogen und schiebt ihn hinüber zur Wand. »Was soll das?«, fragt sie.

Jack atmet tief durch. »Ich wollte nur, dass er seinen Bericht zurücknimmt.«

Sie blickt ihn fragend an.

»Es war Brandstiftung«, sagt er.

»Ach, ihr steckt wohl unter einer Decke?«, ruft Bentley. »Willst du wieder was mit ihr anfangen, Jack?«

Jack will auf ihn losgehen, aber Letty stellt sich in den Weg.

»Lass ihn laufen«, sagt Bentley.

»Ganz, wie du willst«, sagt Letty.

»Und du hattest Befehl, dich da rauszuhalten, del Rio«, sagt Bentley.

»Sie war meine Schwester.«

»Sie war voller Alkohol und Drogen und hat sich selbst angezündet«, sagt Bentley.

»Wenn du deinen verdammten Job gemacht hättest –«, sagt Jack.

»Raus!«, brüllt Bentley. Er zieht sein Hemd straff und streicht sein Haar zurück.

»Er geht ja schon«, sagt Letty. Sie stoppt die zwei Polizisten, die Jack hinauseskortieren wollen und hält ihn weiter am Ellbogen fest, während sie ihn durch den Flur führt. Beide hören sie Bentley brüllen: »Jack, du bist ein Arschloch!«

»Da könnte was dran sein«, sagt Letty.

»Schon möglich.«

»Schon möglich?« Letty muss lachen. Dann fragt sie: »Brandstiftung?«

»Ich lege mich nicht fest, bevor die Proben ausgewertet sind, aber ...« Er überlegt kurz. »Könnte Pam das getan haben, Letty? Könnte sie so fertig gewesen sein, dass sie sich selbst angezündet hat und das Haus gleich mit?«

»Pam hätte sich niemals umgebracht.«

»Woher –«

»Die Kinder«, sagt Letty. »Sie hätte niemals die Kinder im Stich gelassen.«

»Sie war sehr betrunken.«

Letty schüttelt den Kopf. »Er hat sie umgebracht.«

»Letty ...«

»Ich bleibe dabei«, sagt sie. »Aber jetzt solltest du besser verschwinden.«

Er steigt in sein Auto und fährt los. Als Letty ins Büro zurückkommt, fragt Bentley: »Na, die Liebe noch frisch?«

»Halt's Maul, du dummer fauler Sack!«

46

Dinesh Adjati sieht aus wie Bambi.

Nicht wie der ältere Rehbock, der seinen Nebenbuhler in die Flucht schlägt, denkt Jack, sondern wie das Bambi-Reh, des Hasen kleiner Freund.

Dinesh hat große braune Bambi-Augen mit langen Wimpern, ist sehr zart gebaut und hat braune Haut. Doch er hat auch einen Doktor in chemischer Verfahrenstechnik. Man könnte ihn also mit Fug und Recht Doktor Bambi nennen.

Dinesh arbeitet in einem Institut, das sich Disaster Inc. nennt.

Disaster Inc. ist zur Stelle, wenn etwas schrecklich schiefläuft.

Wer wissen will, warum ein Zug verunglückt, eine Brücke eingekracht, ein Bus ins Wasser gestürzt oder ein Großfeuer ausgebrochen ist, wendet sich an Disaster Inc., und sie finden die Ursache.

Disaster Inc. verschickt jedes Jahr den Kalender »Katastrophe des Monats« an seine Kunden, aber Jack kennt keinen, der so krank ist, sich dieses Ding tatsächlich an die Wand zu hängen. Der Kalender zeigt erstklassige Hochglanzfotos von ausgewählten Katastrophen wie »Die Explosion der Hindenburg«, »Der Schulbrand von Chicago« oder auch mal einen künstlich fabrizierten »Ausbruch des Vesuv«.

In den neunziger Jahren hat Disaster Inc. prächtig verdient, weil es jede Menge Katastrophen gab. Allein in Kalifornien die Brände von 1993 – Malibu, Laguna, Sherman Oaks –, und die braven Bürger dieser Städte wissen wollten, warum sich die Feuer so schnell ausbreiten und so viele Häuser zerstören konnten.

Dann schlug die Mutter aller Katastrophen zu, das Erdbeben von Northridge, das am 17. Januar 1994 innerhalb von dreißig Sekunden ein Drittel aller Reserven von California Fire and Life aufzehrte und die Betreiber von Disaster Inc. zu reichen Leuten machte.

Dinesh hat bei der Gelegenheit einen kräftigen Bonus kassiert, denn er ist der Feuerspezialist von Disaster, und er hat viel Zeit darauf verwendet, die Ursache von Bränden zu ermitteln, die unmittelbar nach dem Erdbeben ausbrachen. Viele Leute hatten keine Erdbebenversicherung, aber eine Feuerversicherung, folglich gab es an jenem Tag eine Menge Brände.

Jack kennt Fälle von Leuten, die ausbaldowert haben, wie man bei einem Erdbeben das ganze Haus ersetzt kriegt: Man stellt ein paar Liter Benzin auf den Gasboiler, und wenn die Erde zu wackeln anfängt – BUMS, kassieren sie für den Totalschaden.

Die meisten Leute hatten das aber nicht ausbaldowert, also kippten sie *nach* dem Erdbeben Brandbeschleuniger über ihre Trümmer, und deshalb fährt Dinesh Adjati mit seinen achtundzwanzig Jahren schon einen Porsche, hat außerdem ein Haus in Laguna und eine Eigentumswohnung in Big Bear.

Jack ist ein Fan von Dinesh.

Und zwar deshalb, weil Dr. Bambi seine Arbeit richtig gut macht und einen wundervollen Zeugen abgibt. Er richtet seine Rehaugen auf die Geschworenen, erklärt ihnen die kompliziertesten chemischen Analysen mit Worten, die jedes Schulkind versteht, und sie hängen nur so an seinen Lippen.

Jedenfalls fährt Jack direkt vom Haus der Vales nach Newport Beach, wo sich die Labors von Disaster befinden – mit Blick auf den Küstenstreifen.

Als Vorzugskunde darf er einfach durchlaufen, direkt in Dineshs Labor, wo Dr. Bambi, ausgerüstet mit Feuerweste und Schutzhelm, gerade versucht, einen Lieferwagen mit dem Schweißbrenner zu traktieren.

Dinesh schaltet den Schweißbrenner ab, klappt die Schutzbrille hoch und schüttelt Jack die Hand.

»Verleumdungsklage gegen eine TV-Produktion«, sagt er. »Ich arbeite für den Kläger.«

Jack eröffnet ihm, dass er einen Kofferraum voller Proben mitgebracht hat.

»Kannst du das ein bißchen beschleunigen«, fragt er, »ich brauche sie gestern.«

»Hat wieder was gebrannt?«

»*Jemand* hat gebrannt«, sagt Jack.

Dinesh verzieht das Gesicht. »Wirklich wahr?«

»Wirklich wahr.«

»Ekelhaft.«

»Ich brauch das ganz schnell, Dinesh.«

»Heute noch?«

»Super«, sagt Jack. »Und es könnte sein, dass du irgendwann als Zeuge aussagen musst.«

»Tja«, meint Dinesh. »Dann hätte ich eine gute und eine schlechte Nachricht für dich.«

»Sag!«

»Die gute Nachricht ist, dass ich das heute noch machen kann.

Ich setze ein paar Leute drauf an, schick dir die Rechnung, und du hast das Ergebnis noch heute.«

»Die schlechte Nachricht?«

»Die schlechte Nachricht ist, dass meine Zeugenaussage nicht hundertprozentig sicher wäre.«

»Wie das?«

»Ich bin nicht hundertprozentig sicher«, sagt Dinesh, »ob ein Gaschromatograph, selbst einer mit Massenspektrometer, die Spuren von Brandbeschleuniger zweifelsfrei nachweisen kann.«

Jack spürt, wie ihm der Boden unter den Füßen wegsackt.

»Wir haben das Ding doch immer benutzt«, sagt er. »Was ist falsch daran?«

»Wir leben im Plastikzeitalter«, sagt Dinesh. »Und nicht nur im übertragenen Sinn. Der moderne Haushalt ist vollgestopft mit Plastikartikeln, und jeder von ihnen produziert, wenn er verbrennt, tausende Verbindungen, die man mit Brandbeschleunigern verwechseln kann. Unser einfachster Massenspektrometer zum Beispiel weist im Petroleum zweihundert verschiedene Verbindungen nach.«

»Das heißt?«

»Ich habe auch schon mit einem neuen gearbeitet, der zwei*tausend* verschiedenen Verbindungen nachweist.«

»Zwei*tausend*?«

»Allerdings«, sagt Dinesh. »Damit wird es ein bisschen einfacher, die schwarzen von den weißen Schafen zu trennen.«

»Und ein bisschen teurer?«, fragt Jack.

Dinesh lächelt. »Das einzige, was teurer ist als eine gute Analyse, ist eine schlechte Analyse. Fakt ist, dass ich mich nicht mehr vor eine Jury stellen und unter Eid aussagen könnte, dass die herkömmliche Analyse mit dem Massenspektrometer absolut zuverlässig ist.«

»Aber mit der neuen Methode könntest du das.«

»So neu ist sie nicht«, sagt er. Ich teste sie seit Monaten. Das Ding nennt sich GC x GC. Oder zweidimensionaler Gaschromatograph, wenn dir das lieber ist. Vielleicht ist es jetzt Zeit für einen Praxistest.«

»Bitte mach das.«

»Das wird aber kosten.«

»Wie viel?«

»Noch etwa zehntausend obendrauf.«

Macht nichts, denkt Jack. Du willst keinen Millionenprozess verlieren und dir dann sagen: *Dafür habe ich aber zehntausend Dollar Laborkosten gespart.*

»Einverstanden.«

»Jack, das mag ich an dir am meisten«, sagt Dinesh.

»Mach es auf die alte Tour, mach es auf die neue Tour, aber mach es. Bis du ein Ergebnis hast.«

Wie immer das lauten mag.

47

Letty besucht die Anonymen Alkoholikerinnen von Südkalifornien, die sich jeden Donnerstagnachmittag im selben Lokal treffen und daher als die »trockenen Lunch-Ladys« bekannt sind.

Was Letty schon kennt, sind Versammlungen in Kirchenkellern, wo man bei Keksbruch und dünnem Kaffee Geschichten über vertrunkene Mieten und einsame Bier- und Bourbon-Gelage austauscht.

Dass es auch »Ladys« gibt, die sich am hellichten Tage im »Geselligkeitsbereich« eines Yachthafen-Restaurants zusammenfinden, um ihre Erfahrungen und ihre Hoffnungen miteinander zu teilen, das war ihr neu. Aber Pam war eine von diesen Ladys gewesen, und deshalb ist Letty heute hier.

Und denkt: Diese Ladys sind die Wucht. Ich meine, dafür, dass sie alle ein Problem haben, sind sie in Topform. Dem Speck, den sie sich in ihren sündigen Zeiten angetrunken haben, sind sie auf Laufbändern und Steppern zu Leibe gerückt, und jetzt strotzen sie vor Gesundheit, ihre Augen leuchten, ihr Haar glänzt – sie sehen richtig sexy aus. Sollten die Anonymen Alkoholiker jemals Fernsehwerbung machen – hier finden sie die ideale Besetzung.

Selbst Nicht-Alkoholikerinnen betrinken sich, um an den Meetings teilzunehmen und genauso gut auszusehen wie diese trockenen Lunch-Ladys.

Was zwölf kleine Schritte und ein paar hunderttausend Dollar nicht alles bewirken können, denkt Letty.

Jetzt sitzt sie also hier, und die Ladys trinken keinen dünnen Kaffee, sondern Frappuccino (koffeinfrei, mit fettarmer Milch) aus Plastikbechern. Es sind auch ein paar Gentlemen dabei, keine Bürotypen, sondern freie Makler und Versicherungsagenten, die es sich leisten können, mitten am Nachmittag über ihre Erfahrungen und ihre Hoffnungen zu reden, und auch gute Erfolgsaussichten haben, denn dank glücklicher Umstände und umsichtiger Planung sind es keine fünf Minuten Fußweg bis zum nächsten Holiday Inn, und bei diesen Treffen wird so munter gebaggert und abgeschleppt, dass man schon von den »trockenen Lunch-Ladys und ihren flüssigen Kavalieren« spricht.

Letty jedenfalls sagt sich: Lass sein, bist ja nur neidisch.

Die können ja nichts dafür, dass sie reich sind und du nicht.

Vergiss es.

Und vergiss Jack Wade. Wie lange habe ich die Kerze am Brennen gehalten? Zwölf Jahre sind einfach zu viel. Man kriegt einen steifen Arm davon. Zwölf Jahre, und kein einziger Anruf. Nie hätte er dich angerufen, und du hättest ihn nie wiedergesehen, wenn du nicht seine Hilfe gebraucht hättest – und nicht so ein Miststück wärst, dass du ihn einfach benutzt.

Doch die Wahrheit sieht anders aus. Sie hat die Kerze am Brennen gehalten. Zwölf lange Jahre. Es gab den einen oder anderen Typen, aber nichts Ernstes, denn ganz tief drinnen, auf dem Grund ihrer Seele, wartet sie auf einen anderen.

Auf Jack.

Jack hat sein Glück verspielt und ihres gleich mit.

Jetzt gehst du auf die vierzig, hast keinen Mann, keine Kinder und lebst nur für deinen Job, falls man das Einbuchten von Kleinkriminellen als Job bezeichnen kann.

Und diese Ladys können nichts dafür.

Du hast es dir selbst zuzuschreiben.

Also reiß dich zusammen.

Da sitzt sie nun und hört sich den Vortrag an, es ist immer überall derselbe: ein Trinker ist ein Trinker, egal wie er es sieht, und es endet immer im Dreck. In der Pause wechselt sie ein paar Worte mit ihren Tischnachbarinnen, dann bittet die Vorsitzende um Wortmeldungen. Letty wartet ab, bis ein paar Frauen über ihre Erfahrungen und Hoffnungen gesprochen haben, und hebt die Hand.

»Ich heiße Letty.«

Hi, Letty, kommt es von allen Seiten, *bla-bla-bla.*

»Ich bin hier, um zu fragen, ob jemand von Ihnen meine Schwester Pam kennt. Sie ist vor drei Tagen gestorben, und es heißt, sie war Trinkerin. Sie war etwa 1,76 groß, schwarzes Haar, dunkle Augen. Ich weiß, dass sie öfter hier war, und ich hoffe, dass Sie mir helfen können.«

Allgemeine Betroffenheit mit *Oh mein Gott!* und *Doch nicht Pam!,* hier und da Schluchzen. Doch dann heben sich fünf Hände.

48

»Pam war an dem Abend nüchtern, Jack«.

Letty sitzt mit Jack auf der Terrasse neben dem Haupteingang der South Coast Plaza Mall.

»An dem Abend ging sie zu einem Treffen der Anonymen Alkoholikerinnen.« Letty nippt an ihrem Eistee. Als sie das Glas anhebt, wird der Papieruntersatz vom heißen Santa-Ana-Wind weggeblasen. »Da war sie nüchtern. Die Versammlung war abends um halb zehn zu Ende, dann ging sie noch auf einen Kaffee. Mit acht anderen Frauen. Auch da war sie nüchtern.«

»Das heißt nicht, dass sie auch um vier Uhr morgens noch nüchtern war.«

Jack trinkt eine Cola. Die guten Leute im Restaurant mussten lange und gründlich suchen, bis sie eine Limo fanden, auf der die Bezeichnung »Diät« fehlt.

»Sie hat ihren Freundinnen von den Anonymen gesagt, dass sie Angst hatte«, sagt Letty. »Angst, dass Nicky sie umbringen könnte. Sie rieten ihr, die Polizei zu rufen. Flehten sie an, bei ihnen zu bleiben. Aber sie sagte, das wäre keine Lösung.«

»Also fuhr sie nach Hause, und vor lauter Angst hat sie zur Flasche gegriffen«, sagt Jack.

»Nachdem Nicky ausgezogen war, hatte sie keinen Alkohol mehr im Haus.«

»Dann hat sie eben eine Flasche Wodka gekauft –«

»Ich habe in jedem Getränkeladen gefragt, der auf ihrem Weg lag«, sagt Letty. »Mit allen geredet, die in der Nacht gearbeitet haben. Niemand erinnert sich an sie.«

»Gute Arbeit.«

»Ich habe eben ein Anliegen.«

»Das kannst du vergessen.«

»Was kann ich vergessen?«

Doch sie weiß genau, worauf er anspielt.

»Dass du das Sorgerecht für die Kinder bekommst.«

»Wenn ich es schaffe, dass er wegen Mordes verurteilt wird ...«

Jack schüttelt den Kopf. »Davon bist du weit entfernt. Sagen wir, es war Brandstiftung. Aber woran ist Pam gestorben? Ng plädiert auf Alkohol- und Tablettenvergiftung. Machst du den nächsten Schritt und sagst, es war Mord, hast du nichts gegen Nicky in der Hand. Schaffst du – ich weiß nicht, wie – auch diese Hürde, und Nicky wird wegen Mordes an Pam verurteilt, ist da immer noch Mütterchen Russland, der das Sorgerecht zusteht. An der führt kein Weg vorbei.«

»Sie ist Mittäterin.«

»Sie hat ein Alibi.«

»Die Kinder werden ihr weggenommen.«

»Nein, werden sie nicht«, sagt Jack. »Außerdem wird es keine Verurteilung wegen Mordes geben. Selbst wenn du genügend Hinweise sammelst, um Bentley zur Rücknahme seines Berichts zu bewegen – oder den Sheriff zur Wiederaufnahme der Ermittlungen oder die Staatsanwaltschaft zur Eröffnung eines Verfahrens.«

Es ist ein langer Weg, und ob an dessen Ende ein Mordurteil steht, ist mehr als ungewiss, auch weil die Spuren mit jedem Tag älter werden.

Letty weiß das natürlich selbst, sie *will* es aber nicht wissen.

Nein, Nicky und Mütterchen Russland bekommen die Kinder.

Nicky bleibt ungeschoren.

»Was können wir denn tun?«, fragt Letty. »Müssen wir kapitulieren?«

»Nein«, sagt Jack. »Ich mache meinen Job. Ich prüfe die Schadensforderung. Ich werde ermitteln, ob Nicky Vale einen Grund und die Möglichkeit hatte, sein Haus anzuzünden und seine Frau zu ermorden. Wenn die Hinweise reichen, lehne ich die Regulierung ab.«

»Das ist alles?«

»Das ist alles.«

»Er muss also höchstens befürchten, dass er für seinen Mord nicht auch noch bezahlt wird?«

»So leid es mir tut.«

»Aber du kannst damit leben, nicht wahr? Dir ist egal, was aus den Kindern wird. Dir ist nur daran gelegen, dass die Versicherung nicht zahlen muss. Stimmt's?«

»Das ist mein Job«, sagt Jack.

»Es geht nicht darum, was ich tun möchte, nur darum, was ich tun *kann*.«

Letty steht auf. »Jack, du bist immer noch der alte Jack.«

»Immer noch der alte Jack.«

»Na gut, alter Jack«, sagt sie. »Ich würde dich am liebsten zum Teufel jagen, aber du bist meine einzige Hoffnung. Wenn deine Versicherung die Regulierung ablehnt, wird Vale sie verklagen. Dann bekommen wir vielleicht ein Schwurgerichtsurteil, das auf Mord lautet. Und dieses Urteil müsste dann in einer Sorgerechtsverhandlung berücksichtigt werden.

»Das ist ein *sehr* langer Weg.«

»Dann mach dich an die Arbeit«, sagt sie.

Als ob er nicht rund um die Uhr an dem Fall arbeiten würde.

Sie wirft ihre zerknüllte Serviette auf den Tisch.

»Und fang endlich an zu leben.«

Ausgerechnet du musst mir das sagen, denkt Jack.

Wenn du gehst, geht mein Leben mit dir.

49

Dinesh Adjati kratzt ein wenig verkohltes Holz in einen Glaskolben, fügt 50 Milliliter Pentan hinzu und gießt die Mischung durch einen Papierfilter in einen anderen Kolben.

Das Gleiche macht er mit Jacks anderen Proben, er etikettiert die Kolben und sortiert sie in ein Metallgestell ein.

Die Maschine verschließt die Kolben, führt eine Saugkanüle ein, entnimmt jedem Kolben einen Kubikmillimeter Flüssigkeit und schickt die Proben durch den Gaschromatographen.

Eine vermutlich belastete Probe läuft als erste durch. Sie wird in einer Heliumkammer unter Hochdruck komprimiert, auf 275 Grad Celsius erhitzt und dabei verdampft. So gelangt das Gasgemisch in den Chromatographen.

Der besteht aus einer Trennsäule von etwa 60 Metern Länge, mit einem Querschnitt von einem Viertel Millimeter. Die Innenwände sind mit Methylsilikon bedeckt, einer zähflüssigen Substanz. (So erklärt Dinesh diese Substanz den Geschworenen:

»Wenn Sie Methylsilikon in ein Glas tun, das Glas auf den Kopf stellen und einen Tag später nachsehen, ist vielleicht die Hälfte dieser Flüssigkeit nach unten geflossen, und wieder einen Tag später vielleicht die ganze Flüssigkeit. So zähflüssig ist dieses Zeug.«)

Die Trennsäule hat am Anfang Raumtemperatur, so dass die Probe im Gasgemisch wieder kondensiert, dann wird die Säule allmählich auf 200 Grad erhitzt, mit der Folge, dass die Probe langsam verdampft und durch die Säule zu wandern beginnt.

Die Chemikalien in der Probe bewegen sich unterschiedlich schnell und werden auf diese Weise voneinander getrennt. Manche Verbindungen lösen sich im Methylsilikon auf und brauchen besonders lange, andere zischen nur so durch.

Aber am Ende kommen sie alle an, eine nach der anderen, und hinterlassen eine Markierung auf dem Monitor des Computers. Die Höhe der Markierung zeigt an, wie viel von dieser Verbindung vorhanden ist, und am Ende der Messung hat man einen ganzen Wald von Markierungen, die ein charakteristisches Muster bilden, und dieses Muster nennt man Gaschromatogramm.

Den Geschworenen erklärt Dinesh das Verfahren anhand von Backrezepten: »Sagen wir, das Rezept verlangt einen Esslöffel Zimt und einen Teelöffel Zucker. Das sind die Zutaten für eine bestimmte Kekssorte, wenn Sie so wollen. Diese Kekssorte hat einen bestimmten Anteil von Zimt und Zucker. Benzin, Petroleum, Napalm und alle anderen Brandbeschleuniger im Test verhalten sich wie der Teig einer solchen Kekssorte: Er setzt sich aus vielen Substanzen zusammen, in unterschiedlichen Mengen.«

Diese Substanzen in ihren unterschiedlichen Mengen ergeben ein charakteristisches und unverwechselbares Gaschromatogramm, den »Fingerabdruck« der jeweiligen Stoffmischung.

Dinesh wartet, während die Proben durchlaufen.

Nach fünf Minuten kommt es zu einem leichten Kräuseln. Nach zehn Minuten kommt es zu einer kleinen Erhebung, dann sinkt sie wieder ab, bis nach zwölf Minuten wieder eine Erhebung kommt, die nach fünfzehn Minuten zu einem Gebirge ansteigt, steil wie eine Rakete, und nach zehn Sekunden wieder abstürzt. In der siebzehnten Minute steigt sie wieder an, mit einer Erhebung in der achtzehnten, dann sinkt sie ab. Nach ein paar kleinen Erhebungen in der zwanzigsten Minute bleibt sie unten.

Dinesh schaut sich den Ausdruck an, und auf dem Ausdruck steht »Petroleum«.

Jetzt kommt sein nächster Zaubertrick. Die Proben durchlaufen einen Gaschromatographen, an den ein Massenspektrometer angeschlossen ist. Das ist ein Stahlzylinder von zehn Zentimetern Durchmesser und siebzig Zentimetern Länge. Er hat ein Glasfenster, durch das man das Innere sehen kann – Vakuumtechnik, Stahlteile, Drähte, Keramikröhren und Turbopumpen mit 100 000 Umdrehungen pro Minute.

In der Mitte dieser Vorrichtung befindet sich ein Glühfaden, der die chemischen Dämpfe mit Elektronen bombardiert und sie in elektrisch geladene, molekulare Trümmer oder Ionen zerlegt. Innerhalb einer Mikrosekunde werden diese Trümmer gewogen, innerhalb einer Nanosekunde werden sie gezählt.

Aus der Größe und der Zahl der Ionen ergibt sich eine unverwechselbare »Fragmentsignatur«.

(Den Geschworenen erklärt es Dinesh so: »Wenn ein Blumentopf aus dem Fenster fällt, zerbricht er in lauter Scherben. Diese Scherben sehen bei jedem Blumentopf anders aus. Keine Scherbe gleicht der anderen. Aber ein Molekül ist wie ein Blumentopf mit Sollbruchstellen. Wenn man ein Molekül zertrümmert, zerfällt es jedesmal in die gleichen Fragmente. Und jede Substanz hat ihre charakteristische, unverwechselbare Fragmentsignatur.«)

Jetzt vergleicht der Computer die gemessenen Fragmentsignaturen automatisch mit dem Stoffkatalog des Nationalen Norminstituts NIST und wirft ein Ergebnis aus.

Petroleum.

Dieses Ergebnis würde auch die strengsten Analytiker befriedigen, doch nicht Dinesh. Nicht bei einem einfachen Gaschromatographen mit einfachem Massenspektrometer. Nicht bei den vielen Weichmachern, die in den Plastikerzeugnissen stecken und die Messungen verfälschen.

Also nutzt Dinesh die »Komplexe zweidimensionale Gaschromatographie«, die sich »GC x GC« nennt, und wenn er sie beschreiben soll, denkt er an ein Hubble-Teleskop, mit dem er chemische Mischungen aus der Nähe betrachtet.

Der Anfang ist ganz einfach. Er jagt die Proben wieder durch den Gaschromatographen, doch angeschlossen ist anstelle des Massenspektrometers ein weiterer Gaschromatograph, den die Proben anschließend durchlaufen.

Der Unterschied liegt beim Methylsilikon in der zweiten Trennsäule, denn das ist gewissermaßen gedopt.

Gedopt mit Chemikalien, die für völlig andere Trennverläufe sorgen.

(»Es gibt drei verschiedene Trennmechanismen«, würde Dinesh den jetzt schon verzagten Geschworenen erklären, »die Trennung nach Volatilität, nach Polarität und nach Struktur. Die Volatilität bemisst sich danach, wieviel Dampfdruck eine Substanz bei ihrem Siedepunkt erzeugt. Die Polarität berücksichtigt die elektrische Ausrichtung der Moleküle und die Struktur ganz einfach den Bau der Moleküle – ob es sich zum Beispiel um kettenförmige oder ringförmige Gebilde handelt.

Die erste Trennsäule trennt nur nach Volatilität. Haben zwei Verbindungen dieselbe Volatilität, durchlaufen sie die Trennsäule ungetrennt, auch wenn sie eine andere Polarität oder Struktur besitzen. Aber in der zweiten Trennsäule begegnen sie einem chemischen Mechanismus, der dann doch zur Trennung führt.

Also: Die Polarität ist eine elektrische Eigenschaft der Moleküle. Minuspole ziehen Pluspole an und umgekehrt. Auf diese Weise schmiegen sich die Moleküle aneinander. In der ersten

Trennsäule können sie diese Umarmung vielleicht durchhalten, aber in der zweiten treffen sie auf ein elektrisch geladenes Methylsilikon, und das macht der Liebe ein Ende. Die Moleküle trennen sich. Das gleiche bei der Struktur. Zwei verschieden geformte Moleküle mit derselben Volatilität können in glücklicher Umarmung durch die erste Trennsäule wandern, aber in der zweiten werden sie ganz verschieden auf das gedopte Methylsilikon reagieren, und sie trennen sich.

Auf diese Weise addiert sich die Leistung der ersten Trennsäule nicht mit der Leistung der zweiten, sondern sie multipliziert sich. Wenn die erste Trennsäule hundert Peaks erzeugt und die zweite dreißig, dann ergeben sich daraus nicht hundertdreißig Peaks, sondern dreitausend.«)

Das Resultat verhält sich wie eine einfache Kurve zu einer komplexen Grafik. Wie ein Malbuch zu einem Matisse. Oder, wie Dinesh gern sagt, wie die Bierfass-Polka zu einem Solo von Charlie Parker. GC x GC liefert ein hübsches farbiges Profil, und wenn man die Probe mehrmals durchlaufen lässt, bleibt sich das Profil immer gleich.

Das ist wie ein Fingerabdruck in 3-D und Technicolor.

Nur besser.

Einen solchen Fingerabdruck sieht Dinesh, als er die erste Probe durch beide Trennsäulen befördert hat. Ein Puzzle aus zweitausend Einzelteilen, die sich alle zu einem Wort fügen.

Petroleum.

Sechs Stunden später haben Dinesh und seine Assistenten sämtliche Proben geprüft.

Das Ergebnis ist eindeutig.

Dinesh ruft Jack an und gibt es durch.

50

Die schönste Aussicht der gesamten südkalifornischen Küste bietet vielleicht die Terrassenbar des Las Brisas. Man blickt hinab auf die weißgekalkten Häuser und roten Ziegeldächer von Laguna und fühlt sich wie am Mittelmeer. Besonders bei Sonnenuntergang, wenn der blaue Himmel lavendelfarben wird und die rote Sommersonne im Ozean versinkt.

»Danke fürs Kommen«, sagt Nicky und prostet Jack mit seinem Wodka Collins zu.

»Danke für den Drink«, sagt Jack und hebt die Bierflasche.

»Ich wollte mich eigentlich nur bedanken, dass Sie neulich eingegriffen haben – bei dem hässlichen Vorfall in der Kirche.«

»Nein«, sagt Jack. »Sie wollen wissen, was ich von Letitia del Rio gehört habe.«

Nicky lächelt. »Das auch.«

»Sie hat mir beunruhigende Dinge erzählt.«

»Das dachte ich mir«, sagt Nicky. »Ich bin sicher, sie hat sich wieder wilde Storys ausgedacht. Und manchmal denke ich fast, sie glaubt selbst an diesen Unsinn. Letty ist leider krank.«

»Wirklich?«

»Sie kamen beide aus einer kaputten Familie, oder?«

»Letty sagt, dass Pam in der Entzugsklinik war.«

Nicky lacht. »Allerdings. Die Rechnungen sollten Sie mal sehen!«

»Und?«

»Vierzehn Tage hat der Entzug vorgehalten«, sagt Nicky. »Ein lausiges Geschäft, wenn Sie so wollen.«

Sie sitzen und trinken, verfolgen das spektakuläre südkalifornische Farbenspiel des Sonnenuntergangs, mit einem Himmel, der sich von Lavendel in Purpur verwandelt und dann in ein flammendes Rot.

»So stelle ich mir das Paradies vor«, seufzt Nicky. »Sie müssen wissen, Jack, dass Letty nach mir der nächste testamentarische Nutznießer der Lebensversicherung ist – was das Sorgerecht für die Kinder betrifft. Es liegt also in ihrem Interesse, sich Geschichten auszudenken, oder?«

»Wollen Sie wissen, was ich denke?«, fragt Jack und nimmt einen tiefen Schluck aus der Bierflasche.

»Da halt ich mich lieber raus.«

Locker, entspannt, supercool.

»Ich denke«, sagt Jack, »dass Sie Ihre Frau ermordet und dann Ihr Haus angezündet haben. Genau das denke ich.«

Er grinst Nicky an, und Nicky wird bleich.

Starrt ihn sprachlos an, dann setzt er ein herablassendes Lächeln auf und sieht ihm direkt in die Augen.

»Beweisen Sie's«, sagt er.

»Das werde ich«, erwidert Jack.

Der Himmel, die Sonne und der Ozean hinter Nicky stehen in Flammen.

Ein wunderschönes Inferno, denkt Jack.

Die Hölle von ihrer prächtigsten Seite.

51

Dies ist die wahre Geschichte von Nicky Vale.

Dasjatnik Valeshin ist in Leningrad aufgewachsen, sein Vater war ein kleiner Apparatschik, seine Mutter Lehrerin am staatlichen Gymnasium. Das Leben hatte ihr übel mitgespielt – beide Eltern waren Professoren, sie hatte einen glänzenden Uni-Abschluss hingelegt und wäre mit Sicherheit ebenfalls Professorin geworden, hätte es nicht diesen einen nächtlichen Ausrutscher gegeben. So musste sie stattdessen ein Kind großziehen – allein, denn der Vater ließ sich scheiden, als Dasjatnik noch ein Baby war.

Die Mutter aber blieb ihm.

In ihrer ganzen, erdrückenden Präsenz.

Er sollte etwas Besonderes werden, auf keinen Fall ein kleiner Apparatschik. Wochenlang verzichteten sie auf Fleisch, um sich die Karten fürs Ballett leisten zu können. Die Tschaikowski-Platten sparten sie sich vom Munde ab. In zartem Alter schon las er Tolstoi, Puschkin und Turgenjew, vorm Einschlafen las sie ihm Flaubert vor – auf Französisch. Das verstand er zwar nicht, aber seine Mutter glaubte fest daran, dass er mit dem Klang und dem Rhythmus der fremden Sprache irgendwie auch ihre Bedeutung aufsaugte.

Mutter machte ihn mit den schönen Dingen des Lebens vertraut – Musik, Malerei, Bildhauerei, Architektur. Brachte ihm Manieren bei – wie man sich bei Tisch benahm, bei der Konversation, beim Umgang mit Frauen. Zu Hause in der engen Küche übte sie mit ihm das gute Benehmen in einem feinen Restaurant – simulierte ein Menü mit vielen Gängen und zwang ihn, mit ihr Konversation zu treiben, als wäre sie eine junge Dame und er ihr Kavalier.

Genauso unerbittlich war sie, wenn es um seine Zensuren ging. Nichts außer Bestnoten wurde geduldet. Kam er von der Schule nach Hause, setzte er sich sofort an seine Bücher, und er musste ihr alles wiederholen, was er an dem Tag gelernt hatte.

Und es musste fehlerlos sein.

Sonst, so sagte sie ihm, würde er enden wie die anderen Proleten, wie sein Vater. Dumm, ungebildet und ohne Zukunft.

Als er anfing, sich für Mädchen zu interessieren, wählte sie seine Freundinnen aus oder, besser, hielt sie von ihm fern. Die eine war zu dumm, die andere durchtrieben, die dritte ein Flittchen.

Diese hohen Ansprüche rührten daher, glaubte Dasjatnik, weil sie so schön war: Ein Gesicht wie Porzellan, ihr Haar lackschwarz, mattglänzend und frisiert wie eine Skulptur, ein schlanker, eleganter Hals, dazu perfekte Umgangsformen und eine scharfe Intelligenz. Nie konnte er verstehen, warum der Vater sie verlassen hatte.

Und er gehorchte ihr. War in fast allen Fächern der Beste. Gewann Preise in Englisch, Geschichte, Literatur, Mathematik. Aber nicht nur das. Er war ein hinterhältiger kleiner Streber, und so erregte er die Aufmerksamkeit der Talentsucher vom KGB.

Und dass er am Afghanistan-Krieg teilgenommen hat, stimmt wirklich, nur dass er dort nicht als armseliger Rekrut hingeschickt wurde, sondern als Offizier der Aufklärung, der aus den Bauern herausholen sollte, wo sich die Mudschaheddin versteckten.

In den ersten Wochen macht er seinen Job auf die zivilisierte Art, obwohl er damit nicht weit kommt. Doch nachdem er zum dritten Mal von dem toten Sowjetsoldaten gehört hat, den man nackt aufgefunden hat, mit abgeschnittenen Genitalien, ändert er seine Taktik. Seine Lieblingsmethode besteht darin, drei Bauern zusammenzufesseln wie Schweine, zweien von ihnen die Kehle durchzuschneiden und dem dritten eine Tasse Tee und eine nette Unterhaltung anzubieten. Wenn die verweigert wird, befiehlt er einem Handlanger, den heiligen Krieger mit Benzin zu überschütten. Und wenn Valeshin seinen Tee getrunken hat, zündet er sich eine Zigarette an, wirft das Streichholz weg und wärmt sich an dem prasselnden Feuer die Hände. Danach lässt er seine Leute das ganze Dorf abbrennen.

Er wartet einen Tag, ob die Nachricht vom Geschehen bis zum nächsten Dorf vorgedrungen ist, dann stellt er *dort* seine Fragen. Und meistens bekommt er seine Antworten.

Währenddessen ist Mutter krank vor Sorge um ihren Sohn und befürchtet, dass er in diesem dummen, sinnlosen Krieg sein Leben riskiert. Sie schreibt ihm täglich, und er schreibt zurück, doch die sowjetische Post verschlampt die Briefe, sie verbringt quälende Tage im Glauben, er sei gefallen, und wenn dann doch ein Brief kommt, zerfließt sie in Tränen.

Nach seiner Rückkehr darf Valeshin mit Mutter Urlaub machen, in einer Datscha am Schwarzen Meer, als Belohnung für seinen heldenhaften Einsatz. Am Abend besuchen sie ein vornehmes Restaurant auf der Strandpromenade. Ein Tisch auf der Veranda, das Meer funkelt im Mondlicht. Sie bestellen ein Menü mit acht Gängen, und die Konversation ist sehr gepflegt.

Nachts in der Datscha zeigt ihm Mutter, wie man das mit den Frauen macht.

Nach dem Afghanistan-Krieg braucht er neue Aufgaben, und der KGB hat Verwendung für ihn.

Wieder in Moskau, trifft er sich mit seinem Führungsoffizier zu einem Spaziergang im Gorki-Park. Oberst Karpozow ist ein ziemliches Original: breites slawisches Gesicht, streng zurückgekämmtes silbergraues Haar, trinkfest und ein unwiderstehlicher Verführer. Ein richtiger Charmeur und Wortkünstler.

Diesmal versucht er seine Kunst an Dasjatnik Valeshin.

Karpozow hat einen Riecher für talentierte Leute. Der junge Valeshin ist clever, aalglatt und so skrupellos, dass er seine eigene Mutter ans Messer liefern würde. Genau solche Kader sucht Karpozow. Also schlendert er mit ihm durch den Park, pfeift den Frauen nach, erzählt belangloses Zeug, dann kauft er zwei große Portionen Eis, setzt sich mit Valeshin auf eine Bank.

Und fragt: »Genosse, was hältst du von einem Einsatz in den Vereinigten Staaten?«

Er streckt die breite Zunge raus, leckt an seinem Eis und grinst dazu wie Mephisto.

»Davon halte ich sehr viel«, antwortet Valeshin.

Es ist die Chance seines Lebens.

»Die Vereinigten Staaten führen einen Wirtschaftskrieg gegen die Sowjetunion«, belehrt ihn Karpozow und leckt weiter an seinem Eis. »Reagan weiß genauso gut wie wir, dass wir den nicht mehr lange durchhalten. Wenn wir weiter in diesem Tempo Raketen und U-Boote bauen, bricht unsere Wirtschaft zusammen. Das ist die bittere Wahrheit, Genosse. Sie können uns besiegen, indem sie immer weiterrüsten.«

Er wirft einen besorgten Blick auf den Park, als könnte er jeden Moment vom Erdboden verschluckt werden, zusammen mit der ganzen Sowjetwirtschaft.

Dann sammelt er sich und redet weiter. »Wir brauchen Geld – Devisen –, und die können wir hier nicht erwirtschaften. Wir müssen andere Quellen erschließen.«

»Und wo?«

»In Amerika«, sagt Karpozow. »Unsere ausgebürgerten russischen Kriminellen in New York und Kalifornien machen jede Menge Dollars. Sie melken das kapitalistische System wie eine Kuh. Das sind natürlich Verbrecher, aber eins ist klar: Was gewöhnliche Verbrecher können, das können wir besser ...«

»Was könnte denn so eine Einsatzgruppe des KGB machen?«

»Wir haben brillante Ideen«, sagt Karpozow. »Indem wir den Kapitalismus schädigen, nutzen wir uns selbst. Jeder Dollar, den sie verlieren, ist ein Dollar, den wir gewinnen.«

»Meine Aufgaben lägen also auf dem Gebiet der Wirtschaftssabotage?«

»So kann man es nennen«, sagt Karpozow. »Man kann auch sagen: Holen, was zu holen ist.«

Valeshin traut seinen Ohren nicht. Er hat sich in der afghanischen Mondlandschaft den Arsch abgefroren, jetzt erwartet ihn der Winter in einer Sowjetunion, die eindeutig vor die Hunde geht, und wenn er Glück hat, darf er für immer bei seiner Mutter hausen, in einer winzigen Wohnung, vielleicht einmal im Jahr ans Schwarze Meer fahren. Und jetzt schreit diese Stimme in ihm: *Ich muss von ihr weg, und das ist meine Chance!* Doch da ist noch die andere Stimme, die schreit: *Ich muss ihr das Leben bieten, das sie verdient, und in Amerika kann ich ein Vermögen machen!*

Und wo ist der Haken?

»Genosse, du musst ein Jude werden«, sagt Karpozow.

»Ein Jude? Warum ein Jude?«

»Wie sollen wir sonst dort reinkommen?«, sagt Karpozow. »Die Amerikaner fordern ständig: ›Lasst ein paar Juden frei, lasst ein paar Juden frei.‹ Na schön, lassen wir also ein paar Juden frei und schicken ein paar gut ausgebildete – wie sagtest du, Genosse? – Wirtschaftssaboteure mit.«

»Aber ein Jude werden ...«

»Ich weiß, es ist ein Opfer«, sagt Karpozow. »Vielleicht ist es auch zu viel verlangt ...«

»Nein, nein, nein, nein«, erwidert Valeshin hastig und sieht für einen schrecklichen Moment seine Felle wegschwimmen. »Natürlich nehme ich den Auftrag an.«

Karpozow verspeist den Rest seiner Waffel und grinst.

»*Massel tov!*«, sagt er.

Und Valeshin muss zur »Judenschule«.

Das ist ein kleiner Kurs, den der KGB veranstaltet. Jüdische Häftlinge pauken ihm die Thora, die Diaspora, den Holocaust ein und die ganze Geschichte der russischen Pogrome. Valeshin studiert jüdische Geschichte, die Geschichte Israels, die jüdische Kultur und Tradition. Jüdische Künstler, Schriftsteller, Komponisten.

Den Abschluss des Kurses bildet ein Seder-Abend zum Pessach-Fest.

Und Valeshin freut sich schon auf das Flugticket nach Amerika.

Aber Karpozow meint: Nicht so hastig, erst geht's ins Gefängnis.

»Gefängnis? Davon haben Sie nichts gesagt!«, protestiert Valeshin.

»Dann sag ich's eben jetzt«, sagt Karpozow bei einem weiteren Spaziergang im Gorki-Park. »Denn du musst die *Organisazija* infiltrieren. Das sind die Leute, die das viele Geld in den Vereinigten Staaten machen. Wenn du da nicht Mitglied wirst, hast du keine Chance.«

Valeshin ist wütend – auf Karpozow und sich selbst, weil er sich in eine Falle locken ließ.

»Kann ich nicht einfach ein Vorstrafenregister kriegen?«, fragt Valeshin.

»Natürlich bekommst du das, Genosse, aber das reicht nicht aus. Du brauchst auch Erfahrungen und Beziehungen, die gibt es nur im Gefängnis.«

»Wie lange?«, fragt Valeshin.

»Nicht sehr lange«, sagt Karpozow. »Achtzehn Monate, denke ich, für gewöhnlichen Diebstahl. Ich könnte es auch befehlen, Genosse, aber das ist wohl nicht nötig.«

Anderthalb Jahre Gefängnis? Valeshin bleibt fast die Luft weg.

»Ich weiß nicht, Genosse Oberst ...«

»Vielleicht könnten wir auch die Ausreise für deine Mutter vorbereiten«, sagt Karpozow.

Karpozow ist ein eiskalter, durchtriebener Hund. Er weiß genau, welche Platte er auflegen muss – und wann er sie auflegen muss.

Valeshin sagt: »Ein paar Monate Gefängnis – das stehen wir durch.«

Na also.

52

Valeshin ist kaum zehn Minuten in seiner Zelle, als ihn ein hünenhafter alter Sträfling namens Tillanin in die Ecke drängt, ihm einen spitzen Gegenstand in die Rippen stößt und zur Begrüßung erst mal seine Decke und die nächste Mahlzeit einfordert.

Valeshin ist kaum zehn Minuten und 0,00025 Sekunden in seiner Zelle, als er Tillanin mit einem flinken Fingerhaken den linken Augapfel aushebelt, der noch vor Tillanin auf dem dreckigen Betonfußboden landet.

Tillanin wälzt sich brüllend am Boden und will sein Auge finden, bevor es in der überfüllten Zelle zertrampelt wird. Als würde ein Team von Notärzten nur darauf warten, ihm das Auge wieder einzusetzen.

Valeshin ist schon längst in einer anderen Ecke der Zelle, als die Wachen kommen, um den Täter festzustellen, und die anderen Häftlinge sagen kein Wort, wissen eh nur vom Hörensagen, dass es der Neue war, Valeshin.

Zwei allerdings haben die Sache genau verfolgt. Ein untersetzter, stämmiger Moskauer Straßenräuber namens Lev und ein langer, dürrer Erpresser aus Odessa, der Dani heißt. Und beide staunen sehr über die Tollkühnheit oder Dummheit dieses Neulings, sich mit Tillinan anzulegen, dem unangefochtenen Boss der Zelle.

Über Lev wird gemunkelt, dass er gut mit der Kettensäge umgehen kann und es beim »Hühnerschlachten« für die *Organisazija* zur Meisterschaft gebracht hat: Wer aus der Welt verschwinden muss, wird von ihm in kleine Teile zersägt. Das ist sein Hobby, und er übt es mit Begeisterung aus.

Von Dani geht die Geschichte um, dass sein Bruder in Odessa der Polizei ein paar Namen verraten hatte und der *Pachan*, der Boss der städtischen Unterwelt, nach einem Killer suchte, der den Bruder erledigen sollte. Worauf Dani sagte: Keine Sorge, das erledige ich selbst.

Und den eigenen Bruder erschoss.

Dani ist ein so skrupelloser Hund, dass er sogar im Gefängnis weitermordet.

Wenn die Wachen morgens zum Wecken kommen, finden sie manches Mal einen toten Häftling – mit gebrochenem Hals oder aufgeschnittenem Bauch. Und Dani steht schon mit seinem Napf bereit, um die Morgensuppe abzufassen.

Dani ist eiskalt.

Als Lev und Dani sehen, wie der neue Häftling den alten Tillanin fertiggemacht hat, denken sie sich ihren Teil.

Inzwischen hat Tillinan mit seinem Gebrüll einen Wärter angelockt, der fragt nun, wer der Übeltäter war. Und erwartet so wenig eine Antwort, wie er erwartet, dass sich die Zellendecke öffnet und Prinzessin Anastasia auf einem Zirkustrapez herabgeschwebt kommt. Was nur logisch ist. Selbst Tillinan hält schön das Maul.

Also wendet sich der Wachmann an Dani, packt ihn beim Kragen und zerrt ihn auf den Gang, weil er davon ausgeht, dass Dani hinter jeder Schweinerei steckt, die in der Zelle passiert, und er zückt gerade den Gummiknüppel, als der Neue – ein kleiner Dieb aus Leningrad namens Valeshin – hinter ihm herbrüllt: »Ich war's!«

»Was?«, fragt der Wachmann.

»Ich war's!«

Das ist ungefähr das Dümmste, was dem Wachmann bisher zu Ohren gekommen ist, und das bei einer Gefängnispopulation, deren Intelligenzquotient ohnehin weit unter dem Durchschnitt liegt. Dass dieser Idiot offenbar auf seine Ganovenehre pochen will, macht den Wachmann so wütend, dass er ihn am Ledergürtel an die Zellentür hängt und so lange mit einem Stück Schlauch bearbeitet, bis er bewusstlos ist. Zur Sicherheit verpasst ihm der Wachmann noch ein paar Fausthiebe, dann bindet er ihn los und befördert ihn mit einem Tritt in die Zelle zurück, weil a) die Krankenstation sowieso nicht besetzt ist und b) Tillinans Freunde ohnehin dafür sorgen werden, dass er die nächste Nacht nicht überlebt.

Und damit hat er recht. Valeshin liegt bewusstlos auf dem Betonboden, und drei von Tillinans Muschiks warten nur darauf, ihm im Schutz der Dunkelheit den Garaus zu machen – möglichst noch bevor er wieder zu sich kommt und den Fingertrick auch an ihnen ausprobiert.

Doch das wird kaum passieren. Selbst wenn Valeshin bei Bewusstsein wäre, könnte er wegen seiner zerschlagenen Rippen den Arm nicht heben, und selbst wenn er's könnte, wäre sein Arm schlaff wie eine Nudel. Es sieht also ganz so aus, als hätte sein letztes Stündlein geschlagen. Wenn er nicht an den Prügeln stirbt – was durchaus naheliegt –, bringen ihn Tillinans Muschiks um. Wenn die es nicht schaffen, dann schafft es das Leben im Knast, weil er viel zu schwach ist, seinen Fressnapf zu verteidigen oder seine Decke – die inzwischen schon geklaut ist – oder sein nacktes Leben.

Man wird ihn erfrieren lassen, verhungern lassen, man wird ihn zu Tode vergewaltigen, doch das nur, wenn er die Nacht überlebt.

Als er zu sich kommt, ist er in zwei Decken gehüllt, seine geschundenen Rippen sind fest bandagiert, und ein paar Minuten später flößt ihm Dani, sanft wie ein Engel, ein paar Schluck Tee ein. Wo Dani das Verbandzeug, den Tee und das heiße Wasser herhat, wird Valeshin nie erfahren. Aber er weiß genau, dass er den beiden sein Leben verdankt, denn in den drei Wochen danach tun sie alles, um für sein leibliches Wohl zu sorgen.

Und ihn rund um die Uhr zu bewachen.

Valeshin merkt nichts davon, aber Tillinans Muschiks machen drei Versuche, ihn zu ermorden. Den ersten, als ihn Dani und Lev in ihre Zellenecke schleifen und in Danis Decke wickeln.

»Wenn ihr ihn haben wollt«, sagt einer von Tillinans Muschiks, »müsst ihr auch für ihn bluten.«

»Kein Problem«, sagt Lev, zerschmettert ihm mit einem Kopfstoß die Nase und rammt ihm, als er sich vor Schmerzen krümmt, auch noch das Knie ins Gesicht. So endet die erste Attacke.

Die zweite folgt in der Nacht, als Dani und Lev scheinbar schlafen. Aber nur scheinbar. Denn Dani fügt dem ersten Angreifer mit dem Messer eine tiefe Bauchwunde zu, die sich entzündet und nach qualvollen sechs Wochen zum Tode führt, weil ihm keiner die Antibiotika bezahlen will, die es auf der Krankenstation zu kaufen gibt.

Der dritte Angriff kommt Wochen später, kurz vorm Morgengrauen, und diesmal sind es vier von Tillinans Muschiks. Lev und Dani halten sich den Rücken frei, indem sie Valeshin in die hinterste Ecke schieben und sich vor ihm aufbauen.

Der Erste, ein Messerstecher, ist nicht schnell genug. Dani verpasst ihm einen Abwehrschlag, und der erhobene Arm knackt weg wie ein trockener Ast im Winter. Lev nimmt sich den Zweiten vor, der sich auf ihn stürzen will, packt ihn mit seiner gewaltigen Pranke, lässt ihn gegen die Wand krachen und schiebt mehrmals kräftig nach, während er bereits, einen angespitzten Löffel in der Linken, die Attacke pariert. Dani lässt sich fallen und stößt dem vierten Angreifer das Messer in den Bauch, aber Lev wird nun vom Dritten bedrängt, der ebenfalls eine provisorische Stichwaffe aus dem Schuh zieht und ihm in die Rippen bohren will, als Valeshin ihn bei der Hand packt und festhält, als ginge es um sein Leben.

Oder Levs Leben, das ist schon einerlei. Valeshin ist unter Levs Beinen durchgekrochen und hat sich in die Hand des Angreifers verbissen, und er lässt nicht locker, obwohl seine Rippen höllisch wehtun und er innerlich fast verblutet.

Endlich lässt Lev den zweiten Angreifer los, hebt beide Hände wie eine Keule über den Kopf und verpasst dem Dritten einen vernichtenden Nackenhieb. Valeshin spürt, wie die Hand erschlafft, in die er sich verbissen hat.

Am Morgen wird der Mann von den Wachen rausgetragen – mit gebrochenem Genick.

Seine Decke gehört jetzt Valeshin, und als Tillanin aus der Krankenstation in die Zelle zurückverlegt wird, haben sich die Zeiten geändert. Er merkt das in der Nacht, als er plötzlich aus seinen Träumen gerissen wird, von einem stechenden Schmerz in der Brust, den er für eine Herzattacke hält, und das ist nicht ganz falsch, denn tatsächlich steckt ihm ein angespitzter Löffel zwischen den Rippen.

Von seinen eigenen Leuten appliziert – denn Tillanin hat seine Herrschaft eingebüßt.

Jetzt müsste eigentlich Dasjatnik Valeshin sein Erbe antreten, aber er kommt nicht dazu, weil die Wachen, als sie den sterbenden Tillanin vorfinden, kurzweg vermuten, dass Valeshin ihn nun endgültig erledigt hat, und ihn in eine Arrestzelle werfen. Der alte Tillanin hatte den Wachen schließlich Geld und allerlei

Sachen zugesteckt, deshalb müssen sie wenigstens so tun, als würden sie den Fall untersuchen – es könnte ja sein, dass einer von Tillanins Muschiks der nächste Boss wird.

Also verbringt Valeshin die nächsten zwei Wochen, obwohl er noch immer hundeelend ist, hungernd und frierend in einer Isolierzelle, hockt in seiner eigenen Scheiße, aber er sagt kein Wort.

Lieber hungert und friert er sich zu Tode, als auch nur ein Sterbenswörtchen zu sagen.

Was ihn aufrechterhält, ist ein ganz bestimmter Traum.

Amerika.

Kalifornien insbesondere.

Als KGB-Mann hat man Privilegien, Valeshin durfte amerikanische Filme sehen, ausländische Zeitschriften lesen, er kennt Kalifornien von Fotos: Palmen und weite Strände, Segelboote, Surfer und schöne Mädchen, die fast nackt in der Sonne liegen, als würden sie nur darauf warten, an Ort und Stelle gevögelt zu werden. Er hat die Sportwagen gesehen, die Autobahnen, die Villen, und das sind die Bilder, die ihn am Leben erhalten.

Zwei Wochen später beschließen die Kerkermeister, dass dem Schein Genüge getan ist. Blind wie ein Maulwurf, nackt und zitternd, hinkt Valeshin in die Massenzelle zurück.

Was schon mal eine Erleichterung ist, wäre da nicht der Wachmann, ein besonders widerlicher Typ aus Gorki, der ihm ankündigt, dass er ihn so oder so zu Tode prügeln wird – langsam, in täglichen Rationen.

»Dagegen hilft nur eins«, erklärt ihm Dani. »Du musst dem Kerl zeigen, dass du mehr wegsteckst, als er austeilen kann.«

Dani erzählt ihm Geschichten aus der Zarenzeit, als es die Organisazija auch schon gab, nur hieß sie da *worowski mir* – die Welt der Diebe. Damals, erzählt er ihm, waren die Sträflinge noch knallhart. Da sie nichts gegen die Brutalität der Kerkermeister ausrichten konnten, hatten sie nur die Wahl, sie durch ihre Leidensfähigkeit in die Knie zu zwingen.

»Sie haben sich selbst noch größere Schmerzen zugefügt, als es die Wachen konnten«, sagt Dani.

Für Valeshin hat das eine gewisse Logik. In einem Land mit dieser Leidenstradition siegt der, der das Leiden am längsten aushält.

Dani erzählt ihm Geschichten von Sträflingen, die sich das Gesicht mit dem Messer zerschnitten haben, sich die Augenlider und die Lippen zugenäht haben, um die Aufseher zu schocken. Dann die Geschichte von dem Sträfling, der seinen Hodensack an die Werkbank nagelte.

Der Aufseher war beeindruckt.

Dani erzählt Valeshin diese Geschichten, und dann warten sie ab, was passiert.

Und Valeshin wartet darauf, dass die Zellentür aufgeht und der nächste Wachmann hereinkommt. Er borgt sich einen Nagel und den provisorischen Hammer, den es in der Zelle gibt, setzt sich auf die Bank neben der Tür, und als der Wachmann kommt, um ihn zu prügeln, starrt Valeshin ihn an, atmet tief durch und nagelt seine Hand zwischen Daumen und Zeigefinger an die Bank.

Sitzt schwitzend, mit zusammengebissenen Zähnen da und starrt den Wachmann an.

An diesem Abend wird er von Lev und Dani in die *wory w zakonje* aufgenommen.

Die Brüderschaft der Diebe.

53

Nicht dass es die einzige in der Sowjetunion wäre.

Es gibt um die fünftausend davon, und dreihundert von ihnen haben mindestens so viel kriminelles Kaliber wie die Brüderschaft, zu der Lev und Dani gehören, doch alle unterstehen demselben Verbrecherkodex – dem *worowskoi sakon.*

Worowskoi sakon – das Gesetz der Diebe – enthält alle Verhaltensregeln, die man von einem Verbrecherkodex erwartet, auch die russische Variante der *omertà*, des Schweigegebots der Mafia, und wie bei der Mafia gibt es Bosse, die sich treffen, um Streitigkeiten zu schlichten oder Übertretungen zu bestrafen.

Etwas Besonderes hingegen ist das Gelübde, das man sonst nur katholischen Priestern abverlangt. Denn das Gesetz der Diebe verbietet den russischen Ganoven die Heirat. Sie dürfen sich Geliebte halten, Freunde haben, es mit Tieren treiben, wenn ihnen danach ist, aber sie dürfen nicht heiraten.

Ein weiteres, fast jesuitenhaftes Gelübde schreibt ihnen die Reinheit ihres Tun vor, die bedingungslose Ausrichtung aufs Verbrechen.

Diese Statuten lernt Valeshin von Lev und Dani, während sie seine Wunden heilen und ihm zwei neue verpassen. Die eine ist eine Gefängnistätowierung. Mit einer Nadel, mit Tinte und eingeschmuggeltem Wodka brennt ihm Lev ein Doppelkreuz mit zwei Davidssternen in die linke Kniekehle – zum Andenken an die zwei jüdischen Verbrecher, die neben Christus gekreuzigt wurden.

Dann ritzen sie ihm das Handgelenk auf und auch ein paar alte Narben an ihrem eigenen Handgelenk und pressen sie aneinander, während Valeshin sein Gelübde spricht: »Ich werde die Statuten des *worowskoi sakon* stets befolgen. Ich werde meinen Brüdern stets zu Hilfe eilen. Ich werde meine Brüder nie betrügen, ich werde mich der Autorität meiner älteren Brüder beugen, ich werde bei allen Streitigkeiten auf den Ratschluss meiner Brüder hören, ich werde die Bestrafung von Verrätern übernehmen, wenn meine Brüder mich darum bitten. Ich werde niemals mit der Staatsmacht kooperieren ...«

Ziemlich rührselig das Ganze, denkt Valeshin, aber was soll's.

»Ich werde meine Familie verlassen«, spricht ihm Dani vor, »ich kenne keine Familie außer Doppelkreuz ...«

Das geht ihm nun doch zu weit.

Dani wiederholt: »Ich werde meine Familie verlassen. Ich kenne keine Familie außer Doppelkreuz ...«

Verzeih mir, Mutter, sagt sich Valeshin, und spricht Dani nach: »Ich werde meine Familie verlassen. Ich kenne keine Familie außer Doppelkreuz ...«

»Wenn ich dieses Gelübde breche, will ich in der Hölle schmoren.«

Fortan wagt niemand mehr, ihm zu nahe zu treten. Nachdem er Tillanin vom Thron gestoßen hat, ist er der unangefochtene Boss, mit Dani und Lev als Leibwächtern. Jeder mögliche Angreifer weiß a), dass er wahrscheinlich den Kürzeren zieht, b), dass er es, wenn es ihm dennoch gelingen sollte, alle drei zu erledigen, mit den übrigen dreihundert Mitgliedern von Doppelkreuz zu tun kriegt, die ihn entweder gleich im Gefängnis umlegen oder sofort nach seiner Entlassung.

Keiner, der auch nur halbwegs bei Sinnen ist, wird dieses Risiko eingehen.

Und Valeshin genießt seine neue Macht.

Lebt auf großem Fuße, zumindest für russische Knastverhältnisse.

Bekommt Nachschlag zur Gefängnissuppe, eine zusätzliche Decke, immer mal eine Zigarette, einen Schluck Wodka, der in einem versteckten Winkel der Gefängnisküche aus Kartoffelschalen gebrannt wird. Man bietet ihm sogar bevorzugten Zugriff auf einen der Strichjungen, der mit ein bisschen Make-up beinahe als Frau durchgehen könnte.

Doch darauf verzichtet Valeshin dankend. Er tröstet sich mit den kleinen Privilegien, die er als Zellenboss genießt, und träumt lieber von den *California Girls*.

Er sieht Sträflinge, die vor Erschöpfung zusammenbrechen oder von den Wachen zusammengeschlagen werden und einfach liegenbleiben, und er schwört sich, dass ihm das nie passieren wird. Auch Lev und Dani nicht, denn sie sind Brüder, und sie schützen sich gegenseitig. Und wenn das den Wachen nicht gefällt, lassen sie sich eher alle umbringen, als einen von sich zu opfern.

Aber Valeshin denkt nicht ans Sterben.

Er denkt ans Leben und muntert auch Lev und Dani auf. Er weiß genau, dass es nicht reicht, körperlich zu überleben – auch Herz und Seele müssen überleben, und der Kopf muss wach bleiben. Also erzählt er ihnen Geschichten von Amerika. Geschichten von sonnigen Stränden, schnellen Autos, schönen Häusern und noch viel schöneren Mädchen.

Das alles werde ich euch verschaffen, flüstert er ihnen zu.

Versprochen ist versprochen, Brüder.

Ihr folgt mir ins Paradies.

54

Mutter macht ihm eine höllische Szene.

Sofort nach seiner Entlassung hat Valeshin ein Visum beantragt, und Karpozow hat dafür gesorgt, dass der Antrag durchlief wie geschmiert. Diesmal gibt es keinen Spaziergang im Gorki-Park. Diese Zeiten sind vorbei – es wäre fatal, wenn man ihn mit einem KGB-Oberst ertappen würde. Doppelkreuz würde ihn schlachten wie ein Huhn. Er empfängt seine Instruktionen über einen toten Briefkasten, und die Instruktionen sind sehr klar: Geh nach Amerika, mach Geld wie Heu und schick es an uns.

Als Mutter sieht, dass er seine Siebensachen packt, fängt sie an zu schreien. Sie heult und jammert, sie krallt sich an ihm fest, und sie schluchzt: »Nimm mich mit! Du hast es versprochen!«

»Es geht nicht. Noch nicht.«

»Warum nicht?«

Das darf er nicht sagen. Er hat ein Gelübde abgelegt. Doppelkreuz würde ihn erschießen wegen dieser Übertretung oder ihn als Verräter entlarven – und erst recht erschießen. Und vorbei wäre es mit ihm und dem Traum von Amerika.

Also wiederholt er: »Es geht nicht. Noch nicht.«

»Du liebst mich nicht.«

»Doch, ich liebe dich.«

Sie klammert sich an ihn. »Wie kannst du mich nur verlassen?«

»Ich lasse dich holen.«

»Du lügst!«

»Ich verspreche es.«

»Undankbarer! Du lügst!«

Sie wirft sich schluchzend auf die Couch. Weigert sich, aufzublicken, als er sich verabschieden will. Das Letzte, was er von ihr sieht, ist ihr schlanker weißer Nacken auf dem schwarzen Sofakissen.

Dann tauchen die Palmen unter ihm auf.

Er sieht sie aus dem Flugzeug, beim Landeanflug auf Los Angeles, und er denkt: *Das ist es!*

Kalifornien.

Kaum hat er den Terminal verlassen und den glühendheißen Beton betreten, sucht er eine Telefonzelle. Er hat die Nummer von »Brigadier« Tiv Lerner, dem Doppelkreuz-Mann für die USA, Bereich Westküste, und fünfundzwanzig Minuten später setzt ihn das Taxi vor Lerners Haus in Fairfax ab.

Lerner bittet ihn in das schäbige Wohnzimmer seines schäbigen Hauses und erklärt ihm, während er mehrfach Wodka nachschenkt, dass die *Organisazija* hier genauso funktioniert wie in der Heimat: Der Pachan herrscht über vier separate »Brigaden«, die von den Brigadieren angeführt werden. Die Brigaden sind in »Zellen« unterteilt, die sich verschiedenen Aufgaben widmen: Kreditwucher, Erpressung, Betrug oder gewöhnlicher Diebstahl. Zu jeder Zelle gehören mehrere Gangster, die die eigentliche Arbeit machen. Neben den Brigaden unterhält der Pachan eine Elitetruppe von Beratern, die seine Arbeit unterstützen, und eine »Sicherheitszelle«, zu der die härtesten Ganoven gehören, zu seinem Schutz.

»Du fängst ganz unten an«, eröffnet ihm Lerner, »und arbeitest dich hoch. Vom Tellerwäscher zum Millionär.«

»Klar«, sagt Valeshin.

»Ich bin dein Brigadier. Du gehörst zu Tratchevs Zelle.«

»Und was macht die?«

»Diebstahl«, sagt Lerner. »Du gehst klauen. Die Hälfte von deinem Gewinn geht an Tratchev. Zehn Prozent gehen an den *obotschek*.«

In dieser Hinsicht gleichen die Russen den Mormonen. Sie zahlen den Zehnten. Zehn Prozent aller Einnahmen gehen an den *obotschek*, die Kasse, die jeder Pachan unterhält – für Schmier- und Lösegelder. Technisch betrachtet ist es nicht sein Geld, sondern das der Brigaden – es dient ihrer Sicherheit und ihrem Wohlergehen. Es wird gebraucht, um zu schmieren, was sich schmieren lässt – Polizisten, Anwälte, Richter, Politiker –, und niemand darf das Geld antasten, denn von ihm hängt das Wohl und Wehe der ganzen Organisation ab. Ohne *obotschek* wäre die Brigade ein steuerloses Boot auf hoher See.

Valeshin hat also nichts dagegen, die zehn Prozent abzudrücken, aber fünfzig Prozent an Tratchev? Na, das wird er bald ändern. Er weiß, dass der Löwenanteil an Lerner weitergeleitet wird, der wiederum an den Pachan abliefern muss, bei dem der ganze Reichtum zusammenfließt. Denn Reichtum fließt nicht nach unten, sondern immer nach oben. Auch wenn Ronald Reagan das Gegenteil behauptet.

»Wer ist unser Pachan?«, fragt Valeshin.

Lerner lächelt. »Das brauchst du nicht zu wissen.«

Valeshin nickt und denkt sich: Ich weiß es längst, du arrogantes Arschloch. Oberst Karpozow, auch so ein arrogantes Arschloch, hat mir den ganzen Laden schon in Moskau erklärt. Der Pachan heißt Natan Shakalin und war einer der ersten hier.

Valeshin hat sogar seine Akte gesehen – mit Foto, Strafregister und allem Drum und Dran.

»Vielleicht lernst du ihn kennen, wenn du Brigadier bist«, sagt Lerner und lacht.

Das bin ich schneller, als du glaubst, denkt Valeshin.

Und ich will den Jackpot knacken.

Am nächsten Nachmittag fängt er als Chauffeur in Lerners Fuhrpark an und macht Fahrten zum Flughafen. »Moment mal, ich hab doch geschworen, keine ehrliche Arbeit anzunehmen«, wendet er kurz ein.

Doch Lerner lacht. »Werd erwachsen, mein Kleiner.«

Die Masche geht so, dass Valeshin die Geschäftsleute, die er zum Flughafen fährt, ins Gespräch verwickelt und ausfragt. Ob sie Single sind, allein leben oder Familie haben. Dann bietet er gleich die Rückfahrt an: (»Wann kommen Sie zurück, Mister? Ich kann Sie abholen. Wenn Sie aus dem Flieger steigen, bin ich da – garantiert!«). Garantiert kennt er inzwischen auch ihre Adresse, weiß, ob ihr Haus leersteht, und er gibt die Info an Lerners Leute weiter, die, wie man sich denken kann, das Haus ausräumen.

Und für Valeshin fällt etwas von der Beute ab.

Das macht er ein paar Monate mit, aber er weiß, dass die paar Einbrüche die amerikanische Wirtschaft nicht destabilisieren und ihn nicht reich machen. Deshalb holt er sich Lerners Erlaubnis, nachts auf Diebestour zu gehen. Am Tage macht er seine Fuhren, und nachts knackt er Mercedes- und BMW-Limousinen. Nach ein paar Jahren kauft er sich bei Lerner ein und macht seine eigene Werkstatt auf. Schlachtet die geklauten Autos aus und verschifft die Teile nach Russland, wo der KGB für die reibungslose Vermarktung sorgt.

Jetzt fängt er langsam an, richtig Geld zu verdienen, aber sein wahres Genie zeigt sich in der Entdeckung, dass man dasselbe Auto zweimal verwerten kann: zerlegt in Einzelteile *und* als Versicherungsschaden. Er muss die Sache nur mit einem säumigen Ratenzahler absprechen: Der Mann besucht ein Stadion, einen Vergnügungspark, ein Konzert, parkt das Auto auf dem Parkplatz, und wenn er zurückkommt, ist es weg. Binnen Stunden ist es zerlegt, binnen Tagen ist es verschifft. Der Mann ist sein Problem los, und Valeshin kassiert neben dem Ersatzteilgewinn eine satte Provision aus der Versicherungsleistung.

Valeshin liefert bei Tratchev ab, Tratchev bei Lerner, Lerner bei Shakalin.

Weil Valeshin so gut liefert, belohnt ihn Lerner mit einer eigenen Mannschaft, und Tratchev ist sauer. Aber Valeshin hat noch mehr zu bieten.

Denn vom fingierten Autodiebstahl zum fingierten Autounfall ist es nur ein kleiner Schritt.

Und die Versicherungsindustrie ist eine riesige Milchkuh mit vielen, vielen Zitzen, die man endlos melken kann.

Valeshin wird zum Meister der fingierten Unfälle.

Er lernt, wie man kleine Verletzungen in große Gewinne verwandelt, lernt, wie leicht es ist, Ärzte, Chiropraktiker, Anwälte, Richter zu schmieren, lernt, die Versicherungen nach allen Regeln der Kunst auszunehmen: Schadensersatz, Schmerzensgeld, Krankengeld (»Ich hoffe, Sie sind versichert, Mann!«) und Arztrechnungen: Untersuchungen, Behandlungen beim Physiotherapeuten, beim Chiropraktiker. Die Ärzte kassieren die Versicherungen ab und zahlen Valeshin einen Anteil.

Dann macht er den nächsten logischen Schritt.

Warum unnötige Untersuchungen und Therapien machen?, überlegt er sich. Es reicht doch, wenn der Arzt die Rechnungen schreibt, an die Versicherung schickt – und Valeshin einen noch größeren Anteil zahlt.

Valeshin liefert an Lerner, Lerner an Shakalin. Valeshin liefert aber auch an Karpozow, so dass auch der KGB Gefallen an seinen Aktivitäten findet und ihn (in Abwesenheit) zum Major befördert – mit einem Gehalt, das ihn vorerst zufriedenstellt.

Doch er hat schon neue Pläne. Zwar macht er mit zwei eigenen Unternehmungen – Autodiebstahl und Versicherungsbetrug – eine Menge Geld, aber egal wie viel er an Karpozow schickt, es ist ihm nie genug. Mit der Sowjetwirtschaft geht es steil bergab, Karpozow schickt ihm eine Anweisung nach der anderen, und alle lauten: *mehr, mehr, mehr*. Als müsste Valeshin jetzt schon die Büroklammern des KGB finanzieren. Die Folge ist, dass er *und* Karpozow keine Lust mehr haben, mit Lerner und Shakalin zu teilen.

Karpozow setzt Valeshin so sehr unter Druck, dass Valeshin mit einem neuen Plan aufwartet.

Von dem Lerner nichts erfährt.

Und Valeshin riskiert gewaltigen Ärger, weil er gegen die Statuten von Doppelkreuz verstößt und zu den Armeniern geht. Die Armenier bilden die größte Gang in Kalifornien. Sie sitzen überall in Hollywood und Glendale, kassieren die armenischen Händler und Kredithaie ab, zwingen armenische Kaufleute, ihre Ware verschwinden und die Versicherungen zahlen zu lassen. Valeshin hat sich umgehört und weiß von armenischen Teppichen, die schon fünf-, sechs-, siebenmal gestohlen wurden. Das lässt ihn hoffen, dass die Armenier auch seine Versicherungstricks goutieren werden.

Er verabredet ein Treffen. Bei diesem sagt er: *Warum reißt ihr euch den Arsch mit Kleinkram auf? Ein Auto hier, ein Teppich dort? Wenn wir zusammenarbeiten, können wir richtig absahnen. Dann knacken wir den Jackpot.*

Das Treffen mit Kazzy Azmekian findet in einem Straßencafé des Sunset Boulevard statt, sie sprechen Russisch, und Valeshin ist allein gekommen. Wenn Azmekian ihn lieber liquidiert, als Geschäfte mit ihm zu machen, kann Valeshin nichts dagegen tun, und beide wissen es. Dieser junge Typ fährt volles Risiko, sagt sich der Armenier und weiß nun auch, dass er es mit einem ausgekochten Profi zu tun hat. Kaz trinkt seinen Kaffee, sieht sich den Kerl an und überlegt, ob er ihn liquidieren soll, ob er ihn kidnappen und an Lerner verkaufen soll, oder ob er ihm zuhören soll.

Azmekian fragt: »Und was hättest du vorzuschlagen?«

Brandstiftung.

Das wäre der Vorschlag.

Ein Lagerhaus kaufen, mit Restposten vollstopfen, anzünden, die Versicherung kassieren.

Azmekian reagiert gelangweilt à la *Kennen wir, hatten wir schon,* und er denkt ernstlich an die Kidnapping-Option, aber er möchte keinen Krach mit der jüdischen Mafia. Das Problem bei dieser Masche ist, dass man nur mit dem Inventar punkten kann. Beim Gebäude wird der Brandschaden ersetzt, mehr nicht, und das ist kein gutes Geschäft.

Azmekian winkt schon dem Kellner, »Bitte zahlen!«, als ihm Valeshin erklärt, was der Trick dabei ist.

»Wir gründen Investment-Gesellschaften«, sagt er. »Unter anderen Namen, damit es nicht auffällt. Meine Gesellschaft kauft billig ein altes Lagerhaus. Du kaufst es mir ab, zu einem höheren Preis. Dann kauft es eine meiner Gesellschaften von dir – und so weiter und so fort, bis der Wert des Gebäudes massiv überhöht ist. Dann stopfst du es mit Restposten voll, es brennt, und wir teilen den Gewinn, der für das Inventar *und* für das Gebäude rausspringt.«

»Noch einen Kaffee«, ruft Azmekian dem Kellner zu. »Und warum kommst du damit zu mir?«, fragt er Valeshin. »Warum machst du das nicht mit deinen eigenen Leuten?«

»Das wäre zu offensichtlich«, sagt Valeshin. »Und leicht nachzuverfolgen.«

Außerdem will ich nicht. Ich will das allein durchziehen, sie vor vollendete Tatsachen stellen. Und wir gehen raus aus L.A. Wir betreten Neuland. Der Brand ist weit weg von der Organisazia. Keine Verbindungen, keine Spuren.

Azmekian ist Feuer und Flamme.

Er und Valeshin gründen Scheinfirmen und bereiten die Sache vor.

Das erste Gebäude, das sie kaufen, ist das Lagerhaus Atlas.

Es geht nicht ganz so glatt, wie es sollte – ein Wachmann muss dran glauben, dann taucht auch noch ein Zeuge auf, die Polizei geht von Brandstiftung aus, und die Versicherung zahlt nicht. Aber die Störungen werden beseitigt, und Kazzy Azmekian macht noch einen unerwarteten Extragewinn, als er die Versicherung wegen »bösen Willens« verklagt. Jetzt, wo sie wissen, wo die Fehlerquellen liegen, werden sie *diese* Fehler nicht wiederholen.

Valeshin kassiert satte 200000 Dollar.

Die er nicht bei Lerner abliefert.

Lerner kriegt Wind von der Sache – dafür hat Valeshin schon gesorgt. Er brüllt: Wo ist mein verdammter Anteil?, und Valeshin kommt ihm mit dem *worowskoi sakon.*

»Wenn du dich beschweren willst, musst du eine Versammlung einberufen. Beschwer dich beim Pachan.«

Lerner könnte ihn auf der Stelle umlegen, doch leider ist dieser Dreckskerl ein Bruder, also muss es erst genehmigt werden. Lerner trifft sich mit den anderen Brigadieren beim Pachan.

Und jammert dem alten Natan Shakalin was vor. *Valeshin hat die Organisation verraten. Valeshin ist zu den Armeniern übergelaufen. Valeshin hat eigenmächtig gehandelt.* Und vor allem: *Valeshin hat eine Menge Geld gemacht, ohne zu liefern.*

Shakalin hört sich das an, wiegt sein verschrumpeltes Haupt und lobt Lerners Verdienste. Er sei ein geehrtes und hochgeschätztes Mitglied der Organisation und so weiter – *aber dieser junge Bursche ist sehr tüchtig. Er weiß, wie man Geld macht. Also lass ihn in Ruhe, gib ihm seine Chance.*

Shakalin ernennt ihn sogar zum Brigadier, und Lerner kocht vor Wut. Es ist ganz offensichtlich, dass Valeshin ihn übergangen hat, dass er direkt an Shakalin geliefert und seine Beförderung erkauft hat. Und so darf es nicht laufen. Es muss laufen wie bei der Armee, immer schön auf dem Dienstweg.

Lerner ist so empört, dass er den alten Shakalin am liebsten liquidieren möchte. Aber neben ihm sitzen seine neuen Bodyguards, frisch aus der Heimat, und es heißt, dass die zwei gut mit der Kettensäge umgehen können.

Also hält sich Lerner zurück, und Valeshin wird hereingerufen. Lerner gratuliert ihm, sie stoßen mit Wodka an, ziehen das ganze Ritual durch – unverbrüchliche Freundschaft, auf gute Zusammenarbeit und so weiter ...

Valeshin bekommt seine eigene Brigade, und die Gewinne fließen.

Aber Valeshin ist das nicht genug.

Er will mehr.

Er wohnt in Fairfax, zusammen mit tausenden russischen Einwanderern, in einem Leningrad mit Palmen, könnte man sagen. Er spricht Russisch, arbeitet mit Russen, isst mit Russen, schläft mit Russen.

Macht Geld und liefert es bei Russen ab – Shakalin und Karpozow –, die sind zufrieden, aber Valeshin will auch ein Stück vom Paradies.

Er liest Bücher, kennt sich aus in Geschichte.

Die Iren, die Italiener, die Juden.

Die Großväter waren Gangster, die Enkel sind Anwälte.

Oder Banker, Politiker, Richter.

Und Unternehmer.

Sie haben drei Generationen gebraucht, um das hinzukriegen, und Valeshin fragt sich, warum.

Warum so lange warten?

Wenn ich binnen vier Jahren vom KGB-Mann zum Sträfling, Chauffeur, Autoknacker, Ersatzteilhändler, Versicherungsbetrüger, Brigadier werden kann, warum nicht auch zum Unternehmer?

Schließlich lebt er im Land der unbegrenzten Möglichkeiten, einem Land, in dem sich jeder täglich neu erfinden kann. Er muss nur alle Spuren hinter sich beseitigen, und schon löst sich seine Vergangenheit auf wie ein Wölkchen am blauen kalifornischen Himmel.

Valeshin hat schon einen Plan.

Kalifornien liegt ihm zu Füßen, empfängt ihn mit offenen Armen, macht die Beine breit für ihn. Er will die Freiheit kosten, den Luxus genießen, er will weg von seinen muffigen Landsleuten, die sich so sehr gleichen in ihrer Stumpfheit, ihrer Beschränktheit, ihrer Sturheit, dass er es nicht mehr aushält.

Er will kein Valeshin mehr sein, er will *Nicky* werden.

Was überhaupt kein Problem ist. Die Chancen drängen sich geradezu auf, und er wäre ein Idiot, wenn er nicht zugreifen würde.

Die reifen, schweren, süßen Früchte fallen ihm förmlich in den Schoß.

Immobilien.

Jeder Trottel weiß, dass der kalifornische Immobilienmarkt in den achtziger Jahren eine Goldgrube ist. Man steckt Geld in Immobilien und sieht zu, wie sie – manchmal über Nacht – an Wert gewinnen. Man streut seine Anlagen, investiert auch langfristig in Mietshäuser und Wohnkomplexe, was umso praktischer ist, wenn man seine Leute einsetzen kann, um Sonderkonditionen zu erzwingen: billigere Baukosten, kürzere Bauzeiten. Aber es kommt selten vor, dass sie jemandem Beine machen müssen – alle haben es eilig. Alle wollen schnell bauen, schnell verkaufen, das Geld schnell investieren.

Seine Immobiliengewinne geben ihm die Freiheit, sich von der *Welt der Diebe* zu lösen. Er verlässt das Russenviertel in L.A. und zieht nach Süden an die Goldküste, um sich neu zu erfinden.

Als Nicky Vale.

Der Name Dasjatnik Valeshin ist einfach zu sperrig, wenn er die vielen Verträge unterschreibt. Zu umständlich für seine Kunden, wenn sie einen Investor brauchen.

Rufen Sie mich an, sagt Valeshin.

Ach ja, nennen Sie mich einfach Nicky.

Der Umzug ist sein nächster Bruch mit dem Gesetz der Diebe. Aber Nicky sagt, er zieht nicht weg, er expandiert nur. Verlegt seine Geschäfte an die lukrative Goldküste. Dorthin, wo das Geld ist. Wo die Leute an einer Verlosung teilnehmen müssen, damit sie die Chance bekommen, eine Wohnung in den neuen Wohnanlagen zu kaufen.

Man kann gar nicht schnell genug bauen, sagt sich Nicky.

Kauft Land wie besessen, setzt Häuser drauf.

Nimmt irrsinnige Kredite auf, aber wen juckt's?

Der Markt wächst schneller als die Schulden.

Und Nicky macht den Reibach.

Neues Haus, neuer Lebensstil: ein neuer Mensch.

Nicky Vale, Immobilienunternehmer.

Auch das verstößt gegen das Gesetz der Diebe, das alle legalen Geschäfte verbietet, und manche seiner Leute fangen an zu murren. Macht Geld, seid glücklich und haltet die Klappe, sagt er ihnen. Lerner wittert Morgenluft, er bespricht die Sache mit Shakalin, und beide kommen überein, dass der liebe Valeshin ein bisschen zu amerikanisch geworden ist, vor allem, dass er auf den *worowskoi sakon* scheißt.

Sie haben die Leine zu locker gelassen.

Doppelkreuz läuft Gefahr, auseinanderbrechen. Genauso wie die Sowjetunion.

Es ist an der Zeit, ein Exempel zu statuieren.

55

Nicky ist an einen Stuhl gefesselt.

Der gesamte Vorstand sitzt im Halbkreis vor ihm. Die Brigadiere, verschiedene Kapos, der alte Natan Shakalin und seine Leibwächter. Der eine spielt mit seiner neuen Automatic mit Schalldämpfer, der andere macht sich an einer Kettensäge zu schaffen.

Nickys Eier krampfen sich zusammen bei dem Anblick.

Lerner erhebt sich und liest seine Litanei herunter – Nickys Verstöße gegen die Statuen. Fazit: Nicky betreibt legale Geschäfte und unterschlägt seine Einnahmen. Er hat seine Brüder hintergangen, den *worowskoi sakon* gebrochen.

Wenn es weiter nichts ist! Diesen Vorwurf kann er entkräften. Von wegen legal! Das ganze Immobiliengeschäft ist kriminell, erklärt er. Minderwertige Baustoffe, bestochene Inspektoren, hinterzogene Steuern, hin und wieder eine Brandstiftung. Und was seine unterschlagenen Prozente betrifft, da gelobt er Besserung. Es ist nur ein Buchungsproblem, beteuert er. Sobald die Bücher in Ordnung gebracht sind, kommt das Geld.

»Vielleicht kannst du deshalb nicht zahlen«, sagt Lerner, »weil du alles an deine Bosse beim KGB ablieferst.«

»Wie bitte?«

»Du bist doch Major des KGB, oder?«

Verdammt. Jetzt wird es eng.

Nicky hört schon die Kettensäge aufheulen.

Das ist kein Spaß, das Hühnerschlachten. Erst kommen die Hände dran, dann die Arme, dann die Füße, dann die Beine, dann die Geschlechtsteile – und obwohl man dann wahrscheinlich schon tot ist, sägen sie einem auch noch den Kopf ab, damit alles seine Ordnung hat.

»Herzlichen Glückwunsch. *Massel tov*«, sagt Lerner. »Unsere Brüder beim KGB haben uns von der Beförderung unterrichtet.«

Lerner fordert die Todesstrafe.

Zu vollstrecken mit der Kettensäge.

Shakalin erhebt sich von seinem Stuhl und baut sich vor Nicky auf. »Du hast auf das Doppelkreuz geschworen, das Doppelkreuz hat dich geschützt und ernährt. Du warst ein entlassener Sträfling, als du zu uns kamst, ein Nichts, und wir haben einen reichen Mann aus dir gemacht. Ist das dein Dank? Dass du uns betrügst, uns den Rücken kehrst, auf unsere Traditionen und Gesetze spuckst? Das Doppelkreuz ist dir wohl nicht fein genug, seit du dich Nicky Vale nennst? Und jetzt höre ich, dass du ein Verräter bist, ein Spitzel.«

Er spuckt Nicky ins Gesicht.

Ohne sich umzudrehen, bittet er den Vorstand um das Urteil.

Schuldig.

Das kam überraschend, denkt Nicky und stellt fest, dass ihm der Schweiß in Strömen den Rücken runterläuft.

Shakalin fragt nach dem Strafmaß.

Tod. Tod. Tod. Tod. Tod. Tod. Tod – der ganze Vorstand ist sich einig.

Tod durch die Kettensäge.

»Ich bestätige das Urteil und das Strafmaß«, sagt Shakalin. »Fahr zur Hölle, Dasjatnik Valeshin!«

Dann ruft er den Leibwächtern zu: »Vollstreckt das Urteil!«

Lev lässt die 95-Dollar-Säge aus dem Angebot der Woche aufheulen, setzt sie an, und Shakalins Kopf poltert zu Boden. Während Dani drei schallgedämpfte Schüsse in Tiv Lerners Gesicht pflanzt. Er hält die anderen mit der Automatic in Schach und bindet Nicky los. Lev hält einem Brigadier die Säge an den Nacken, und Nicky sagt: »Wer dafür ist, dass ich der neue Pachan bin, der hebe die Hand.«

Eine einstimmige Wahl.

Wir sind hier in Amerika, erklärt ihnen Valeshin gnädig, als sie sich einigermaßen gefangen haben. In *Kalifornien*. Hier ticken die Uhren anders als in Russland und in Brighton Beach. Guckt mal raus, seht die Sonne, genießt die Wärme. Und dann schaut euch Natan Shakalins Kopf hier auf dem Fußboden an. Und begreift endlich, dass Immobilien der große Renner sind. Klar verstößt das gegen die Statuten, aber der Sinn der Statuten ist es doch, Geld zu machen, oder?«

»Klar.«

»Und dieser KGB-Vorwurf ist Blödsinn. Wen interessiert das überhaupt? Scheiß auf den KGB. Falls ihr es noch nicht gemerkt habt: Die Union der Sozialistischen Sowjetrepubliken existiert nicht mehr. Der Kalte Krieg ist vorbei. Der KGB ist nicht mehr der Feind, weil er aufgelöst wurde.«

Was zu stimmen scheint. Nicky hat es ausgetestet. Hat die Geldsendungen an Karpozow eingestellt, schickt keine Nachrichten mehr. Ist einfach abgetaucht. Und was ist passiert?

Nichts.

Der gefürchtete KGB hat seine Schrecken verloren.

Das ist die neue Weltordnung.

»Ich bin euer Neuanfang«, verkündet Nicky, während Lev den erschossenen Lerner mit kreischender Kettensäge in handliche Stücke zerlegt. Nicky hält eine Rede. Steigert sich richtig rein. Denkt, er ist Al Pacino im *Paten*. »Ich bleibe sieben Jahre Pachan, und danach kann jeder Brigadier seine eigene Organisation gründen. Ich werde die Zeit nutzen, um mein Unternehmen ganz auf legale Füße zu stellen. Euch würde ich dasselbe raten, aber es ist eure Entscheidung.

Die Statuten, die sich bewährt haben, behalten wir bei. Die veralteten Statuten sind abgeschafft. Ich werde eine Familie gründen, werde eine Frau haben und Kinder, die das, was ich geschaffen habe, erben werden. Was ist eine Dynastie ohne Erben? Wozu ein Imperium gründen, wenn es mit uns ins Grab sinkt? Das wäre doch Schwachsinn. Wer anderer Meinung ist, ergreife das Wort.«

Außer der Säge ist kein Laut zu hören.

»Dann sind wir ja einig«, sagt Nicky. »An der Organisation werden einige Änderungen vorgenommen. Da Lerner seine Aufgaben nicht mehr erfüllen kann, wirst du, Tratchev, an seiner Stelle zum Brigadier befördert. Du befasst dich ausschließlich mit dem Arrangieren von Autounfällen. Rubinsky, deine Brigade macht Autodiebstahl. Schaller macht Brandsachen und Schutzgeld. Und, Brüder, knüpft Kontakte zu anderen Gruppen, den Mexikanern, Vietnamesen, Amerikanern, lasst *sie* die Dreckarbeit machen, haltet euch bedeckt. Ich will in der Zeitung nichts von einer »Russenmafia« lesen, ich will eure Fressen nicht im Fernsehen bewundern.

Meine Schutztruppe werde ich behalten. Ich habe sie eine Weile an den verstorbenen Natan Shakalin ausgeliehen, aus naheliegenden Gründen. Jetzt arbeiten sie wieder für mich. Mit ihnen redet ihr, nicht mit mir. Ihr zahlt zehn Prozent an den *obotschek* und zwanzig Prozent – und nicht fünfzig – an mich. Der *obotschek* wird von mir verwaltet. Und nun geht los, macht Geld und investiert es in die Wirtschaft. Eure Söhne werden einmal Senatoren.«

Dieser letzte Satz gefällt ihm besonders. Beim Einüben seiner Rede kam ihm dieser hübsche Einfall. Wieder und wieder ist er die Rede durchgegangen, um seine Nerven zu beruhigen, als er noch nicht wusste, ob sein Plan aufgehen würde. Ob es ein Fehler war, Lev und Dani nach Amerika zu holen. Ob sie den Treueschwur halten würden, den sie sich im Gefängnis gegeben hatten.

Ihr folgt mir ins Paradies.

Auch das andere Versprechen löst er ein.

Er lässt seine Mutter kommen.

Das ist jetzt, nach dem Zusammenbruch der Sowjetunion, leichter zu organisieren als ein Tisch im Restaurant von Wolfgang Puck.

Das Wiedersehen fällt frostig aus.

Sie ist gekränkt, sie ist wütend, sie ist verbittert nach sechs Jahren Trennung. Auf der Fahrt vom Flughafen nach Dana Point spricht sie kaum ein Wort. Erst als sie nach Monarch Bay kommen, und der Wachmann am Tor überschlägt sich fast vor Eifer, verschwindet die Zornesfalte aus ihrem Gesicht. Und als sie die Villa sieht, taut sie merklich auf.

»Dasjatnik, es stehen ja kaum Möbel in dem Haus!«

»Die Einrichtung wollte ich dir überlassen, Mutter. Ich verlasse mich auf deinen Geschmack. Und überhaupt: Das Haus gehört dir.«

»Wirklich?«

»Bis auf ein Zimmer, das ich für mich haben möchte. Wenn du einverstanden bist.«

Sie küsst ihn auf beide Wangen und – ganz flüchtig – auf den Mund.

»Natürlich bin ich einverstanden.«

Nicky löst sich von der Gesellschaft der Diebe, trifft sich nicht mehr mit seinen Brigadieren, überlässt alles seinen beiden Beschützern, die das Geld für ihn eintreiben. Er verwaltet den *obotschek*, kümmert sich um seine Immobiliengeschäfte.

Und um seine Antiquitäten. Die erste Auktion besucht er mit seinen neuen Freunden, nur so, um sich an einem trüben Januarsonntag die Zeit zu vertreiben. Und verliebt sich auf der Stelle. Nicht in eine der heißen Frauen, die er dort sieht, sondern in einen Frisiertisch aus der Zeit Georges II. Der Frisiertisch ruft ihm zu: *Ich gehöre dir.*

Mehr noch: *Ich bin ein Stück von dir.*

Und ehe er es weiß, hat er schon fünfzehn Tausender für dieses Möbelstück aus Walnussholz hingeblättert.

Es gibt Liebe, die vergeht, und Liebe, die bleibt. Liebe, die das Herz erfreut und dann vergeht, Liebe, die die Seele erfüllt und für immer bleibt.

Alte Möbel sind das Einzige, was Nickys Seele erfüllt.

Am Anfang ist es eine Frage des Status.

Er kauft sie, weil er sich das leisten kann. Weil es die Befreiung aus dem Sumpf seiner Herkunft symbolisiert. Weil ihm das Sammeln von Kunst und Antiquitäten – und nicht von Autos oder Pferden zum Beispiel – die Türen zur besseren Gesellschaft öffnet. Als Kunstsammler stellt er etwas dar, ist er kein Immobilienspekulant mehr, sondern ein Mann mit Kultur, mit Stil, ja, mit *Klasse.*

Natürlich ist er viel zu schlau, um sich etwas vorzumachen.

Aber es dauert nicht lange, und das Sammeln wird für ihn mehr als nur ein Statussymbol.

Es wird zur Leidenschaft.

Aber warum?, fragt er sich manchmal. Sind es die Gegenstände, die mich reizen? Wohl eher nicht. Ist es die Reinheit der Idee, die sich in einem Kunstwerk verkörpert, das aufrichtige Streben nach Schönheit? Der krasse Gegensatz zur korrupten Welt, in der ich lebe?

Oder Schönheit als solche? Zieht mich die Schönheit so magisch an, dass ich sie für mich haben muss? Was ja verständlich ist bei einem, der in Dreck und Armut aufgewachsen ist.

Meine ersten dreißig Jahre waren, seien wir ehrlich, ein Hundeleben. Die Wohnung in Leningrad eine Katastrophe, Afghanistan der Horror, das Gefängnis die Hölle. Und Russland? Dreckiger Schnee, Schlamm, Ungeziefer, Blut und Scheiße.

Manchmal träumt er nachts vom Krieg, und wenn er aus dem schrecklichen Alptraum hochschreckt, tut es ihm wohl, das Licht anzumachen und einen schönen Gegenstand zu betrachten. Die Formen zu bewundern, die Verarbeitung zu bestaunen, bis die Bilder von den aufgedunsenen Leichen und den verstümmelten Kameraden verblassen – oder der immer wiederkehrende Traum vom Mudschaheddin, der vom Flammenwerfer getroffen wurde und brennend weiterrennt, sich dreht wie ein tanzender Derwisch, eingehüllt in tanzende Flammen.

In solchen Nächten helfen ihm seine Kunstwerke sehr.

Dann wieder träumt er vom Gefängnis, dem schmutzverkrusteten, eiskalten Beton, dem Gestank des Abortkübels, dem Gestank der Angst. Von schreienden Irren, brutalen Sodomiten, vom quälenden Tod durch primitive Stichwaffen, Würgschlingen, Tritte und Hiebe. Vom Geräusch, das Schädel machen, wenn sie gegen die Wand, auf den Fußboden krachen, von prügelnden Wachen, zerschlagenen Fressen. Davon, keinen Fleck für sich zu haben, keine Sekunde allein zu sein. Und keine Spur von Schönheit, nirgends.

Die reinste Hölle.

Nun im eigenen Haus zu wohnen, in der heiteren, luftigen, sauberen Atmosphäre der eigenen vier Wände, und sich mit schönen Dingen zu beschäftigen, wann immer und so lange er will, das ist wahrer Balsam für seine Seele.

Es ist eine Schönheit, die nicht anstrengt, denkt Nicky. Einmal gekauft, ist sie einfach nur da, um mich zu erfreuen.

Und ihm zu beweisen, dass er es geschafft hat. Dass er sich über den Dreck und die Ärmlichkeit seiner Herkunft erhoben hat. Der antike Schrank sagt ihm, dass er angekommen ist. Dass er weit mehr ist als nur ein neureicher kalifornischer Immobilienspekulant, nämlich ein Gentleman.

Er kauft Bücher, besucht Antiquitätenhändler, nimmt an Auktionen teil, und es dauert nicht lange, da gehört er zu den bedeutendsten Sammlern englischer Möbel. Er kauft, verkauft, tauscht – und schart einen neuen Freundeskreis um sich.

Legt sich eine neue Identität zu.

Nicky Vale – Immobilienhändler und Antiquitätensammler.

Der Aufstieg innerhalb einer Generation.

Mit dem Geld stellen sich neue Freunde ein, und von den Freunden übernimmt er den südkalifornischen Lebensstil. Entdeckt die Boutiquen von South Coast Plaza und wird Stammkunde bei Armani, Brooks Brothers, Giuducce und dergleichen, Stammgast auf den besseren Partys in Newport Beach, Corona Del Mar und Laguna. Kauft sich eine Yacht und veranstaltet seine eigenen Partys auf dem blauen Ozean.

Aus Dasjatnik Valeshin ist Nicky Vale geworden, und alle haben ihn gern.

Warum auch nicht? Er ist charmant, reich, witzig und hat einen unfehlbaren Geschmack. Er sieht gut aus, ein bisschen exotisch, und es dauert kein Jahr, da steht er auf der Einladungsliste für die besten Partys Südkaliforniens.

Auf einer dieser Partys trifft er Pamela.

56

Brandursache, Gelegenheit und Motiv.

Auch Dreierbeweis genannt.

Aber egal wie man das nennt, man braucht diese drei Dinge, um einem Versicherten vor Gericht Brandstiftung nachzuweisen. Und wenn man einen Schadenersatz ablehnt, weil es sich um Brandstiftung handelt, sollte man in der Lage sein, vor Gericht den Dreierbeweis zu führen.

Bei Mord genauso, denkt Jack. Um die Auszahlung der Lebensversicherung zu verhindern, muss ich *beweisen*, dass es

Mord war, dass Nicky ein Motiv hatte und die Gelegenheit, den Mord zu begehen.

Bei der Brandursache kommt es natürlich auf den Nachweis an, dass es sich um eine vorsätzliche Tat handelt. Dafür braucht man Spuren von Brandbeschleunigern, Reste von Zündvorrichtungen wie etwa einen Zeitschalter. Auch Hinweise auf eine schnelle, heftige Brandentwicklung: ein großes V-Muster, Alligatormuster, verkohlte Fußböden, Gießmuster.

Am wichtigsten aber ist der Nachweis von Brandbeschleunigern, und den hat er in der Tasche. Dr. Bambi wird vor Gericht bezeugen, dass er deutliche Spuren von Petroleum in den Dielen und Balken nachgewiesen hat. Er wird den Geschworenen die Tabellen und graphischen Darstellungen zeigen, und die Geschworenen werden ihm glauben.

Daher hakt Jack die Brandursache ab und wendet sich der Gelegenheit zu. Hatte der Versicherte die Gelegenheit, den Brand zu legen oder legen zu lassen? Doch es ist etwas komplizierter. Der korrekte Ausdruck lautet »*ausschließliche* Gelegenheit«. War der Versicherte oder sein Beauftragter der Einzige, der in der Zeit, als der Brand gelegt wurde, Zugang zum Haus hatte?

Die Frage der Gelegenheit hat ihre Tücken. Deshalb achtet man bei den Ermittlungen darauf, ob Türen und Fenster verschlossen waren, deshalb fragt man die Nachbarn, was oder wen sie gesehen haben. Deshalb zeichnet man die Aussagen der Versicherten auf: Um sie festnageln zu können, wenn es um die Klärung der Tatzeit geht.

Denn die Klärung ist nicht einfach.

Weil Brandstifter – wenn sie nicht ganz und gar bescheuert sind –, versuchen, selbsttätige Zündvorrichtungen zu verwenden. Zum einen, weil sie sich bei der Brandstiftung nicht selbst anzünden wollen. Viele Amateure wissen nicht, dass sich die Dämpfe entzünden, nicht die Flüssigkeit. Also verschütten sie Benzin, treten einen Schritt zurück, zünden das Streichholz an und rennen als menschliche Fackel in die Nacht hinaus.

Zum anderen helfen Zündvorrichtungen, sich ein Alibi zu verschaffen. Als das Feuer ausbrach, war der Versicherte an einem anderen Ort, also hatte er nicht die ausschließliche Gelegenheit, die Zündvorrichtung zu installieren.

Es gibt primitive und raffinierte Zündvorrichtungen. So primitiv wie aneinandergeknotete Laken, die eine gigantische Zündschnur bilden und langsam abbrennen, während der Täter das Weite sucht. Oder der Wecker, der mit einem elektrischen Kontakt versehen ist.

Jacks Paradebeispiel für eine raffinierte Zündvorrichtung entstammt einem Fall, bei dem sich das verdächtigte Ehepaar an dem Wochenende, als sein Haus abbrannte, eindeutig in Las Vegas vergnügte. Sie hatten Quittungen und Augenzeugen für einen Zeitraum von über fünfzig Stunden, und in dem abgebrannten Haus wurde keine Zündvorrichtung gefunden.

Aber es handelte sich dennoch um eindeutige Brandstiftung, weil jemand große Mühe darauf verwendet hatte, das Haus »brandreif« zu machen. In die Wände waren Löcher geschlagen, um die Luftzufuhr zu sichern, Fenster waren geöffnet (aus ebendiesem Grund), und der Fußboden wurde positiv auf Brandbeschleuniger getestet.

Die Alarmanlage war intakt, es gab keinen Hinweis darauf, dass jemand ins Haus eingedrungen war.

Wie also wurde der Brand ausgelöst?

Jack mühte, nein, quälte sich über Wochen, um die Antwort darauf zu finden. Wieder und wieder untersuchte er die Trümmer. Schließlich fand er die entscheidende Brandstelle auf dem Fußboden – unter den verschmorten Resten eines Videorekorders.

Der Trick: Die Timing-Vorrichtung warf die Kassette zum gewünschten Zeitpunkt aus, und die Kassette stieß ein Öllämpchen um, das den Brandbeschleuniger entzündete.

Das Ehepaar kam natürlich damit durch, aber Jack war stolz und glücklich, des Rätsels Lösung gefunden zu haben.

All das soll im Wesentlichen besagen, dass die Frage der Gelegenheit immer mit der Tatzeit zu tun hat und die wiederum mit irgendeiner Zündvorrichtung.

Das trifft auch zu, wenn sich der Versicherte eines Brandstifters bedient, wie es bei Bränden im gewerblichen Bereich häufiger vorkommt. Um ein Lagerhaus anzuzünden, sollte man schon ein Profi sein. Es gibt zwar Fälle, dass Hausbesitzer einen Brandstifter anheuerten und in den Urlaub fuhren, um sich ein Alibi zu verschaffen, aber Jack glaubt nicht, dass Nicky jemanden angeheuert hat.

Wenn man seine eigene Frau im eigenen Bett verbrennt, handelt man aus *persönlichen* Motiven.

Also fragt sich Jack: Besaß Nicky die Möglichkeit, ins Haus zu gelangen, seine Frau umzubringen und das Feuer zu legen? Nicht, wenn die Aussage der Mutter stimmt, doch Jack hält die Aussage der Mutter für falsch.

Und weiter fragt sich Jack: Hatte Nicky, wenn er die Möglichkeit besaß, ins Haus einzudringen, auch die *ausschließliche* Möglichkeit dazu? Die Türen waren abgeschlossen, die Fensterscheiben geplatzt, Spuren eines gewaltsamen Eindringens gibt es nicht. Wer außer dem Eigentümer hatte Zutritt zum Haus?

Aber die Beweislage ist schwach, und Jack hat schlechte Karten, wenn es ihm nicht gelingt, Nicky in Widersprüche zu verwickeln, der Lüge zu überführen.

Was ihn zur Frage des Motivs bringt.

57

Es gibt drei Hauptmotive für Brandstiftung: Irrsinn, Rache, Geld.

Das stärkste Motiv ist das Geld.

Aber fangen wir mit dem Irrsinn an. Die Rede ist von den Pyromanen, jenen merkwürdigen Gestalten, die einen unbezähmbaren Drang verspüren, Feuer zu legen. Traurig daran ist der ursächliche Zusammenhang zwischen Pyromanie und sexuellem Missbrauch in der Kindheit. Ein vernichtendes Feuer – das scheint die Erklärung zu sein – hat offenbar etwas sexuell Erregendes und zugleich Reinigendes an sich. Das Feuer erzeugt Hitze und beseitigt sie zugleich.

Derartige Brände spielen beim Versicherungsbetrug keine große Rolle, weil die Feuerteufel bei anderen Leuten zündeln und dabei früher oder später ertappt werden. Also zahlt die Versicherung, was zu zahlen ist, und schließt die Akte.

Dann die Rache. Ein bisschen häufiger, aber auch ungewöhnlich, weil Leute, die so hasserfüllt sind, dass sie sich unbedingt rächen müssen, das Objekt ihres Hasses heutzutage eher erschießen, als ihm das Haus anzuzünden. Doch es gibt durchgeknallte Rassisten, die Molotow-Cocktails auf Synagogen werfen, oder gefeuerte Putzfrauen, die den Fußboden zum Abschied mit Grillanzünder und Streichholz reinigen. Und es gibt Scheidungsmänner, die ihr Haus lieber abfackeln, als es an die Ex zu verlieren.

All diese Motive verblassen hingegen vor dem Motiv Nummer eins, und das heißt:

Geld.

Moos. Schotter. Kohle. Zaster.

Ein Motiv, so mächtig, dass in Amerika jedes Jahr um die acht Milliarden Dollar verbrennen.

Das sind, wie Jack weiß, mehr als sechsundachtzigtausend Brandstiftungen pro Jahr. Tag für Tag zehn Brandstiftungen stündlich, rund um die Uhr. Und meistens geht es dabei um Geld.

Oder richtiger: um den Mangel an Geld.

Das Feuer macht alles neu.

Ein Waldbrand beseitigt die alte Vegetation und schafft Platz für die neue. Ähnlich in der Wirtschaft: Die alten Investitionen verbrennen, die neuen rücken nach. Das ist der ewige Kreislauf, und es ist eine Tatsache, dass Brandstiftung direkt mit dem

Kreislauf der Wirtschaft korrespondiert. In Zeiten des Aufschwungs lassen die Brandstiftungen nach, in der Rezession steigen sie an. Wenn die Wirtschaft brummt, kaufen die Leute gern auf Kredit, weil sie glauben, dass sie genug Geld verdienen, um die Schulden zurückzuzahlen. Dann schlägt die Krise zu, das Geld wird knapp, aber die Schulden bleiben.

So ist es auch bei den Häusern. Die meisten Leute übernehmen sich beim Hauskauf. Sie kaufen das Haus in den fetten Jahren und glauben, so wird es immer bleiben. Dann kommen die mageren Jahre, aber die Hypotheken bleiben fett. Die Hypotheken wollen einfach nicht abmagern.

Die meisten Leute ziehen aus, verzichten auf den Restwert und versuchen einen Neuanfang.

Andere sagen *Den Teufel werde ich tun!* und denken sich was aus.

Lassen ihre Versicherung die Schulden zahlen.

In Orange County war das gang und gäbe, denkt Jack. Die Reagan-Jahre waren die fetten Jahre. Die ganze Wirtschaft spekulierte auf wachsende Einkommen. Dann platzte die Blase, und was in den Reagan-Jahren auf Pump gekauft worden war, brannte in den Bush-Jahren ab. Und weil die Haushaltspolitiker mit drinhingen, ging der ganze Bezirk bankrott. Der Immobilienmarkt brach zusammen, mit ihm die Bauwirtschaft, und das einzige, was boomte, war die Brandstiftung.

Weg mit dem alten Kram, damit es Platz gibt für das Neue.

Der ewige Kreislauf der Natur.

Manchmal hilft die Natur sogar nach.

Auch wenn es verrückt klingt, denkt Jack, aber die wirtschaftliche Erholung Südkaliforniens wurde tatsächlich durch Naturkatastrophen begünstigt. Erst Waldbrände, dann Erdbeben.

Man schreibt das Jahr 1993, und die Wirtschaft lahmt. Grundstücksmarkt und Bauwirtschaft kränkeln, und damit kommt auch alles andere zum Stillstand. Dann schlagen die Brände zu. Laguna, Malibu, Thousand Oaks. Unkontrollierbare Flächenbrände, verursacht durch ausgetrocknete Böden und heiße Wüstenwinde, die Tausende Hektar Wald und Hunderte Häuser vernichten. Die Versicherungen zahlen den Abgebrannten Hunderte Millionen Dollar Schadenersatz.

Und setzen die wirtschaftliche Erholung in Gang. Denn die Brände beleben die Bauwirtschaft, die Versicherungen zahlen für den Wiederaufbau der abgebrannten Häuser. Bauunternehmer bekommen Aufträge, stellen Arbeitskräfte ein, kaufen Baustoffe, die Baustoffmärkte stellen Arbeitskräfte ein, die Arbeitskräfte nehmen ihren Lohn und gehen shoppen ...

Es geht wieder aufwärts.

Dann das Erdbeben.

Wieder ein kräftiger Fußtritt der Natur, der die Versicherungen zwingt, Milliarden lockerzumachen. Milliarden frische Dollars, die in die südkalifornische Wirtschaft gepumpt werden, so dass sie wieder richtig in Fahrt kommt.

Manchmal also befeuert die Natur den Aufschwung.

Häufiger aber tun das die Menschen.

Sanieren sich mit Hilfe eines Streichholzes.

Und Jack fragt sich, ob auch Nicky Vale zu diesen Menschen gehört.

Strenggenommen muss man nicht unbedingt das Motiv klären, wenn man eine Brandstiftung nachweisen will. Das Beispiel, das Jack in der Feuerwehrschule gelernt hat, lautet so: Angenommen, jemand zündet ein Haus an, mittags um zwölf, mitten auf der Hauptstraße, vor hundert Zeugen, von denen fünf das Geschehen auf Videokamera festhalten. In so einem Fall braucht man kein Motiv zu benennen, denn der Mann hat durch Augenschein bewiesen, dass er der Brandstifter ist.

Jack findet das Beispiel sehr nützlich, weil nach seinem Dafürhalten so etwas noch nie passiert ist und nie passieren *wird*.

Was diesem Idealfall am nächsten kommt, ist die Geschichte von dem Mann, der von der Arbeit nach Hause kommt und von weitem sieht, dass sein Haus brennt. Feuerwehren rasen an ihm vorbei, Sirenen heulen, große Aufregung. Als der Mann durchs Tor kommt, sieht er seine Frau auf dem Rasen sitzen, eine Flasche Jack Daniels in der einen Hand, einen Benzinkanister in der anderen. Sie blickt zu ihm hoch und sagt: »Ich habe das verdammte Haus immer gehasst!«

Im Regulierungsgeschäft gilt so was als Volltreffer, und Jack bewundert die Ehrlichkeit des Mannes bis heute, denn der hat Jack diese Geschichte selbst erzählt.

»Ich glaube, jetzt habe ich mir meine Entschädigung versaut«, sagt der Mann danach zu Jack. Sie stehen neben der verkohlten Ruine des Hauses, das einmal 375 000 Dollar wert war.

»Ich glaube auch«, sagt Jack.

Jack würde ihn am liebsten auszahlen, weil er so viel Mitleid mit dem armen Kerl hat, der wenigstens ehrlich war. Aber das Gesetz schreibt vor, dass der Eigentümer leer ausgeht, wenn ein ständiger Bewohner des Hauses vorsätzlich Feuer legt.

Doch Jack hat einen Vorschlag.

»Sie können es mit der Behauptung versuchen, dass Ihre Frau geistesgestört ist und daher nicht vorsätzlich handeln konnte«, rät ihm Jack.

»Und Sie glauben, das funktioniert?«

»Hey, wir sind in Kalifornien!«

Zu seiner Ehre sei gesagt, dass der Mann, statt es damit zu versuchen, die Scheidung einreichte.

Doch diese seltenen Fälle ändern nichts daran, dass man normalerweise ein Motiv nachweisen muss.

Und was den Mord betrifft – der geht mit der Brandstiftung Hand in Hand. Ist die Brandstiftung erwiesen und hat die Gerichtsmedizin ermittelt, dass Pam tot war, *bevor* es brannte, hat sich die These vom Unfalltod automatisch erledigt.

Beweisen Sie es!

Darauf kannst du deinen Arsch verwetten, Nicky.

58

Motiv Nummer eins: Geld.

Wie steht es um Nickys Reichtümer?

Kein Problem, ein Anruf genügt.

Jack braucht nur den Namen und die Sozialversicherungsnummer durchzugeben, schon hat er die Auskunft, ob und wie jemand seine Schulden bedient – rund um die Uhr.

Jack tippt die Nummer ein, landet in der Warteschleife und hält den Hörer auf Abstand, um sich die Fahrstuhlmusik zu ersparen. Drei nervige Minuten später weiß er Bescheid.

Nickys Kreditkarten sind bis zum Anschlag überzogen. Alle miteinander. Sobald er eine zückt, läuft er Gefahr, sie loszuwerden. Und seine Bonität ist tief im Keller.

»Nenn mich Nicky« hat 18 000 Dollar Schulden, die überzogenen Kreditkarten nicht gerechnet.

Aber das ist nicht alles.

Nicky hat einen weiteren Gläubiger.

Onkel Sam.

Das abgebrannte Haus ist mit 57 000 Dollar verpfändet.

Jack setzt sich an den Computer, ruft das Portal von AmeriData auf, tippt Nickys Daten ein und bekommt binnen Sekunden die komplette Vermögensübersicht geliefert.

Da ist das Haus am Bluffside Drive – verpfändet an Pacific Coast Mortgage and Finance Bank.

Genauso wie das Haus von Mütterchen Russland.

Außerdem besitzt er fünf Autos. Drei bar bezahlt, zwei mit den Raten im Rückstand.

Flugzeuge: keins.

Yacht: keine.

Aber er hatte eine, erinnert sich Jack. Was ist mit der Yacht passiert?

Er macht sich eine Notiz.

Als Nächstes fragt er Nickys Konten ab.

Nicky ist pleite.

Die paar tausend reichen gerade für das Nötigste.

Zurück an den Computer. Wieder gibt er Nickys Daten ein und holt sich eine Liste der Firmen, in denen Nicky etwas zu sagen hat.

Und bekommt, was er erwartet hat.

Nicky ist Präsident und Geschäftsführer von Vale Investments.

Das muss seine Immobilienfirma sein, denkt Jack.

Dann ValeArt – für die Antiquitäten.

Und das war's.

Jack wechselt vom kalifornischen Gewerbeverzeichnis zum Gewerbeverzeichnis von Orange County.

Tippt ein: Vale Nicky, Geschäftstätigkeit als ...

Und bekommt drei Beteiligungen und zwei verdeckte Beteiligungen: South Coast Management, Cote D'Or Management und Sunset Investment; TransPac Holding und TransNet Holding.

Jack notiert die Namen und fragt bei den Rating-Agenturen Moodys und Dun & Bradstreet den Finanzstatus ab.

Nickys Firmen sind allesamt am Absaufen.

Als Unternehmer steht Nicky vor dem dritten Konkurs, ein Rettungsboot ist nicht in Sicht. Er hat Mietshäuser, die halb leer stehen, jede Menge Bauruinen und noch mehr Gläubiger, die ihm auf die Pelle rücken.

Soviel zum Thema Motiv.

Jack will gerade zur Pacific Coast Mortgage and Finance Bank aufbrechen, als Carol anruft und ihn in Billys Büro beordert.

59

»Gottverdammich, Jack!«, brüllt Billy.

»Was ist denn?«

Als ob er das nicht wüsste.

Sie stehen in Billys Kaktusgarten vor dem Büro. Billy saugt an der Zigarette wie an einem Sauerstoffschlauch.

»Die Akte Vale, was denn sonst!«, sagt Billy. Wirft die Kippe weg und zündet sich eine neue an. Er muss die Hand schützend davorhalten, weil der Wind so stark ist. Was seine Laune zusätzlich verschlechtert. »Hast du gestern abend mit Vale geplaudert?«

Das ging aber schnell, denkt Jack.

»Ich wollte sehen, wie er reagiert.«

»Und?«

»Er ist ein guter Kunde.«

»Dann sag ich dir mal, wie er reagiert hat«, sagt Billy. »Vale hat seinen Vertreter angerufen –«

»Roger Hazlitt?«

»Ja. Und sich ausgetobt wegen dir. Hazlitt ist extra von seiner Sekretärin runter und hat seinen Abteilungsleiter angerufen, der hat den Vertriebschef angerufen, und der hat *mich* angerufen und sich bei *mir* ausgetobt.«

»Vales Deckungssummen liegen weit über den Richtlinien, Billy. Auch seine Zusatzverträge.«

»Hetz mich nicht gegen den Vertrieb auf, Jack.«

Wie die meisten Versicherungen besteht California Fire and Life aus drei Hauptabteilungen: Vertrieb, Rechte, Schäden. Theoretisch sind die Abteilungen gleichrangig. Jede hat ihren Vizepräsidenten, der dem Präsidenten unterstellt ist. Aber in Wirklichkeit schwingt der Vertrieb den großen Hammer. Alle, die sich in der Chefkantine breitmachen dürfen, kommen aus dem Vertrieb. Jeder Chef, der im Vorstand sitzt, kommt aus dem Vertrieb.

Weil der Vertrieb das Geld einfährt.

Und nicht die Schadensabteilung. Die zahlt nur aus. Auch von der Rechtsabteilung ist nichts zu erwarten. Sie kann höchstens versuchen, die Prämien hochzuschrauben.

Aber der Vertrieb ist die Geldmaschine. Der schickt eine Armee von Vertretern los – Leben, Kfz, Feuer –, die ihre Provisionen kassieren. Zehn Prozent für Feuer und Kfz, fünfzehn Prozent für Leben.

Das ist eine Menge Geld.

Und es vermehrt sich von selbst. Der Vertreter verkauft die Police und muss nichts weiter tun, als sie zu halten, damit er jedes Jahr eine neue Provision für die Verlängerung kassiert. Er will also seine Kunden pflegen, und was die Schadensabteilung am Ende auszahlen muss, ist ihm ziemlich egal. Wenn sein Kunde einen Schaden meldet, will er, dass die Schadensabteilung zahlt, und nicht etwa er als Vertreter, aus seiner Provision.

Dazu ist die Schadensabteilung da.

Die kriegt das Geld natürlich aus dem großen Topf der Firma, und selbst der Vorstand fragt nicht lange, ob die Schadensabteilung zuviel Geld ausgibt, solange der Vertrieb frisches Geld reinholt. Solange sich die Leute bei California Fire and Life versichern, ist alles in Butter.

Hauptsache, das Geld kommt rein.

Aber wer kauft schon eine Police, wenn ihn irgendein Trottel von der Schadensabteilung als Brandstifter und Mörder hinstellt? Dann droht der Kunde damit, seinen Versicherer zu wechseln. Und warnt alle Freunde vor California Fire and Life. Die lassen sofort den Golfschläger fallen, kündigen ihre Policen – und aus.

Dann sitzen die lieben Vertreter wieder zu Hause bei Mama und versuchen, ihr eine Hausratversicherung anzudrehen, damit sie wenigstens einen Hunderter im Jahr verdienen.

Bevor es also so weit kommt, greift man zum Telefon und scheißt die Idioten von der Schadensabteilung gehörig zusammen.

In diesem Fall trifft es Goddamn Billy Hayes.

Der dem Vertriebschef antwortet: »Wir zahlen nicht dafür, dass der Kunde seine Frau umbringt und sein Haus anzündet.«

Jack muss ihn also gar nicht erst gegen den Vertrieb aufbringen.

Oder gegen die Rechtsabteilung.

»Rechtsabteilung?«, fragt Jack.

»Ja, die haben auch angerufen. Sie wollen ›im Auge behalten‹, wie wir den Schaden regulieren.«

»Was zum Teufel haben *die* damit zu tun?«, fragt Jack. »Seit wann müssen wir denen Rede und Antwort stehen?«

»Genau das habe ich auch gefragt«, sagt Billy. »Aber wenn ich jetzt mal rekapitulieren darf, dann haben mich der Vertrieb, die *Rechtsabteilung und die Polizei* wegen der Akte Vale genervt.«

»Tut mir leid.«

»Warst du etwa auch bei der Polizei?«

»Ich habe Bentley geraten, seinen Bericht noch mal aus der Schublade zu holen.«

»Willst du, dass die uns verklagen?«, brüllt Billy. »Wenn du die Regulierung ablehnst, nachdem die Polizei auf Unfall entschieden hat, kriegen wir eine Klage wegen bösem Willen an den Hals. Es ist sogar schon böser Wille, wenn wir weiter ermitteln, *obwohl* die Polizei auf Unfall entschieden hat.«

»Wir haben positive Proben von Disaster Inc.«, sagt Jack. »Und Nicky Vale hat Schulden wie Sand am Meer.«

Dann erzählt er von der Trauerfeier.

Und Lettys Geschichte.

Als er fertig ist, sagt Billy: »Alles nur Indizien.«

»Was willst du noch?«, fragt Jack. »Eine Zeugenaussage von Pamela Vale?«

»Würde nicht schaden.«

Nach einiger Überlegung sagt Billy: »Du hast vielleicht Beweise für Brandstiftung, du hast vielleicht das Motiv, aber was du nicht hast, ist die Gelegenheit zur Ausführung der Tat. Vale war pinkeln, und er hat nach den Kindern gesehen.«

»Die Mutter lügt«, sagt Jack. »Oder er hat jemanden angeheuert.«

»Beweise es.«

»Dafür brauche ich Zeit«, sagt Jack.

»Ich glaube kaum, dass du die hast.«

»Wie meinst du das?«

»Sie wollen, dass ich dir den Fall wegnehme, Jack.«

»Wer ist ›sie‹?«

»Der Vertrieb, die Rechtsabteilung, die Polizei. Alle, die du gegen dich aufgebracht hast. Gibt's da noch mehr?«

»Nein, aber der Tag fängt gerade erst an.«

»Lass es sein, Jack.«

»Billy, heißt das etwa, dass sie den verdammten Schaden bezahlen wollen?«, brüllt Jack.

»Natürlich wollen sie zahlen!«, brüllt Billy zurück. »Was glaubst *du* denn, was die wollen! Sie haben einen Millionär mit einem ganzen Berg fetter Policen, und der Vertriebschef macht dem Vorstand die Hölle heiß. Der Vertrieb weiß, dass er Mist gebaut hat, die Rechtsabteilung weiß, dass sie Mist gebaut hat. Glaubst du, die wollen das vor Gericht zugeben? Glaubst du, die wollen Krach deswegen? Lieber kleben sie ein grünes Pflaster drauf.«

Ein grünes Pflaster. Das ist Billys Ausdruck, wenn ein Problem mit Geld gelöst wird.

»Mit dem grünen Pflaster machst du Pamela Vale nicht lebendig«, sagt Jack.

»Verdammt noch mal, Jack«, sagt Billy. »Das ist nicht dein Job. Das ist Sache der Polizei.«

»Die hat die Ermittlungen abgeschlossen.«

Billy klopft Jack an die Stirn. »Hallooo? Und was sagt dir das?«

»Dass sie einen Fehler machen.«

»Aber du machst alles richtig, stimmt's? Jack Wade hat immer recht. Alle anderen sind Pfuscher. Nur Jack Wade macht alles richtig. Egal, was es andere kostet. Wach endlich auf, Jack! Du kannst nicht immer den einsamen Cowboy spielen, der auf seinem Surfbrett in den Sonnenuntergang reitet.«

»Was soll ich jetzt dazu sagen, Billy?«

Billy hat ja recht.

Jack steht da, der Wind bläst ihm ins Gesicht, bläst ihm die graugrünen Abgaswolken vom Freeway 405 in Augen und Nase.

»Kümmer dich einfach um die Regulierung. Mach deinen Job.«

»Die Schadensforderung ist unberechtigt!«

»Beweise es.«

»Dafür brauche ich Zeit!«

»Du hast aber keine Zeit!«

Da stehen zwei alte Freunde in einer künstlichen Kakteenwüste und brüllen sich an.

»Scheiße«, sagt Billy, als er sich besinnt, und setzt sich. »Tut mir leid.«

»Billy«, sagt Jack. »Kannst du mir dieses eine Mal den Rücken freihalten?«

»Okay«, seufzt er, »eine Weile noch. Aber nur eine Weile. Denn ich kann dir sagen, die machen mir Druck.«

»Danke, Billy.«

»Und rede nie wieder so mit einem Kunden«, sagt Billy. »Reguliere einfach den Schaden.«

Da ist sie wieder, diese Angst vor einem Prozess. Das kalifornische Recht verlangt, dass die Versicherung den Schaden unverzüglich reguliert, auch wenn die Ermittlungen noch andauern. Wenn die Versicherung erst nach Abschluss der Ermittlungen zahlt, für die sie Monate braucht, kann sie sich Ärger einhandeln, weil die Entschädigung über Gebühr hinausgezögert wurde.

»Na gut«, sagt Jack, »dann fange ich mal mit der Schadensbewertung an.«

Womit er eine genaue Aufstellung der Schäden meint und die Schätzung dessen, was es kostet, sie zu ersetzen oder zu reparieren.

Das, was er tun würde, wenn die Schadensforderung rechtens wäre.

»Mach einfach deinen verdammten Job«, sagt Billy.

»Wenn die Beweise reichen«, sagt Jack, »lehne ich die Regulierung ab.«

»Du bist am Ball«, sagt Billy. »Also tu, was du tun musst.«

60

Jack hasst Golf.

Aber wenn man einen Versicherungsvertreter sucht, muss man auf den Golfplatz gehen. Kommt natürlich auf die Tageszeit an. Zwischen sieben Uhr morgens und elf Uhr vormittags spielen sie Golf, um die Mittagszeit sind sie im Country Club, dann wieder auf dem Golfplatz, und am späten Nachmittag sucht man sie besser gar nicht, es sei denn, man will als Zeuge in ihrem Scheidungsprozess auftreten.

Jack fährt zum Golfplatz, um Zeit zu gewinnen.

Er trifft Roger Hazlitt am siebzehnten Loch.

Zusammen mit zwei Ärzten und einem Bauunternehmer.

Man wird eben nicht Millionär, indem man Mama eine Hausratversicherung andreht. Man wird Millionär, indem man Wohnanlagen versichert und immer mal wieder einen reichen Hausbesitzer wie Nicky Vale.

Letzteres führt Jack hierher.

Roger Hazlitt ist kein bisschen begeistert.

Wer ein gigantisches Versicherungspaket verkauft, das sich in einen gigantischen Schaden verwandelt, versaut sich für ein ganzes Jahr die Verlustrate. Es ist zwar nicht Hazlitts Geld, das da flöten geht, aber wer am Jahresende zu den vierzig Vertretern mit der geringsten Verlustrate zählt, darf auf Kosten der Firma einen Familienausflug nach Rom oder Paris oder Hawaii oder sonstwohin machen, und auf diese Ausflüge würde Roger nur ungern verzichten.

Und er ist kein bisschen begeistert, als Jack Wade in seinem billigen blauen Jackett über das Grün geschlendert kommt, denn die zwei Ärzte und der Bauunternehmer ziehen einen riesigen Wohnkomplex in Laguna Niguel hoch, und Hazlitt kalkuliert, dass er nur noch seinen Putt am achtzehnten Loch vermasseln muss, um die Police zu verkaufen und zehn Prozent Provision zu kassieren.

Aber er setzt sein breitestes Grinsen auf, schüttelt Jack die Hand und ruft: »Jungs, darf ich euch Jack Wade vorstellen, den besten Schadensregulierer, den dieses Land zu bieten hat, und das ist nicht gelogen!«

Es ist total gelogen, denkt Jack, aber er lächelt nett und schüttelt Hände, und während er das tut, sagt dieses Arschloch Hazlitt: »Wollen wir nicht hoffen, dass euren Häusern was passiert. Aber wenn doch, braucht ihr Jack nur anzurufen, und er regelt die Sache. Nicht wahr, Jack?«

Jetzt kommt sich Jack wie ein Arschloch vor. »Aber sicher«, sagt er.

»Warum hast du keine Schläger mitgebracht?«, fragt ihn Hazlitt.

Weil ich mir mein Geld mit Arbeit verdienen muss, will Jack erwidern, aber er sagt nur: »Kann ich dich kurz sprechen, Roger?«

»Ich muss nur meinen Abschlag machen, und wenn die Jungs im Unterholz nach ihren Bällen suchen, können wir kurz reden, okay?«

»Klingt vernünftig.«

»Dann bis gleich.«

Hazlitt macht eine gute Figur, und das sollte er auch, denn er spielt sieben Tage in der Woche und nimmt zusätzlich Stunden. Er schießt einen weiten Ball und nimmt Jack zur Seite.

»Ich werde gleich fünfhundert Dollar an diese Burschen los«, sagt er, »aber dann kassiere ich ein paar hunderttausend an Provisionen, also fass dich kurz. Was hast du hier zu suchen? Warum kommst du nicht ins Büro?«

»Da bist du doch nie.«

»Wozu hab ich meine Mädels?«

Mit »Mädels« meint er natürlich die Frauen, die in seinem Büro arbeiten.

»Du bist doch der Vertreter von Nicky Vale.«

»Volltreffer!«

»Du hast ihm ein Riesenpaket Zusatzversicherungen verkauft«, sagt Jack. »Kunst, Antiquitäten, Schmuck.«

»Und?«

»Weit über den Richtwerten, Roger.«

»Die Rechtsabteilung hat es durchgewinkt«, sagt Roger und wird nervös. Fängt förmlich an zu schwitzen.

»Wer in der Rechtsabteilung?«

»Das weiß ich doch nicht. Da musst du die fragen.«

»Komm schon, Roger«, sagt Jack. »Um damit durchzukommen, brauchst du schon eine kleine Gönnerin in der Rechtsabteilung.«

»Fick dich, Jack.«

Jack legt ihm den Arm um die Schulter.

Flüstert ihm ins Ohr: »Roger, ich gönn dir ja die Kröten. Raff nur, was du raffen kannst. Deine Frau, drei Kinder und zwei Geliebte, das kostet. Dazu die Geschäftsausgaben.«

Roger ist der große Zampano von Dana Point. Für den jährlichen Festumzug mietet er immer den Elefanten. Bei der jährlichen Segelregatta weht auf dem Flaggschiff ein großer Wimpel mit der Aufschrift »Versicherungsagentur Hazlitt«. Das sind alles Unkosten, genauso wie die diamantbesetzten Tennisarmbänder und die Schönheitsoperationen.

»Ich weiß ja«, sagt Jack, »dass du anständig was nach Hause bringen musst.«

»Das kannst du annehmen.«

»Prima. Und es ist mir auch scheißegal, wenn du in der Rechtsabteilung mal was rüberschieben musst, um die Deckung zu erhöhen. Auch der Schadensabteilung ist es egal. Aber nicht, wenn ich in der Rechtsabteilung nachgraben muss. Dann könnte nämlich auch die Chefetage aufwachen und Wind davon kriegen.«

»Du bist ein Arschloch.«

»Oder ich könnte zu deinen Jungs rübergehen«, sagt Jack und zeigt mit dem Kinn auf Hazlitts Golfpartner. »Ihnen raten, die Versicherung heute noch abzuschließen, denn wer weiß, ob du morgen deine Lizenz noch hast.«

»Ein absolutes Arschloch.«

»Ich brauch nur einen Namen«, sagt Jack. »Jemand, mit dem ich reden kann. Ich will kein Geld von dir, Roger.«

»Und ob du das willst. Ihr armen Schlucker von der Schadensabteilung seid doch nur neidisch. Was verdienst du denn so? Fünfunddreißig, fünfundvierzig, vielleicht fünfzig Mille im Jahr? Da kann ich ja nur lachen!«

»Gut für dich, Roger.«

Aber es stimmt. Wir armen Schlucker von der Schadensabteilung sind neidisch auf die Großverdiener vom Vertrieb.

»Bill Reynolds«, flüstert Hazlitt.

»Der Schwarze?«

»Brauchen Schwarze kein Geld? Ich hab ihm einen Tausender rübergeschoben.«

»Und was bringt dir das?«

»Die Zusatzversicherung bringt mir gar nichts. Ich verdiene nur an Feuer, Leben, Kfz ...«

»Deshalb bist du so reich, Roger.«

»Die Zusatzversicherungen mussten sein, sonst wäre ich nicht mit Vale ins Geschäft gekommen. Hast du eine Ahnung, zu welchen Summen sich die Provisionen steigern, Jahr für Jahr! Dann die drei Mietshäuser, die Vale besitzt. Die versichere ich auch, und ich kann den Mietern Mieterversicherungen und Kfz-Versicherungen verkaufen. Weißt du, wie viel Geld das ist?«

»Sag's lieber nicht, sonst werde ich neidisch.«

»Es ist mehr, als du denkst.«

Jack sieht Hazlitts Golfpartner auf dem Green stehen und

warten. Jetzt haben sie ihre Bälle gefunden, denkt er. Und fragt Hazlitt: »Machst du irgendwie auf *Buddy* mit ihm?«

»Das könnte dir so passen«, sagt Hazlitt. »Für so was hab ich keine Zeit. Vielleicht mal ein Drink, ab und zu. Ein Essen ... Okay, ein paarmal war ich bei ihm auf dem Boot, mit ein paar Girls, mir was durch die Nase ziehen – guck mich nicht so an, Jack.«

»Ich denke, dein Buddy hat seine Frau ermordet, um die Versicherung zu kassieren. Und sein Haus angezündet. Also scheiß auf sein Boot, sein Kokain und seine Girls. Und noch was, Roger: Ruf nie wieder meinen Boss oder deinen Boss oder sonst einen Boss an, um die Auszahlung durchzudrücken.«

»Und du halte mich da raus, Jack.«

Klar, du kassierst die Kohle, und ich soll dich da raushalten. Wenn es Tote gibt und Trümmer und astronomische Entschädigungen.

»Halt *du* dich lieber raus.«, sagt Jack. »Wenn du mir noch mal in die Regulierung reinpfuschst, gibt's was auf den Rüssel.«

Aber kräftig.

61

Jack betritt die Bank. Pacific Coast Mortgage and Finance.

Sie teilt sich das Gebäude mit einem Geschäft für Bademoden und einem Erotik-Shop auf dem Del Prado von Dana Point. Große Hochglanzfotos mit Ozeanmotiven schmücken die Wände. Hübsche Boys und knackige Girls beim Windsurfen, in der Sonne glänzend, von Gischt umtost. Prächtige Segelboote durchpflügen mannshohe Wellen, ein paar Surfer laufen mit ihren Brettern und ihren Bräuten in einen feurigen Sonnenuntergang hinein.

Motto: Das Leben ist schön.

Das Leben ist kurz.

Pump dir Geld und genieße es, solange du kannst.

Der Typ am Schreibtisch ist jung, locker, mit glatt zurückgegeltem Haar, pinkfarbenem Polohemd und blauem Blazer. Die leibhaftige Verkörperung von *Banking kann cool sein – und nach dem Papierkram geh ich surfen.*

GARY MILLER steht auf seinem Kärtchen.

Jack stellt sich vor und zeigt ihm die Vollmacht, die Nicky unterschrieben hat.

»Halten Sie die Hypothek auf das Haus von Nicky Vale?«

Jack fragt nur pro forma – der Name der Bank steht auf der Versicherungspolice und auf dem Schadensprotokoll –, aber er will sehen, ob Garys Augen aufleuchten.

Tun sie. Gary hat babyblaue Unschuldsaugen, und sie verraten ihm, dass Nicky seit längerem nicht zahlt, dass Gary grässlich um sein Geld bangt, aber soeben von Hoffnung durchflutet wird. Der Hoffnung, dass die Versicherung im letzten Moment hereingeritten kommt und ihm den Arsch rettet.

Danke, liebe Versicherung. Danke, California Fire and Life.

»Ist was passiert?«, fragt er so unbeteiligt wie möglich.

»Das Haus ist abgebrannt«, sagt Jack.

»Ist das wahr?«

»Und Mrs. Vale ist dabei umgekommen.«

»Das ist aber schade.«

Bösartig ist er nicht, dieser Gary Miller, er findet es wirklich schade, das mit Pamela Vale, die ihm ganz nett vorkam und die er total super fand. Andererseits weiß er, dass Nicky total pleite ist und dass California Fire and Life tiefe Taschen hat.

»Ja«, sagt Jack. »Schade.«

»Was ist passiert?«, fragt Gary. Er will nicht gleich mit seiner brennendsten Frage rausplatzen, nämlich der, ob es ein Totalverlust ist.

Bitte, bitte Totalverlust, fleht er innerlich.

Bei Totalverlust kriegt er das ganze Darlehen zurück.

»Den Ermittlungen zufolge hat Mrs. Vale im Bett geraucht.«

Gary schüttelt betroffen den Kopf. »So was macht man nicht.«

»Sehr uncool«, bestätigt Jack. »Könnten Sie mir die Unterlagen zeigen, bitte?«

»Ach ja. Klar.«

Die Hypothek ist tonnenschwer. Eine Schuld dieser Größenordnung schleppt man, sagen wir mal, durch das ganze Death Valley!

Aber Nicky hat sie geschleppt. Und ursprünglich hat er das Haus in bar bezahlt. Wer zum Teufel, denkt Jack, hat zwei Millionen Dollar in bar? Doch es zeigt sich, dass auch Nicky sie nicht hatte. Denn sechs Jahre später beleiht er das Haus mit 1,5 Millionen. Und zahlt monatlich sechstausend zurück.

»Er ist mit, äh, drei Raten im Rückstand«, sagt Gary unaufgefordert.

Er kann nicht anders. In ihm glimmt noch die Hoffnung, dass Jack ein Scheckbuch zückt und sagt: »Bitteschön, hier ist Ihr Geld.«

Wenn das Vale-Darlehen im Eimer ist, dann ist auch Gary im Eimer.

»Drei Raten?«, fragt Jack. »Ist an Zwangsvollstreckung gedacht?«

»Es ist eine Überlegung«, sagt Gary. »Ich meine, man *will* nicht unbedingt.«

»Nein.«

»Aber was würden Sie tun?«

Ich würde versuchen, den Kerl durchzuschleppen, denkt Jack, zumindest bis sich der Immobilienmarkt erholt hat. Andernfalls zehrt der das Darlehen auf, und man hat ein Haus, das sich nicht verkaufen lässt.

»Sechstausend im Monat sind ein bisschen wenig für einen Kredit dieser Höhe, oder?«, fragt Jack.

»Lesen Sie weiter.«

Jack liest weiter.

Schon findet er, was er gesucht hat.

Ein handgreifliches Motiv für Brandstiftung.

Eine Schlussrate von 600 000 Dollar.

Zahlbar in sechs Wochen.

Kein Wunder, dass Nicky so dringend an seine Entschädigung will.

»Haben Sie diesen Vertrag abgeschlossen, Gary?«, fragt Jack.

»Schien eine gute Idee zu sein, damals.«

»Tja. Die Zeiten haben sich geändert.«

Jack stellt sich Nickys Yacht vor, mit dem coolen Gary an Bord, reichlich Koks, ein paar heißen *chuchas* – und ein bisschen Business-Talk mit Nicky. Was sind schon anderthalb Mille unter Freunden?

Jetzt geht die Party los.

»Würden Sie darauf wetten, dass er die Schlussrate zahlt?«, fragt Jack.

Gary lacht. »Klar würde ich darauf wetten.

»Das ist aber kein Pappenstiel.«

»Hey, es gibt schließlich Sicherheiten«, sagt Gary. Und es klingt wie: Leck mich, jetzt musst *du* den Spaß bezahlen.

»Ja, klar«, sagt Jack. »Aber freuen Sie sich nicht zu früh. Nicky schuldet dem Finanzamt siebenundfünfzigtausend Dollar.«

Jetzt wird Gary bleich.

»Pfändbar?«

»Ich fürchte, ja.«

»Dann stellen Sie bitte das Entschädigungsgebot auf uns aus«, sagt Gary.

»Auf Sie *und* Vale«, sagt Jack.

Denn so ist es vorgeschrieben. Wird eine Entschädigung geboten, dann geht das Gebot an den Hauseigentümer *und* an den Kreditgeber. Sollen *die* sich einigen. In diesem Fall müssen sie sich natürlich auch noch mit den Finanzämtern in Sacramento *und* Washington einigen. Dürfte lustig werden.

»Das kann doch nicht wahr sein!«, jammert Gary.

Jack zuckt mit den Schultern. »Das Gesetz ist nun mal so.«

»Und macht Nicky kaputt.«

»Sind Sie mit ihm befreundet?«

»Klar sind wir Freunde«, sagt Gary. »Er macht mich fertig.«

Die Party ist vorbei.

»Hat er noch mehr faule Kredite bei Ihnen?«, fragt Jack.

Gary will antworten, Jack sieht es an seinem Blick.

Dann überlegt er es sich anders.

»Keine, die Sie betreffen«, sagt er.

Er darf es mir nicht sagen, denkt Jack. Nicky hat noch mehr Schulden, aber weil sie nicht von California Fire and Life gedeckt sind, darf er nicht darüber reden.

»Ich habe eine Vollmacht«, sagt Jack.

»Sie haben nur eine Vollmacht für Nicky Vale«, sagt Gary und starrt ihn vielsagend an.

Jack hat kapiert.

Nicky steht auch mit einer Firmenbeteiligung bei ihm in der Kreide.

»Können Sie mir das kopieren?«, fragt Jack und gibt Gary den Hypothekenbrief zurück.

Gary bringt ihm die Kopien und fragt: »Wann dürfen wir mit dem Entschädigungsgebot rechnen?«

»Wenn wir den Scheck ausschreiben.«

»Und das heißt?«

Jetzt sieht man die Gier in seinen Augen.

»Dass die Entschädigung noch offen ist«, sagt Jack. Er lächelt, nimmt seine Kopien und steht auf.

»Sie dürfen noch bangen.«

62

Jack besucht den Bootsmakler von Dana Harbor.

Steigt die Treppen des Holzhauses hoch – er kennt sich hier aus. Bis auf den letzten Nagel, denn sein Vater und er haben das Haus gebaut.

Er betritt also das Maklerbüro, und Jeff Wynand sitzt da, wo er immer sitzt – am Schreibtisch –, und telefoniert, sieht dabei auf die tausend Boote runter, die im Yachthafen liegen, und mit der Hälfte von ihnen hat er im Lauf der Jahre schon mal zu tun gehabt.

Als er Jack sieht, strahlt er und zeigt auf den Stuhl, während er die technischen Daten einer 38-Fuß-Yacht durchgibt. Jeff sieht genau wie ein Bootsmakler aus, ist ähnlich locker gekleidet wie Gary Miller, nur zu ihm passt es. Es ist kein Statement, es sind einfach nur Klamotten, die sich mit den Segelbooten, den Motoryachten vertragen. Jeff trägt die Klamotten schon, seit ihm Jack jeden Morgen die Zeitung gebracht hat.

Als Jeff aufgelegt hat, fragt Jack: »Darf ich dich zum Essen einladen?«

»Chez Marsha?«

»Klingt gut.«

Chez Marsha ist eigentlich nur eine kleine Fressbude unten am Kinderstrand. Als Jack noch klein war, stand die Bude am Ende der Pier, die in den Hafen hineinragt. Jack nahm dort an den Angelwettbewerben teil, die Marsha manchmal für die Kinder veranstaltete. Dann wurde das Dock für die Brigg *Pilgrim* und das Meeresinstitut Orange County verkürzt, so dass Marshas Imbiss nun auf dem Festland steht, dort wo die Pier anfängt.

Seitdem gibt es keine Angelwettbewerbe mehr, aber die Hotdogs mit weichem Brötchen und Zwiebelringen gibt es noch, also setzen sie sich an einen der Picknicktische.

Jack steht wieder auf und stellt sich ans Fenster.

»Hi, Miss Marsha.«

»Jack, was gibt's? Ist das Jeff Wynand da drüben?«

»Ja.«

Marsha hat die Bude seit über dreißig Jahren, daher kennt sie hier jeden, den man kennen muss. Wenn nicht viel los ist, setzt sie sich auch mal zu Jack an den Tisch, und sie tauschen sich über die Idiotien des Fortschritts aus.

Neuerdings wird der Hafen wieder umgestaltet. Das Alte muss weg, Platz machen für das Neue. Ein zweistöckiges Parkhaus aus Beton soll kommen, die alten Läden und Restaurants sollen den Ketten weichen. Damit es hier aussieht wie überall.

»Zwei Hotdogs bitte«, sagt Jack. »Einen mit Senf, Salsa und Zwiebeln, einen mit Senf und Zwiebeln. Zweimal Fritten einfach und zwei Cola Medium, bitte.«

»Ist gebongt.« Sie schiebt die Dogs in den Ofen und fragt: »Wie geht es so?«

»Gut. Und Ihnen?«

»Zu viel Arbeit«, sagt sie. »Ich würde ja aufhören. Aber dann weiß ich nicht, was ich mit mir anfangen soll. Wird das ein Geschäftsessen?«

»Gewissermaßen.«

»Dann will ich nicht weiter stören«, sagt sie. »Macht sieben fünfzig, Jack.«

»Miss Marsha, wussten Sie, dass auf Ihrem Dach eine große Plastikeule sitzt?«

Marsha rollt die Augen. »Hat die Verwaltung draufgesetzt, um die Tauben zu verscheuchen. Aber die Tauben balgen sich um den Platz auf dem Kopf.«

Jack sieht hoch, und tatsächlich, da sitzt eine Taube auf dem Kopf der Eule.

Er geht an den Tisch und schiebt Jeff den Hotdog mit Senf, Salsa und Zwiebeln hin. »So ein billiges Date hatte ich lange nicht.«

»So ein gutes Lunch kriegst du nirgends sonst.«

Jack stimmt ihm gerne zu. Einfach so in der Sonne sitzen, neben dem Imbiss, den es schon eine Weile gibt, geführt von der Frau, die es auch schon eine Weile gibt, aufs Wasser glotzen, auf die Boote, das kriegt er nirgends sonst.

Wenn man lange genug hier hockt, erfährt man alles, was in Dana Point so passiert. Wirtschaft, Politik, Immobilien, aber auch wichtige Sachen: welche Fische beißen, welchen Köder sie nehmen.

»Also, worum geht's?«, fragt Jeff.

»Nicky Vale.«

»Der Kapitän des *Love Boat*.«

»Und? Ist da was dran?«

Jeff lacht. »Sagen wir so: Er hatte immer eine Menge Frischfleisch an Bord.«

»Warst du sein Makler, Jeff?«

»Ich hab's an ihn verkauft, ich hab's für ihn verkauft.«

»Das wusste ich nicht, dass er's verkauft hat.«

»Ich kann nachsehen«, sagt Jeff. »Aber ich würde sagen, das ist ein halbes Jahr her.«

»Warum hat er's verkauft? Hat er Gründe genannt?«

»Du kennst doch den Spruch über die zwei schönsten Tage des Lebens: Wenn du dein erstes Boot kaufst – und wenn du's verkaufst.«

»Hatte er es satt?«

»Mal anders gefragt, Jack: Hast du einen 60-Fuß-Kajütkreuzer?«

»Nein.«

»Und warum nicht?«

»Erstens«, sagt Jack, »habe ich nicht das Geld.«

»Eben.«

Zweitens, denkt er, *wenn* ich das Geld hätte, würde ich nicht *so* ein Boot kaufen. Ich würde ein Boot kaufen, mit dem man richtig fischen kann. Ein Boot als Existenzgrundlage.

Ein Arbeitsboot.

»Ließ er durchblicken, dass er Geld brauchte?«

»Nicht nur das. Es war nicht zu übersehen. Der Markt ist am Boden, Jack. Vor sechs Monaten war es noch schlimmer. Vale hat das Ding für fünfzigtausend unter Wert verkauft. Ich hatte ihm geraten zu warten, aber es musste sofort sein.«

Jack sieht, das er sich ärgert. Jeff ist schon lange im Geschäft, hat viel Geld damit verdient, Boote für das Geld zu verkaufen, das sie wert sind. Nicht über Wert, nicht unter Wert. Es geht ihm um die Idee, nicht um den Gewinn.

»Yachten sind nun mal teuer«, sagt er. »Es ist nicht nur der Kaufpreis. Dabei hat Nicky bar bezahlt, fällt mir ein. Dazu kommen Versicherung, Treibstoff, Wartung, Reparatur ... Allein die Slipgebühr für ein Schiff dieser Größe, da kommt man in diesem Hafen auf zweieinhalbtausend im Monat. Und Nicky hat gefetet auf der Yacht, was das Zeug hielt. Denk an die Getränke, das Essen ...

»Kokain?«

»Man hört so Geschichten.«

»Auch, dass er seine Frau geschlagen hat?«

Jeff stößt einen langen Seufzer aus. »Du kannst einem wirklich den Appetit verderben.«

»Entschuldige.«

»Sagen wir so: Ab und zu gab es Streit. Du weißt, wie so was übers Wasser schallt. Sie hat getrunken, er wurde ausfällig. Ein paarmal kam die Polizei. Ob er sie geschlagen hat, weiß ich nicht. Aber ich weiß, dass die meisten hier froh waren, als er seine Yacht verkaufte. Außer vielleicht der Schnapsladen. Warum fragst du mich das alles?«

»Vales Haus ist abgebrannt.«

»Und sie ist in den Flammen umgekommen«, sagt Jeff. »Stand in allen Zeitungen.«

»Dieser Hafen hier ist meine Kindheit«, sagt Jack. »Was haben solche Typen hier zu suchen?«

»Das ist der Fortschritt, Jack.«

»Glaubst du?«

»Nicht wirklich.«

»Als Nächstes machen sie Dana Strands kaputt«, sagt Jack. »*Great Sunsets*. Von wegen!«

»Na, die haben wir vorerst gestoppt.« Es war ein harter Kampf. Rettet die Strände hat eine Menge Anwohner aktiviert, auch Umweltgruppen. Hat Geld für Anzeigen gesammelt, Petitionen verbreitet, dann Great Sunsets vor Gericht gebracht, wegen Verletzung von Umweltauflagen, und gewonnen. »Aber die kommen wieder. Mit besseren Anwälten, gekauften Stimmen ... gegen das Geld kommst du nicht an, Jack.«

Sie sitzen da und starren auf die Boote. Dann knüllt Jeff seine Papierserviette zusammen, wirft sie in den Mülleimer und sagt: »Dann ist es ja ein Glück, dass ich Vales Yacht verkauft habe. Ein Feuer im Hafen ist das Letzte, was wir brauchen.«

»Dazu sage ich nichts, Jeff.«

»Und ich höre von dir, Jack. Jetzt muss ich wieder Boote verkaufen.«

»Danke, dass du dir die Zeit genommen hast.«

»Danke fürs Essen.«

Sie stehen auf, aber bleiben noch ein Weilchen bei Marsha hängen.

Reden über den Fortschritt.

63

Dr. Benton Howard.

Dr. Howard schiebt sich auf die rote Polsterbank des Hamburger-Lokals in Westwood. Da sitzt schon einer, ein dürrer Typ mit lausigem Haarschnitt und lausigem blauen Anzug.

»Ich hatte darum gebeten, dass nicht geraucht wird«, sagt Howard.

Dani zieht die Schulter hoch und schlürft an seinem Eistee.

»Ich bin schließlich Arzt«, sagt Howard.

Und ich Professor, denkt Dani, zieht kräftig an seiner Zigarette und bläst Howard den Rauch ins Gesicht. Howard hustet dramatisch und wedelt den Rauch weg.

»Das stinkt«, sagt Howard.

Und *du* stinkst auch, denkt er, aber sagt es lieber nicht. Er würde Dani gern eine Reinigungsfirma empfehlen, aber er tut's lieber nicht. Dabei hat's der Anzug dringend nötig. Der riecht – nein, stinkt – nach altem Schweiß, altem Rauch und dem Zeug, das sich Dani in die fettigen Haare schmiert.

Irgendein russisches Bärenfett, denkt Howard.

Er winkt der Serviererin und bestellt einen Eistee.

»Ich habe jemand anderen erwartet«, sagt Howard.

Victor Tratchev benahm sich auch ziemlich ungehobelt, aber er beherrschte wenigstens die Grundbegriffe menschlicher Hygiene.

»Von jetzt an treffen Sie sich mit mir«, sagt Dani.

»Ist denn Victor damit einverstanden?«, fragt Howard.

»Klar«, sagt Dani und denkt: Was bleibt ihm anderes übrig?

»Haben Sie das Geld?«, fragt er.

»Fünfzehntausend«, flüstert Howard. »Im Aktenkoffer.«

Dr. Benton Howard ist siebenundvierzig Jahre alt und hat eine Medizinerlaufbahn zurückgelegt, die man mit einigem guten Willen als bescheiden bezeichnen kann. Als Vorletzter seines Studiengangs auf Grenada ergatterte er eine Stelle als Assistenzarzt in einer Landklinik in Louisiana und blieb dort, bis er eine eigene Praxis als »Sportmediziner« eröffnete. Ein Großteil seiner Tätigkeit spielte sich jedoch vor Gericht ab. Seine vielen Kunstfehler erforderten teure Verteidiger, und es passierten ihm Missgeschicke, die ihm sehr schadeten, von seinen Patienten ganz zu schweigen. Seitenverkehrte Röntgenaufnahmen etwa führten dazu, dass er das falsche Knie operierte oder ein kerngesundes Fußgelenk ersetzte. Dazu kam die eine oder andere Bandscheiben-OP, die danebenging (aber nur ganz knapp!). Jedenfalls stand Dr. Howard kurz vor dem Bankrott und dem Verlust der Approbation, als sich die Russen für ihn interessierten.

Howard sitzt in seiner Praxis und drückt sich vor einem Gerichtstermin, als ein Russe sein Sprechzimmer betritt und ihm die Spezialisierung auf ein neues Krankheitsgebiet vorschlägt.

Weichteilverletzungen.

Das Wunderbare an Weichteilverletzungen ist, wie Howard sehr bald feststellt, dass er die Patienten nicht sehen oder gar behandeln muss, hat ihm doch gerade Letzteres die meisten Probleme beschert. Nein, Dr. Howard muss sich nur mit Victor in einem Café treffen, Eistee schlürfen und Diagnosen unterschreiben, Arztberichte, Überweisungen an Chiropraktiker, Massageinstitute, Physiotherapeuten.

Das heißt aber nicht, dass die Patienten seiner Praxis fernbleiben. Nein, sie kommen wirklich, direkt vom Anwalt, setzen sich ins Wartezimmer, blättern in den Magazinen, bis die Schwester sie aufruft, dann gehen sie in ein Behandlungszimmer, wo sie weiterblättern, bis Dr. Howard reinkommt und sie nach Hause schickt. Oder zum Chiropraktiker, zur Massage, zur Physiotherapie.

Seine Konten füllen sich, und seine Probleme lösen sich in Luft auf. Die Prozesse werden beigelegt oder niedergeschlagen, die Inkasso-Firmen nehmen den Finger von der Klingel, seine Frau lässt ihren Anwalt sausen und kommt ins eheliche Bett zurückgekrochen.

Alles wegen der Weichteilverletzungen.

Solange Dr. Howard unterschreibt, dass seine Patienten infolge von Auffahrunfällen an starken Schmerzen und mittlerer bis schwerer Beeinträchtigung leiden, rollt der Rubel.

Er hat kaum Arbeit damit, denn die Berichte sind schon geschrieben, die Fragebögen fertig ausgefüllt, er muss sich nur in irgendeinem obskuren Restaurant auf eine Polsterbank schieben und unterschreiben – bis ihm das Handgelenk wehtut.

So was soll vorkommen. Er geht zu einem *echten* Arzt und lässt seine Sehnenscheidenentzündung behandeln, weil er so viele Formulare unterschreiben muss.

Wie auch heute wieder. Dani schiebt ihm einen Stapel Papiere hin, und Howard fängt an zu unterschreiben. Die haben ein richtiges System aufgebaut, diese Jungs, ein Fließbandsystem, das Arztberichte auswirft wie eine Kopiermaschine.

Ja, sie sind so schnell (und auch Howard beeilt sich, weil er Danis geruchsstarker Präsenz entkommen will), dass sie ihm auch Arztberichte über sieben Leute unterschieben, die längst tot sind, verbrannt bei einem Unfall mit einem Tanklastzug auf einer Autobahnauffahrt.

Howard merkt es natürlich nicht, auch Dani merkt es nicht, und das könnte sich als kapitaler Fehler erweisen.

Selbst einem Dr. Benton Howard dürfte es schwerfallen zu erklären, warum ein Mann, der nicht nur tot, sondern auch eingeäschert ist, eine Dreimonatsbehandlung mit Nackenmassagen braucht.

64

Jack macht sich auf den Weg nach Laguna Beach.

Die fünfzehn Minuten auf der Küstenstraße nach Norden fährt er besonders gern – eine sanfte Achterbahnfahrt am Rande des Küstenplateaus, vorbei an Dana Strands, Salt Creek Beach, dem Ritz-Carlton, Monarch Bay, dann geht es bergauf, bis sich die Straße bei der Aliso Pier wieder absenkt. Wer dort gegen Abend auf den Aussichtspunkt rausgeht, erlebt einen spektakulären Sonnenuntergang. Nach South Laguna geht es wieder bergauf, die Hotels, Restaurants und Galerien mehren sich, in den Seitenstraßen zum Ozean hinab verstecken sich die teuren Villen.

Nach ein paar Minuten ist er in Laguna Beach.

Angefangen hat Laguna Beach als Künstlerkolonie.

Ein paar Maler und Bildhauer, die in den 1920er-Jahren aus L.A. geflohen sind, haben die verträumte Bucht entdeckt, den Ozean gemalt und knorrige Skulpturen von den Fischern geschnitzt, die damals noch hier lebten.

Die Künstler hatten es gut getroffen mit Laguna Beach, denn die Gegend ist ein wahrer Traum. Eine sanft geschwungene Küste mit malerischen Klippen und Felsformationen, dahinter das schmale Plateau mit der Stadt, das von grünen, steil ansteigenden Berghängen überragt wird. Und alles getaucht in eine üppige Vegetation mit Palmen, Agaven und vielfarbigen Blütenkaskaden. Von oben betrachtet erinnert Laguna Beach an die bunte Palette eines Malers.

Hier also ließen sich die Künstler nieder.

Ab und zu kamen Touristen, kauften ein paar Bilder und Skulpturen, und die Maler bauten Stände unter freiem Himmel auf, wo sie ihre Werke feilbieten konnten, während sie weiter malten und schnitzten.

Im Verlauf von fünfzig Jahren wurden aus den Ständen Galerien, aus den Restaurants Hotels und aus dem Städtchen ein Touristenmagnet. In den 1980er-Jahren wurde es vom allgemeinen Bauboom ereilt und von den Yuppies erobert, doch ein Hauch vom alten Charme hat sich erhalten.

Wenn Südkalifornier den Namen Laguna Beach hören, denken sie noch immer an Maler und Bildhauer, Cafés und Buchhandlungen, Schriftsteller und Dichter, Hare Krishna und Schwule.

Laguna war mal das Eldorado der südkalifornischen Schwulenbewegung, weshalb (es gibt auch Klischees, die stimmen) die Bedienung in den Restaurants noch heute so gut und freundlich ist und der Zuzug streng geregelt. Dafür hat aber die Stadt eine für die Gegend einmalige Atmosphäre – ein gewisses Lebensgefühl, das Jack sehr schätzt, wie die meisten, die Laguna noch von früher kennen. Und als der Waldbrand durch den Ort raste, brach es ihm fast das Herz.

Jack machte gerade Urlaub, es war Oktober, die meisten Touristen waren schon weg, aber die Sonne war noch heiß und das Wetter trocken. Wie sich zeigte, war es zu heiß und zu trocken, denn der Wind blies das Feuer über das verdorrte Gras der kahlen Bergrücken über dem Laguna Canyon.

Jack war gerade auf seinem Brett rausgepaddelt, als er den dünnen Rauchschleier über den Bergen sah, dann kamen die Windböen und trieben das Feuer vor sich her, und das Verrückteste war, dass er das Grasfeuer prasseln hörte, über das Rauschen der Brandung hinweg. Er sah die orangegelbe Flammenwand über dem Bergrücken aufsteigen, dann raste sie den Canyon hinab, und die Feuerwehren rasten ihr entgegen, um das

Feuer zu stoppen, bevor es die Stadt erreichte, aber vom Wasser aus sah er, dass es aussichtslos war, dass die Flammen einfach über die Laguna Canyon Road sprangen, die hinab in die Stadt führt, und den Hang auf der anderen Seite hinauf, als könnte nichts sie aufhalten.

Wie ein zürnender Gott, dachte Jack, als er sah, wie sich das Feuer den Hang entlang und hinauf fraß, parallel zur Küste, dann auch weiter hinab, direkt aufs Herz der Altstadt zu.

Und Jack dachte: *Warum Laguna? Bei all dem Dreck und dem Ramsch und dem Pfusch, den sie an der Küste hochziehen – warum Laguna?* Er paddelte an Land, zog sich an und rannte los, um beim Löschen zu helfen.

Als es Nacht wurde, war das Feuer unten am Ufer.

Dann hörte es auf.

Der Wind drehte und jagte es zurück über die verbrannte Erde.

Einfach so, dachte Jack. Es hat zugeschlagen und ist verschwunden. Hat sich einfach zurückgezogen. Als hätte sich Gott anders besonnen. Als hätte er uns warnen wollen. *Aber wovor?* War es ein Vorgeschmack auf die Apokalypse? Ein Ausblick auf die Hölle? Hatte es mit Kalifornien zu tun, California Fire and Life?

Jack stand bis zu den Knien im Wasser und fragte sich das, während sich die Flammen zurückzogen. Vorgebeugt, nach Atem ringend, zusammen mit Fremden und Surfbuddys, Frauen, die er schon aus der Schule kannte, deutschen Touristen, die es ausgerechnet an dem Tag dorthin verschlagen hatte, mit schwarzen Jugendlichen von den Beachball-Plätzen am Hauptstrand, schwulen Edelgastronomen und ihren Partnern, Millionären, deren Hanglagen nur noch rauchende Trümmer waren, und sie alle standen da wie Soldaten, die einen übermächtigen Feind anrücken und plötzlich die Flucht ergreifen sehen. Aber es gab keinen Jubel, kein Triumphgeschrei, dazu waren alle zu erschöpft, und was Jack von dem Moment in Erinnerung behalten hat, war vor allem, dass keiner von Verlust redete, von Katastrophe, von Schicksal, sondern alle nur von einem.

Wiederaufbau.

Er hörte Sätze wie *Wir haben unseren Hund/unsere Katze gerettet – haben unsere Bilder rausgeholt, ein paar Sachen – der Rest war eh nur Krempel – das Ganze nervt natürlich, aber wir bleiben hier, auf jeden Fall – wir wohnen im Hotel, zur Miete, im Wohnwagen, bis alles wieder steht.*

Und er erinnert sich, dass er dachte: Ob nun Feuer oder Erdbeben – keiner, der diesen Ort liebt, wird hier weggehen, um keinen Preis der Welt.

Die andere Erinnerung an diese Nacht hat mit Goddamn Billy zu tun.

Goddamn Billy und seiner Lkw-Flotte.

Gleich nach den Feuerwehren und Rettungsfahrzeugen kommt Billy. Er sitzt in der Fahrerkabine des ersten Lkw, die Straße ist für den Privatverkehr gesperrt, aber er beugt sich aus dem Fenster und brüllt dem Cop zu: »Das sind keine Privatfahrzeuge! Ich habe Schläuche geladen, Schutzmasken, Handschuhe, Pumpen, Generatoren! Ich habe Decken und Kissen und Verpflegung. Teddybären und all den Scheiß für die Kinder!«

Sie lassen Billy durch.

Billy hält Einzug in Laguna wie General Patton.

Er hatte am frühen Nachmittag im Radio von den Bränden gehört, sich den Wind und das Wetter angesehen und beschlossen, dass die Lage ernst war. Also löste er den Katastropheneinsatz aus, an dessen Vorbereitung er Jahre gearbeitet hatte, »denn man konnte sich ja ausrechnen, dass es irgendwann passieren *musste*!«

Alle Leute von der Schadensabteilung wurden alarmiert und einbestellt, egal wo sie gerade steckten. Alle Regulierer, alle Innendienstler, Kantinenhelfer, Abteilungsleiter, alle, die nicht schon zum Löschen unterwegs waren. California Fire and Life besitzt nur ein paar eigene Trucks, aber Billy hat die Lkw-Stellplätze in Costa Mesa abgeräumt, binnen Stunden mit Hilfsgütern beladen und dem Feuer entgegengeschickt. Dort haben sie brav gewartet, bis die Feuerwehr durch war, dann gab Billy Befehl zum Einmarsch.

Jack weiß, dass viele Hilfsgüter vom Roten Kreuz und von der National Guard kamen, so manches aber auch von California Fire and Life. Und als er da am Strand stand und glaubte, das Feuer werde sie alle ins Meer treiben und Schlimmeres, stand Goddamn Billy neben ihm, bediente die Pumpe und knurrte: *Hoffentlich haut das Feuer bald ab, ich will endlich eine rauchen!*

Man muss ihn einfach gernhaben, diesen Goddamn Billy, denkt Jack, als er jetzt durch Laguna fährt. Und an diese Brandnacht denkt, weil er immer an sie denkt, wenn er nach Laguna kommt.

Es wird wieder passieren, denkt er. Hier oder anderswo.

Er parkt auf dem öffentlichen Parkplatz hinter der Buchhandlung Fahrenheit 451 und läuft die Küstenstraße weiter zur Galerie von Vince Marlowe.

The Marlowe Gallery.

Klingt viel besser als »Antik-Boutique« oder Ähnliches.

Vince Marlowe verkauft Möbel. Alte, teure Möbel. Erlesene Stücke für die Millionärsvillen mit Ozeanblick. Jack war oft bei ihm, nach dem großen Feuer, um verbrannte Möbel schätzen zu lassen.

Drinnen riecht es nach Möbelpolitur.

Der Laden ist vollgestopft mit alten Schränken, Sekretären, Tischen, Sesseln, Kommoden, Spiegeln.

Vince – Anfang sechzig, graues Haar, lachsfarbenes Polohemd und weiße Leinenhose, die nackten Füße in Slippern – sitzt an einem der antiken Schreibtische und tippt Zahlen in die Addiermaschine.

»Oh, oh«, sagt er, als er Jack sieht, »es hat wieder gebrannt.«

Mit einer Stimme, samtig wie alter Scotch.

Er zeigt auf den Sessel neben dem Schreibtisch.

»Kennen Sie Nicky Vale?«, fragt Jack.

»Ob ich den kenne? Ich hab meinen Pool nach ihm benannt! Das Nicky-Vale-Gedenk-Schwimmbecken. Oje, es ist ihm doch nichts passiert?«

»Nur seiner Frau, Pamela.«

Vince rutscht in seinem Sessel nach unten. »Pamela?«

»Sie haben es wirklich noch nicht gehört?«

Vince ist bestens verdrahtet mit der südkalifornischen Schickeria.

»Ich war nicht in der Stadt.«

Die Erklärung versteht sich von selbst. Laguna im August? Ich bitte Sie!

»Sie ist im Feuer umgekommen.«

»Und die Kinder?«

»Die waren nicht im Haus«, sagt Jack. »Nur Pamela.«

»Sie hatte Probleme.« Vince macht eine Trinkbewegung. »Wie geht's Nicky?«

»Kümmert sich um seine Möbel.«

Jack reicht ihm Nickys Inventarverzeichnis. »Könnten Sie sich das ansehen, gegen Honorar natürlich, und mir sagen, ob die Wertangaben in Ordnung sind?«

Vince blättert kurz im Verzeichnis. »Ich seh's mir genau an, aber ich kann schon jetzt sagen, dass die Angaben in etwa stimmen. Verflucht! Die Hälfte von diesen Sachen hab ich ihm verkauft.«

»Das sind also gute Stücke?«

»O ja, Nicky kannte sich aus. Manchmal denke ich, er hat mehr Zeit in meinem Laden verbracht als ich selbst.«

»Aber nicht in letzter Zeit.«

»Nein. Seit längerem herrscht allgemeine Flaute.«

»Hat er Ihnen Sachen zum Kauf angeboten?«

»Ein paar«, sagt Vince. »Nicht die besseren Stücke. An denen hing er zu sehr. Aber stimmt. Er wollte mir ein paar mittelprächtige Sachen verkaufen.«

»Und? Haben Sie gekauft?«

»Nein.«

»In Zahlung genommen?«

Vince schüttelt den Kopf. »Platz ist kostbar. Ich hab schließlich ein *Geschäft*. In den schlechten Zeiten wollen die Leute verkaufen und nicht kaufen. Es kommen entweder nur Käufer oder nur Verkäufer. Je nach Konjunktur.«

»Wie läuft es jetzt?«

»Besser. Danke der Nachfrage.«

»Jetzt könnten Sie also die Sachen verkaufen?«

»Wahrscheinlich.«

»Zu diesen Preisen?«, fragt Jack und zeigt auf das Verzeichnis.

»Kunden und Freunden will ich nicht schaden«, erwidert Vince.

»Meinen Sie mich oder Nicky?«

»Beide.«

»Keine Sorge«, sagt Jack. »Wenn diese Preise hier in etwa den Kaufpreisen entsprechen, dann werden sie ausgezahlt. Am Erbsenzählen bin ich nicht interessiert.«

»Gesetzt den Fall, ich könnte die Sachen verkaufen, wären die Preise jetzt etwas niedriger«, sagt Vince. »Nennen wir es Marktkorrektur.«

»Wollte er auch das Bett verkaufen?«

»Niemals«, sagt Vince. »Das hätte ich gern für mich gehabt. Das Bett ist ...«

»Asche.«

»Wirklich? Ein Jammer!«

»Wollen Sie das Verzeichnis durchsehen, Vince?«

»Natürlich. Wie schnell muss es gehen?«

»So schnell, wie Sie es schaffen.«

»Kann ich Ihnen einen Cappuccino spendieren?«

Gibt es denn keinen normalen Kaffee mehr?, fragt sich Jack. »Ich muss los«, sagt er. »Nächstes Mal.«

»Sie haben einen gut bei mir.«

Jack steht auf und schüttelt ihm die Hand. »Hey, Vince«, fragt er schon im Gehen, »denken Sie noch an das große Feuer?«

»Wer könnte das vergessen«, sagt Vince schaudernd.

»Dachten Sie auch, das wäre das Ende der Welt?«

»Das Ende der Welt vielleicht nicht«, sagt Vince, »aber das Ende unserer Welt.«

»So ist es.«

Das Ende unserer Welt.

65

Letty del Rio hat Kopfschmerzen.

Ihr brummt der Schädel, und dass es so kommen würde, hat sie vorher gewusst – sie sitzt im Kabuff von Onkel Nguyen und redet mit Onkel Nguyen.

»Von Polizist zu Polizist«, sagt Nguyen, »ich kenne mich da aus.«

Eigentlich ein ansehnlicher alter Herr, denkt sie, dichtes silberweißes Haar, leuchtende Augen, gesunde Farbe. Vielleicht fünfzehn Kilo Übergewicht, aber es steht ihm gut. Auch ganz adrett gekleidet – pflaumenfarbenes Polohemd von Calvin Klein und eine weiße Leinenhose.

»Dann können Sie mir vielleicht helfen«, sagt sie.

»Schwierig«, sagt er. »Diese Sachen sind schwierig.«

»Sehr schwierig.«

Es stört sie, dass Nguyen ihr während des Gesprächs über die Schulter sieht, zum Fernseher hinüber. Die Angels stehen in der entscheidenden Phase, und Edmonds holt gerade zum Schlag aus.

Ich würde das auch gern sehen, denkt sie.

»Tranh und Do?«, fragt Nguyen.

»Tranh und Do.«

Nun schon zum siebenten Mal.

»Vermisst?«, fragt er.

Ihr Kopf fühlt sich an wie mit Nadeln durchbohrt.

»Vermisst.«

»Wer hat sie denn als vermisst gemeldet?«, fragt Nguyen.

»Tommy Dos Mutter.«

Nguyen verfolgt, wie Edmonds eine Ermahnung kassiert, er brütet eine Weile drüber, dann sagt er: »Tommy Dos Mutter.«

Die Nadeln in Lettys Kopf bohren sich tiefer. Sie dreht sich um, macht den Fernseher leiser und sagt: »Onkel Nguyen, können wir mal den Unsinn lassen?«

Nguyen lächelt. »Von Polizist zu Polizist. Das sollte doch möglich sein.«

»Sehr gut«, sagt Letty. »Dann hören Sie auf, mir auf die Nerven zu gehen und alles zu wiederholen, was ich sage. Ich weiß, dass Sie hier der Boss sind, dass hier keiner wagt, auch nur pinkeln zu gehen, ohne Sie vorher um Erlaubnis zu fragen. Ich weiß es, also müssen Sie mir nichts beweisen, okay?«

Nguyen nickt einverständig.

»Daher weiß ich auch, dass Sie über die zwei Jungs Bescheid wissen.«

»Das sind Jungs aus der Nachbarschaft.«

»Die gehörten zu einer illegalen Autowerkstatt –«

»Illegale Autowerkstatt?«

Kommen Sie«, sagt Letty. »Ich habe dort heute fünf Jungs verhaftet, die so taten, als hätten sie nie von Tranh und Do gehört, obwohl ich genau weiß, dass die beiden da gearbeitet haben.«

Das ist keine Neuigkeit für Onkel Nguyen. Er war fast schneller über die Razzia informiert als die Polizei selbst, und jetzt ist er hochgradig verstimmt, weil einer seiner Läden aufgeflogen ist, er Umsätze verliert und außerdem noch die Kaution für fünf unnütze Idioten zahlen muss.

Als Letty del Rio wieder im Auto sitzt und Tabletten einwirft, weiß sie, dass bei Onkel Nguyen schon die Drähte glühen. Sie weiß auch, dass sie kein Sterbenswörtchen aus ihm rausgeholt hätte. Sie wollte nur mal einen Knallfrosch hochgehen lassen, um zu sehen, wie er reagiert.

Ihm zur Abwechslung den Brummschädel verpassen.

66

Jack parkt auf der Monarch Bay Shopping Plaza und hält Ausschau nach einem Drugstore. Es gibt nur einen, das macht die Sache einfach, und eine Minute später steht er am Apothekenschalter.

»Ich möchte gern das Rezept für Pamela Vale einlösen«, sagt er mit fragendem Unterton, weil das die südkalifornische Art ist, eine höfliche Forderung zu stellen.

»Gehören Sie zur Familie?«, fragt die Apothekerin.

Sie ist jung und hübsch, ihr glänzendes rotes Haar harmoniert prächtig mit dem weißen Laborkittel. Das Schildchen auf ihrer Brust verrät, dass sie Kelly heißt.

»Ich bin eine Art persönlicher Assistent«, sagt Jack.

»Moment«, sagt Kelly und tippt etwas in ihren Computer ein. Dann fragt sie: »Welches Rezept?«

»Schlaftabletten?«

»Valium«, sagt Kelly. »Das wurde schon abgeholt.«

»Wirklich?«

»Vor drei Tagen«, sagt sie. »Und das war die letzte Portion.«

»Oh«, sagt Jack.

»Tut mir leid«, sagt Kelly. »Kriegt sie jetzt Probleme?«

»Sie wird nicht gerade glücklich sein.«

Kelly schaut ihn mitleidsvoll an. »Hat sie schon mal Melatonin probiert?«

»Was ist das?«

»Das gibt's rezeptfrei. Wirkt sofort und hat nur natürliche Wirkstoffe.«

»Toll.«

»Das sollten Sie probieren.«

»Ich?«

»Klar.«

Jack schüttelt den Kopf. »Ich schlafe wie ein Baby.«

»Dann sehen Sie bestimmt ganz süß aus«, sagt Kelly und senkt die Stimme. »Ich will Ihnen ja nicht zu nahe treten, aber ich glaube nicht, dass Sie ihr persönlicher Assistent sind.«

»Nein?«

Kelly beugt sich über den Schalter. »Der Typ, der neulich kam, war ein bisschen kräftiger gebaut als Sie.«

»Wirklich?«

»Aber er sah nicht so gut aus.«

Nicky Vale kann es nicht gewesen sein, denkt Jack. Der sieht *viel* besser aus als ich.

»Richtig massige Schultern«, sagt Kelly, »und er trug so ein blödes Hawaiihemd. Die Sorte, die es in Catalina überall gibt. Sah aus wie ein Blumenladen mit Haaren. Und klang ausländisch.«

»Können Sie den Akzent beschreiben?«

»Sehen Sie Cartoon Network?«, fragt Kelly zurück.

»Ich glaube, das läuft nur, wenn ich arbeite.«

»Nein, das läuft rund um die Uhr.«

»Okay?«

»Jedenfalls«, sagt Kelly. »Im Cartoon Network gibt es diese Serie. Rocky und Bullwinkle.«

»Kenn ich von früher.«

»Wirklich?«

»Klar.«

»Dann kennen Sie auch die zwei Verbrecher?«, fragt Kelly. »Boris und Natasha? Immer in Schwarz und er mit einem dünnen Bärtchen?«

»Ich glaube, ja.«

»Genauso hat der Typ geredet. *Oh, ich werrde mir die beiden schnap-pän!* So etwa.«

»Gut nachgemacht«, sagt Jack.

»Danke.«

»Dann werd ich mal wieder«, sagt Jack.

Kelly zuckt die Schulter.

Nach dem Motto: Persönliche Assistenten gibt es hier wie Sand am Meer.

67

Der Mustang zieht prächtig durch.

Nicht so wie Nickys Porsche natürlich, aber auf der Küstenstraße kann man den sowieso nicht ausfahren. Jedenfalls nicht auf der Strecke zwischen Monarch Bay und Dana Point. Da ist der 66er Mustang genau das Richtige.

Aber was macht er jetzt? Jack biegt in die Zufahrt nach Monarch Bay ein. Fährt auf das Pförtnerhäuschen zu, wendet kurz davor und bleibt stehen.

Sieht auf die Uhr und sagt »Los!«

Startet durch und hinterlässt zwei ansehnliche Reifenspuren auf dem Asphalt. Biegt nach rechts auf die Küstenstraße ein und fährt südwärts Richtung Dana Point. Kriegt Rot an der Abfahrt Ritz-Carlton Drive (Eine Ampel für ein Hotel, wo gibt's denn so was!) und gibt wieder Gas. Kommt gut durch, bis sich die Küstenstraße gabelt und zur Del Prado Avenue wird, fährt rechts in die Blue Lantern Street und am Ende des Harbor Drive wieder rechts, und Bingo! Er steht vor Vales Einfahrt Bluffside Drive 37.

Acht Minuten, fünfzehn Sekunden.

Jack lehnt sich zurück und atmet tief durch.

»Los!«

Die umgekehrte Strecke. Links auf den Harbor Drive, links auf Blue Lantern Street, dann wieder links auf die Küstenstraße und gerade durch bis Monarch Bay.

Genau neun Minuten.

Diesmal kommt der Wachmann aus dem Häuschen.

»Kann ich Ihnen helfen, Sir?« Mit anderen Worten: Was zum Teufel haben Sie hier zu suchen?

»Ja, vielleicht«, sagt Jack. »Ich heiße Jack Wade, California Fire and Life.«

»Mike Derochik.«

»Eine Frage, Mike«, sagt Jack. »Hatten Sie am letzten Mittwoch Nachtdienst?«

»Punkt null Uhr habe ich angefangen«, sagt Mike.

»Ist Mr. Vale in dieser Nacht irgendwann rausgefahren?«

»Wir geben keine Auskünfte über unsere Anwohner«, sagt Mike.

Jack reicht ihm die Karte.

»Wenn Mr. Vale in dieser Nacht rausgefahren ist, dann wahrscheinlich, um seine Frau umzubringen. Sie kennen sie doch, oder? Nette Frau, zwei kleine Kinder? Denken Sie drüber nach. Rufen Sie mich an, okay?«

Derochik steckt die Karte ein.

Jack will schon Gas geben, da sagt der Wachmann: »Ich hab ihn nicht rausfahren sehen.«

»Okay.«

Einen Versuch war es wert.

»Aber ich hab ihn reinkommen sehen.«

Holla!

»Und wann?«, fragt Jack.

»Ungefähr Viertel vor fünf.«

Volltreffer!

Nicky beim Schwindeln erwischt.

Brandursache, Motiv – und nun auch die Tatgelegenheit.

Jetzt brauch ich nur ein bisschen mehr Zeit.

68

Jack wartet auf dem Parkplatz von Fire and Life.

Es ist gleich Feierabend, und er wartet auf Bill Reynolds, den Mann aus der Rechtsabteilung, der die Deckung von einer Million Dollar für Nicky Vales bewegliche Habe durchgewinkt hat.

Jack wartet auf dem Parkplatz, weil er nicht in Reynolds' Büro gehen will, er will den Mann nicht in Verlegenheit oder ins Gerede bringen. Jack will ihm nicht an den Karren fahren, er will nur die Zeit, die er braucht, um die Ermittlung zum Abschluss zu bringen.

Reynolds kommt aus dem Gebäude. Ein Koloss von Mann, sicher an die zwei Meter groß und deutliches Übergewicht. Im grauen Büroanzug, mit Aktenkoffer. Die Jungs von der Rechtsabteilung nehmen Arbeit mit nach Hause.

Jack geht ihm entgegen.

»Bill? Ich bin Jack Wade von der Schadensabteilung.«

»Bill Reynolds.«

Reynolds hat diesen Was-zum-Teufel-soll-das-Blick, während er durch seine Brille auf Jack runtersieht.

»Bill, haben Sie im Vertrag Nicky Vale eine Sonderdeckung für bewegliches Eigentum genehmigt?«

»Da müsste ich in die Akte sehen.«

Jack zieht die Versicherungspolice heraus und legt sie auf die Motorhaube des blauen Lexus, der Reynolds gehört.

»Machen Sie das in meinem Büro. Ich stelle mich nicht hier draußen hin, bei vierzig Grad Hitze«, sagt Reynolds.

»In Ihrem Büro wollen Sie das sicher nicht besprechen.«

»Dann halten Sie sich an den Dienstweg.«

»Ich glaube nicht, dass Sie das wollen«, sagt Jack.

Wer sich schmieren lässt, sollte den Dienstweg besser meiden.

Reynolds sieht auf ihn herab. Im wörtlichen und übertragenen Sinn.

»Was sind Sie, M-3?«, fragt er und meint damit die Gehaltsstufe.

»M-4.«

»Ich bin M-6«, sagt Reynolds. »Sie bringen ja wohl nicht das Gewicht auf die Waage.«

Jack nickt brav. »Roger Hazlitt sagt, er hätte Ihnen tausend Dollar zugesteckt. Um Ihnen die Unterschrift zu erleichtern.« Das könnte Jacks Gewicht ein wenig erhöhen.

»Gehen Sie von meinem Wagen weg.«

»Können Sie das bestätigen?«

»Ich sagte, gehen Sie von meinem Wagen weg.«

»Sehen Sie, normalerweise würde man so ein Risiko streuen, nicht wahr? Mit dem Kunden aushandeln, dass er sich für einen Teil der Deckung einen anderen Träger sucht. Ist das nicht der normale Weg, wenn das Risiko zu hoch ist und Sie den Kunden halten wollen?«

»Das entscheidet die Rechtsabteilung.«

»Deshalb frage ich Sie.«

»Sie verstehen nichts davon.«

»Dann klären Sie mich auf.«

Reynolds nimmt die Brille ab und starrt ihn an. »Ich habe nicht die Zeit, Ihnen Dinge zu erklären, für die Sie nicht ausgebildet sind. Also halten Sie sich da raus.«

»Geht leider nicht.«

»Wie war Ihr Name gleich?«

»Jack Wade. Großschäden.«

»Die Abteilung von Billy Hayes?«

»Das wissen Sie doch«, sagt Jack. »Heute morgen erst haben Sie Ihren Chef auf ihn gehetzt.«

»Mr. Wade, ich sage Ihnen ein für alle Mal: Halten Sie sich da raus. Verstanden?«

»Dafür habe ich nicht die Ausbildung. Und Sie haben es jetzt schon zweimal gesagt.«

»Aber ein drittes Mal sage ich es nicht.«

»Danke. Es fing schon an, mich zu langweilen.«

»Die Langeweile wird Ihnen morgen früh vergehen.«

Dann machen Sie wohl den nächsten Anruf, Mr. Reynolds?«

»Gehen Sie von meinem Wagen weg!«

»Wollen Sie uns Feuer unterm Arsch machen?«

Reynolds zwängt sich hinters Steuer und startet seinen Wagen. Jack nimmt die Papiere von der Kühlerhaube.

Mit sanftem Schnurren öffnet sich das Seitenfenster.

»Zahlen Sie den Schaden aus«, sagt Reynolds.

»Nein.«

»Zahlen Sie den Schaden aus.«

»Das sagen sie alle.«

»Und haben alle recht.«

»Dann werde ich Ihnen mal ein Gesetz der Physik erklären«, sagt Jack. »Wenn Sie mir oder Billy Hayes Feuer unterm Arsch machen wollen, kriegen Sie die Hitze ab. Denn Hitze steigt immer nach oben. Von M-4 zu M-6.«

Das Fenster schließt sich wieder.

Reynold verschwindet hinter der getönten Scheibe.

Rauchglas, denkt Jack.

69

Der Parkplatz ist heute ein gefährlicher Ort.

Jack ist auf dem Weg zum Gebäude, als er Sandra Hansen sieht, die geradewegs auf ihn zusteuert.

»Hallo Sandra«, sagt Jack.

»Hallo Jack.«

Jack weiß, dass es jetzt Ärger gibt, denn Sandra Hansen ist die Chefin der südkalifornischen Sonderermittlungseinheit von Fire and Life. Die Einheit, genannt SEE, befasst sich mit Versicherungsbetrug. Jede Versicherung hat so eine Abteilung, aber die südkalifornische SEE funktioniert eher wie ein Geheimdienst.

Die kleinen Betrüger interessieren sie nicht, die kümmern sich um die großen Betrugskartelle, die den Konzern jedes Jahr Millionen kosten.

Als Expolizist wäre Jack der ideale Kandidat für die SEE, doch er hat keine Lust, noch mal Cop zu spielen.

Ein weiterer Grund für seine Abneigung gegen die SEE: Sie befasst sich auch mit den internen Vorgängen der Versicherung. Kassiert ein Schadensregulierer Prozente, wenn er eine bestimmte Baufirma empfiehlt, oder rechnet er einen überhöhten Autoschaden ab, um sich den Kuchen mit der Werkstatt zu teilen, oder nimmt ein Mitarbeiter der Rechtsabteilung Geld von einem Vertreter, um Verträge zu frisieren, ist das ein Thema für die SEE.

Jack hat keine Lust, Kollegen ans Messer zu liefern.

»Haben Sie mich gesucht, Sandra?«, fragt er.

»Zufällig ja«, sagt sie. »Jack, Sie haben eine Akte, an der wir interessiert sind.«

»Olivia Hathaway?«

Sandra Hansen findet das nicht lustig und blickt ihn scharf an. »Die Akte Vale«.

Wer hätte das gedacht, denkt Jack.

»Was ist mit der Akte?«, fragt er.

»Wir wollen, dass Sie sich da raushalten.«

»Wer ist wir?«

»Die SEE.«

Jetzt soll ich wohl weiche Knie kriegen, denkt Jack. Als wären die das beschissene FBI oder die CIA, nur dass sie keiner staatlichen Kontrolle unterliegen. Aber die können mich mal.

»Warum?«, fragt er. »Warum will die SEE, dass ich mich da raushalte?«

»Spielt das eine Rolle?«

»Für mich schon.«

Sandra Hansen ist sauer. Normalerweise wird eine Akte geschlossen, wenn sie sagt, dass die Akte geschlossen wird.

»Sie verrennen sich da in etwas«, sagt sie. »Und wissen nicht, wo das hinführt.«

Da hat sie recht, denkt er.

Klingt aber interessant.

»Dann sagen Sie's mir doch. Falls Ihre Jungs mehr wissen als ich, sagen Sie's mir um Himmels willen. Ich kann jede Hilfe gebrauchen.«

»Sie tapsen da blindlings in was rein –«

»Dann halten Sie mir doch die Lampe!«

»– was zu groß für Sie ist.«

»Vielleicht darf ich selbst entscheiden, was zu groß für mich ist«, sagt Jack.

Jetzt fährt sie ihr stärkstes Geschütz auf: »Zwingen Sie mich nicht, Ihnen den Fall aus der Hand zu nehmen.«

Das können die wirklich. Ihm einfach den Fall aus der Hand nehmen.

Warum hat sie es dann noch nicht getan?, überlegt Jack. Warum nimmt sie mir die Akte nicht einfach weg? Eine dicke fette Brandstiftung, jede Menge Ruhm und Ehre für die SEE ...

»Ich sage es im Guten, Jack. Halten Sie sich da raus.«

»Heißt das, wir sollen zahlen?«

»Dazu sage ich nichts.«

»Sie ermitteln ebenfalls im Fall Vale, stimmt's?«

»Halten Sie den Mund, Jack!«

»Sie führen irgendwelche Ermittlungen, und Vale ist Ihnen ins Visier geraten –«

»Kein Wort mehr!«

»– und jetzt haben Sie Angst, dass ich da reintappe und Ihre Ermittlungen störe.«

»Die SEE führt keine solche Ermittlungen.«

»Na, kommen Sie!«

»Das habe ich nie gesagt«, sagt Sandra Hansen. »Dieses Gespräch hat nie stattgefunden.«

Ihr Ton wird amtlich.

»Und Sie werden den Schaden auszahlen«, fügt sie hinzu.

»Warum eigentlich erzählt mir jeder, der mir über den Weg läuft, ich soll den Schaden auszahlen?«, sagt Jack. »Langsam reicht's mir. Der Vertrieb, die Rechtsabteilung, und jetzt die SEE? Ich möchte wirklich wissen, was da läuft. Wer ist denn dieser Vale? Der Kaiser von China?«

»Zahlen Sie ihn einfach aus.«

»Es geht hier um einen Mord!«

»Es geht hier um viel mehr.«

Jack steht da und starrt sie an.

»Sie sind verrückt«, sagt er.«

»Wenn Sie uns zwingen –«

»Total irre.«

»Wenn Sie uns zwingen, Ihnen den Fall zu entziehen«, sagt sie, »dann kriegen Sie gewaltigen Ärger. Das verspreche ich Ihnen. Dann werden Sie den Rest ihrer kurzen Karriere im Aktenkeller verbringen.

Auch das können die machen, weiß Jack. Sie muss nur jemanden behaupten lassen, dass ich ihn bestochen hätte, schon bin ich geliefert. Und Sandra Hansen schreckt vor nichts zurück, die ist knallhart. Steht da in ihrem weißen Businesskostüm und ihrer Helmfrisur. Blond, sexy, unschlagbar. Erst fünfunddreißig und schon Chefin der südkalifornischen SEE. Eine Karriere wie eine Schussbahn. Und ich stehe ihr im Weg.

»Denken Sie drüber nach, Jack.«

»Lassen Sie mich in Ruhe, Sandra.«

Sie macht noch einen letzten Versuch.

»Kommen Sie ins Team, Jack.«

»Welches Team?«

»Wollen Sie Ihr Leben lang Schäden regulieren? Mit Ihrem Hintergrund gehören Sie zur SEE. Mayhew geht am Jahresende in Rente. Dann wird eine Stelle frei ...«

»Soll das ein Deal werden, Sandra?«

»Was immer.«

»Ich mache keine Deals.«

Jetzt ist sie wirklich sauer. »Wenn Sie nicht mit uns arbeiten, dann arbeiten Sie gegen uns«, sagt sie.

Jack nimmt sie bei den Schultern. Sieht ihr direkt in die Augen.

»Wenn Sie diesen Schaden ausgezahlt haben wollen«, sagt er, »dann arbeite ich gegen Sie.«

Lässt sie stehen und geht davon.

»Sie machen einen großen Fehler!« schreit sie ihm nach. »Sie machen einen großen Fehler!«

Jack quittiert es mit einer Handbewegung und läuft weiter.

Lässt Sandra Hansen stehen, die jetzt denkt, dass er ein hirnloser, sturer Klotz ist. Dass ihm das Surfbrett auf den Kopf gefallen ist. Und das nicht nur einmal.

Und dass sie ihm den Fall wegnehmen muss.

Es geht um drei Jahre.

Sie hat drei Jahre und Gott weiß wie viel Geld aus ihrem Etat in die Langzeitermittlungen gegen die Russenmafia investiert und lässt sich das nicht von einem vernagelten Schadensregulierer der Gehaltsklasse M-4 kaputtmachen.

Todesopfer hin, Todesopfer her.

Auch sie hat ihre Schwierigkeiten damit.

Der Gedanke, dass Vale mit dem Mord an seiner Frau davonkommt, macht sie krank. Aber anders geht es nun mal nicht.

70

Pamela.

Nickys großer Verrat an Mütterchen Russland.

Der Bruch mit den alten Statuten, aber Nicky hat neue aufgestellt, und seine Brüder vom Doppelkreuz dürfen jetzt heiraten.

Keine California Girls, sondern Russinnen.

Frauen mit derselben Sprache, derselben Mentalität, mit familiären Bindungen zur Russenmafia. Diese Frauen wissen, wie die Karre läuft, sie binden ihre Männer ein, und man kann ihre Verwandten in Russland als Geiseln benutzen, wenn Papa plötzlich auf die Idee kommen sollte, gegen die Statuten zu verstoßen.

Keine Amerikanerinnen, keine California Girls.

Die kennen die Statuten nicht, stellen dumme Fragen, sind anspruchsvoll und launisch, können den Mund nicht halten, fühlen sich unglücklich, und wenn sie sich unglücklich fühlen, lassen sie sich scheiden.

Nimm lieber eine Russin, rät ihm Dani, als er ihn ein paarmal mit Pamela gesehen hat.

»Ich will Kinder«, argumentiert Nicky.

»Warum nicht russische Kinder?«, fragt Dani. Er blättert ihm den Katalog mit den heiratswilligen Russinnen auf. »Such dir eine aus. Egal welche. Sind richtige Granaten dabei.«

Das sieht Nicky auch so. Atemberaubende russische Schönheiten. Aber er will keine Russin. Er will eine Amerikanerin. Er will die Bindungen nicht stärken, er will sie zerbrechen.

Und die kapieren das nicht.

Mutter dagegen, die kapiert sofort.

»Das ist ein Schlag ins Gesicht der Organisation«, sagt sie.

»Nein, ist es nicht.«

»Du bist Russe.«

»Ich bin Amerikaner.«

Nicky Vale.

Der Aufstieg innerhalb einer Generation. Aber ohne Nachkommen ist das alles nichts. Er will Kinder. Amerikanische Kinder.

Außerdem will er *sie*. Sie treibt ihn in den Wahnsinn. Er weiß, dass sie sich absichtlich so kleidet, viel Busen, viel Bein zeigt, um ihn zu provozieren. Ihn wild macht mit ihrem Parfüm, ihn mit ihren weichen warmen Lippen küsst und dabei mit seiner Zunge spielt, bis er nur noch das eine denkt: dass sie dasselbe mit seinem Schwanz macht. Bis sie sich von ihm löst und mit ihrem Lachen verrät, dass sie genau weiß, was er denkt.

Oder sie schmiegt sich an ihn. Schmiegt ihre Brüste an seine Schultern oder, besser noch – nein, schlimmer noch –, presst ihre Muschi gegen seinen Stall und stöhnt: »Wenn es doch nur ginge!«

»Es *geht*!«, stöhnt er zurück.

»Nein«, seufzt sie dann und macht einen Schmollmund. »Ich bin katholisch.«

Umarmt ihn noch einmal voller Verlangen und lässt ihn stehen.

Manchmal streichelt sie sich sogar über dem Kleid und sieht ihn mit traurigen Augen an. Er weiß genau, warum sie das tut, dass sie eine Sadistin par excellence ist. Und trotzdem kann er nicht anders.

Vielleicht weil sie genau das verkörpert, was er will. Was zum Greifen nah, aber noch nicht erobert ist.

Amerika.

Kalifornien.

Das andere Leben.

Er sieht sie schon als Mutter seiner amerikanischen Kinder. Sie ist schön, frei, glücklich auf diese sorglose kalifornische Art, muss nicht an der langen russischen Leidensgeschichte tragen. Und die Kinder, die er von ihr bekommt, sind dann irgendwie von dieser Geschichte befreit.

Außerdem muss er sie einfach besitzen.

»Nimm sie als Mätresse«, sagt Mutter. »Wenn es unbedingt sein muss, miete ihr eine Wohnung, gib ihr Geld und Geschenke, tob dich aus, bis du sie satt hast, dann finde sie ab – und fertig. Aber *heirate* sie nicht!«

Wenn du sie heiratest, sagt Mutter, nimmt sie dir alles. Deine Liebe, dein Geld, deine Kinder, weil das in Amerika so ist, und ein Vater hat in Amerika keine Rechte. Sie wird dich ruinieren. Sie ist hinter deinem Geld her.

»Wenn du diese Hure heiratest«, sagt sie, »wird sie dich in den Dreck stoßen, aus dem sie kommt.«

Was natürlich den Ausschlag gibt.

Noch am selben Abend schenkt er Pam einen Ring.

Zwei Monate später heiraten sie.

Auf dem Rasen einer Privatvilla auf Maui lässt sie das geblümte Kleid für ihn fallen.

Hinterher erinnert sich Nicky an den Vanilleduft ihres Nackens, als er sie von hinten umarmte, die weiße Haut hinter ihrem Ohr küsste. Wie sie sich in seinen Armen wand und er in ihren Ausschnitt griff, ihre Brust umfasste, den knappen BH wegschob, ihren Nippel zwischen Daumen und Zeigefinger rollte, ohne dass sie sich wehrte, wie er auch die andere Hand nahm, beide Nippel mit den Daumen rieb und sie nach hinten griff – nicht, um ihn zu stoppen, sondern um seinen Kopf zu streicheln. Da ließ er seine Hand immer tiefer wandern, bis dorthin, wo sie feucht war.

Er erinnert sich an den kleinen Schrei, den sie dabei ausstieß, einen schamlosen Lustschrei, und er stimulierte sie mit dem Finger, bis sie in seinen Armen schmolz.

Es ist komisch, was man sich so merkt, denkt er, denn woran er sich erinnert, ist der Duft ihres Nackens und die Blumen auf ihrem Kleid. Wie das Kleid aussah, als er es von ihren Brüsten runterschob, dann über ihre Hüften streifte, wie es sich um ihre Füße knüllte und sie einfach aus dem Knäuel ausstieg und ihm, Nicky, die Arme entgegenstreckte.

Seltsam, denkt er, aber genau dieser Moment war Amerika, war Kalifornien für ihn, diese Einladung zur ungehemmten Lust, mit ausgebreiteten Armen und ausgebreiteten Schenkeln. Dieser kleine Lustschrei wird für immer mit *seinem* Kalifornien verbunden bleiben.

Und er denkt an ihre großen schwarzen Augen mit dem violetten Ton, als sie ihn später mit den Beinen umklammerte und tiefer in sich hineinstieß und ihn dort festhielt, bis sie kam und danach er kam und den Kopf an ihren Hals sinken ließ.

Und wie sie sagte: »Wenn du meinen Hals küsst, kann ich mich nicht mehr bremsen.«

»Warum hast du mir das nicht früher gesagt?«

»Weil ich mich dann nicht mehr hätte bremsen können.«

Dann zerkratzte sie seinen Rücken mit dem Brillantring, den er ihr zur Verlobung geschenkt hatte.

71

Eine ganze Weile genießen sie ihr kalifornisches Glück.

Der Immobilienmarkt boomt, sie schwimmen in Geld. Pam wird zur typischen südkalifornischen Hausfrau. Vormittags Fitness-Club, mittags lunchen mit den Damen, am Nachmittag Verhandlungen mit den Innenarchitekten, die aus dem Haus ein Schmuckkästchen machen sollen. Oder Termine in diesem oder jenem Salon, wo sie ihren Nägeln, ihrem Gesicht, ihrem Haar die rechte Pflege angedeihen lässt, gern zusammen mit den Damen, mit denen sie schon beim Lunch war.

Und abends steigen die Partys. Die Begegnungen mit tollen Freunden und interessanten Menschen.

Bald spürt sie, dass sie schwanger ist, und als Natalie geboren wird, sitzt Daddy am Bett wie ein guter Amerikaner und hilft ihr bei der Atemtechnik. Aber die war kaum nötig. Pamela hat eine heiter-entspannte Schwangerschaft hinter sich gebracht, und die Entbindung ist genauso unproblematisch.

»Ich bin eben eine russische Bäuerin«, scherzt sie. »Das nächste Baby kriege ich im Weizenfeld.«

»Du bist alles andere als eine Bäuerin«, versichert ihr Nicky.

Sie erinnert ihn daran, dass sie auf einer Farm großgeworden ist.

»Kannst mich gleich noch mal schwängern«, sagt sie.

Das lässt er sich nicht zweimal sagen.

Michaels Geburt läuft genauso glatt.

Pamela, denkt Nicky, ist die geborene Mutter. Unzertrennlich von den Kindern. Er muss sie förmlich zwingen, dass sie eine

Pflegerin anheuert und wenigstens einmal wöchentlich unter Menschen kommt. Er heuchelt Empörung, aber insgeheim freut es ihn.

Dass seine amerikanische Frau ein Hausmütterchen ist. Den ganzen Tag mit den Kindern verbringt, lange Spaziergänge mit ihnen macht, mit ihnen im Fitnessraum spielt, den er hinterm Haus gebaut hat. Dass sie malt, wenn die Kinder Mittagschlaf machen, in dem kleinen Atelier, das er ans Schlafzimmer anbauen ließ. Sie steht an der Staffelei, die Staffelei steht am Fenster, und sie malt das Meer.

Ihre Aquarelle sind nicht besonders gut, aber sie ist glücklich.

Während er wild rumvögelt.

Eine Frau hat er schon, jetzt sammelt er Mätressen. Pamela findet er immer noch anziehend, aber seit sie Mutter ist, ist sie für ihn nicht mehr so reizvoll, also versucht er es bei den herben Schönheiten des Tennisclubs. Fährt mit ihnen nach dem Match zu einer verschwitzten Nummer ins Laguna Hills Resort oder ins Ritz. Pamela, das sind Mutterliebe und Gutenachtgeschichten. Er schnappt sich lieber die scharfen Serviererinnen, teilt mit ihnen eine Prise Koks und vögelt sie manchmal gleich auf der Motorhaube am Dana Strands Beach. Pams Freundinnen zu verführen macht ihm ein perverses Vergnügen – nicht dass es besonders schwierig wäre, Gott bewahre –, aber während sie sich auf harmlose Art an der Kunst versündigt, steckt er bei einer ihrer Freundinnen im Bett oder, genauer gesagt, in der Freundin selbst, und sie amüsieren sich köstlich mit Sprüchen wie: Macht Pam das mit dir auch? Oder *das*? Oder *das*? Um dann *das* oder *das* miteinander zu machen. Aber den größten Kick verschafft sich eine dieser Freundinnen damit, dass sie zu Pam geht und ihr alles brühwarm erzählt.

Er kommt am Abend nach Hause, alles ist gut, bis sie die Kinder ins Bett gebracht hat. Dann geht sie zu ihm und schlägt ihm mit dem Handrücken ins Gesicht.

»Warum denn das?«, fragt er.

»Wegen Leslie«, sagt sie. »Wenn du das noch mal machst, lasse ich mich scheiden und nehme dir die Kinder weg.«

Er packt sie beim Handgelenk, zwingt sie auf die Knie und erklärt ihr geduldig, dass es viele Leslies gab, gibt und geben wird – auch diese Leslie, falls ihm danach ist, und dass sie sich ganz bestimmt nicht scheiden lassen wird.

»Hier ist unser Deal«, sagt er. »Du hast das Haus, die Kinder, alles Geld und allen Luxus, den du dir nur wünschen kannst. All das, weil du meine Frau bist. Genieße es. Sei glücklich. Und jetzt hör mir gut zu: *Es wird niemals eine Scheidung geben. Du wirst niemals meine Kinder bekommen.* Du wirst ihre Mutter sein und meine Frau. Und ich werde so viele andere Frauen haben, wie ich will.«

»Und ich?«, fragt sie wütend. »Kann ich auch andere Männer haben?«

Da schlägt er sie zum ersten Mal.

Verpasst ihr eine schallende Ohrfeige.

Dann befiehlt er ihr, ins Schlafzimmer zu gehen, sich zurechtzumachen und im Bett auf ihn zu warten. Er blättert eine Weile in einem Antiquitätenkatalog, dann geht er hinauf. Wie befohlen liegt sie auf dem Bett, in einer blauen Korsage, und sieht auf fast trotzige Weise sexy aus.

Als könnte sie ihn mit der Darbietung ihrer Reize zurückerobern.

Nach dem Motto: Nimm dir nur andere Frauen. Aber so was wie mich findest du nirgends.

Und dazu ihre schwarzen Augen mit dem violetten Schimmer. Augen voller Wut, Angst und Trotz ...

Er packt sie an der Hüfte und dreht sie auf den Bauch. Legt ihre Hände aufs Kopfende und nimmt sie so, wie die Knastbrüder in Moskau ihre armen Opfer nehmen.

Macht Pam das auch mit dir?

Pam macht, was *ich* will.

Es dauert nicht lange, und Pam fängt an zu trinken.

72

Sie hatten gedacht, der Bauboom würde immer so weitergehen.

Hatten geglaubt, dass die Erfolgreichen im Land der ewigen Sonne, des blauen Wassers vom Glück verfolgt wären.

Aber der Grundstücksmarkt lässt nach, dann stagniert er, und Nicky ist bis über die Ohren verschuldet. Keiner kauft, keiner mietet, niemand investiert, doch die Gläubiger wollen ihr Geld.

Das Nicky nicht hat.

Er hat alles auf Gewinn gesetzt, und der Gewinn bleibt aus.

Wohnkomplexe, Mietshäuser, Bauland.

Alles wie tot.

Und das andere Geschäft? Nun, jedes Geschäft braucht Pflege, und Nicky hat es sträflich vernachlässigt. Die Brigaden machen, was sie wollen, liefern Prozente bei Nicky ab und behalten täglich mehr davon für sich. Schaller, Rubinsky und Tratchev konspirieren miteinander, um genau das zu tun, wozu er sie vor der Rezession ermutigt hat: Aus der Organisation auszusteigen und sich selbständig zu machen.

Und sie fangen an zu murren: Nicky steckt nicht genug ins Geschäft, Nicky ist schlampig, auf Nicky ist kein Verlass mehr.

Nicky ist Amerikaner geworden.

Lev und Dani warnen ihn. Dani drängt ihn, die Zügel zu straffen, bevor es zu spät ist. Seinem Sicherheitstrupp Arbeit zu geben, damit er gefürchtet wird, damit die Waffen nicht stumpf werden. Aber Nicky winkt ab.

Der Markt wird sich drehen, die Wirtschaft wird sich erholen. Glaubt er zumindest. So sehr, dass sie recht haben mit ihrem Vorwurf: Nicky ist schlaff geworden. Hat keine Lust mehr, die Kettensäge sprechen zu lassen

Und wirft dem schlechten Geld gutes Geld hinterher.

Kratzt alles zusammen, um Kredite zu bedienen, aber kriegt nie genug rein. Und der Markt sackt von Monat zu Monat tiefer in den Keller.

Seine Eigenheime, seine Mietshäuser stehen leer. Dazu kommen noch zwei Wohnprojekte, die er nicht fertigstellen kann, weil das Geld fehlt.

Um bei Laune zu bleiben, schnupft er Koks. Kauft Antikmöbel, die er nicht verkaufen und auch nicht behalten kann, aber er braucht das, um bei Laune zu bleiben, um Flagge zu zeigen. Er zahlt für Frauen, die ihn sechs Monate vorher umsonst bedient hätten. Er schenkt ihnen Koks, schenkt ihnen Antiquitäten, sie verschaffen ihm Erektionen und Machtgefühle – und sei es nur für ein paar Minuten.

Währenddessen trinkt seine Frau wie ein Fisch, schluckt Pillen und sorgt auf den Partys für peinliche Szenen. (»Wer von euch hat schon mit meinem Mann geschlafen? Ich bitte ums Handzeichen!«) Es kommt zu Handgreiflichkeiten, er stößt sie herum. Die Kinder starren ihn an, als wäre er ein Monster. Selbst sie, die Kinder, schlägt er ab und zu. (»Wagt es ja nicht, den Mund aufzumachen!«) Immer öfter kommt er abends nicht nach Hause.

Nichts davon entgeht der Aufmerksamkeit von Tratchev, Rubinsky und Schaller.

Wenn man nachts die Ohren spitzt, hört man die Wölfe schleichen.

Pam geht in den Entzug, kommt nüchtern zurück – und scharf wie eine Streitaxt.

Als Nicky ihr wieder zu nahe kommt, geht sie zur Polizei und erwirkt ein vorläufiges Kontaktverbot.

Und er kriegt Ärger mit der Justiz.

Ich habe in diesem Land Millionen Dollar ergaunert, denkt er. Ich habe geraubt, getötet und gestohlen, ohne dass ich Ärger mit der Justiz bekommen habe. Und wer hat mir das eingebrockt?

Meine eigene Frau.

Aber nicht mehr lange.

Denn Pam reicht die Scheidung ein.

»Ich habe dir gesagt, ich bringe dich um, wenn du das machst«, sagt Nicky. »Und es war mein voller Ernst.«

»Ist mir egal«, sagt Pam. »So kann ich nicht weiterleben.«

»Wenn du gehst, dann so, wie du gekommen bist. Mit nichts als ein paar Lumpen auf dem Leib.«

»Da irrst du dich«, sagt Pam. »Ich bekomme die Kinder und das Haus und die Hälfte von allem. Sogar von deinen wertvollen Möbeln.«

Könnte passieren, denkt Nicky. In diesem gottverfluchten Land, wo Männer keine Rechte haben. Sie geben dieser versoffenen Kuh meine Kinder, mein Haus, und sie durchleuchten meine Finanzen, was nicht nur teuer, sondern auch gefährlich wird.

Es bringt den ganzen Plan in Gefahr.

Einen Plan von so schlichter Eleganz, so ausgewogenen Proportionen, so vollendeter Symmetrie, wie nur ein Genie ihn ersinnen kann.

Das Verbrechen als Kunstform.

Der Plan, den Aufstieg vom russischen Banditen zum amerikanischen Millionär in *einer* Generation zu schaffen.

Und Pamela könnte den Plan gefährden.

Könnte seinen Traum zerstören und seine Existenz gleich mit.

Eines Nachts, bei einem besonders üblen Streit, zischt sie ihn an: »Mein Sohn wird kein Verbrecher!«

Nein, denkt Nicky, das wird er nicht.

In seiner Verzweiflung geht er zu Mutter.

Betritt mitten in der Nacht ihr Zimmer, setzt sich an ihr Bett und sagt: »Mutter, es könnte passieren, dass ich alles verliere – dass wir alles verlieren.«

»Dasjatnik, du musst handeln.«

»Was soll ich denn tun?«

»Das weißt du sehr gut, Dasjatnik«, sagt sie und nimmt sein Gesicht in ihre Hände. »Du weißt, was du zu tun hast.«

Ja, denkt Nicky. Ich weiß, was ich zu tun habe.

Ich muss die Organisation wieder in den Griff kriegen.

Meine Familie schützen.

Wieder zu Hause, beim Herumlaufen auf dem Rasen, kommt

ihm die Idee. Er lässt den Blick über die Küste schweifen, denkt an Great Sunsets, und die Idee steht ihm vor Augen.

In ihrer ganzen perfekten Symmetrie.

In ihrer schönen Ausgewogenheit.

Wie ein Gedicht. Wie ein gelungenes Möbelstück.

Alles in allem ein Meisterwerk.

Vollendet wie der Sonnenuntergang über Dana Strands.

73

»Überwiegende Wahrscheinlichkeit.«

Das ist die Rechtsformel, die Jack durch den Kopf geht, als er in seinem Büro sitzt.

Es ist das Maß an Wahrscheinlichkeit, das in Zivilprozessen gefordert ist, wenn etwas als erwiesen gelten soll. Bei Strafprozessen hingegen darf diese Wahrscheinlichkeit »keinem vernünftigen Zweifel« unterliegen. Und diese Unterscheidung ist wichtig im Fall Vale.

Wenn ich die Entschädigung ablehne, überlegt Jack, werden wir – mit allergrößter Wahrscheinlichkeit – verklagt. Und am Ende des Verfahrens wird der Richter die Geschworenen über die Beweislast informieren, und er wird ihnen erklären, wie die entscheidende Frage lautet: »Besteht eine überwiegende Wahrscheinlichkeit, dass Mr. Vale den Brand gelegt oder jemanden damit beauftragt hat?«

So jedenfalls schreibt es das Gesetz vor.

Die Wirklichkeit ist komplizierter.

Die zivilrechtliche Beweislast fußt auf der überwiegenden Wahrscheinlichkeit, so dass auch eine Jury, die diese Wahrscheinlichkeit bei 51 Prozent ansetzt, zugunsten der Versicherung entscheiden muss. So sollte es eigentlich funktionieren, aber Jack weiß, dass es so nicht funktioniert.

Denn die Geschworenen wissen genau, dass Brandstiftung eine Straftat ist. Und egal, was der Richter sagt – sie werden nicht nach Zivilrecht entscheiden, sondern nach Strafrecht, und einen Beweis fordern, der »keinem vernünftigen Zweifel« unterliegt.

Daraus folgt für Jack, dass er verdammt gute Beweise für den Vorwurf der Brandstiftung aufbieten muss, um die Jury davon zu überzeugen. Beweise nämlich, die keinem vernünftigen Zweifel unterliegen.

Also fragt sich Jack: Besteht die überwiegende Wahrscheinlichkeit, dass Vale den Brand legte oder dies in Auftrag gab?

Ja, diese Wahrscheinlichkeit besteht.

Aber unterliegt sie keinem vernünftigen Zweifel?

Jack nimmt einen Briefbogen und ein Lineal und zieht zwei senkrechte Linien, so dass er drei Spalten hat. Über die Spalten schreibt er: BRANDURSACHE, MOTIV, TATGELEGENHEIT.

Nicky ist hoffnungslos verschuldet, seinem Haus droht die Pfändung, es kommt eine große Abschlussrate auf ihn zu, die er nicht bezahlen kann. Er hat Schulden beim Finanzamt, auch seine Firmen sind in Not. Er verkauft seine geliebte Yacht mit Verlust, weil er dringend Geld braucht. Er hat Unsummen in antike Möbel investiert, doch die Möbel, die er verkaufen will, wird er nach Bekunden von Vince Marlowe nicht los. Die Möbel, an denen er hängt, verkauft er trotzdem nicht. Seine Frau will sich scheiden lassen, und das würde seine geschrumpften Vermögenswerte zumindest halbieren.

Das Motiv ist klar, denkt Jack. Nicky sitzt gewaltig in der Klemme.

Das Motiv spricht für sich, bei der Tatgelegenheit muss Jack nachhelfen, die Brandursache dürfte keine Probleme bereiten.

Falls nicht Unfall-Bentley mit seiner Wodka-und-Zigaretten-Theorie punktet.

Jack teilt die drei Spalten in je zwei Hälften auf.

Als er die Tabelle fertig hat, sieht sie so aus:

Brandursache		*Motiv*		*Tatgelegenheit*	
+	–	+	–	+	–
Brand- beschl.	Bentley	Hypo- thek- Zahlungs- termin			Alibi
					Türen ver- schlossen
Gieß- muster		Steuern			
	Zig./ Wodka			Fenster verschl.	
Brand- herde	Brandlast	fehlende Einkünfte		Abstand z. Haus	
Alligator- muster		Scheidung		Hund draußen	
verbr. Bett				Versöhnung	
Loch im Dach				Augen- zeuge 4:45	Brand
Bruchmuster Scheibe					
Rote Flammen				Falschaussage	
	was ist ver- brannt?				
alles obige plus:	Zig./ Wodka	alles obige plus Hass?		alles obige	
kein Rauch i. d. Lunge					
Carboxyhämo- globin	Alkohol +CO				Alibi
Boxerhaltung Position der Leiche					keine Zeugen

Okay, denkt Jack, die Brandstiftung zuerst. Fangen wir mit der Brandursache an. Was sind deine drei stärksten Punkte? (Die »Dreierregel« laut Goddamn Billy: »Beweise immer in Dreiergruppen präsentieren. So mögen es die Geschworenen. Es sitzt immer ein Pfarrer, ein Priester und ein Rabbi im Boot.«

Also Punkt 1: Die positiven Proben führen Bentleys Wodka-und-Zigaretten-These ad absurdum. Punkt 2: Das Gießmuster. Es lässt sich mit keiner natürlichen Brandursache vereinbaren. Punkt 3: Mehrere Brandherde. Ebenfalls unvereinbar mit einer natürlichen Brandursache.

Und die Punkte, die dagegen sprechen?

Das Gegenargument lautet, dass bestimmte Gegenstände im Raum mit großer Hitze verbrannt sein könnten und daher den falschen Anschein mehrerer Brandherde erwecken. Bentley könnte also auch recht haben: Im Schlafzimmer standen viele Möbel, und die Indizien für einen Brandbeschleuniger könnten auch mit der hohen Brandlast erklärt werden.

Zumindest könnte dies vernünftige Zweifel am Tatbestand der Brandstiftung aufkommen lassen.

Nicht aber an den Proben. Die positiven Proben fügen das Geschehen zu einem stimmigen Gesamtbild.

Nun zum Motiv: Eine unausweichliche Geldklemme.

Die drei stärksten Punkte? Die fällige Abschlussrate, ausbleibende Erträge, Zahlungsverzug, und sie lassen sich beliebig ergänzen.

Punkte, die dieses Motiv entkräften könnten: keine.

Spalte 3, die Tatgelegenheit.

Die drei stärksten Punkte: Verschlossene Türen und Fenster ohne Einbruchspuren. Der ausgesperrte Hund. Die Auskunft des Wachmanns Derochik, der Nicky um 4 Uhr 45 zurückkommen sah.

Dazu kommt, dass Nicky gelogen hat. Jack hat seine Aussage auf Band, dass er nicht aus dem Haus gegangen ist, dass der Anruf ihn geweckt hat. Und damit dürfte er geliefert sein.

Punkte, die dagegen sprechen: Keine Zeugen, die Nicky am Brandort gesehen haben. Niemand, der ihn direkt belasten kann. Das Alibi der Mutter.

Aber Derochiks Aussage wird das Alibi durchkreuzen.

Die Tatgelegenheit ist also nicht so leicht nachzuweisen, aber aus dem Zusammenspiel von Brandursache und Motiv ergibt sich ein geschlossenes Bild.

Schließlich der Mord, der sich nicht vom Gesamtgeschehen trennen lässt. Keine Jury wird an das zufällige Zusammentreffen von Mord und natürlicher Brandursache glauben. Oder das zufällige Zusammentreffen von Unfalltod und Brandstiftung.

Damit haben wir ihn in der Zwickmühle, denkt Jack.

Die stärksten Anhaltspunkte für einen Mord?

Erstens: Die Zeitpunkte des Todes und der Brandstiftung liegen dicht beieinander.

Zweitens: Ihr Blut enthielt Alkohol und Barbiturate, aber es kann bezeugt werden, dass sie nicht mehr trank, und irgendein Fremder, wahrscheinlich ein Komplize ihres Mannes, löste ihr Valium-Rezept ein.

Anhaltspunkte, die dagegen sprechen?

Erstens, der Gerichtsmediziner hat Alkohol- und Medikamentenvergiftung als Todesursache angegeben.

Zweitens, Bentleys Bericht geht von Kohlenmonoxidvergiftung aus, die durch die Alkoholisierung beschleunigt wurde. Der Alkohol reduziert den Sauerstoff in der Lunge und verstärkt so die tödliche Wirkung des Kohlenmonoxids.

Möglich wäre es, denkt Jack.

Wenn sie getrunken hätte.

Wenn es keinen Brandbeschleuniger gegeben hätte.

Und wenn, denkt Jack, ich es nicht sofort gewusst hätte, als ich ihm in die Augen sah.

Und wenn der arrogante Hund nicht auf Band gelogen hätte.

Jack macht sich auf den Weg zu Goddamn Billy.

74

Viktor Tratchev ist sauer.

»Valeshin wollte ins Immobiliengeschäft abwandern«, sagt er zu seinem obersten Gorilla, einem Koloss von Mann, der schlicht und einfach »Bär« genannt wird. »Und jetzt denkt er, er kann wieder den Boss spielen, wenn ihm danach ist?«

Bär zieht die Schultern hoch. Den Ausdruck »rhetorische Frage« kennt er vielleicht nicht, aber er weiß, was man tut, wenn ihm eine begegnet.

Tratchev steigert sich in seine Wut. »Was bildet der sich ein? Dass ich mir das einfach bieten lasse? Dass ich mich in den Arsch ficken lasse?«

Damit trifft er relativ genau, was Dani und Lev, die an dem Nachmittag auf einen Tee vorbeigekommen sind, von ihm erwarten.

»Du hast deine Abgaben an den Pachan gekürzt«, hat Dani gesagt.

Um zirka 100 Prozent.

»Ist doch Quatsch«, sagt Tratchev.

»Ist kein Quatsch«, widerspricht Dani. »Denkst du, du hast es mit Idioten zu tun?«

»Ich –«

Dani stoppt ihn mit einer Handbewegung. »Behalt deine Lügen für dich, du machst es nur schlimmer. Hör zu, Viktor. Unter uns gesagt: Ich gebe ja zu, dass wir die Zügel gelockert haben. Und du hast es ausgenutzt. So ist der Mensch nun mal gebaut. Vielleicht liegt die Schuld auf beiden Seiten. Aber jetzt ist Schluss mit lustig. Der Pachan ist wieder der Pachan. Ab sofort, bis das Vertrauen wiederhergestellt ist, gehen sämtliche Einnahmen an uns, und ihr kriegt euren gerechten Anteil. Ihr werdet eure Aktivitäten verstärken, der Tag endet nicht mit den Abendnachrichten. Und wenn du nicht spurst, Viktor Tratchev, werde ich dir persönlich den Kopf absägen und dir ins offene Maul pissen. Danke für den Tee.«

Sie lassen Tratchev stehen, und Tratchev dreht fast durch.

»Den bringe ich um«, sagt er.

»Dani?«, fragt Bär.

»Den auch«, sagt Tratchev.

Und macht sich ans Telefonieren.

75

Goddamn Billy ist nicht allein. Am Bürofenster steht Tom Casey.

»Um es auf den Punkt zu bringen, Jack«, sagt Casey, »Sie wollen die Zahlung verweigern, weil der Pudel mal pinkeln musste.«

»Der Yorkshire Terrier«, sagt Jack. »Weil der Yorkshire Terrier mal pinkeln musste.«

Casey löst sich vom Fenster und grinst bedrohlich. »Wollen Sie mich verarschen, Jack?«

»Nie würde ich Sie verarschen, Tom.«

Das kann man ohne Weiteres glauben, denn Jack Wade und Tom Casey sind gute Freunde. Außerdem gilt Tom Casey als der fieseste Kalifornier aller Zeiten.

Das ist nicht nur Jacks Meinung, sondern ein offizieller Titel, der ihm bei einer Konferenz der kalifornischen Anwaltskammer verliehen wurde. Dazu kam es nach seinem inzwischen berüchtigten Vortrag über die hohe Kunst des Kreuzverhörs.

Caseys Vortrag war ein Scherz. Und der ging etwa so:

»Ein Anwalt kommt wegen Veruntreuung ins Gefängnis«, erzählt Casey den Zuhörern. »Als die Zellentür hinter ihm zuknallt, sagt sein Zellenkumpel, ein Riesenkerl und hundsgemein, ›hier im Knast spielen wir immer Mann und Frau. Was willst du lieber sein? Mann oder Frau?‹

Der Anwalt ist natürlich geschockt und will nichts von beidem sein, aber in Anbetracht der Alternativen sagt er: ›Ich will lieber der Mann sein‹.

›Okay‹, sagt sein Zellenkumpel, ›dann komm her und lutsch deiner Frau einen ab.‹«

Die Zuhörer halten entsetzt die Luft an, dann lachen sie los, und Casey erklärt ihnen: »Dieser Witz sagt Ihnen alles, was Sie über das Kreuzverhör wissen müssen. Fazit: Wenn es zur entscheidenden Frage kommt, sollte es keine Rolle mehr spielen, ob die Antwort ja oder nein ist.«

Damit hat sich Casey seinen Ehrentitel gewissermaßen verdient.

»Verdammt noch mal, Jack«, sagt Goddamn Billy, der gereizt ist, weil Casey im klimatisierten Büro bleiben wollte, in dem Rauchen verboten ist.

»Scheißegal, welche Hunderasse«, sagt Casey.

Jack studiert Caseys gediegene Garderobe. Heute trägt er einen perlgrauen Zweireiher von Halbert & Halbert mit weißem Hemd und roter Seidenkrawatte. Casey ist berühmt für seine Garderobe, besonders seine Krawatten. Im Büro witzelt man, dass in seinem begehbaren Kleiderschrank der Bus hält und in der Hemdenabteilung Pause macht, bevor er zur Krawattenabteilung weiterfährt.

Casey macht eine typische Anwaltsgeste und stellt Jack eine typische (rhetorische) Anwaltsfrage: »Könnte es sein, dass mir da etwas entgangen ist?«

»Ihnen ist eine ganze Menge entgangen«, erwidert Jack.

»Dann klären Sie mich auf«, sagt Casey, setzt sich hin, kreuzt die Beine und macht ein Unschuldsgesicht. »Bitte schön, legen Sie los.«

Ja, halten Sie Ihr Plädoyer.

Überzeugen Sie mich, überzeugen Sie die Geschworenen.

Überzeugen Sie mich nicht, werde ich Goddamn Billy empfehlen, die Entschädigung auszuzahlen.

Jack kennt das Spiel, er holt seine Tabelle raus und legt sie auf Billys Schreibtisch.

»Bentleys Theorie der Alkohol- und Schlafmittelvergiftung

stützt sich darauf, dass sie im Bett getrunken und geraucht hat«, sagt Jack. »Ich habe acht Zeugen, die beschwören können, dass sie bis mindestens zehn Uhr abends nüchtern war.«

»Da bleibt ihr noch die halbe Nacht –«

»Sie hatte keinen Alkohol im Haus.«

»Sie konnte welchen kaufen –«

»In Dana Point gab es nirgends welchen.«

»Weiter«, sagt Casey.

»Dieselben Zeugen können beschwören, dass Pam an dem Abend Angst hatte. Sie hat den Zeugen gesagt, dass Nicky sie umbringen wolle.«

»Hörensagen.«

»Man kann es vorbringen.«

»Vielleicht.« Casey lächelt.

»Sie würden es vorbringen.«

»Selbst wenn«, sagt Casey. »Was bringt's? Pamela Vale hatte Angst und war allein. Leider wurde sie rückfällig und suchte Trost bei ihrem alten Freund, der Flasche. Sie trank sich ins Koma, ließ die Zigarette fallen und starb an CO-Vergiftung oder Alkoholvergiftung, bevor das Feuer ausbrach. Ein tragischer Unfall.«

»Aber bevor sie sich ins Koma trank«, sagt Jack, »verschüttete sie Petroleum von der Garderobe quer durchs Zimmer bis zum Bett und auch unter dem Bett.«

Er reicht Casey das Laborprotokoll.

»Das hat mir Dinesh gefaxt. Bericht folgt in den nächsten Tagen.«

»Warum sagen Sie das nicht gleich?«

»Petroleum«, sagt Jack.

»Wie viel?«

»Zehn bis zwanzig Liter.«

»Damit ist Bentleys Theorie im Eimer«, sagt Casey. »Das Motiv?

Jack erklärt ihm die Motivlage.

»Das dürfte reichen«, sagt Billy.

»Nicht so flott, mein Guter«, sagt Casey. »Wir haben eine Brandursache, wir haben ein Motiv, aber was ist mit der Tatgelegenheit? Ihr habt keinen Nachweis, dass der Versicherte am Brandort war.«

»Und keinen Hinweis, dass ein anderer Zugang zum Brandort hatte«, sagt Jack.

»Ein Freund von Pamela Vale?«, fragt Casey. »Ein Liebhaber? Vale hat von Versöhnung gesprochen. Sie erzählt es ihrem Liebhaber: Sorry Charlie, es war sehr schön, aber nun ist es vorbei. Der Freund – verzeiht mir –, gerät in flammenden Zorn. Dir werd ich's zeigen! Er erwürgt sie und zündet sie an. Eine perfekte Methode, sich an ihr *und* dem Ehemann zu rächen.«

»Dieser Phantomliebhaber bringt sie um, legt den Brand, besorgt sich einen Schlüssel und schließt die Tür ab, als er geht? Warum sollte er?«, fragt Jack. »Außerdem gibt es nicht den kleinsten Hinweis auf einen Phantomliebhaber. Aber es gibt ja noch Leo.«

»Den Pudel.«

»Den Yorkshire-Terrier«, korrigiert ihn Jack. »Nicky wartet, bis die Kinder schlafen, bis auf den Straßen alles still ist, dann verlässt er Mütterchen Russland und fährt zum Haus am Bluffside Drive. Schließt die Tür auf. Der Hund bellt nicht, weil Herrchen kommt. Natürlich hat Herrchen einen Kanister Petroleum mitgebracht. Aber was weiß so ein Hund schon?«

»Um welche Zeit ist das?«, fragt Casey.

Jack zuckt die Schulter. »Drei? Halb vier?«

»Okay, weiter.«

»Nicky betritt das Schlafzimmer«, sagt Jack. »Vielleicht hat er eine Pistole oder ein Messer, jedenfalls zwingt er sie, Wodka zu trinken. Vielleicht vergewaltigt er sie, ich weiß es nicht. Aber er erstickt sie im Bett. Dann nimmt er das Petroleum und schüttet einen Teil in der Garderobe aus, zieht von dort eine Straße quer durchs Zimmer und schüttet noch mehr unter dem Bett aus und über ihrem Körper.«

»Warum, wenn sie schon tot ist?«, fragt Casey.

»Aus Wut«, sagt Jack. »Er übergießt sie von der Hüfte abwärts mit Petroleum.«

»Weiter.«

»Aber er kann den Hund nicht verbrennen. Bringt es einfach nicht über sich, den kleinen Leo zu rösten. Also setzt er ihn raus und schließt die Tür. Das dürfte um vier Uhr dreißig gewesen sein. Er geht wieder rein und zündet das Streichholz.«

»Eine Zündvorrichtung?«, fragt Billy.

»Ich tippe auf eine Zigarette, die er an ein Streichholzheftchen geklemmt hat. Dann bleiben ihm fünf bis zehn Minuten, bis die Stichflamme das Petroleum zündet. Die Fahrt bis Monarch Bay dauert neun Minuten. Der Wachmann sah ihn gegen 4 Uhr 45 kommen.«

»Eine Minute nachdem Meissner das Feuer gesehen hat«, sagt Casey.

»Und genau zu der Zeit, als er laut Aussage seiner Mutter nach den Kindern sah«, sagt Jack. »Das passt schon.«

»Wird der Wachmann aussagen?«

»Wenn er vorgeladen wird«, sagt Jack.

»Die Tatgelegenheit«, sagt Casey, »ist noch kein Tatbeweis.«

»Er hat auf dem Tonband gelogen«, sagt Jack. »Das ist fast so, als würde Pamela Vale selbst aussagen –«

»Das ist unser stärkstes Argument, da stimme ich zu«, sagt Casey. »Die Frage ist nur: Ist es stark genug?«

Zu dritt stehen sie am Schreibtisch und gehen Jacks Tabelle durch. Nach einer Weile sagt Billy: »Jack, was denkst du?«

»Nicht zahlen.«

»Tom?«

»Ich glaube, ihr geht ein großes Risiko ein.«

Er zitiert aus Bentleys Bericht und dem Befund des Gerichtsmediziners.

»Wenn Vale klagt«, sagt Casey, »müsst ihr zwei Beamte in den Zeugenstand holen und dazu bringen, dass sie ihre Berichte widerrufen. Das mögen Geschworene gar nicht.«

Jack sagt: »Wenn wir Ng das restliche Beweismaterial übergeben, wird er seinen Befund ohne Weiteres revidieren. Was Bentley betrifft ...«

»Der kann uns mal.«, sagt Casey.

Jack zuckt die Schultern.

»Ich weiß nicht, ich weiß nicht«, zweifelt Casey.

»Was ist mit dir, Billy?«, fragt Jack. »Wie siehst du das?«

Billy gibt sich einen Ruck, pfeift auf das Rauchverbot, klopft eine Camel aus der Schachtel, schiebt sie zwischen die Lippen, zündet sie an und nimmt einen tiefen Zug.

Er stößt den Rauch aus und sagt: »Entscheide du, Jack.«

»Wirklich?«

»Ja.«

»Weder Lebensversicherung noch Entschädigung«, sagt Jack. »Wir erklären die Policen für ungültig und klagen auf Rückzahlung des Abschlags.«

»Schreib den Brief«, sagt Goddamn Billy. »Informiere den Versicherten über unsere Entscheidung.«

Aber sicher, denkt Jack.

Mach ich doch gern.

76

Sandra Hansen steigt aus dem Lift des Ritz-Carlton, klopft an die Tür von Zimmer 813 und wartet, bis sich der FBI-Mann von innen meldet. Sie gibt sich zu erkennen, die Tür öffnet sich einen Spaltbreit, sie schlüpft hinein und macht schnell hinter sich zu.

Der FBI-Mann heißt Young, und sie kennt ihn seit drei Jahren – seit sie in der Taskforce »Bandenmäßiger Versicherungsbetrug« mitarbeitet, genauso wie die beiden anderen im Zimmer, Danny Banner von der Einsatzgruppe »Organisiertes Verbrechen mit russischem Hintergrund« und Sergeant Richard Jimenez aus L.A. Banner und Jimenez sitzen auf dem Sofa, bauen das Tonbandgerät auf und gehen ihre Notizen durch.

»Hallo, Jungs«, sagt Sandra Hansen.

»Hallo, Sandy.«

»Und Dr. Howard«, sagt sie.

Howard blickt von seinem Sessel hoch und wirkt ziemlich empört.

»Ich bin Sandra Hansen von California Fire and Life«, sagt sie. »Sie haben uns eine Menge Geld abgenommen.«

»Am Telefon sagten Sie, keine Polizei«, protestiert Howard.

»Oje! Da habe ich Sie wohl hintergangen, Dr. Howard, nicht wahr?«

»Ich könnte sofort gehen!«

»Dann gehen Sie doch.«

Aber sie weiß, dass Howard nicht gehen wird. Sie setzt sich in den Sessel gegenüber, holt eine Akte heraus und schlägt sie auf. »Gestern haben Sie eine Frau namens Lourdes Hidalgo mit der Diagnose Muskeltrauma behandelt. Hier ist der Behandlungsbericht. Das ist Ihre Unterschrift, nicht wahr?«

»Ja.«

»Das Problem ist nur, dass Lourdes Hidalgo bei einem Autounfall gestorben ist. Und zwar am Tag, bevor sie die Behandlung bei Ihnen begonnen hat.«

»Das sagte ich doch schon am Telefon! Da muss eine Verwechslung vorliegen. Ein Fehler in den Unterlagen.«

»Na schön. Wann haben Sie Mrs. Hidalgo behandelt?«, fragt Sandra Hansen. »Und mit wem wurde sie verwechselt?«

»Das weiß ich nicht.«

»Sie wissen es nicht, weil Sie total den Überblick verloren haben. Sie haben Lourdes Hidalgo nie gesehen, Sie haben einfach nur Papiere unterschrieben. Sie haben falsche Rechnungen für Leistungen unterschrieben, die Sie nie erbracht haben. Ist es so, Dr. Howard? Oder haben Sie ein Häufchen Asche mit Ultraschall behandelt? Selbst Sie würden das merken, nicht wahr, Dr. Howard? Dass Ihre Patientin aus einem Häufchen Asche besteht?«

»Sie haben keinen Grund, mich zu –«

»Doch, den habe ich. Die Asche von Lourdes Hidalgo wurde anhand des Gebisses identifiziert. Ich werde gegen Sie Anzeige erstatten. Wegen Betrugs an California Fire and Life. Sergeant Jimenez wird Sie über Ihre Rechte informieren und die Verhaftung vornehmen.«

»Das ist doch eine Lappalie!«, protestiert Howard.

»Wo haben Sie denn Ihren Abschluss gemacht?«, schaltet sich Banner ein. »So dumm können Sie doch gar nicht sein! Dieser Behandlungsbericht bringt Sie mit acht Morden in Verbindung. An acht Menschen, die in einem Lieferwagen verbrannt sind.«

»Damit habe ich nichts zu tun!«

»Und ob Sie das haben! Ihre Fließbandrechnungen waren das einzige Motiv für fingierte Unfälle wie diesen, der zufällig aus dem Ruder lief. Das macht Sie zum Mittäter.«

»Meine Anwälte werden –«

»– Ihr Testament vollstrecken«, sagt Jimenez. »Denn Sie leben nicht mehr lange. Ich kenne etliche Vollzugsbeamte, die von den Russen geschmiert sind. Die stecken Sie in eine Zelle, aus der Sie nicht mehr lebend rauskommen. Sie werden es nicht mal bis vors Gericht schaffen.«

»Mit anderen Worten: Todesstrafe – nur auf Grund des Tatvorwurfs«, sagt Banner. »Dazu müssen wir nicht mal einen Prozess gewinnen.«

»Wenn ich Sie verhaften lasse«, sagt Sandra Hansen, »werden Ihre Komplizen Sie umbringen, schon, damit Sie nicht reden. Wäre es wirklich nur eine Lappalie, würden sie vielleicht ein Auge zudrücken. Aber eine achtfache Mordanklage?«

Howard ist kein harter Typ. Er fängt an zu flennen. »Was wollen Sie von mir?«

»So gut wie alles«, sagt Sandra Hansen. »Sie werden uns zuarbeiten. Sie werden alle Ihre falschen Abrechnungen liefern. Sie werden uns die Namen Ihrer Komplizen nennen.«

»Am besten gleich«, sagt Banner. »Wer bringt Ihnen die Formulare zur Unterschrift?«

»Da kommen jetzt zwei Neue.«

»Namen!«, ruft Banner.

Howard zuckt die Schultern.

»Keine Namen?«, fragt Banner.

»Tut mir leid.«

Banner wechselt einen Blick mit Jimenez. »Was machen wir da? Verlesen Sie ihm seine Rechte.«

»Ich kenne die Namen nicht.«

»Kommen Sie! Wenn die anrufen, sagen sie doch ›Hier spricht ...‹«

»Ivan«, sagt Howard.

»Wollen Sie uns verarschen?«, brüllt Banner.

»Ivan und Boris. War wohl eher als Spaß gemeint.«

»Sehr witzig«, sagt Sandra Hansen.

»Können Sie die Leute beschreiben?«, fragt Young.

Als Howard mit der Beschreibung fertig ist, nimmt Banner zwei Fotos aus seiner Akte und legt sie auf den Tisch.

»Die sind es«, sagt Howard.

»Für wen arbeiten sie?«

»Keine Ahnung. Ich dachte, die machen das für sich selbst.«

»Spielen Sie nicht den Dummen«, sagt Banner. »Sie wissen genau, dass Sie mit der Russenmafia zusammenarbeiten, nicht mit irgendwelchen Trotteln aus Kiew.«

»Woher soll ich das wissen? Die zwei kamen einfach rein und sagten: ›Ab jetzt arbeiten Sie für uns.‹«

»Wurde jemals der Name Tratchev erwähnt?«, fragt Sandra Hansen.

»Nein.«

»Rubinsky?«

»Nein.«

»Schaller?«

»Nein.«

Jimenez wendet sich an Sandra Hansen: »Wollen Sie jetzt Anzeige erstatten?«

»Absolut.«

»Nein!«, jammert Howard.

Sandra Hansen steht auf, beugt sich so weit vor, dass sie fast mit Howard zusammenstößt, und zischt: »Hören Sie mir zu, Sie versoffener Quacksalber. Mir ist egal, ob Sie umgelegt werden. Für mich sind Sie der letzte Abschaum, und Sie haben nichts Besseres verdient. Ich werde Ihr beschissenes Leben so lange schützen, wie Sie mir nützlich sind. Wenn Sie nicht genau das tun, was wir Ihnen sagen, wandern Sie in den Knast, und um sicherzugehen, rufe ich Mr. Tratchev an und erzähle ihm, dass Sie zwei seiner Leute verraten haben. Ich schicke ihm das Video von diesem Gespräch. Also lächeln Sie für die Kamera, Dr. Howard!«

»Sie sind ein Unmensch.«

»Darauf können Sie wetten«, sagt Sandra Hansen.

»Ich fordere Zeugenschutz«, sagt Howard zu Banner.

»Zeugenschutz? Für solche wie Sie gibt es den nicht«, sagt Banner.

»Dann ziehe ich weg.«

»Was denken Sie, warum ich hier sitze!«, blafft Young. »Ich bin vom FBI! *Bundes*behörde für bla-bla-bla! Glauben Sie, Ihre Komplizen machen an der Grenze halt, wenn Sie nach Arizona abhauen? Die operieren *überall*, Sie Trottel. In Arizona, Texas, West Virginia, Ohio, New York ... Sehen Sie mich an, wenn ich mit Ihnen rede! Die Russenmafia raubt den Vereinigten Staaten wöchentlich fünf Millionen Dollar, und Sie helfen ihr dabei. So weit können Sie gar nicht fliehen, um denen zu entkommen. Oder mir.«

»Was soll er also tun?«, fragt Jimenez.

»Beim nächsten Treffen mit den Russen«, sagt Banner, »tragen Sie einen Sender.«

Howard schüttelt den Kopf. »Die bringen mich um.«

»Ist mir egal«, sagt Banner. »Sie werden mit denen reden und ein Treffen mit dem Boss fordern.«

»Das kann ich nicht.«

Jimenez sagt seinen Spruch auf. »Sie haben das Recht, die Aussage zu verweigern. Alles, was Sie sagen, kann und wird –«

»Okay, okay.«

Howard hält die Hände vors Gesicht und schluchzt. Das macht er etwa zwei Minuten lang, bis Sandra Hansen sagt: »Das halte ich nicht länger aus. Gehen Sie!«

»Wann und wo das nächste Treffen stattfindet, teilen wir Ihnen mit«, sagt Jimenez. »Sie liefern uns Informationen, wir liefern die Technik.«

»Das macht Ihnen sicher Spaß«, sagt Sandra Hansen.

Sie nimmt Howard beim Arm und hilft ihm aus dem Sessel. Bringt ihn zur Tür und sagt: »Danke fürs Kommen.«

Als sie wieder sitzt, sagt Young: »Er wird liefern.«

»Der Mann ist so gut wie tot«, sagt Banner.

»Üble Geschichte«, sagt Sandra Hansen.

Aber bei einer Operation dieser Größenordnung muss man Opfer einkalkulieren.

77

Ding-dong.

Nicky kommt an die Tür, ein Glas Champagner in der Hand.

»Trauerarbeit?«, fragt Jack.

»Jedem das Seine.«

»Ich weiß, dass Sie gespannt sind auf unsere Entscheidung«, sagt Jack. »Daher dachte ich mir, es gehört zum kundenfreundlichen Service unserer Versicherung, dass ich Sie persönlich informiere.«

»Worüber genau?«

Mütterchen Russland steht im Hintergrund und spitzt die Ohren.

»Das beglaubigte Schreiben geht Ihnen morgen zu«, sagt Jack. »Des Inhalts, dass wir alle Ansprüche aus der Lebensversicherung und der Feuerversicherung zurückweisen, mit der Begründung, dass Sie vorsätzlich gegen die Konditionen beider Policen verstoßen haben. Mit anderen Worten, es gibt hinreichende Beweise, dass Sie in den Tod Ihrer Frau und den Feuerschaden an Ihrem Haus verwickelt sind.«

Nickys Augen werden schmal und böse.

»Sie machen einen schweren Fehler«, sagt Nicky.

»Klar. Es wäre nicht der erste.«

»Und Sie haben nichts daraus gelernt?«

»Ich fürchte, nein.«

Der coole Nicky zuckt die Schulter und nippt an seinem Champagner.

Jack späht an ihm vorbei ins Haus und fragt: »Wollen Sie mich nicht auf einen Tee hereinbitten?«

Worauf Nicky ihm die Tür vor der Nase zuschlägt.

»Ich glaube, das war ein *Njet*«, sagt Jack.

In zwölf Jahren hat er sich nicht so gut gefühlt.

Wie am Ende einer langen Nacht.

78

Die Sonne geht auf, als hätte sie die ganze Nacht darauf gelauert, jemanden zu verbrennen.

Jack ist mit dem Surfbrett draußen und sieht es hell werden. Als die Sonne über den Bergrand blickt, ist es wie ein persönlicher Gruß: *Guten Morgen, aufgewacht, träumen kannst du später.*

Und mit der Sonne meldet sich der Wüstenwind.

Für Jack wird es ein heißer Tag.

79

Er muss nicht lange warten.

Drei Stunden später steht Paul Gordon bei Tom Casey im Konferenzzimmer, brüllend, rot angelaufen, und zeigt mit dem Finger auf Jack. Vielleicht erlebe ich zum ersten Mal, denkt Jack, dass ein Mensch einfach in Flammen aufgeht und verbrennt.

Was nicht die schlechteste Lösung wäre. Es gibt in ganz Kalifornien keinen Schadensregulierer, der nicht davon träumt.

Früher hatte es immer geheißen, Gordon sitze zur Rechten Gottes. Bis er der Versicherung Fidelity Mutual 40 Millionen Dollar Strafe wegen »bösen Willens« abjagte. Seitdem heißt es, Gott sitzt zur Rechten Paul Gordons.

Und das passende Äußere bringt Gordon mit: Groß, schlank, silbrige Haarpracht, eisgraue Augen, zerklüftetes Raubvogelgesicht. Es steht am Fenster und nutzt den Ausblick auf den Hafen von Newport als dramatische Kulisse, um Jack, Tom Casey und Goddamn Billy zu versichern, dass er Fire and Life die größte Geldbuße wegen »bösen Willens« in der gesamten Rechtsgeschichte anhängen wird.

Dass er seinen eigenen Rekord brechen wird.

»... was Fidelity Mutual zahlen musste, ist dagegen ein Pappenstiel ...«, sind Fetzen seines Gebrülls, die bei Jack hängenbleiben.«

»Was der gemacht hat! ... was der gemacht hat! ...«, dröhnt Gordon und zeigt auf Jack. »Er hat *meinem* Klienten – am Tag nach der Beerdigung seiner Frau – ins Gesicht gesagt, er hätte seine Frau ermordet und das Haus über ihr angezündet. Und dann fährt er zum Haus meines Klienten, um ihm das Ablehnungsschreiben persönlich zu überreichen!«

»Stimmt das, Jack?« fragt Goddamn Billy.

»Das stimmt.«

»Aber warum?«, fragt Billy und bereut es sofort, weil sich Jack zu Nicky umdreht, der auch dort sitzt, mit einem dünnen Lächeln im Gesicht, und verkündet: »Weil er seine Frau ermordet und dann das Haus über ihr angezündet hat.«

»Sehen Sie? Sehen Sie?«, brüllt Gordon. »Er macht es schon wieder!«

»Jack, halten Sie bitte den Mund«, sagt Casey. Er sitzt auf seinem Stuhl, schlürft seelenruhig seinen Kaffee und tut so, als wären sie nur hier, um über die Pokalchancen der Dodgers zu diskutieren.

Hier eine Geschichte über Casey: Casey geht mit Goddamn Billy zu einer Schlichtungsverhandlung und hat eine Zahlungsvollmacht über 100 000 Dollar in der Tasche. Der Klägeranwalt hält sein Plädoyer und fordert 5000 Dollar. Da springt Casey auf, haut mit der Faust auf den Tisch und brüllt: »Sehe ich aus wie der *Weihnachtsmann*?« Der Anwalt knickt ein und geht mit 2000 Dollar nach Hause.

Obwohl also Paul Gordon, der fieseste und gefürchtetste Klägeranwalt von ganz Südkalifornien, in seinem Büro rumtobt, ist Casey nicht wirklich beeindruckt. Denn Casey ist der fieseste und gefürchtetste *Verteidigeranwalt* von ganz Südkalifornien.

Und was man hier erleben kann – falls man ein Fan von Schadenersatzprozessen wegen bösen Willens ist –, ist ein Kampf zwischen zwei Superschwergewichten.

Gordon gegen Casey.

Mit den Fernsehrechten könnte man sich glatt eine goldene Nase verdienen, wenn man bedenkt, wie viele Anwälte scharf darauf wären, mitzuverfolgen, wie sich die beiden gegenseitig fertigmachen.

Das Lustige daran: Sie residieren beide im selben Bürokomplex. Beide haben sie ihre Büros in den »Black Boxes«, einem Glanzstück moderner Architektur aus schwarzem Glas und blanker Hybris. Die beiden Blöcke heißen »Black Boxes«, weil sie genauso aussehen, nur dass bei beiden die rechte untere Ecke abgeschnitten ist, so dass man befürchten muss, dass sie beim nächsten Erdstoß umkippen. Und das ist das Moderne an ihnen.

Casey also residiert in der einen Box, Gordon in der anderen, beide im elften Stock, und ihre Büros liegen einander gegenüber. Sie müssen nur die Rollos hochziehen, um sich gegenseitig zuzuwinken, was aber kaum zu erwarten ist.

Jedenfalls sagt Casey: »Jacks Verhalten war inakzeptabel, keine Frage, Paul.«

Gordon nickt halbwegs befriedigt, doch er weiß schon, dass etwas nachkommt, und Casey enttäuscht ihn nicht.

»Aber glauben Sie, Paul, dass sich die Jury auch nur einen Dreck um Jacks Fehlverhalten schert, wenn sie beschließt, dass Ihr Mandant ein Mörder und Brandstifter ist?«

»Die Jury wird nichts dergleichen beschließen, Tom.«

»Möglich«, sagt Casey und zuckt die Schultern. »Aber um das Chili noch ein bisschen nachzuwürzen, verspreche ich Ihnen schon jetzt, dass die Bundesanwaltschaft in den Prozess eingeschaltet wird, um eventuelle Straftatbestände gegen Ihren Klienten zu prüfen – falls Sie es wirklich zum Prozess kommen lassen wollen.«

Casey wendet sich lächelnd an Nicky und klärt ihn auf: »Bei Brandstiftung ist es möglich, dass die Bundesanwaltschaft das Verfahren an sich zieht.«

Nicky äfft Caseys Schulterzucken nach, was so viel besagt wie: Deinen Bundesanwalt kannst du dir sonstwohin stecken. Und er sagt: »Sie haben keine Beweise.«

»Mr. Vale, um einen Fachausdruck zu benutzen: Ich habe einen Sack voll Beweise«, antwortet ihm Casey.

Und packt ihn schon mal aus.

Brandursache.

Motiv.

Tatgelegenheit.

Mit besonderem Gewicht auf der Tatgelegenheit, denn hier kann er Nicky der Lüge überführen.

»Laut Wache sind Sie um 4 Uhr 45 nach Hause gekommen«, sagt Casey.

»So?«

Jetzt schluckt der ach so coole Nicky.

»Damit sind Sie im Eimer«, sagt Jack.

Um mal zu sehen, ob er Paul Gordon ein bisschen auf Trab bringen kann.

80

Es gelingt ihm auf Anhieb, Gordon geht hoch wie eine Rakete.

Es dauert geschlagene zehn Minuten, bis Casey ihn wieder beruhigt hat. Das bewerkstelligt er, indem er eine Praktikantin zu dem kleinen Coffeeshop eine Treppe tiefer schickt und einen Cappuccino Grande holen lässt. Mit fettarmer Milch und einer Prise Muskat.

»Koffeinfrei!«, ruft er der Praktikantin hinterher.

In der südkalifornischen Justizwelt ist es längst herum, dass Gordon einen Cappuccino-Fimmel hat. Der geht so weit, dass einer seiner Kompagnons nichts anderes zu tun hat, als dafür zu sorgen, dass vor jeder Sitzung, die der Herr Anwalt besucht, zwei Tassen Cappuccino an seinem Platz stehen.

Gordon sitzt also heftig schnaufend in Caseys Büro, mit hochrotem Kopf und vielen kleinen Schweißtröpfchen auf der Stirn.

Ein prächtiger Anblick.

Und Casey kriegt schon mal einen Tipp, wie er Gordon vorführen kann, wenn es zum Prozess kommt: Er muss ihn nur toben und schäumen lassen. Den Rest erledigt die Jury.

Der Cappuccino kommt, Gordon nimmt einen langen Schluck, der ihn sichtlich beruhigt, und sagt zu Nicky: »Fangen Sie an.«

Womit soll er anfangen?, wundert sich Jack. Aus dem Fenster zu springen?

Aber Nicky denkt nicht daran.

Er streift Jack kurz mit seinem coolen Blick und sagt: »Der Vorwurf, dass einer meiner Angestellten ein Rezept von Pamela einlöst, ist lächerlich. Die angebliche Aussage der Torwache ist ebenfalls lächerlich. Ich weiß nicht, mit wem Sie geredet haben, ob Sie überhaupt mit jemandem geredet haben. Ich weiß nur, dass ich den ganzen Abend bis zum Morgen bei meinen Kindern war, so wie ich es bei meiner Aussage auf Band gesprochen habe.«

Gordon legt ein Schreiben auf den Tisch. »Das ist die notariell beglaubigte Aussage von Mr. Michael Derochik, dem diensthabenden Wachmann in der Nacht des Brandes, in der er bestätigt, dass er Mr. Vale an dem Abend nach 20 Uhr 30 weder hat kommen noch wegfahren sehen.«

Nein, Nicky springt nicht aus dem Fenster, denkt Jack.

Es war die Tatgelegenheit, die eben über Bord gegangen ist.

Nicky redet weiter. »Was meine Finanzen betrifft, habe ich Mr. Wade klargemacht, dass ich ein internationaler Geschäftsmann bin und meine Liquidität daher großen Schwankungen ausgesetzt ist. Wie die Gezeiten, mit Ebbe und Flut. Würde Mr. Wade sich die Mühe machen, meine Konten zu überprüfen, könnte er sich überzeugen, dass ich durchaus in der Lage bin, meine privaten und geschäftlichen Verbindlichkeiten zu erfüllen. Was mein Haus betrifft, gibt es keine Rückstände bei der Bedienung der Hypothek, und ich besitze reichlich Mittel für die bevorstehende Abschlussrate.«

Damit steht das Motiv auf der Kippe.

Aber ich hab ja noch die Brandursache, denkt Jack. Solange es Brandstiftung ist, folgt alles andere.

Für etwa fünf Sekunden.

»Ihre Proben zeigten Spuren von Brandbeschleuniger?« fragt Gordon. »Officer Bentley hat Proben genommen und in einem staatlichen Labor analysieren lassen. Alle Proben waren negativ. Es gibt zwar Spuren von brennbaren Flüssigkeiten, und wahrscheinlich handelt es sich um das Terpentin, das bei Kieferndielen zu erwarten ist. Aber Petroleum? Nun, ich weiß nicht, wo Mr. Wade seine sogenannten Proben herhat, aber ganz bestimmt nicht aus dem Haus meines Mandanten. Soviel kann ich Ihnen versichern.«

Da haben wir's, denkt Jack.

Wenn er jetzt ans Fenster geht, sieht er die Überbleibsel von Brandursache, Motiv und Tatgelegenheit zerschmettert auf dem Parkplatz liegen.

»Ich reiche heute noch Klage ein«, sagt Gordon. »Vertragsbruch, unsachgemäße Ermittlungen und böser Wille. Wenn Sie sich außergerichtlich einigen wollen, bringen Sie 50 Millionen Dollar mit, oder Sie können gleich wegbleiben.«

»Fünfzig Millionen Dollar?«

Gordon strahlt und nickt. »Zusätzlich zu dem, was die Regulierung des Schadens kostet.«

»Das ist eine gottverdammte Nötigung und weiter nichts!«

»Ein Pappenstiel«, höhnt Gordon.

»Sie haben Ihre Zeugen, wir haben unsere!«

Sie stehen schon draußen vorm Fahrstuhl, als Gordon sagt: »Vielleicht noch ein bisschen Schärfe zum Chili? Was die Behauptung betrifft, Dr. Ng habe meinen Mandanten kontaktieren wollen und sei von dessen Anwalt brüskiert worden, haben wir eine von Ng unterzeichnete Erklärung, dass nichts dergleichen stattgefunden hat. Ich weiß nicht, wie Mr. Wade zu dieser Behauptung kommt, aber Sie dürfen sicher sein, dass wir ihn unter Eid dazu befragen werden. Und in Anbetracht dessen, dass Mr. Wade bereits wegen Meineids und Beweisfälschung vorbestraft ist, wäre es vielleicht für Sie an der Zeit, Mr. Wade, sich zu entscheiden ob Sie lieber Mann oder Frau sein wollen.«

Kurz vorm Betreten des Fahrstuhls macht Gordon eine dramatische Kehrtwende. »Ach, fast hätte ich's vergessen. Mr. Wade schläft mit Ms. del Rio, der Nutznießerin der Versicherungsleistungen, die meinem Mandanten verweigert werden. Wir haben Fotos, wie die beiden ziemlich früh am Morgen sein Haus verlassen, was auf betrügerische Absicht schließen lässt. Wir werden nicht zögern, die strafrechtliche Relevanz dieser Vorgänge ins Spiel zu bringen. Die außergerichtliche Einigung kostet 50 Millionen zuzüglich der Versicherungsleistung. Dieses Angebot steht 48 Stunden, Gentlemen. Damit Sie Zeit haben, das Geld zusammenzukratzen.«

Jetzt betritt Gordon den Fahrstuhl, muss aber noch auf Nicky warten, der Jack bei der Schulter nimmt und ihm was ins Ohr flüstert.

»Du hast es wieder nicht kapiert.«

Jetzt kapiert Jack, dass er aufs Kreuz gelegt wurde.

81

Jetzt brennt die Luft, denkt Jack, als er mit Vollgas zum Brandort fährt.

In der Hoffnung, dass es noch nicht zu spät ist.

Was für eine Falle! Nicky Vale will nicht nur die Versicherung kassieren, er ist scharf auf den Hauptgewinn der kalifornischen Justizlotterie. Er musste nur einen fetten Köder auslegen, mich dazu bringen, die Auszahlung zu verweigern. Und zack!

Ich bin direkt hineingetappt.

Du bist ein kompletter Idiot, Jack Wade.

Er kommt zu spät.

Der Westflügel des Hauses ist planiert.

Dort wo der Westflügel stand, steht jetzt Unfall-Bentley, zusammen mit einem Polizeioffizier.

»Hab mir schon gedacht, dass du hier aufkreuzt«, sagt Bentley.

»Wann ist das passiert?«

»Heute morgen«, sagt Bentley. »Ich habe Mr. Vale erklärt, dass der Brandschaden ein Sicherheitsrisiko darstellt und dass er es beseitigen soll. Wer haftet schon gern für irgendwelche Unfälle, nicht wahr?«

Die Beweise sind vernichtet, denkt Jack. Die Spuren des Brandbeschleunigers.

»Ich habe alles fotografiert und gefilmt, in doppelter Ausführung, du Idiot.«

»Klar. Und du hast sogar Proben genommen«, sagt Bentley. »Jetzt verschwinde, du hast hier keinen Zutritt.«

»Wo hast du deine Proben genommen?«

»Im Haus. Bevor du kamst.«

»Wie viel hat Vale dir dafür bezahlt?«

»Verschwinde, Jack. Bevor ich dich verhafte.«

»Also, was ist dein Schnitt? Was bringt dir die tote Frau an Rente?«

»Mach, dass du wegkommst!«

»Du hast mich aufs Kreuz gelegt, Brian.«

»Du hast dich selber aufs Kreuz gelegt«, sagt Bentley. »Wie immer. Ich hab dir gesagt, du sollst hier nicht rumstochern. Aber du wolltest ja nicht hören.«

»Die Sache ist nicht vorbei.«

»Glaub mir, Jack, sie ist vorbei.«

Jack geht zu seinem Mustang zurück und fährt nach Monarch Bay.

»Kann ich Ihnen helfen, Sir?«, fragt der Wachmann.

»Wo ist Derochik?«

»Der Mann, der hier gearbeitet hat?«

»Ja. Wissen Sie, wo er ist?«

»Nein. Sie?«, fragt der Wachmann. »Er hat nur angerufen und gesagt, dass er nicht mehr kommt. Wir haben ganz schön Probleme deswegen.«

»Wissen Sie, wo er wohnt, wo ich ihn finde?«

»Sagen Sie uns Bescheid, wenn Sie's rauskriegen.«

Jack wird es nicht rauskriegen. Mike Derochik ist längst über alle Berge.

Jack fährt weiter zur Shopping Plaza von Monarch Bay, zum Drugstore. Er weiß schon, was er zu hören kriegen wird.

Oder wen er nicht antreffen wird.

Kelly, die Apothekerin.

Am Schalter steht eine andere.

»Ist Kelly da?«, fragt Jack.

Die Frau strahlt ihn an. »Wieder ein Verehrer von Kelly! Nein, sie hat ganz überraschend gekündigt.«

»Wissen Sie, wo sie hin ist? Wo ich sie finde?«

»Ja und nein«, sagt die Apothekerin. »Ich weiß, wo sie hin ist, aber ich weiß nicht, ob Sie sie dort finden.«

Jack hat keine Lust auf Spielchen. »Was wollen Sie damit sagen?«

»Tut mir leid«, sagt die Frau. »Aber mir reicht es mit diesen Kellys. Und Ihnen sollte es auch reichen, wenn Sie klug sind. Kelly ist gestern abend nach Europa abgereist. Hat einen ›tollen Typ‹ kennengelernt, der ihr die Welt zu Füßen legt. Wenn Sie das nicht toppen können, werden Sie kein Glück bei ihr haben.«

Um Glück geht es hier wohl weniger, denkt Jack. Die haben jeden Schritt berechnet.

Jeden Schritt, den ich mache.

Er fährt weiter zu Pacific Coast Mortgage and Finance und ist noch nicht aus dem Auto gestiegen, als Gary schon rausgerannt kommt.

»Hey, Nicky war hier«, sagt er. »Hat alles bezahlt. Auch die Abschlussrate im voraus.«

»Ist das wahr?«

»Yeah, Buddy! Der ganze Stress war umsonst.«

Yeah, Buddy.

Von Surfer zu Surfer.

Jack trifft Ng zu Hause an.

Ein sehr nettes Reihenhaus in einer Seitenstraße von Laguna Niguel. Das Haus frisch gestrichen. Blassblau. Ein Basketball-Korb am Garagentor.

Der Gerichtsmediziner kommt in T-Shirt und Pyjamahose an die Tür.

»Ich hab geschlafen, Jack.«

»Darf ich reinkommen?«

»Warum nicht?«

Ng führt ihn in ein kleines Zimmer. Antiker Schreibtisch, umgeben von Bücherwänden ohne viel Schnickschnack. Ng setzt sich auf seinen Bürostuhl und winkt Jack zu dem großen Ledersessel am Fenster.

»Bist du allein im Haus?«, fragt Jack.

»Meine Frau ist arbeiten, die Kinder sind in der Schule. Was willst du?«

»Du weißt, was ich will.«

Ng nickt. Er greift unter die grüne Schreibunterlage nach einem kleinen Stapel Polaroidfotos und reicht ihn Jack.

Zwei asiatische Kinder auf einem Spielplatz. Junge und Mädchen, in Fußballtrikots. Man muss nicht lange raten, wessen Kinder das sind.

Jack gibt die Fotos zurück. »Er hat seine Frau ermordet«, sagt er.

»Vermutlich.«

»Und kommt damit durch.«

»Vermutlich.«

Und kassiert 50 Millionen.

Jack steht auf. »Okay«, sagt er.

Ng nickt.

Wieder im Auto, weiß er, dass dieser Weg versperrt ist. Dass die Blut- und Gewebsproben längst im Sondermüll gelandet sind.

Das Geld, denkt er, arbeitet so nicht. Wenn das Geld einen Gerichtsmediziner einschüchtern will, verklagt es den Gerichtsmediziner, schwärzt ihn bei seinen Vorgesetzten an oder pinkelt ihm sonstwie ans Bein. Das Geld erpresst ihn nicht mit seinen Kindern.

Nein, das machen nur Gangster.

Jack fährt zurück zu Fire and Life, startet alle Computer- und Telefonabfragen noch einmal – und siehe da, Nickys Konten sind prall gefüllt.

Kreditkartenabrechnungen ausgeglichen.

Die Geschäftskonten im Plus.

Und ich bin der Dumme, denkt Jack.

Nicky hat mich aufs Kreuz gelegt. Hat falsche Beweise ausgestreut, damit ich die Zahlung verweigere, und dann die Falle zuschnappen lassen.

Hat mich und Fire and Life in eine gigantische Schadenersatzklage hineingetrickst.

Und jeden meiner Schritte vorausberechnet.

82

Jack ignoriert das Schild KEIN ZUTRITT.

Ebenso das Schild ZUTRITT NUR MIT SONDERAUSWEIS.

Er schiebt den Wachmann beiseite, der ihn stoppen will, und öffnet die Tür zu Sandra Hansens Büro.

Sie sitzt an ihrem Schreibtisch.

Jack beugt sich über den Schreibtisch.

»Lesen Sie meine Akte, Sandra?«

Die meisten Wachmänner sind Expolizisten, und dieser hier, ein müder Typ namens Cooper, fragt: »Soll ich ihn rauswerfen, Sandra?«

Jack dreht sich nicht mal um, als er sagt: »Ja, wirf mich doch einfach raus.«

Sandra Hansen winkt Cooper hinaus. »Ist schon gut.« Sie steht auf und schließt die Tür hinter ihm.

»Ich habe Ihnen doch gesagt, dass wir diesen Vorgang verfolgen.«

»Aber nicht, dass Sie Vale über jeden meiner Schritte informieren.«

»Sie leiden unter Verfolgungswahn, Jack.«

Klar, denkt Jack. Ich leide unter Verfolgungswahn.

»Vale war über jeden meiner Schritte informiert.«

»Dann sollten Sie sich vielleicht ein paar neue Schritte überlegen.«

»Er verlangt 50 Millionen Dollar.«

»Das hätten Sie vorher regeln sollen.«

Sie kramt weiter in ihren Papieren.

»Kann es sein, dass Vale in Bandenkriminalität verwickelt ist?«, fragt Jack.

»Wie kommen Sie darauf?«

»Er hat drei Zeugen eingeschüchtert und wie durch ein Wunder seine Schulden getilgt. Er hat mich in die Falle gelockt. Sie haben ihm dabei geholfen, und ich weiß nicht, warum.«

»Sie hatten die Karten in der Hand«, sagt sie. »Jetzt ist es zu spät.«

Jack haut mit der Faust auf den Schreibtisch. »Ich habe *nichts* in der Hand!«

»Das meine ich ja.«

Jack atmet tief durch. »Okay, was wollen Sie?«

»Jetzt nichts mehr«, sagt sie. »Jetzt haben Sie nichts mehr zu bieten. Vorher wollte ich etwas von Ihnen, nämlich dass Sie sich aus der Sache *raushalten*. Das haben Sie nicht getan. Jetzt sind Sie gezwungenermaßen draußen, jetzt brauche ich Sie nicht mehr.«

»Geben Sie mir, was Sie über ihn haben, Sandra«, sagt Jack.

Sie zuckt die Schultern. »Wir haben Vale keine Informationen gegeben. Und wir haben keine Informationen über Vale, die wir *Ihnen* geben könnten.«

»Er hat seine Frau ermordet.«

»Das behaupten Sie.«

»Er hat sein Haus angezündet.«

»Das ist Ihre Darstellung. Eine andere besagt, dass Sie mit der Schwester der Verstorbenen seit längerem unter einer Decke stecken und die Ihnen mit ihrer *chucha* auch allerlei Fehlinformationen über die Verstorbene verkauft hat. Wenn ich Ihnen einen Rat geben kann, Jack: Geben Sie's auf. Verkriechen Sie sich! Sie sind ein toter Mann.«

»Und Sie folgen dieser Darstellung, Sandra?«

»Allerdings.« Sie zieht ein paar Papiere aus der Schublade und legt sie auf den Schreibtisch. »Die beeidigte Aussage eines Restaurateurs. Er hat Sie dafür bezahlt, dass Sie ihm Aufträge von Versicherten zuschanzen. Hier die Aussage eines Versicherten. Er räumt ein, Sie bestochen zu haben, damit Sie der Überbewertung seines Hauses zustimmen. Die Staatsanwaltschaft gewährt beiden Zeugen Immunität. Es liegt bei Ihnen, Jack. Ich kann die Aussagen in die Schublade zurücklegen oder in die Chefetage schicken.«

»Warum stecken Sie sich die nicht in den Arsch und bringen sie persönlich in die Chefetage?«

»Mal wieder ganz der alte, nicht wahr, Jack? Wissen Sie, was auf Ihrem Grabstein stehen wird? ›Er hat es einfach nicht kapiert.‹«

»Also, wie viel zahlt Ihnen Nicky Vale?«

»Wie üblich liegen Sie hundertprozentig falsch. «

»Ich hoffe, es reicht für Ihre Rente, denn ich bleibe an der Sache dran. Selbst wenn ich gekündigt werde.«

»Das dürfte Ihre geringste Sorge sein«, sagt Sandra Hansen. »Wenn Sie sonst nichts weiter vorzubringen haben, bewegen Sie bitte Ihren Arsch aus meinem Büro.«

Jack bewegt also seinen Arsch aus ihrem Büro, streift Cooper mit einem fiesen Blick und verzieht sich in sein Kabuff.

Immerhin weiß er jetzt über zwei Dinge Bescheid.

Erstens: Nicky Vale gehört zu irgendeiner Mafia.

Zweitens: Sandra Hansen ist von ihm gekauft.

Und noch ein Drittes: Wenn er nicht schleunigst an Vales Akte rankommt, sind seine Tage bei Fire and Life gezählt.

83

Tom Casey äußert sich ganz ähnlich, als er Goddamn Billy eine telefonische Standpauke hält: »Es wäre nett gewesen, wenn mich in zwölf Jahren irgendjemand aufgeklärt hätte, dass Jack wegen Meineids vorbestraft ist.«

»Jack Wade ist ein guter Mann.«

»Ja, er ist ein guter Mann. Um so schlimmer, dass er jetzt den Tritt kriegt.«

Als Jack in Billys Büro kommt, schaltet Billy das Telefon auf Zimmerlautstärke.

Jack hört mit, wie Casey sagt: »Wenn Gordon im Fall Vale gewinnt – und er wird gewinnen –, dann gräbt er jeden Schaden aus, den Jack jemals abgelehnt hat – jede Brandstiftung, jeden Versicherungsbetrug –, und bringt ihn vor Gericht. Nicht nur, dass er jedesmal mit Jacks Meineid-Geschichte arbeiten kann, er kann auch den Vale-Prozess als Präzedenzfall benutzen. Der nächsten Jury wird er erzählen, dass Fire and Life zig Millionen zahlen musste, aber trotzdem nichts dazugelernt hat, jetzt also noch härter bestraft werden muss. Und so weiter. Bis Fire and Life alle strittigen Schäden auszahlt oder in Konkurs geht.

Und nicht nur Paul Gordon wird das so machen. Jeder kleine Winkeladvokat wird Blut riechen und sich auf die Beute stürzen. Jeder Klägeranwalt in Kalifornien, den wir einmal besiegt haben, wird Wiederaufnahme fordern und behaupten, Fire and Life habe auch in seinem Fall gelogen und betrogen. Ich werde Berge von Anträgen schreiben, um den Unsinn zu stoppen, aber irgendein Richter der Volksrepublik Santa Monica wird seine Aufstiegschance wittern, und da die Appellationsgerichte sowieso mit Politbüromitgliedern besetzt sind, werden wir in den Berufungsprozessen baden gehen.

Und Jack wird zum gefragtesten Zeugen überhaupt. Er muss bei jedem Berufungsprozess sein Sündenregister runterbeten, bis er Kalifornien verlässt, weil er die vielen Vorladungen satt hat. Aber wenn der Fall dann vor ein Bundesgericht geht, hilft ihm auch das nichts. Und dich werden sie genauso oft in den Zeugenstand zerren, um dich zu fragen, warum du einen korrupten Cop angeheuert hast.

Fünfzig Millionen sind kein zu hoher Preis, diesen Irrsinn zu stoppen. Und Jack den Arsch zu retten.«

»Ich will nicht, dass mein Arsch gerettet wird«, ruft Jack dazwischen.

»Aber ich will es, Jack!« sagt Casey. »Für eine Schlacht, die nicht zu gewinnen ist, muss man sich nicht opfern.«

»Wir können die Schlacht aber gewinnen«, sagt Jack.

»Sie wollen Paul Gordon vor Gericht besiegen?«, fragt Casey. »Ohne Beweise, mit Ihrem Hintergrund? Ich bitte Sie!«

»Geben Sie mir Zeit, die Beweise zu beschaffen«, sagt Jack.

»Die Zeit haben wir nicht. Die Chefetage drängt gewaltig. Wir sollen die Sache schleunigst ad acta legen. Die neuen Prämienfestlegungen stehen bevor. Einen so hochgehandelten Prozess können sie nicht brauchen. Erst recht keinen, der verloren geht. Sie wollen unbedingt schlichten.«

»Ohne mich können sie verdammt noch mal nicht schlichten«, ruft Billy, womit er recht hat, zumindest nach den Regeln des Hauses. Der Regionalchef der Schadensabteilung, in diesem Fall Billy Hayes, hat bei der Regulierung das letzte Wort. Damit soll verhindert werden, dass die schwarzen Schafe der Firma bei jedem Einspruchsverfahren als Zeugen geladen werden. Der Chef hält den Rücken hin, der Chef steckt die Prügel ein.

Doch dieser Chef ist hart im Nehmen.

»Wenn es sein muss, wirst du kaltgestellt«, sagt Casey.

»Das ist doch nur heiße Luft«, sagt Billy.

»... die schnell mal brennen kann.«

»Wissen die oben Bescheid über Jacks illustre Vergangenheit?«

»Ich habe ihnen nichts gesagt«, versichert Casey. »Ich baue

eher auf dein Einverständnis, dass wir ein grünes Pflaster draufkleben, dann braucht niemand was zu erfahren.«

Ein grünes Pflaster heilt alle Wunden – einer von Billys Sprüchen.

»Ich will nicht, dass die zahlen«, sagt Jack.

»Das haben Sie nicht zu bestimmen, Jack«, sagt Casey.

»Aber ich«, sagt Goddamn Billy. »Und wir zahlen diesem Dreckskerl keinen Cent!«

»Ich möchte Gordon zehn Millionen bieten«, sagt Casey. »Die abzulehnen, wird ihm schwerfallen.«

»Keinen verdammten Cent!«

»Billy, warum –«

»Weil er's gemacht hat, und wir wissen, dass er's gemacht hat!«

»Glaubst du, du kannst die Jury davon überzeugen?«, fragt Casey.

»Ja«, mischt sich Jack wieder ein.

Wie auf Bestellung, denn Casey antwortet ihm direkt. »Okay, Sie kriegen Ihren Deal. Wir stellen heute abend eine Fokusgruppe zusammen – wir organisieren einen Richter, Geschworene, und das ganze Drum und Dran. Sie machen Ihre Aussage, und ich nehme Sie ins Kreuzverhör.«

»Wann hast du dir das ausgedacht, Tom?«, fragt Billy.

»Heute morgen«, sagt Casey. »Ich hab es mit der Chefetage abgesprochen, um euren Arsch zu retten. Wenn ihr gewinnt, zahlen wir nicht, und ihr könnt weiter ermitteln bis zum Prozess. Wenn ihr verliert, gehen wir morgen früh in die Schlichtung. Das ist der beste Deal, den ich aushandeln konnte, Jungs.«

Ein irrer Deal, denkt Jack.

Mein Tod.

Geschlachtet von der Fokusgruppe.

84

»Unser Tod.«

Übersetzt aus dem Russischen, ist es genau das, was Dani zu Nicky sagt.

Sie machen einen kleinen Spaziergang auf dem Rasen von Mutters Haus.

So weit wie möglich vom Haus entfernt, denn der Zirkus da drinnen treibt Nicky zum Wahnsinn.

Es sind die Kinder, es ist der Hund – und vor allem Mutter. Genauer gesagt, ist es die unselige Troika aus Kindern, Hund und Mutter, weil die Kinder den Hund lieben und Mutter den Hund hasst. Die Kinder wollen den Hund im Haus, im Gegensatz zu Mutter. Der Hund will immer auf die Couch, und Mutter kriegt Anfälle. Der Hund will mit den Kindern schlafen, und die Kinder wollen mit dem Hund schlafen, aber Mutter will, dass der Hund draußen schläft, doch genauso gut kann sie ihm den Tod wünschen, was sie auch wirklich tut. Und die letzte Nacht war der Gipfel der Absurdität, weil Nicky den Hund draußen in einer Hundehütte festmachen und dann einen Wachmann neben der Hundehütte postieren musste, damit die Kinder aufhörten zu brüllen und der kleine Michael nicht, wie angedroht, ebenfalls in der Hundehütte schlief, bewaffnet mit einem Gummimesser, um Leo vor den Kojoten zu schützen.

Als Nächstes, denkt Nicky, ziehe ich einen Stacheldrahtzaun um das Sofa.

Und Mutter hackt ständig auf dem armen Michael rum. Natalie wird von ihr völlig ignoriert. Das Mädchen ist einfach Luft für sie, aber den Jungen erstickt sie mit ihrer überwiegend negativen Zuwendung. Nichts kann der Arme ihr recht machen. Den ganzen Tag geht es »Michael, nimm die Serviette, nicht den Ärmel«, »Michael, üb deine Tonleitern«, »Michael, nimm den Kopf hoch, ein Gentleman geht gerade.«

Wie eine alte Schallplatte, die einen Sprung hat, denkt Nicky. Ein Oldie but Goodie, wie die amerikanischen DJs sagen.

Treibt den Jungen zum Wahnsinn.

Und mich genauso.

Also ist es gut, dem Zirkus ein Weilchen zu entrinnen.

Einen Spaziergang auf dem Rasen zu machen, selbst wenn man dabei zu hören kriegt, dass man so gut wie tot ist.

»Tratchev verlangt eine Versammlung«, sagt Dani. »Heute Abend.«

»Heute Abend schon?«

»Damit wir uns nicht groß vorbereiten können.«

»Aber sie haben sich vorbereitet.«

»Logisch.«

»Sag die Versammlung ab.«

»Dann haben wir Krieg.«

»Okay, haben wir eben Krieg.«

Dani schüttelt den Kopf. »Sie sind stärker als wir.«

Nicky hört den stummen Vorwurf heraus.

Und er ist verdient.

In meinem Eifer, ein kalifornischer Businessman zu werden, habe ich die Zügel schleifen lassen. So sehr, dass es uns jetzt an den Kragen geht.

Sehr uncool.

»Dann sagen wir zu.«

Dani schüttelt wieder den Kopf.

»Bei der Versammlung«, sagt Dani, »wollen sie dich liquidieren.«

Tratchev hat die anderen Brigadiere überredet, und er hat leichtes Spiel. Valeshin will mich abkassieren, hat er ihnen gesagt, und ihr seid die Nächsten – wenn wir ihn nicht stoppen, und zwar schnell.

»Tratchev wird dir vorwerfen, dass du den Obotschek unterschlägst«, sagt Dani. »Ein schwerer Verstoß gegen die Statuten. Und diese Versammlung wird anders. Diesmal sind sie vorbereitet.«

Nicky bleibt kurz stehen, um den Duft der Bougainvilleen einzusaugen, das leuchtende Rot der Fuchsien zu genießen, das strahlende Blau des Ozeans und des Himmels. Schön!

»Das hier war es, was ich immer wollte!«

»Ich weiß«, sagt Dani.

»Ich fahre zu der Versammlung«, sagt Nicky. »Allein.«

»Das geht nicht.«

»Sollen wir etwa alle sterben?«

»Pachan –«

Nicky hebt die Hand. Genug.

Ich tue, was zu tun ist.

Ich mache einen Deal mit Tratchev und den anderen.

»Da ist noch was«, sagt Dani.

»Wunderbar!«

»Die Schwester.«

»Was ist mit der?«, fragt Nicky.

»Sie hat nach den zwei Vietnamesen gefragt.«

»Was? Woher weißt du das?«

»Sie stiftet Unruhe in Little Saigon«, sagt Dani. »Macht richtig Dampf.«

»Wie kommt die denn auf die zwei Vietnamesen?«

Du denkst, du bist sicher. Du denkst, du hast dein ganzes Können eingesetzt, um alle Klippen zu umschiffen, und dann kommt diese Fotze von Schwester ...

»Wir tun, was zu tun ist«, sagt Nicky.

»Sie ist ein Cop.«

»Das weiß ich selbst.«

»Man kann sie nicht kaufen.«

»Das weiß ich auch.«

»Ein zweiter Unfall, damit kommen wir nicht durch«, sagt Dani. »Zwei Schwestern –«

»Verdammt noch mal! Hier befehle ich!«

Ich weiß, es ist riskant. Aber was ist schon ohne Risiko? Ich hab die liebe Pamela nicht beseitigt und den Kindern die Mutter weggenommen, um am Ende alles zu verlieren.

Wir tun, was zu tun ist, ohne Rücksicht auf Verluste, und wir tun es schnell. Und wenn alles getan ist, haben wir 50 Millionen verdient. Mehr als genug für einen Neuanfang.

Aus der Asche keimt das frische Gras.

Aus Tod wird Leben.

85

Die rituelle Schlachtung von Jack Wade beginnt mit M&M-Peanuts.

Jack steht im »Observationsraum« hinter dem Einwegspiegel, mampft M&M-Erdnüsse und sieht sich die »Geschworenen« an, die gerade zur Tür reinkommen. Er kennt diese Observationsstudios schon von anderen Fokusgruppen, und ganz egal, was es dort gibt oder nicht gibt: An die Schalen mit M&M-Peanuts ist jedesmal gedacht.

Für die Nervösen, die unbedingt was mampfen müssen.

Ein Essen servieren sie auch immer, nur dass Jack nicht sonderlich scharf ist auf die blubbernde Lasagne vom Rechaud. Meist ist die Verpflegung bei solchen Anlässen ganz gut, aber heute Abend ist sie *richtig* gut: Außer Lasagne gibt es auch noch Basilikum-Hähnchen vom Grill, Fettuccine Alfredo, Caesars Salat – und zum Dessert Profiteroles. Und das alles auf richtigen Tellern, mit richtigem Besteck und echten Leinenservietten.

Die Qualität des Essens ist immer eine willkommene Vorlage für einen Gute/Schlechte-Nachricht-Witz.

Die gute Nachricht: Das Essen ist gut.

Die schlechte Nachricht: Das Essen ist nur deshalb gut, weil die Böcke von der Chefetage anrücken.

Casey hat das Catering bestellt.

Er weiß, dass die Chefs großen Wert aufs Essen legen, also ist es nur klug, sie ordentlich abzufüttern. Besonders wenn es um eine 50-Millionen-Rechnung geht.

Das Trinkgeld nicht gerechnet.

Jack sieht den Böcken beim Essen zu.

Die halbe Chefetage drängt sich um den Futtertrog. In seinen zwölf Jahren in der Firma hat Jack diese Leute nie leibhaftig zu Gesicht gekriegt, höchstens in ein paar internen Motivationsfilmchen. Aber Appetit haben sie, das muss man ihnen lassen.

Vizepräsidenten, alle miteinander. VP Schäden, VP Rechte, VP Öffentlichkeitsarbeit.

»Phil Herlihy, VP Schäden«, sagt Billy und zeigt auf einen älteren Herrn mit Wampe und weißer Mähne. »Kommt natürlich aus dem Vertrieb. Von Schäden versteht der nicht die Bohne.«

Dann zeigt er Jack einen langen, dürren Mittfünfziger: »Dane Reinhardt, VP Rechte. Der ist zu blöd, einen Richter zu bestechen, aber *uns* will er Vorschriften machen.«

»Jerry Bourne. VP Öffentlichkeitsarbeit.« Billy zeigt auf einen stämmigen roten Lockenkopf mit roter Nase, um die vierzig. »Sein Job ist es, Huren anzuheuern – für die Feuerwehrleute, die wir einladen. Und dann die Rechnungen in seinem Budget zu verstecken. Ein Vollidiot, aber wenigstens weiß er's. Genau wie Reinhardt, nur, der weiß es nicht. Der weiß nur, dass es viel sicherer ist, Schäden auszuzahlen, als vor Gericht zu gehen und zu verlieren. Nichts fürchtet diese Nullnummer von Jurist so sehr wie den Gerichtssaal. Aber auf Herlihy muss man aufpassen. Der schwingt die große Keule beim obersten Chef.«

Herlihys schweifender Blick bleibt an Billy hängen.

»Billy«, sagt Herlihy. »wollen Sie nichts essen?«

»Ich achte auf meine Figur.«

Herlihy fasst Jack ins Auge.

»Sind Sie dieser Jack Wade, von dem wir heute so viel gehört haben?«

»Bekenne mich schuldig.«

»Ihr Cowboys von der Schadensabteilung seid doch ...«

Mehr sagt er nicht. Als wäre er zu angewidert, um seinen Satz zu Ende zu bringen.

Jack findet, dass er darauf nicht antworten muss, also sagt er nur »Yippie-yeah-hy-ooo!« und geht weiter, was ihm bei Phil Herlihy, dem VP Schäden, nicht gerade Vorschusslorbeeren einbringt.

Der Observationsraum sieht aus wie ein kleiner Hörsaal.

Etliche Hörsaalbänke sind an den Boden geschraubt, der sich zum Einwegfenster hin absenkt. Das Buffet steht links auf dem flachen Gang zwischen Fenster und Tür. Am oberen Ende des Raums macht ein Techniker die Kamera fertig, um das Gemetzel für die Bosse aufzuzeichnen, die nicht an der Liveshow teilnehmen. Am unteren Ende steht ein Tisch von der Breite des Beobachtungsfensters, und am Tisch sitzen zwei Sachverständige mit Laptops und Stapeln von Fragebögen.

Außerdem haben die zwei Sachverständigen einen Monitor, der an die zwölf ProCon-Geräte der »Geschworenen« angeschlossen ist.

Das ProCon-Gerät ist ein simpler kleiner Joystick, mit dem der Geschworene seine »Gefühle« ausdrückt. Entweder pro oder kontra – wann immer ihm danach ist, und deshalb muss er die Hand während der ganzen Verhandlung auf dem Gerät liegenlassen. Gibt er Kontra, drückt er den Hebel nach unten, gibt er ein bisschen Kontra, drückt er ihn nur ein wenig. Bei Pro gilt das Gleiche. Ein bisschen Pro, und er zieht den Joystick ein wenig hoch, ein richtiges Pro, und er zieht ihn voll durch.

Im Grunde ist es nur die Hightech-Version der Daumenmethode, mit der die alten Römer über die Gladiatoren entschieden.

Doch mit dem Gerät kann man die »instinktiven« Reaktionen sofort messen, und zwar auf einer Skala von minus zehn bis plus zehn – und das bei jedem Geschworenen, bei jeder Frage und jeder Antwort. Die Geschworenen werden gründlich instruiert, dass sie nicht nachdenken sollen, nur reagieren. Bei einem schlechten Gefühl sollen sie drücken, bei einem guten Gefühl sollen sie ziehen.

Jack weiß, dass es nur die Bauchreaktionen sind, die so aufgezeichnet werden und die Gründe für die Reaktionen später in den Fragebögen nachzulesen sind. Aber er weiß auch, dass die genannten Gründe nur die nachgeschobenen Gründe für die Bauchreaktionen und das gefällte Urteil sind.

Egal was der Anwalt oder Richter sagt, die Jury entscheidet immer mit dem Bauch.

Das ProCon-Gerät spielt also eine Hauptrolle in diesem Verfahren.

Alle Leute im Observationsraum werden auf den ProCon-Monitor starren.

Nicht auf die Akteure im »Gerichtssaal« hinter der Einwegscheibe. Dort sitzen die »Geschworenen« auf einer nachgebauten Geschworenenbank, jeder mit einem kleinen Tischchen für den ProCon-Joystick. Dann gibt es einen Zeugenstand, einen Tisch für den Kläger, einen für den Beklagten – und ein Richterpult, hinter dem der Richter der Fokusgruppe sitzt.

Die zwei Sachverständigen, ein Yuppie-Pärchen, und der Moderator, ein etwas älterer Yuppie, kommen vom IFP, dem Institut für Prozessforschung, und was sie hier machen, ist ihr Beruf. Im Moment sind sie alle ein bisschen hektisch, weil es ein Eilauftrag ist. Den Nachmittag haben sie damit verbracht, eine demographisch korrekte Fokusgruppe zusammenzustellen. Alter, Geschlecht, Hautfarbe, Ausbildung, Beruf – alles muss dem Bevölkerungsquerschnitt von Südkalifornien entsprechen. Und dem Auftraggeber des Ganzen in den Kram passen.

»Welches Ergebnis wollen Sie sehen?«, hat sich der ältere Yuppie vorher bei Casey erkundigt.

Wenn sie ihren Auftraggeber zufriedenstellen wollen, müssen sie wissen, ob der eine echte Fokusgruppe will oder nur eine Zirkusshow. Oft wird die Fokusgruppe dazu benutzt, den Mandanten zu beeinflussen, ihn zu Klage oder Schlichtung zu bewegen. Und weil die Leute vom Institut für Prozessforschung schon wissen, welcher demographische Querschnitt für Kläger von Vorteil ist und welcher für Beklagte, können sie ihre Auswahl entsprechend treffen – je nach Wunsch des Auftraggebers.

So machen sie es auch mit den Fragebögen und den Beratungen der Geschworenen. Sie können für das Ergebnis nicht garantieren, aber den Wünschen des Auftraggebers sehr weit entgegenkommen.

Daher die Frage: »Welches Ergebnis wollen Sie sehen?«

»Ein möglichst genaues«, antwortet Casey darauf.

Zum einen, weil er für seine alten Freunde Billy Hayes und Jack Wade keine Potemkinschen Dörfer aufbauen will, zum anderen, weil er das Ergebnis schon kennt.

Er wird sie gegen die Wand laufen lassen.

Genau das denkt Jack auch, als er den Richter reinkommen sieht. Der Kerl trägt sogar eine schwarze Robe, als wäre die Verhandlung echt.

Und er kommt ihm sehr bekannt vor, der Kerl.

»Wir sind tot«, flüstert er Goddamn Billy zu.

Denn der Richter ist kein anderer als der pensionierte Richter Dennis Mallon.

Vom Prozess gegen Freddy Kuhl.

Teppichlager Atlas.

86

Mallon lässt den Hammer fallen, was bei der Jury die erwartete Heiterkeit auslöst, und er bittet sie, die Fragebögen auszufüllen. In der folgenden Verhandlung, erklärt er ihnen, werde es um eine Brandsache gehen.

»Sie hören eine kurze Aussage des Klägers, dann die des Beklagten. Danach füllen Sie bitte den entsprechenden Fragebogen aus. Dann hören Sie den Zeugen des Beklagten, der erst befragt und dann ins Kreuzverhör genommen wird. Danach, jawohl, kommt der nächste Fragebogen dran, und hinterher beraten Sie den Fall, als wären Sie eine richtige Jury. Anschließend bitte ich Sie, Ihren Spruch zugunsten des Beklagten oder des Klägers abzugeben, und ihren Spruch über die Höhe der Entschädigung, falls Sie im Sinne des Klägers entscheiden. Ich empfehle Ihnen, sich Notizen zu machen, aber stellen Sie sich bitte darauf ein, dass die Notizen nach der Verhandlung eingezogen werden.

Und bitte spielen Sie immer schön mit Ihrem Joystick, damit die Leute im Observationsraum Ihre Gefühle kennenlernen.«

Was ihm wieder zustimmendes Gelächter der Jury einbringt.

»Hältst du das für möglich?«, flüstert Jack Billy zu, »zwölf Leute, die fünfzig Dollar und ein warme Mahlzeit kriegen, sollen über zig Millionen Dollar entscheiden. Wozu dann die ganze Justiz, die ganze Wissenschaft, die ganzen Ermittlungen?«

»Ich halte alles für möglich«, sagt Billy.

»Tut mir leid, dass ich dich da reingezogen habe.«

»Du hast mich nicht reingezogen«, sagt Billy.

Casey erhebt sich vom Tisch des Klägers und lässt den Blick ein Weilchen auf den Geschworenen ruhen. »Sie hören jetzt die Geschichte eines gigantischen Versicherungskonzerns, nennen wir ihn Great Western Insurance, der einen Versicherten betrogen hat. Die Geschichte eines Mannes, der seine Frau und sein Haus verloren hat und von der Versicherung belogen, betrogen, bedroht und bedrängt wurde.«

Jack schaut auf den Monitor.

Eine Zehn minus.

»Sie werden hören«, fährt Casey fort, »wie diese Versicherung jahrelang seine Prämien kassierte, ihm versprach, in der Not für ihn da zu sein – und ihn dann, als der Notfall eintrat, als ihn ein schwerer Schicksalsschlag traf, des Betrugs, der Brandstiftung und des Mordes bezichtigte, statt ihm zu helfen und die ihm zustehende Entschädigung auszuzahlen.

Es ist die Geschichte eines Versicherungskonzerns, der glaubt, über dem Recht zu stehen, denn er wirft dem Versicherten Brandstiftung und Mord vor, obwohl es sich nach den Ermittlungen der Feuerwehr und der Gerichtsmedizin um einen Brandunfall mit Todesfolge handelt, obwohl die Polizei in dieser Sache weder ermittelt noch Anklage erhoben hat, obwohl mein Mandant weder wegen Brandstiftung noch wegen Mordes verurteilt wurde, obwohl er nicht die Gelegenheit bekam, sich zu diesem ungeheuerlichen Vorwurf zu äußern, geschweige denn in einem öffentlichen Verfahren zu rechtfertigen.«

Zwölf mal Zehn minus. Der ganze Monitor ist voller Zahlen.

»Es ist die Geschichte eines Mannes, meines Mandanten, nennen wir ihn Mr. White, der als Immigrant zu uns kam, mit einem alten Koffer und den Kleidern, die er auf dem Leibe trug. Der sich durch Fleiß, Ausdauer und harte Arbeit den Amerikanischen Traum erfüllte und Millionär wurde. Dieser Traum wurde durch einen tragischen Unfall und durch das willkürliche, bösartige und gewissenlose Agieren eines gierigen, mächtigen Konzerns zerstört, der lieber einen ehrlichen Mann zugrunde gehen lässt, als ihm auszuzahlen, was ihm zusteht.

Sie, liebe Geschworenen, sind die einzige Hoffnung dieses Mannes. Nur Sie können ihm helfen, das zu retten, was ihm noch geblieben ist. Seine Frau hat er verloren, seine Kinder sind mutterlos, sein Haus liegt in Schutt und Asche. Auch Sie können ihm seine Frau nicht zurückgeben, seine Kinder nicht trösten, aber Sie können ihm sein Haus und sein Hab und Gut ersetzen und den heimtückischen Konzern bestrafen, der das Leben meines Mandanten vielleicht noch schlimmer zerstört hat, als es das Feuer tat. Nur Sie können ihm und seinen Kindern eine Heimstatt zurückgeben. Und den Bossen des Versicherungskonzerns eine Botschaft zukommen lassen, die besagt: Wagt es nie wieder, diese abscheulichen Praktiken anzuwenden.

Mein Mandant legt sein Schicksal in Ihre Hände. Ich bin sicher, dass Sie die Stimme der Wahrheit erkennen und ihr gehorchen werden. Ich danke Ihnen.«

Überall Neun plus und Zehn plus.

Die Jury ist »glücklich«, wie Jack registriert.

»Ein Glück, dass dieser Halunke auf unserer Seite steht«, hört er Herlihy flüstern.

»Das ist Paul Gordons Standard-Eröffnung«, erklärt ihm Reinhardt. »Reine Routine.«

»Mist!«

Emily Peters, eine Kollegin von Casey, übernimmt die Erwiderung.

»Viel Glück, Emily«, sagt Jack.

»Es ist nicht leicht, einem solchen Vortrag etwas entgegenzusetzen«, beginnt sie. »Das war eine großartige Rede, ein Appell an Ihre Gefühle, der kein Auge trocken lässt. Aber, liebe Geschworene, ein Prozess sollte nicht nach Gefühl entschieden werden, sondern nach Recht und Gesetz – und aufgrund von Tatsachen. Das Gesetz schreibt auch vor, dass eine Versicherung keine Entschädigung zahlen darf, wenn der Versicherte sein Haus vorsätzlich angezündet hat. Und wenn Sie meine zwei Zeugen gehört haben, liebe Geschworene, werden Sie zu der Einsicht kommen, dass Letzteres leider der Fall ist.«

Vielleicht, vielleicht nicht, denkt Jack. Die Zahlen auf dem Monitor bewegen sich um die Null, Emily Peters kommt bei den Geschworenen nicht so gut an wie Tom Casey.

»Mr. White«, spricht sie weiter, »gehört zu der Sorte Menschen, die ihre Eltern ermorden und dann um mildernde Umstände bitten, weil sie Waise geworden sind –«

Keine Reaktion bei der Jury. Oh-oh, denkt Jack, wir haben schon verschissen.

Stimmt. Durchgängig Vier und Fünf minus.

»– und genauso verhält es sich in diesem Fall. Wie mein verehrter Kollege, Mr. Casey, ganz korrekt ausführte, haben die Ermittlungsbehörden auf einen Brandunfall mit Todesfolge erkannt. Er hat Ihnen jedoch verschwiegen, dass diese Ermittlungsergebnisse für eine Versicherungsgesellschaft nicht bindend sind. Great Western stellt sich nicht über das Gesetz. Das Gesetz schreibt vor, dass die Versicherung das Recht, ja die Verpflichtung hat, eine unabhängige Untersuchung des Schadens durchzuführen und ihre eigenen Entscheidungen zu fällen. Und das

Gesetz schreibt weiter vor, dass die Versicherung die Zahlung verweigern kann, wenn kein vernünftiger Zweifel besteht, dass der Versicherte mit überwiegender Wahrscheinlichkeit sein Haus selbst angezündet hat.

So lautet das Gesetz, ›mit überwiegender Wahrscheinlichkeit‹. Und wenn Sie nun unsere Zeugen hören und die Tatsachen, die sie vorlegen, sorgfältig abwägen, bin ich sicher, auch Sie werden zu dem Schluss kommen, dass Mr. White mit überwiegender Wahrscheinlichkeit ein Brandstifter und Mörder ist. Und statt ihm die Millionenentschädigung zuzusprechen, die er verlangt, werden Sie fragen: Warum ist dieser Mann nicht im Gefängnis? Warum ist er nicht der Angeklagte in diesem Prozess?

So wie Mr. Casey bitte auch ich Sie um Ihre Botschaft. Die Botschaft nämlich, dass Sie sich nicht von billiger Dramatik beeindrucken lassen. Dass Sie sich nicht von Gefühlen leiten lassen. Dass Sie stattdessen die Fakten prüfen werden, mit dem Ergebnis, dass Mr. White, statt für seine Taten belohnt zu werden, angeklagt, verurteilt und bestraft werden muss. Vielen Dank.«

Als die Geschworenen ihre Fragebögen ausfüllen, hört Jack, wie Reinhardt zu Herlihy sagt: »Sie ist zu hart rangegangen.«

»Ich fand es gut«, erwidert Herlihy.

Sie war wirklich hart, denkt Jack, aber wenn sie nicht die Zähne zeigt, wird sie gnadenlos geschlachtet.

Jack sieht die IFP-Leute tippen wie wild. Sie tippen und lauern wie die Geier auf die Reaktionen zum bisherigen Schlagabtausch, denn die sind entscheidend, wie er weiß. Wenn Casey »gewonnen« hat, wird es verdammt schwer, die Jury noch umzustimmen. Die vom IFP sagen, dass 80 Prozent der Geschworenen ihr Urteil bereits nach den Eröffnungsvorträgen gebildet haben.

Und ebenso schwer wird es dann, die Chefetage noch von einer Schlichtung abzuhalten.

Als die Geschworenen mit dem Ausfüllen fertig werden, eilt ein Berater hinüber und sammelt die Papiere ein.

Emily Peters sagt: »Ich rufe Mr. Smith in den Zeugenstand.«

Das bin ich, sagt sich Jack.

Jetzt steckt er in einer interessanten Klemme:

Macht er seine Sache gut und gewinnt, schickt ihn Sandra Hansen in die Wüste.

Vermasselt er es und verliert, behält er seinen Job, aber Nicky Vale kommt mit Brandstiftung und Mord davon.

87

Er steigt ein mit einer Note von minus Sieben.

Das sieht er natürlich nicht, aber er kann den Geschworenen von den Augen ablesen, dass sie schon gegen ihn eingestellt sind.

Es ist ein Unterschied, denkt Jack, ob man die Jury – und sei es nur eine Fokusgruppen-Jury – durch den Einwegspiegel sieht oder ihr Auge in Auge gegenübersteht und angestarrt wird wie ein Zootier.

Ein böses Zootier.

Wie auch immer, er wird die Ermahnungen von Emily Peters brav befolgen: Blickkontakt suchen, langsam und deutlich sprechen, Fragen direkt beantworten. Immer die Ruhe bewahren.

Hoffentlich, denkt er. Schon jetzt bricht ihm der Schweiß aus.

Und auch Mallon starrt ihn an.

Als hätte er ihn schon einmal gesehen.

Vor langer Zeit, in einer anderen Galaxie ...

Emily Peters stellt Jack vor, klärt die Jury über seine Ausbildung, seine berufliche Stellung, seine Kompetenzen auf.

Dann fragt sie ihn: »Und wie viele Brandschäden haben Sie schätzungsweise schon für Great Western reguliert?«

»Viele hundert, würde ich schätzen.«

»Etwa tausend?«

»Gut möglich.«

»Und in wie vielen Fällen wurde die Versicherungsleistung wegen Brandstiftung verweigert?«

»In sehr wenigen.«

»Können Sie mir eine Zahl nennen?«

»Eine Handvoll. Neun oder zehn.«

»Es kommt also sehr selten vor, oder?«

»Einspruch. Suggestivfrage.«

»Stattgegeben.«

»Könnten Sie also die Häufigkeit ein wenig veranschaulichen?«

»Sie ist gering.«

Gedämpfte Heiterkeit bei den Geschworenen.

»Ist es schwierig, einem Versicherten Brandstiftung nachzuweisen?«

»Unter Umständen schon.«

»Warum?«

»Brandstiftung ist eine Straftat, die ihre eigenen Beweise vernichtet«, sagt Jack. »Und eine Straftat, bei der der Täter den Tatort gern vor dem eigentlichen Geschehen verlässt – aus verständlichen Gründen.«

Jack fühlt, wie er rot wird, weil er das Wort »Straftat« nicht nur einmal, sondern sogar zweimal benutzt hat, obwohl es im Zivilrecht nichts zu suchen hat. Aber dann denkt er: Scheiß drauf, jetzt wird auf Sieg gespielt.

»Dann erklären Sie uns doch bitte, wie Sie eine Brandstiftung nachweisen.«

»Nach meinem Rechtsverständnis müssen dafür drei Dinge geklärt werden: Die Brandursache, das Motiv und die Tatgelegenheit.«

Sie lässt sich die Bedeutung des Dreierbeweises erklären und fragt ihn: »Gehen Sie davon aus, dass der Brand im Fall White vorsätzlich gelegt wurde?«

»Ja.«

»Was führt Sie zu dieser Annahme?«

»Eine Reihe von Dingen.«

»Könnten Sie den Geschworenen diese Dinge nennen?«

O ja, das könnte ich, denkt Jack. Ich könnte auch eine Bruchlandung hinlegen, denn das ist der richtige Moment dafür. Mich verquatschen, verhaspeln und dastehen wie ein Trottel.

Deshalb sagt er: »Am einfachsten lässt sich das anhand einer Tabelle und ein paar Fotos erklären.«

Er geht hinüber zu einem Kartenständer und enthüllt eine vergrößerte Darstellung seiner Brandursache/Motiv/Tatgelegenheit-Tabelle.

Und geht die Punkte der Reihe nach durch. Ohne sich zu verhaspeln. Handelt die Beweise ab – die Proben mit den Petroleumspuren, die Löcher in den Dielen, das Loch im Dach über dem Bett, die Gießmuster. Zu jedem Punkt zeigt er vergrößerte Fotos, und er spricht mit den Geschworenen, als würden sie ihn beim Fotografieren begleiten.

Emily Peters hält sich zurück. Einem guten Mann fährt man nicht in die Parade, und Jack ist nicht zu bremsen.

Seine Werte schießen nach oben und liegen schon bei plus Acht.

Jack ist in seinem Element.

Jetzt geht es um das Motiv.

Die ganze Spalte von oben nach unten.

Das Zusammenwirken der persönlichen und finanziellen Tatmotive. Die Ehekonflikte, Pamelas Alkoholproblem, der Entzug, das Kontaktverbot, die Trennung und die bevorstehende Scheidung.

Dann die Finanzklemme, die Abschlussrate von 600000 Dollar, die Steuerschulden, die ausgeschöpften Dispokredite, die überzogenen Kreditkartenkonten, die teuren Antikmöbel, die drohenden Unterhaltszahlungen, die Gefahr, die Hälfte seines Vermögens an seine Frau zu verlieren.

Jetzt hat er die Geschworenen in der Hand. Sie ziehen an den Joysticks wie besessen. Auf dem Monitor blinken die Neunen und Zehnen auf, als wäre Jack eine Spitzenturnerin auf dem Hochreck.

»Welchen Schluss ziehen Sie aus all diesen Umständen?«, fragt ihn Emily Peters.

»Dass White im Begriff war, sein Haus, seine Frau, seine Existenz und seine Antiquitätensammlung zu verlieren.«

»Warum halten Sie die Antiquitätensammlung für so wichtig?«

»Die stellte für ihn eine bedeutende Investition dar«, sagt Jack. »Sie war auch das Erste, wonach mich White am Morgen nach dem Brand fragte.«

»Am Morgen nach dem Brand?«

»Ja.«

»Mr. White erkundigte sich am Morgen nachdem seine Frau in den Flammen umgekommen war, nach dem Sachschaden?«, fragt Emily Peters mit ungläubigem Beben in der Stimme und blickt dabei zur Jury hinüber.

»Ja«, sagt Jack ungerührt. Es ist besser, wenn sich die *Jury* empört.

»Und was sagt Ihnen die Tatsache, dass er im Begriff war, all das zu verlieren?«, fragt sie weiter.

»Es sagt mir, dass er ein hinreichendes Motiv hatte, den Brand zu legen.«

»Und seine Frau zu ermorden?«

Casey springt auf. »Einspruch!«

Jack erwidert: »Der Tatbestand der Brandstiftung lässt wohl kaum Raum für die Annahme, dass seine Frau durch einen Unfall gestorben sein könnte. Es gibt zudem forensische Beweise, dass sie tot war, bevor das Feuer ausbrach.«

»Was aber den Rahmen dieser Verhandlung sicher sprengt«, geht Mallon hastig dazwischen, zur Jury gewandt. »Laut gerichtsmedizinischem Befund ist Mrs. White an einer Alkohol- und Medikamentenvergiftung gestorben.«

Vielen Dank auch, Euer Ehren, sagt sich Jack.

Mallon wirft Jack einen giftigen Blick zu, weil ausgemacht war, dass Pam Vales Tod kein Thema sein sollte. Jack lächelt ganz unschuldig zurück. *Reg dich ab,* denkt er. *Casey hat damit in seiner Eröffnung operiert, und wenn er gegen die Abmachung verstößt, tu ich das auch. Ja, warum nicht ...*

»Mr. Casey hat den Geschworenen erklärt, wir würden seinen Mandanten des Mordes bezichtigen«, sagt Jack. »Das ist abwegig, wir sind nicht die Polizei, aber ich denke, die Geschworenen sollen wissen, warum wir die Zahlung verweigern.«

»Mr. Smith, ich rufe Sie zur Ordnung!«, sagt Mallon.

»Bitte um Verzeihung.«

Jack wirft einen Blick auf Casey, der sich gerade angestrengt bemüht, ein Lächeln zu unterdrücken.

Die Geschworenen genießen diese kleine Rangelei und lassen die Zahlen auf dem Monitor tanzen.

»Ms. Peters, wenn Sie bitte fortfahren wollen«, sagt Mallon.

»Sehr gern«, erwidert sie. »Kommen wir zur Tatgelegenheit.« Und der Blick, mit dem sie ihn misst, sagt: Zurück an die Leine mit dir!

Er gehorcht und lässt sich von ihr durch die Befragung führen, in der es darum geht, ob White überhaupt die Gelegenheit hatte, sein Haus anzuzünden. Er führt die wichtigen Punkte auf, die verschlossenen Türen und Fenster, die abgeschaltete Alarmanlage; die Zeit, die White benötigte, zum Tatort zu fahren, das Feuer zu legen und zum Haus der Mutter zurückzukehren.

»Haben Sie die Mutter über Whites Aufenthalt in dieser Nacht befragt?« will Emily Peters wissen.

»Ja.«

»Was hat sie ausgesagt?«

»Dass ihr Sohn an dem betreffenden Abend zu Haus war und einen Film sah. Und dass sie ihn zur Tatzeit im Haus gesehen hat.«

»Halten Sie die Aussage für korrekt?«

»Nein.«

»Warum nicht?«

»Der Wachmann der Wohnanlage bestätigt, dass er Mr. White morgens um 4 Uhr 45 zurückkommen sah.«

Was ihm ein kleines *ahhh* von der Jury einbringt.

»Auch sprach die Last aller anderen Hinweise gegen ihr Alibi«, sagt Jack. »Es lag in ihrem ureigenen Interesse, ihren Sohn und ihr Haus zu schützen, das Mr. White verpfändet hatte, um andere Schulden zu bezahlen.«

»Noch andere Bemerkungen zur Tatgelegenheit?«

»Der Hund.«

»Der *Hund?*«, fragt sie mit gespielter Verwirrung.

Die Verwirrung der Geschworenen ist echt. Jack wendet sich an sie und erklärt ihnen die Sache mit dem Hund. »Daher mein Rückschluss, dass Mr. White den Hund aus dem Haus scheuchte, bevor er es anzündete.«

Emily Peters kann es nicht lassen und hakt nach: »Er hat seinen Hund mehr geliebt als seine Frau?«

»Einspruch!«

»Stattgegeben.«

»Haben Sie einen anderen Brandstifter in Erwägung gezogen?«, fragt Emily Peters.

»Es haben sich keinerlei Tatsachen ergeben, die darauf schließen lassen«, antwortet Jack.

»Wie lautet Ihr Fazit?«

»Dass Mr. White hinreichend Gelegenheit hatte, das Feuer entweder eigenhändig zu legen oder von der Brandstiftung wußte.«

»Vorhin haben Sie ausgeführt, der Nachweis einer Brandstiftung ruhe auf drei Säulen«, sagt Emily Peters. »Können Sie sich daran erinnern?«

Natürlich kann er. Sie will, dass die Geschworenen sich daran erinnern, bevor sie weiterfragt.

»Ja, ich erinnere mich.«

»Und wie lautet Ihr Fazit?«

»Aufgrund aller vorliegenden Fakten gab es hinreichende Gründe, die Regulierung des Schadens zu verweigern.«

»Tatsachen, die keinen vernünftigen Zweifel zulassen?«

»Wenn ich es mit meinen eigenen Worten sagen darf: Ich musste mir schon verdammt sicher sein.«

»Und waren Sie verdammt sicher, dass Mr. White den Brand verursacht hat?«

Jack richtet den Blick auf die Jury.

»Verdammt sicher.«

»Danke, keine weiteren Fragen.«

Goddamn Billy applaudiert. Dreht sich zu den Chefs um und zeigt auf den Monitor.

Durchgängig Zehn plus.

Jack hat auf der ganzen Linie gesiegt.

88

Paul Gordon macht Richter John Bickford seine Aufwartung.

Doch womit er aufwartet, steht unter dem Tisch.

Ein Diplomatenkoffer mit zwanzigtausend Dollar in bar.

Sie sitzen im Rusty Pelican von Newport Beach, und Gordon berührt den Diplomatenkoffer mit seiner Wade, während sie sich über die rechtlichen Aspekte eines Falls unterhalten.

»Ich verklage California Fire and Life«, sagt Gordon, »und Sie führen die Verhandlung.«

»Wenn ich an der Reihe bin.«

»Sie werden an der Reihe sein.«

Da der für die Zuweisung von Verfahren zuständige Richter immer mal Gordons Yacht benutzen darf, einen »juristischen Kongress« in Italien besucht hat – mit freundlicher Unterstützung der Anwaltskanzlei Gordon – und sich nie um Karten für die Dodgers kümmern muss, wird die Verhandlung dem Richter zugewiesen, der sie zugewiesen bekommen soll.

»Tom Casey wird Ihnen was vorjammern, wegen der Ermittlungen eines Schadensregulierers. Er wird Sie bitten, alle Vorermittlungen der Feuerwehr aus dem Verfahren herauszuhalten.«

»Und?«

»Mir wäre sehr an einer Ablehnung dieses Antrags gelegen.«

Bickford schlürft seinen Scotch. Er ist fünfundsechzig, kurz vor der Pension, und Richter verdienen bei weitem nicht so üppig wie beispielsweise Klägeranwälte. Mrs. Bickford hat Hautkrebs ...

»Liefern Sie mir dafür das Papier?«

»Das steckt im Koffer.«

»Wie viele Seiten?«

»Zwanzig.«

Bickford stellt sein Glas ab. »Das ist nicht sehr viel.«

»Standard«, sagt Gordon.

»Aber für Sie ist es ein großer Fall«, sagt Bickford. »Ich würde denken, der erfordert mehr Papier. Damit jeder Punkt festgeklopft wird.«

»Zwanzig haben in der Vergangenheit immer gereicht«, sagt Gordon und denkt sich: *Fängt der etwa an, zickig zu werden? Ich hab dich in der Hand, mein Guter.*

»Die Vergangenheit«, sagt Bickford, »ist nur ein Schatten. Ein nichtiges Ding.«

Etwa so nichtig wie mein Geld?, fragt sich Gordon.

»Vielleicht haben Sie recht«, sagt er, »und es kommt tatsächlich ein anderer Richter an die Reihe.«

Bickford seufzt. Sich wie eine Hure vorzukommen, damit kann er leben. Aber als *billige* Hure dazustehen, nagt doch sehr an seinem Selbstwertgefühl. Und doch braucht er das Geld.

»Zwanzig Seiten dürften für eine überzeugende Argumentation angemessen sein«, sagt er.

»Schön, dass Sie sich's überlegt haben«, sagt Gordon. Er leert sein Glas und verlässt das Lokal. Der Koffer steht noch unterm Tisch.

Richter Bickford bestellt einen Scotch.

Sitzt lange da, blickt auf die Boote, die an ihren Leinen schaukeln, und träumt von den Zeiten, als er noch an die Justiz glaubte.

89

»Sind Sie ein guter Schadensregulierer, Mr. Smith?«

Tom Caseys erste Frage beim Kreuzverhör.

Eine Frage, die bei den Fachleuten »Eingangsfrage«, heißt.

Wie eine Eintrittswunde kann die klein, unbedeutend und sogar schmerzlos sein.

Und ein schlauer Schachzug, wie er ihn von Casey nicht anders erwartet hat. Ein Frontalangriff wäre ungeschickt, denkt Jack, weil die Jury im Moment auf meiner Seite steht, und Casey will sie nicht gegen sich aufbringen. Lieber hält er sich zurück und stellt mir eine Falle.

»Ich hoffe, dass ich ein guter Schadensregulierer bin«, antwortet Jack.

Regel Nummer eins für Zeugen im Kreuzverhör: Immer in vollständigen Sätzen antworten, nicht mit ja oder nein. Regel Nummer zwei: Die eigenen Worte gebrauchen, nicht die des Anwalts.

Casey hat ihm das im Lauf der Jahre beigebracht. Das eigentliche Ziel des Anwalts beim Kreuzverhör besteht darin, die eigenen Aussagen vorzubringen und den Zeugen auf ein Kopfnicken und Kopfschütteln zu reduzieren wie einen Wackeldackel auf der Heckablage eines Autos.

»Das Kreuzverhör«, hat Casey ihn gelehrt, »dient eigentlich nur der Eitelkeit des Anwalts. Er möchte vor der Jury brillieren. Zeigen, wie clever er ist, wie recht er hat.«

Casey fragt ihn jetzt: »Und zur Regulierung eines Schadens gehört die Ermittlung des Schadens, stimmt das?«

»Ja«, sagt Jack. »Wir müssen rausfinden, was passiert ist, was beschädigt oder vernichtet wurde und was es kostet, das zu reparieren oder zu ersetzen.«

»Und Sie müssen rausfinden, was passiert ist, weil Sie entscheiden müssen, ob der Schaden ersetzt wird. Stimmt das so?«

»Das ist einer der Gründe«, bestätigt Jack.

»Halten Sie sich also für einen guten Ermittler?«

Antwortet Jack jetzt mit Nein, ist er geliefert, daher bleibt ihm nur das Ja, das ihn geradewegs in den Hinterhalt führt.

»Ja, ich glaube, ich mache meine Sache gut.«

»Und dazu gehört auch eine gründliche Ermittlungsarbeit, oder?«

Sie wissen beide, wie das Spiel geht. Casey will Jack dahin bringen, die Messlatte möglichst hoch zu setzen, über die er dann immer springen muss wie ein Hund über einen Stock. Und natürlich soll der so hoch wie möglich sein.

Also sagt Jack: »Wir müssen die Hinweise auswerten, die uns eine tragfähige Entscheidung ermöglichen.«

»Sie müssen alle Begleitumstände eines Schadens sorgfältig prüfen und Ihre Entscheidung auf die Analyse dieser Begleitumstände stützen. Ist das zutreffend?«

»Wir müssen alle relevanten Tatsachen berücksichtigen«, sagt Jack.

»Also erkennt man einen guten Schadensregulierer daran, dass er alle relevanten Tatsachen berücksichtigt und überprüft?«

»Ja.«

»Dann stimmen Sie mir doch sicher zu, dass Ihre Ermittlungen mangelhaft sind, wenn Sie nicht alle relevanten Tatsachen berücksichtigt haben.«

»Ich bemühe mich, alle relevanten Tatsachen zu berücksichtigen.«

»Und haben Sie auch bei dieser Ermittlung Ihre Sache gut gemacht, Mr. Smith?«

Hier helfen keine Ausflüchte, denkt Jack. Wenn ich jetzt etwas anderes als Ja sage, habe ich verloren.

»Ja, das habe ich.«

»Und Sie haben alle relevanten Tatsachen berücksichtigt, bevor Sie über die Regulierung des Schadens entschieden haben?«

Jack spürt, wie das Geschoss in ihn einschlägt, aber er kann nichts dagegen tun.

»Ich denke, schon.«

»Okay«, sagt Casey. »Wussten Sie, dass der Brandermittler der Polizei bereits Proben aus dem Haus entnommen hatte, als Sie diese Entscheidung trafen?«

»Nein.«

»Also haben Sie diesen Umstand nicht berücksichtigt.«

»Der Ermittler sagte mir bei einem ersten Besuch am Tatort, er hätte Brandherd und Ursache bereits gefunden. Von Proben ließ er nichts verlauten. Also ging ich davon aus, dass er keine entnommen hatte.«

Casey täuscht Nachdenken vor, dann fragt er: »War das ein Nein? Nein, ich habe diesen Umstand nicht berücksichtigt?«

»Mir war zu dem Zeitpunkt nicht bewusst, dass er Proben entnommen hatte.«

»Also konnten Sie diesen Umstand nicht berücksichtigen.«

»Nein.«

»Sind solche Proben relevant?« Casey weiß, dass Jack mit Ja antworten muss, weil Jack einen Experten bestellt hat, der über die Proben aussagen soll, und Jack bereits bestätigt hat, dass sie von Bedeutung sind.

»Ja.«

»Okay«, sagt Casey und dreht sich zu den Geschworenen um. »Dann konnten Sie um die Zeit, als Sie die Entscheidung fällten, die Zahlung abzulehnen, auch nicht wissen, dass die von der Polizei entnommenen Proben keinerlei Hinweise auf Brandbeschleuniger enthalten. Trifft das zu?«

»Mir wurden die Ergebnisse nicht gezeigt.«

»Haben Sie danach gefragt?«

»Nein.«

»Wäre diese Information nicht wichtig für Sie gewesen?«, fragt Casey, »oder relevant, wie Sie sagen?«

Der Hundesohn nimmt meine eigenen Worte und haut sie mir um die Ohren, denkt Jack. Warum nur hab ich »relevant« gesagt? Aber was hätte ich sonst sagen sollen?

»Ich hätte es begrüßt, wenn mir der Brandinspektor die Ergebnisse mitgeteilt hätte«, sagt Jack. »Aber er hat es nicht getan. Wir erfuhren von den Proben erst, nachdem wir verklagt wurden.«

»Sie haben also diesen Umstand nicht berücksichtigt? Ist das Ihre Antwort?«

»Ich habe diese Proben nicht berücksichtigt.«

»Oder die Ergebnisse dieser Proben.«

»Oder die Ergebnisse dieser Proben.«

Casey zieht einen Marker aus der Tasche und streicht den Punkt »positive Proben«, von Jacks Liste.

Er wirft einen prüfenden Blick auf die Jury und nimmt sich Jack erneut vor.

»Sie haben uns auch viel über die finanziellen Probleme von Mr. White vorgetragen. Ja, hier steht es in Ihrer Liste. Die Hypothek, die fällige Rückzahlung von 600 000 Dollar, die ausgeschöpften Kredite ... War Ihnen zum Zeitpunkt Ihrer Entscheidung bekannt, dass Mr. White die gesamten 600 000 Dollar zurückgezahlt hatte?«

»Als ich die Entscheidung fällte, war die Rückzahlung noch nicht erfolgt.«

»Sie haben sie also nicht berücksichtigt?«

»Nein.«

»Wäre diese Rückzahlung relevant für Sie gewesen?«

»Wäre sie mir bekannt gewesen, hätte ich sie berücksichtigt.«

Casey streicht die Rückzahlung von der Liste.

»Haben Sie zu der Zeit gewusst, dass Mr. Whites Kreditkartenkonten ausgeglichen sind?«

»Nein.«

Durchgestrichen.

»Dass die Hypotheken auf das Haus seiner Mutter bezahlt sind?«

»Nein.«

Durchgestrichen.

Und die Geschworenen werden unruhig. Jack sieht, wie sie ihre Joysticks nach unten drücken.

Reinhardt im Observationsraum beugt sich zu Goddamn Billy hinüber und fragt: »Was zum Teufel treibt ihr da unten in der Schadensabteilung eigentlich?«

Casey fragt weiter: »Dass er über eine Million Dollar an flüssigem Kapital auf seinen verschiedenen Konten deponiert hat?«

Komm schon, wehr dich, denkt Jack. »Auch das haben wir erst nach Einreichung der Klage erfahren.«

»Das bedeutet Nein, oder?«

»Es gab Dinge –«

»Ja oder Nein?«

»– die wir erst erfuhren –«

»Bitte antworten Sie mit Ja oder Nein«, schaltet sich Mallon ein.

»Nein.«

Casey streicht wieder einen Punkt durch.

»Die Steuerschulden? Wussten Sie, dass Mr. White die beglichen hat?«

»Nein.«

»Zur Scheidung, die noch nicht stattgefunden hatte: Haben Sie die Möglichkeit einer Versöhnung berücksichtigt?«

»Nein.«

»Wäre es relevant für Ihre Ermittlungen gewesen, wenn sich die Whites um eine Versöhnung bemüht hätten?«

»Sie haben sich nicht um eine Versöhnung bemüht.«

»Das war nicht meine Frage, Mr. Smith«, sagt Casey scharf. Er kann Jack jetzt härter anfassen, weil er spürt, dass die Jury zu schwanken beginnt. »Ich habe Sie gefragt, ob dieses Wissen für Sie relevant gewesen wäre.«

»Ich hätte es berücksichtigt.«

»Aber Sie haben nicht danach gefragt, oder?«

»Meine Informationen besagten –«

»Sie haben nicht danach gefragt, oder?«

»Beantworten Sie einfach die Frage, Mr. Smith«, sagt Mallon.

»Nein, ich habe nicht gefragt.«

Casey streicht Unterhalt und Scheidung von der Liste.

Die gesamte Motiv-Spalte ist jetzt gestrichen.

»Tatgelegenheit«, sagt Casey. »Sie haben ausgesagt, dass Mr. White Ihrer Meinung nach der Einzige war, der Gelegenheit hatte, das Feuer zu legen. Haben Sie nach einem anderen möglichen Täter gesucht?«

»Es gab keine Hinweise auf einen anderen Täter.«

»Heißt das Nein?«

»Das heißt Nein.«

»Hatte Mrs. White einen Geliebten?«

»Es gab keinerlei Hinweise darauf.«

»Sie haben diese Frage also nicht berücksichtigt?«

»Nein.«

»Wäre es nicht wichtig gewesen, das zu wissen?«, fragt Casey. Wäre das kein relevanter Umstand gewesen, die Möglichkeit, dass sich ein anderer Täter im Haus aufhielt – im Schlafzimmer von Mrs. White, in der Nacht, als es brannte, in der Nacht ihres Todes?«

»Weil Mr. White dies nicht geltend gemacht hat, ging ich davon aus –«

»Noch einmal«, seufzt Casey, »Das habe ich Sie nicht gefragt. Die Frage lautete, ob ein solches Wissen für Ihre gründlichen und unvoreingenommenen Ermittlungen nicht von Bedeutung gewesen wäre.«

»Ich habe Mrs. Whites Schwester befragt, ob es möglich sein könnte, dass die Verstorbene einen Geliebten hatte.«

»Mrs. Whites Schwester«, sagt Casey. »Und was hat sie geantwortet?«

»Sie sagte, Mrs. White hätte keinen Geliebten gehabt.«

»Mrs. Whites Schwester«, wiederholt Casey. »Ist sie nicht die Nächstbegünstigte der Lebensversicherung?«

»Ja.«

»Wenn Mr. White des Mordes an seiner Frau für schuldig befunden wird, darf Mrs. Whites Schwester also mit einer Summe von 250 000 Dollar rechnen. Ist das zutreffend?«

»Das wäre der Fall.«

»Haben Sie ihr auch die Frage gestellt, wo *sie* sich in der Nacht des Brandes aufhielt?«

»Ja, das habe ich.«

»Und was hat sie geantwortet?«

»Dass sie zu Hause war. Etwa vierzig Meilen entfernt.«

»Hat sie einen Zeugen benannt, der ihr Alibi bestätigen kann?«

»Nein. Sie war allein.«

»Aber Sie haben ihr geglaubt. Ist das korrekt?«

»Ich hatte keinen Grund, ihre Aussage zu bezweifeln.«

»Gut«, sagt Casey. »Ach, übrigens, Mr. Smith: Haben Sie der Schwester von Mrs. White diese Fragen gestellt, als sie die Nacht mit Ihnen verbracht hat?«

Die Jury hält die Luft an.

Ein Stöhnen geht durch den Observationsraum.

Die Zahlen auf dem Monitor sacken in den Negativbereich.

Reinhardt wirft Goddamn Billy einen tödlichen Blick zu.

Emily Peters springt auf.

»Einspruch! Das hat keine –«

»Ich ziehe die Frage zurück«, sagt Casey. »Trifft es zu, dass die Schwester von Mrs. White eine Nacht mit Ihnen verbracht hat?«

»Ja, auf meiner Couch.«

»Auf Ihrer Couch«, wiederholt Casey. »Haben Sie andere Personen gefragt – Freunde, Nachbarn –, ob Mrs. White einen Geliebten hatte?«

»Nein.«

»Auch Mr. White haben Sie nicht gefragt, und er hat es nicht von sich aus mitgeteilt. Ist das zutreffend?«

»Ja.«

»Sie haben also diese Möglichkeit nicht einmal in Betracht gezogen, Mr. Smith?«

»Doch, das habe ich. Aber ich habe sie als sehr unwahrscheinlich verworfen.«

»Natürlich«, sagt Casey. »Weil Mr. White alle Motive auf seiner Seite hatte.«

Er lässt der Jury ein wenig Zeit, die Dinge zu verarbeiten, dann fragt er weiter: »Außerdem haben Sie ausgesagt, dass der Wachmann der Wohnanlage Mr. White um Viertel vor fünf zurückkommen sah. Ist das korrekt?«

»Ja.«

»Er hat es Ihnen gesagt.«

»Ja.«

»Aber Sie haben auch die beeidigte Aussage des Wachmanns, Mr. Derochik, gesehen, die bestätigt, dass er Mr. White weder um 4 Uhr 45 noch zu irgendeiner anderen Zeit nach Hause kommen sah. Ist das korrekt?«

Die Geschworenen drücken ihre Joysticks.

»Mr. White hat mir diese Aussage erst vorgelegt, nachdem wir die Regulierung abgelehnt hatten«, sagt Jack.

»Oh«, sagt Casey. »Was die Aussage des Wachmanns betrifft, haben wir nur Ihr Wort. Ist das korrekt?«

»Das ist korrekt.«

»Und Mr. Derochiks beeidigte Aussage haben Sie ignoriert, nicht wahr?«

»Ich betrachte sie als unwahr.«

»Ich verstehe.«

Casey streicht alle Punkte unter TATGELEGENHEIT.

Und jetzt geht er die Schlussfrage an – das Geschoss hat Jack durchquert, auf die Eintrittswunde folgt die Austrittswunde, und Jacks Blut wird an der Wand verspritzt.

»Sie haben also«, fasst Casey zusammen, »die unbelasteten Proben ignoriert, sie haben die zurückgezahlten Schulden ignoriert, sie haben den Ausgleich der Kreditkartenkonten ignoriert, Sie haben das Bankguthaben von mehr als einer Million Dollar ignoriert, Sie haben die Versöhnung ignoriert, Sie haben den

Liebhaber ignoriert, und Sie haben die Schwester nicht als potenzielle Täterin betrachtet. Glauben Sie immer noch, dass Sie bei dieser Ermittlung Ihre Sache gut gemacht haben, nachdem Sie es versäumt haben, all diese hochrelevanten Umstände zu berücksichtigen?«

Und wie bei der Eingangsfrage ist es ihm egal, ob Jack mit Ja oder Nein antwortet. Denn Jack sieht jetzt alt aus. So oder so.

»Ja«, sagt Jack, »das glaube ich.«

Allerdings sieht er so alt gar nicht aus.

Auch Casey merkt es. Er muss sich nur die Geschworenen ansehen. Sie wissen nicht, was sie denken sollen. Sie wirken unentschlossen.

Casey sieht, dass er ein Patt herbeigeführt hat.

Ein Patt genügt nicht.

Er muss eine Karte spielen, die er eigentlich im Ärmel steckenlassen wollte.

90

Letty ist zu Hause, als das Telefon klingelt.

Sie nimmt ab – eine junge Stimme mit asiatischem Akzent.

»Ich möchte mit Ihnen reden«, sagt Tony Ky, der Schlaukopf aus der Autowerkstatt.

»Worüber?«

Sie weiß schon, worüber, aber sie muss das Spiel mitspielen.

Nach kurzem Zögern flüstert Tony: »Tranh und Do.«

So, so, denkt sie. Onkel Nguyen hat sich's überlegt.

»Kommen Sie aufs Revier«, sagt sie, um sich eine gute Verhandlungsposition zu sichern.

Tony muss fast lachen. »Nein, irgendwo ...«

»Wo es einsamer ist?« fragt sie spöttisch.

»Ja. Wo es einsamer ist.«

»Ein bisschen spazieren fahren?«

»Ja. Ein bisschen spazieren fahren.«

Sie nennt ihm eine Abzweigung vom Ortega Highway. Mit Picknickplatz und Wanderweg zum Cleveland National Forest. Man parkt unter den Bäumen und macht einen kleinen Ausflug.

»Da sind Sie um sieben.«

»Früh um sieben?«

»Ja. Gewöhnen Sie sich ans Frühaufstehen.«

Sie legt auf, putzt die Zähne, bürstet ihr Haar, dann kommen die Cremes und Lotions, das ganze Programm. Sie nimmt ihr Buch mit ins Bett – nur ein paar Seiten, bis sie das Licht ausmacht.

Aber das Einschlafen ist nicht so leicht.

Zu viel geht ihr durch den Kopf.

Pamela.

Der Mord an Pamela.

Natalie und Michael.

Und dieser verfluchte Jack Wade.

Zwölf Jahre, denkt Letty.

Nach zwölf Jahren sollte es eigentlich vorbei sein, denkt sie.

Aber es ist nicht vorbei.

91

»Haben Sie schon mal einen Meineid geleistet?«

Casey spielt die Karte. Nimmt einen Schluck Wasser und wiederholt die Frage.

»Mr. Smith! Haben Sie schon mal einen Meineid geleistet?«

Es ist ganz egal, ob Jack mit Ja oder Nein antwortet. Erledigt ist er in jedem Fall.

Casey wollte das nicht. Er hatte gehofft, dass Jack im Kreuzverhör in die Knie gehen würde. Dass die Stimmung der Jury umschlagen würde. Aber die Stimmung schlägt noch nicht um, deshalb muss er nun zum K.-o.-Schlag ausholen, obwohl ihm das sehr unangenehm ist.

Besonders, als er Jack rot werden sieht.

Jack merkt selbst, dass er rot wird. Immer diese verdammte *Scham*, denkt er.

Die Geschworenen sehen es. Beugen sich vor, um nichts zu verpassen.

Jack spürt ihre sengenden Blicke.

Emily Peters springt auf.

»Einspruch, Euer Ehren! Was soll die Frage?«

»Es geht um die Glaubwürdigkeit des Zeugen, Euer Ehren«, sagt Casey.

»Die Frage ist polemisch«, sagt Emily Peters.

Mallon blickt von einem Anwalt zum anderen, dann auf Jack.

»Einspruch abgelehnt«, sagt er. »Sie können fortfahren.«

Casey fragt ein drittes Mal: »Mr. Smith, haben Sie schon mal einen Meineid geleistet?«

Bring's hinter dich, denkt Jack.

Steck's ein.

»Ja«, sagt er.

Und lässt es dabei.

Er wechselt einen langen Blick mit Casey, und Caseys Blick scheint zu besagen: *Wärst du doch nur auf dem Teppich geblieben, aber so ...*

»Geschah das in einem Verfahren wegen Brandstiftung?«, fragt Casey.

»Ja.«

»Es ging um ein erzwungenes Geständnis, und Sie haben gelogen. Ist das zutreffend?«

»Ja.«

»Sie haben unter Eid ausgesagt, dass Sie das Geständnis nicht erzwungen hatten. Ist das zutreffend?«

»Ja.«

»Aber in Wirklichkeit haben Sie das Geständnis aus dem Angeklagten rausgeprügelt. Ist das zutreffend?«

»Ja.«

»Dann haben Sie vor Gericht erklärt, Sie hätten keine Gewalt angewendet, nicht wahr?«

»Ja.«

»Und das war eine Lüge.«

»Das war eine Lüge.«

»Es kamen noch mehr Lügen dazu, oder?«, fragt Casey weiter und denkt sich: Glaub mir oder nicht, Jack, ich versuche nur, deinen Arsch zu retten. Und deinen Job. »Ist das zutreffend?«

»Ja.«

»Sie haben auch im Hinblick auf die Beweismittel gelogen. Trifft das ebenfalls zu?«

»Ja.«

»Sie behaupteten, Sie hätten Beweismittel am Brandort gefunden, ist das korrekt?«

»Ja.«

»Aber die hatten Sie gar nicht gefunden, stimmt's?«

»Ja.«

»Wie sind die Beweismittel an den Brandort gelangt?«

»Ich habe sie dort plaziert«, sagt Jack.

Die Geschworenen schütteln die Köpfe.

Hände pressen die Joysticks nach unten.

Casey hat jetzt leichtes Spiel. Knappe Fragen, Schnellfeuer, ohne die Geschworenen aus den Augen zu lassen.

»Sie haben die Beweise dort plaziert«, sagt Casey.

»Das ist korrekt.«

»Sie haben einen Benzinkanister besorgt.«

»Ja.«

»Und den Angeklagten gezwungen, seine Fingerabdrücke auf dem Kanister zu hinterlassen.«

»Ja.«

»Und den Kanister an den Brandort gebracht.«

»Ja.«

»Und dort fotografiert.«

»Ja.«

»Und dann haben Sie unter Eid ausgesagt, den Kanister bei Ihrer ersten Tatortbesichtigung vorgefunden zu haben. War es so?«

»So ist es gewesen.«

»Sie haben Beweise gefälscht, weil Sie den Angeklagten für schuldig hielten. Sie waren sich dessen ›verdammt sicher‹, aber Sie brauchten tragfähige Beweise. Ist das zutreffend?«

»Ja.«

Ohne das Tempo zu mindern, wendet er sich Jack direkt zu.

»Nun haben Sie vorhin ausgesagt, dass Sie Proben aus dem Haus meines Mandanten entnommen haben und dass die Proben positiv auf Brandbeschleuniger getestet wurden. Ist das zutreffend?«

»Ja.«

»Der Brandermittler der Polizei, Officer Bentley, fand aber unbelastete Proben. Ist das zutreffend?«

»Das ist seine Behauptung.«

»War er vor Ihnen am Brandort?«

»Ja. Als ich kam, war er schon da.«

»Die angeblich belasteten Proben tauchten erst auf, als Sie dorthin kamen. Oder sehe ich das falsch?«

»Ich habe die Proben aus dem Haus entnommen.«

»Und aus Löchern im Fußboden«, sagt Casey. »Der Brandermittler hat diese Löcher nicht gesehen, oder?«

»Er hat den Fußboden nicht freigelegt.«

»In seinem Bericht ist nicht die Rede von Löchern im Fußboden, oder?«

»Nein.«

»Die Löcher tauchten erst auf, als Sie kamen, nicht wahr?«

»Sie tauchten auf, nachdem ich den Fußboden freigelegt hatte.«

»Es wäre doch ein Leichtes gewesen, solche Löcher zu fabrizieren, oder nicht?«

»Das habe ich nicht getan.«

»Ein bisschen Brandbeschleuniger auszugießen, ein Streichholz dranzuhalten.«

»Das ist lächerlich, Herr Anwalt.«

»Und die fabrizierten Proben zur Brandstelle zu bringen und dort zu fotografieren.«

»Das ist nicht geschehen.«

»Würden Sie das *beschwören*?«

»Ja.«

»So, wie Sie schon einmal geschworen haben?«

»Einspruch!«

»Stattgegeben.«

»Mit dem gleichen Eid, Mr. Smith?«

»Unterlassen Sie das, Mr. Casey«, sagt Mallon.

Casey nickt und nimmt einen Schluck. Macht eine kleine Show daraus, wie er seine gerechte Empörung unter Kontrolle bringt.

Dann treibt er's zum Äußersten. Um den Chefs hinter dem Spiegel zu zeigen, dass sie Jack nicht einfach rauswerfen können. Dass sie auch mit drinhängen.

»Sie wurden wegen Meineids verurteilt. Ist das korrekt?«, fragt er Jack.

»Ich habe mich des mehrfachen Meineids schuldig bekannt«, sagt Jack.

»Und Sie wurden aus dem Polizeidienst entlassen. Wegen Meineids, Misshandlung und Fälschung von Beweisen. Ist das korrekt, Mr. Smith?«

»Das ist korrekt.«

»Und kurz danach wurden Sie von California Fire and Life eingestellt, nicht wahr?«

Casey sieht direkt in den Spiegel, um sicherzugehen, dass die Botschaft dort drüben ankommt.

Sie schlägt voll ein. Und die Zahlen auf dem Monitor stürzen ab auf minus Zehn.

»Ja«, sagt Jack.

»Kannte man dort Ihre Vorstrafe?«

»Der Mann, der mich einstellte, kannte meine Vorstrafe.«

»Er nahm sogar an der Verhandlung teil, in der Sie Meineid begingen. Ist das korrekt?«

»Ich glaube, ja.«

»Er wusste, dass Sie ein Lügner sind.«

»Ja.«

»Ein brutaler Cop.«

»Ja.«

»Dass Sie Beweise fälschen würden, um einen Menschen der Brandstiftung zu bezichtigen.«

»Er hat an dem Prozess teilgenommen.«

»Und Sie trotzdem eingestellt.«

»Ja.«

»Er hat Sie eingestellt, damit Sie für Fire and Life größere Brandschäden regulieren, nicht wahr?«

»Unter anderem deshalb.«

»Und ist dieser Gentleman immer noch bei Fire and Life beschäftigt?«, fragt Casey mit Blick auf die Jury.

Wo einige schon sehr den Kopf schütteln.

»Ja.«

»In welcher Position?«

»Er ist der Leiter der Schadensabteilung.«

Jetzt drehen die Geschworenen durch. Drücken die Joysticks durch bis zum Anschlag, schütteln fassungslos die Köpfe, einer ruft »Unglaublich!«

»Er ist auch jetzt noch Ihr Vorgesetzter?«

»Ja.«

»Hat er Kenntnis von Ihren Ermittlungen gegen meinen Mandanten?«

»Ja.«

»Sind Sie für Ihre Ermittlungsmethoden bestraft worden?«

»Nein.«

»Beurlaubt?«

»Nein.«

»Kritisiert?«

»Nein.«

Und bei der nächsten Frage sieht Casey wieder in den Spiegel: »California Fire and Life *wollte* also, dass Sie den Fall in dieser Weise regulieren? Nein, streichen Sie diese Frage. Keine weiteren Fragen, danke.«

»Sie können sich setzen, Mr. Smith.«

Casey sagt: »Eine Frage hätte ich doch noch, Mr. Smith: Würden Sie anders vorgehen, wenn Sie den Schaden meines Mandanten noch einmal bearbeiten müssten?«

Eine beliebte Schlussfrage beim Kreuzverhör, die den Befragten immer ins Unrecht setzt, egal wie er antwortet. Sagt er, er würde alles wieder genauso machen, entpuppt er sich als arrogant und uneinsichtig. Sagt er, er würde es das nächste Mal anders machen, gesteht er den Geschworenen sein Fehlverhalten ein.

Jack weiß, dass er verloren hat. Es sieht es an den Blicken der Geschworenen. Sie sind entsetzt und wütend, und sie werden dem armen, vom Schicksal verfolgten Mr. White eine Entschädigung von mindestens 25 Millionen zusprechen.

Und er kann sich vorstellen, was im Observationsraum los ist. Die Chefs überschlagen sich vor lauter Eifer, ein dickes grünes Pflaster auf diese klaffende Wunde zu kleben und Nicky Vale 50 Millionen Dollar auszuzahlen.

Also sagt Jack: »Ja, ich würde es das nächste Mal anders machen.«

»Und was würden Sie tun?«

Jack wendet sich zur Jury, sucht den Augenkontakt.

»Das nächste Mal würde ich den Dreckskerl erschießen.«

Steht auf und verlässt den Raum.

92

Casey kommt in den Observationsraum zurück, füllt sich Lasagne auf den Teller und verkündet: »Und nun zum nächsten Zaubertrick ...!«

Denn soeben hat er nicht nur Jack Wade zum Verschwinden gebracht, sondern auch den Fall Nicky Vale und außerdem 50 Millionen Dollar Firmengeld. Er selbst würde im hohen Bogen hinterherfliegen, wäre er nicht der beste Anwalt Südkaliforniens und wäre der Vorstand nicht auf ihn und seine Fähigkeiten angewiesen.

Die VPs würden ihn am liebsten erwürgen, aber Casey lässt sich nicht aus der Ruhe bringen. Sie tragen diesen kollektiven Drohblick vor sich her, der besagt: *Pass auf, dass wir dich nicht in die Wüste schicken.*

Den beantwortet Casey mit einem Zitat von John Wayne, es ist sein Lieblingsspruch: »Könnte sein, dass Sie mich und diese Flinte noch brauchen, Curly. Letzte Nacht haben hier ein paar Farmen gebrannt.«

Phil Herlihy lässt seine Wut an Goddamn Billy aus, der an seiner Zigarette zieht, als würde er alle zehn Schilder DANKE, DASS SIE NICHT RAUCHEN! übersehen (und, darauf angesprochen, immer gern erwidert: »Sie brauchen mir ja nicht zu danken!«) Herlihy jedenfalls muss sich sehr zusammenreißen, um nicht loszubrüllen, als er Billy anfährt: »Wie konnten Sie diesen Kerl nur einstellen? Was haben Sie sich dabei gedacht?«

»Ich habe mir gedacht«, antwortet Billy, »dass er ein verdammt guter Regulierer wäre. Was sich auch bewahrheitet hat.«

»Einer der besten«, bestätigt Casey. »Der beste überhaupt.«

Herlihy überhört Caseys Bemerkung. Er wäre auch lebensmüde, wenn er nach diesem Kreuzverhör Streit mit ihm anfangen würde.

»Feuern Sie ihn«, sagt Herlihy zu Billy. »Morgen. Oder heute noch, wenn Sie ihn zu fassen kriegen.«

»Ich werde ihn nicht feuern«, sagt Billy.

»Das ist eine Anweisung!«

»Die habe ich gehört.«

Jetzt kommt der Mann von der Prozessforschung, weiß wie eine Wand, mit den gespenstisch raschelnden Abstimmungsformularen der Geschworenen.

»Und?«, fragt Casey. Die Tomatensauce an seinen Lippen sieht aus wie Blut.

»200 Millionen«, verkündet der Mann.

»Was?«, schreit Herlihy.

»Sie würden die Versicherung zu 200 Millionen Schadenersatz und Geldbuße verurteilen«, sagt der Mann. »Selbst dazu mussten wir sie überreden. Eigentlich wollten sie alle Verantwortlichen hinter Gitter bringen. Einer hat sogar die Todesstrafe gefordert.«

»Schlichten!«, ruft Herlihy.

»Jawohl«, sagt Reinhard.

»Absolut«, meint Bourne.

»Wir schlichten sofort«, sagt Herlihy. »Wie hoch ist die Forderung?«

»50 Millionen«, sagt Casey. »Wenn die echte Jury genauso entscheidet, haben Sie 150 Millionen gespart. Nicht gerechnet die Prozesskosten und mein exorbitantes Honorar.«

»Wenn wir verlieren«, sagt Billy, »gehen wir in Berufung.«

»Wieso denn das?«, bellt Reinhardt.

»Unzulässigkeit der Klage«, sagt Casey. »Mit der Begründung, dass Wades Vergangenheit irrelevant ist und eine Vorverurteilung bedeutet.«

»In Form einer Vorentscheidung?«

»Klar«, sagt Casey. »Ich würde versuchen, Jacks Vorstrafe aus der Verhandlung herauszuhalten, fürchte aber, ohne Erfolg. Wir könnten ihm auch Schweigen über seine Vergangenheit auferlegen, aber damit würden wir eine Materialschlacht provozieren ...«

»Keine Materialschlacht, bitte«, sagt Reinhardt.

Solche Kämpfe um Beweisunterlagen geraten schnell außer Kontrolle. Und wenn ein Richter die Geduld verliert und Gordon im Trüben fischen lässt ... Nein, das darf nicht passieren.

»Die Akte wird geschlossen«, sagt Herlihy. Und zu Casey: »Sie nehmen morgen die Schlichtungsverhandlungen auf und versuchen, den Preis runterzuhandeln. Sie haben Verhandlungsvollmacht für 50 Millionen Dollar.«

»Moment mal«, sagt Billy. »Das ist nicht Ihre Zuständigkeit.«

Reinhardt bietet ihm Paroli. »Sie brauchen aber unsere Genehmigung, wenn die Summe eine Million übersteigt.«

»Bis jetzt habe ich keinen Cent verlangt«, erwidert Billy.

»Wir gehen in die Schlichtung.«

»Das ist meine Zuständigkeit, verdammt noch mal!«

»Dann müssen Sie sich festlegen«, sagt Reinhardt.

»So weit bin ich noch nicht«, erwidert Billy.

»Dann entscheide ich«, sagt Reinhardt. »Ich habe die Befugnis, Prozesse gegen die Firma zu schlichten.«

»Es gibt noch keinen Prozess, widerspricht Billy. »Nur die Androhung eines Prozesses. Zuständig ist also immer noch die Schadensabteilung, und die Schadensabteilung bin ich.«

»Ich kann der Sache sofort ein Ende machen«, sagt Herlihy.

»Dann tun Sie's doch, verdammt noch mal!«

»Denken Sie bloß nicht, dass ich davor zurückschrecke!«

»Machen Sie schon. Ist mir scheißegal!«

»Geht lieber nach draußen, Jungs«, sagt Casey. »Wir haben hier ernste Dinge zu bereden. Ich schlage einen Kompromiss vor. Wir gehen in die Schlichtung, und Jack behält seinen Job.«

»Jack Wade ist Vergangenheit!«, brüllt Herlihy.

»Moment«, sagt Casey. »Wenn der Fall nicht vor Gericht geht, gibt es keinen Grund, Jack zu feuern.«

»Bis der nächste Fall eintritt«, sagt Reinhardt.

»Dann nehmt ihm die Brände weg«, sagt Casey. »Lasst ihn Hundebisse machen, Rohrbrüche, Sturzverletzungen ...«

»Da könnten wir ihn gleich erschießen«, meint Billy.

»Das ist nicht sehr hilfreich, Billy.«

Billy springt auf. »Verdammt noch mal! Jack hat genau das getan, was zu tun war! Und noch was: Auch als es um den verkackten Teddy Kuhl und den verkackten Kazzy Azmekian ging, hat er nichts weiter getan als seinen verdammten Job! Die beiden waren schuldig wie sonst was, und jeder hat es verdammt noch mal gewusst! ›Meineid‹! Dass ich nicht lache! Diese Drecksäcke haben das Feuer gelegt, genauso wie Nicky Vale!«

»Billy –«

»Halt die Klappe, Tom, jetzt rede ich. Ich bin jetzt dreißig Jahre im Geschäft, und das eine kann ich euch sagen: Wenn was läuft wie ein Hund, bellt wie ein Hund, mit dem Schwanz wedelt wie ein Hund und das Bein hebt wie ein Hund, dann ist es verdammt noch mal ein Hund! Jack Wade weiß das, und du, Casey, weißt es auch, selbst wenn die idiotische Jury dran zweifelt. Nicky Vale hat nicht nur sein Haus angezündet, er hat auch seine Frau ermordet, und ich zahle diesem Dreckskerl keinen lausigen Cent. Ich weigere mich, Jack zu feuern, und wenn euch das nicht passt, könnt ihr *mich* feuern. Das ist mir gottverdammt egal!«

Beklommenes Schweigen, Billy verlässt den Raum. In der Tür dreht er sich noch mal um, wirft einen Blick in die Runde und schüttelt den Kopf. »Diese Firma hat mal für was gestanden. Jetzt steht sie für Gott weiß was«, sagt er, schüttelt noch mal den Kopf und geht.

»Tja«, sagt Casey.

»Wir zahlen die fünfzig«, sagt Bourne. »In drei Monaten haben wir die nächste Anhebung, und dieses Minus ist ein gutes Argument für eine Prämienerhöhung.«

Casey hört nicht mehr zu.

Die Sache ist entschieden.

93

Jack jagt den Mustang Richtung Süden.

Zischt vorbei an der Einfahrt von Fire and Life, vorbei an der Einfahrt zu seiner Wohnanlage und rast immer weiter bis zum Ortega Highway, den er ostwärts hinauffährt.

Wenn man auf dem Ortega Highway ostwärts fährt, wird es bergab ziemlich kurvig, spätestens dann fängt der Labrador auf dem Rücksitz an zu kotzen. Über kahle Gipfel mit verstreuten Felsblöcken geht es zum Cleveland National Forest, man durchquert den »Wald«, und wenn es plötzlich steil abwärts geht zur Stadt Lake Elsinore, kommt es einem vor, als würde man vom Rand der Welt fallen. Was auch wirklich so ist, wie jeder weiß, der schon mal in Lake Elsinore war.

Auf dieser Bergstraße jedenfalls macht man keinen Fehler. Wer hier mit seinem Auto auf der sprichwörtlichen Bananenschale ausrutscht, hebt ab wie eine Rakete. Ob mit einem Allrad-SUV oder einem Sattelschlepper mit achtzehn Rädern, ist ganz egal, wenn alle Räder in der Luft sind. Man braucht schon Flügel oder einen Fallschirm, wenn man in diesen Kurven den Unterschied zwischen zentrifugalen und zentripetalen Kräften nicht kennt.

So mancher Biker hat sich da schon vertan, und nicht einmal die Highway Patrol findet ihn wieder, weil er sich zweihundert Meter tiefer seinen eigenen Bombenkrater gegraben hat.

Wer hier aus der Kurve fliegt, für den heißt es Adios, ihr Arschlöcher.

Jack ist kurz davor.

Er tobt seine Wut auf der Straße aus, er und sein Mustang nehmen den Ortega Highway wie eine Landstraße in Nebraska – *wieso Kurven? hier gibt's keine Kurven!* Jack quält den Motor, lässt die Reifen quietschen, obwohl er nicht unbedingt abheben will. Er tut nur nicht allzu viel, es zu verhindern.

Was soll's?, denkt er.

Der Job ist weg.

Und außer dem Job war da nicht viel, abgesehen vom täglichen Surfritual.

Womit es auch schlagartig vorbei ist, wenn er jetzt aus der Kurve fliegt.

Sein Adrenalin ist am Überkochen, als er herunterschaltet, um rauszufinden, wo Letty wohnt.

Irgendwo hier muss es sein, mitten in der Einöde.

Schließlich findet er das Anwesen am Ende eines Feldwegs zwischen zwei Viehweiden. Eine Baumgruppe mit ein paar Häusern, und als er vor dem Schild steht, liest er DEL RIO.

Er bleibt in seinem Wagen sitzen und fragt sich, was er hier soll, kommt zu dem Schluss, dass er keinen Grund hat, hier zu sein, und will den Mustang gerade wenden, als er im Haus die Lichter angehen sieht.

Er schaltet den Motor ab und steigt aus.

Da kommt sie schon aus dem Haus, barfuß, das T-Shirt über den Jeans, zerzaustes Haar.

Steht in der Einfahrt und starrt ihn an.

Was willst du denn hier?, sagt ihr Blick.

»Es ist aus«, sagt er schließlich. »Wir haben verloren. Meine Schuld.«

Ein paar Sekunden arbeitet es in ihr, dann fragt sie: »Und du bist gekommen, um mir das zu sagen?«

Es dauert eine Minute, bis er sich sprechen hört.

»Ich hab sonst nichts mehr.«

Kommt sich weit entfernt vor von dem, der das sagt.

Sie geht ihm entgegen, nimmt seinen Arm und führt ihn ins Haus.

94

Später, im Schlafzimmer, streift sie das T-Shirt ab, steigt aus den Jeans und schlüpft unter die Decke. Jack zieht sich aus und legt sich neben sie. Sie streckt nur die Hand nach ihm aus, schon küssen und umarmen sie sich.

Sie reagiert auf seine zärtlichen Bewegungen, reckt sich ihnen entgegen, umklammert seine andere Hand, mit großen überraschten Augen.

Er will sie weiter streicheln, aber sie schiebt seine Hand weg, zieht ihn auf sich, lässt ihn eindringen, und Jack staunt, wie gut sich das anfühlt. Ihr schwarzes Haar breitet sich über das Kissen, er lässt es durch die Finger gleiten, vergräbt sein Gesicht in ihrem Haar. Sie packt ihn fester – *ja, so ist's gut* –, und er wird immer schneller. Er fängt an zu schweben, zu fallen, und diese Hitze in ihm, in ihr, ist so unglaublich, ihr Gesicht so unglaublich, dieses Gleiten wie auf einer Feuerwoge – *oh, das ist gut, Baby, du kannst kommen* – und dann kommt er. Die Feuerwoge bricht über ihm zusammen, verschlingt ihn, überrollt ihn, lässt ihn nicht mehr los. Er schreit, hört sie gurren – *ja, Baby!* – und treibt in einem Ozean der Lust, hört seinen langen Schrei wie von ferne, er ist am Ertrinken, spürt seine Sinne schwinden, und als er wieder zu sich kommt, ist er gestrandet an ihrem weißen Körper, ihren weißen Brüsten, ihrem weißen Hals, dem schwarzen, verklebten Haar. Er fängt ihren Blick auf und beginnt wieder zu atmen, und seine Tränen beginnen zu fließen. Sie hält ihn fest in den Armen, während er schluchzt, während er seine zwölf leeren Jahre beweint.

95

Als Jack aufwacht, liegt er in Lettys Bett.

Erst fragt er sich *Wo zum Teufel bin ich?*, dann erschnuppert er den mexikanischen Kaffee und weiß Bescheid. Rollt sich aus dem Bett und tappt in die Küche. Da steht sie, neben dem Toaster, und nippt an ihrer Tasse.

»Eier mit Schinken hab ich nicht«, sagt sie, »aber Toast mit Kaffee kannst du haben.«

»Wunderbar!«

Er lässt sich auf den Hocker vor ihrer Küchentheke plumpsen und sieht aus dem Fenster. Große alte schwarze Eichen auf abschüssigem Weideland. Hinter dem Zaun grasen Pferde.

»Sind das deine?«, fragt er.

»Die gehören dem Nachbarn. Ich reite manchmal. Du auch?«

»Nur auf den Wellen.«

»Jedem seinen Ritt«, sagt sie, stellt ihm den Teller mit Buttertoast hin und setzt sich neben ihn. »Was machst du jetzt?«

»Ich fahre ins Büro und räume meinen Schreibtisch.«

»Denkst du, die feuern dich wirklich?«

»Wenn nicht, gehe ich freiwillig.«

»Das mußt du nicht.«

»Doch.«

Sie schweigen und sehen aus dem Fenster. Schön da draußen, denkt Jack. Die Bäume, die Wiesen, die Berge.

»Also, was hast du vor?«, fragt sie nach einer Weile.

»Weiß nicht.«

Wieder ein paar Minuten später: »Du könntest zu mir kommen.«

»Du musst mir nicht –«

»Das Haus muß dringend überholt werden«, sagt sie. »Du könntest dich hier nützlich machen, alles reparieren –«

»In deinem Bett schlafen ...«

»Als Bonus.«

»Für mich.«

»Wie galant!«

Wieder Schweigen, Kaffee, aus dem Fenster sehen. Dann sagt sie: »Das ist ein ernstes Angebot.«

»Ernst?«

»Es ist ehrlich gemeint, ganz spontan.« Sie blickt in ihre Kaffeetasse. »Wie oft kriegt man schon eine zweite Chance? Das gilt auch für mich.«

»Ja, ebenfalls«, sagt er und denkt: Wie romantisch von mir. *Ebenfalls!*

»Ach, wirklich?« Sie sucht seinen Blick.

»Ja, wirklich.«

»Also, mein Angebot steht.«

»Danke«, sagt er. »Kann ich drüber nachdenken?«

Denn er weiß, dass sie ihm das ganze Programm anbietet, den Start in ein anderes Leben – und er weiß, sie hat die Kinder noch nicht aufgegeben. Das ist schlimm, das sollte sie unbedingt tun.

»Letty?«

»Jack?«

»Du bekommst die Kinder nicht. Es ist vorbei.«

»Für dich vielleicht.« Sie steht auf und wischt die Küchentheke ab.

»Letty –«

»Hör zu. Du hast dein Bestes gegeben und verloren. Ich mach dir keinen Vorwurf, okay? Ich werfe dir nicht vor, dass du mich vor zwölf Jahren verlassen hast und ich deshalb keine Kinder habe. Ich sage nur, diese Kinder haben es verdient, dass *ich* mein Bestes gebe, selbst wenn du denkst, es ist zwecklos. Ich werde einen Anwalt finden, der das vor Gericht bringt, und wenn ich verliere, suche ich einen anderen Anwalt, und wenn ich wieder verliere ...«

»Okay.«

»Ich muss jetzt zur Arbeit. Kommst du heute Abend wieder?«

»Hm.«

»Ist das ein Ja oder ein Nein?«

»Nimm es als Ja.«

Sie stehen da und sehen sich an.

»Dann wäre jetzt der richtige Moment für einen Kuss«, sagt sie.

»Hm.«

Also küssen sie sich und bleiben eine Weile umarmt, bis er sagt: »Was hab ich vor zwölf Jahren nur gemacht? Das war ein schrecklicher Fehler. Ich hätte die Klage zurückziehen müssen.«

»Wahrscheinlich.«

»Das Leben dieses alten Mannes hatte mehr Gewicht als der Schaden.«

»Ich weiß, wie dich das gequält hat.«

Sie bringt ihn hinaus zu seinem Mustang, und er startet durch.

Zurück zu California Fire and Life.

96

Jack geht hinaus zu Billy.

In seinem Kaktusgarten ist es heißer als in der Hölle.

»Du wirst nicht gefeuert«, sagt Billy. »Eher lasse ich mich feuern.«

»Dann sehen wir uns beim Arbeitsamt.«

»Quatsch«, sagt Billy. »Ich geh einfach in Rente. Genieße meinen Lebensabend.«

»Ich kündige, Billy.«

»Bitte, tu's nicht!«

»Werden sie zahlen?«

»Wahrscheinlich.«

»Dann kündige ich.«

»Scheiße, Jack –«

Billy macht die Zigarette aus und zündet eine neue an. Dreht sich gegen den Wind und hält die Hand vors Streichholz. Nachdem er den ersten Zug genommen hat, sagt er: »Lass die Karre einfach laufen.«

»Kann ich nicht.«

Drinnen in Billys Büro klingelt das Telefon. »Das ist wahrscheinlich wieder Herlihy. Vertrieb, Rechte, Schäden, die SEE, alle prügeln auf mich ein wegen dieser Sache.«

»Dann rede lieber mit ihnen.«

»Geh nicht weg.«

»Ich bleibe hier sitzen, bis mich die Geier fressen.«

Jack nimmt die Akten vom Stuhl und setzt sich hin.

97

Letty sitzt im Auto und trinkt einen letzten Schluck Kaffee.

Sie hätte Besseres zu tun, als sich mitten im Cleveland Forest mit einem vietnamesischen Nachwuchsganoven zu treffen.

Obwohl ich mir das selber eingebrockt habe, denkt sie und schiebt den leeren Becher unter den Fahrersitz. Ich will schließlich wissen, wo seine beiden Freunde abgeblieben sind.

Mit ihrer Werkstattrazzia hat sie den Bezirksanwalt scharfgemacht, die Taskforce Bandenkriminalität und den Bewährungshelfer dieses kleinen Halunken. Außerdem hat sie drei weitere Werkstätten hochgehen lassen, eine Spielhölle und einen Massagesalon, um Onkel Nguyen ein bisschen Dampf zu machen. Daher war sie nicht sonderlich überrascht, als der Anruf kam.

Sie steigt aus dem Auto und läuft den Wanderweg hinauf, wo sie Tony Ky schon stehen sieht, das heißt, er steht nicht, er tanzt. Er macht den Informantentanz.

Der Informantentanz ist ein etwas sonderbarer Twostep: ein kleiner Doppelhüpfer auf dem linken Bein, dann Gewichtsverlagerung und ein kleiner Doppelhüpfer auf dem rechten Bein –

Hände in den Taschen, hochgezogene Schultern, rhythmisches Schwenken des Kopfes. Letty verfolgt den Tanz und registriert mit einiger Genugtuung, dass der Knabe Schiss hat.

Prima, denkt sie, geschieht ihm recht. Vielleicht sucht er sich am Ende doch einen ehrlichen Job.

Tony hat gewaltig Schiss. Ist offenbar nicht gewohnt zu plaudern, selbst wenn es um seine zwei verschwundenen Freunde geht. Und diese Woche war echt die Hölle für ihn. Erst fliegt die Werkstatt auf, zum großen Ärger von Onkel Nguyen, und Tony denkt noch, er ist mit einem blauen Auge davongekommen. Dann nimmt ihn der Bezirksanwalt wegen Do und Tranh in die Mangel und will ihm irgendeine Verschwörung anhängen, danach der Mann von der Bandenkriminalität, der was von Organisiertem Verbrechen faselt, und schließlich kommt noch der Bewährungshelfer und lässt durchblicken, dass er gar nichts verbocken muss, um in den Bau zurückzugehen, dass es reicht, wenn er mit den anderen Jungs gesehen wird …

Als wäre das alles noch nicht beschissen genug, taucht Onkel Nguyen *persönlich* bei ihm auf und will, dass er sofort, wenn nicht noch schneller, ausspuckt, wo diese Idioten Do und Tranh abgeblieben sind, und als Onkel Nguyen hört, dass sie irgendeine Fuhre für die Russen gemacht haben, tickt er regelrecht aus und befiehlt ihm, was total Irres zu machen, nämlich diese Polizeizicke anzurufen und ihr das zu erzählen. Als er zurückfragt *Waaas?*, meint Onkel Nguyen nur: *Tu, was ich dir sage, du machst mir so schon genug Ärger, ich will die Zicke los sein.* Also trifft er sich mit der Zicke.

Was insofern okay wäre – irre, aber okay –, hätte ihn der Russe nicht schon wieder abgefangen und gefragt: *Hast du mit den Bullen geredet?* Und Tony: *Wieso, ich rede nie mit Bullen.* Worauf der Russe sagt: *Dann wirst du's jetzt tun. Mach ein Treffen mit den Bullen und rede.* Und Tony wieder: *Waaas?*

Aber der Russe sagt nur: *Parieren oder krepieren.*

All das macht vielleicht erklärlich, dass Tony ein bisschen

zapplig wirkt, als er da mitten in der Landschaft auf die Polizistin wartet.

98

Billy kommt wieder raus und sagt: »Sie zahlen morgen früh. Mit mir oder ohne mich.«

»Ziehst du mit oder nicht?«

»Das muss ich mir noch überlegen.«

»Klar.«

»Und du?«

»Ich bin weg.«

»Jack«, sagt Billy, »als Regulierer kriegst du niemals wieder einen Job.«

»Den will ich auch nicht.«

»Was willst du denn sonst?«

»Weiß ich noch nicht«, sagt Jack. »Vielleicht wieder zum Bau.«

Billy verzieht gequält das Gesicht. Kämpft gegen den Wind, weil er sich eine anzünden will, und sagt: »Schlaf noch mal drüber, verdammt. Lass dich ein paar Tage krankschreiben.«

»Scheiß drauf, Billy. Krank bin ich schon lange.«

Sagt es und geht ab.

Wütend.

Im Foyer streckt die Empfangsdame ihr Kinn in Richtung Besucherbank und sagt: »Olivia Hathaway. Für Sie.«

»Nicht jetzt.«

»Sie *wartet*, Jack.«

»Ich arbeite hier nicht mehr. Soll sich mein Nachfolger drum kümmern.«

»Jack?«

Sie steht direkt hinter ihm.

»Mrs. Hathaway?«

»Nur einen Augenblick«, sagt sie. Die Kekse hat sie schon rausgeholt.

»Ich habe wirklich keine Zeit, Mrs. Hathaway.«

Zwei Minuten später sitzt er ihr im Raum 117 gegenüber.

»Mrs. Hathaway, ich habe heute keine Zeit für Sie. Und bin in sehr schlechter Verfassung. Also, ein für alle Mal: Ich zahle nicht für Ihre Löffel. Nicht jetzt und auch später nicht –«

»Ich komme nicht wegen der Löffel.«

Wie bitte?

»Also warum –«

»Ich komme, weil mich ein Anwalt besucht hat«, sagt sie. »Ein Mr. Gordon.«

»Paul Gordon?«

»Kennen Sie ihn?«

»Gewissermaßen.«

»Jedenfalls hat er mich besucht und mich gebeten, Sie zu verklagen. Es geht um eine Sammelklage.«

»Eine Sammelklage?«

»So sagt er.« Sie holt ihr Strickzeug heraus und fängt an zu stricken. »Er sagt, es gäbe mindestens zwanzig Leute, die von Ihnen betrogen wurden. Die schließen sich jetzt zusammen und verklagen Sie. Ein paar Millionen würden dabei schon rausspringen.«

»Hat er Ihnen gesagt, wer die anderen sind?«

»An alle erinnere ich mich nicht«, sagt sie. »Da war ein Mr. Vale, ein Mr. Boland, eine Mrs. Vecch...«

»Vecchiarios?«

»Stimmt«, sagt sie. »Und ein Mr. Azmekian.«

»Ein Mr. Azmekian?«

»Ja.«

»Kazzy Azmekian?«

»Nein, Kasimir, glaube ich.«

Jack sitzt da und lässt sich die komplette Liste seiner abgelehnten Regulierungen runterbeten.

Und diese Liste, sagt sich Jack, konnte Gordon nur zusammenstellen, weil ihm jemand Zugang zu meinen Akten verschafft hat.

»Mr. Gordon möchte, dass ich mich der Sammelklage anschließe«, hört er Olivia Hathaway sagen. »Er hat mir sogar Anteilscheine für Westview angeboten.«

»Für was?«

»Für die Westview Company, mein Lieber. Unter dem Siegel der Verschwiegenheit, natürlich.«

Weiß der Teufel.

»Was haben Sie dazu gesagt?«, fragt Jack.

Olivia Hathaway blickt von ihrem Strickzeug auf. »Dass er sich zur Hölle scheren soll. Möchten Sie einen Keks?«

»Ja, Ma'am, gern«, sagt Jack.

Sie fixiert ihn mit ihren großen blauen Augen. »Solche Schwindler machen mir nichts vor. Mit Zucker – Ihre Lieblingssorte.«

»Großartig, dieser Keks.«

»Nun zu meinen Löffeln ...«

99

»Also?«, fragt Letty.

»Was also?« Tony tanzt noch immer den Informantentanz, und ungeachtet der Augusthitze steckt er in seiner vietnamesischen Gangsterkluft – schwarze Levi's, schwarze Hightops, schwarze Lederjacke ...

Letty hat keine Lust auf Spielchen. »*Du* hast *mich* angerufen.«

»Tranh und Do.«

»Ach ja?«

»Sie haben einen Job gemacht. Für die Russen.«

»Okay«, sagt Letty. Als würde ihr das was sagen.

»Nein«, sagt Tony. »Ich meine *die* Russen.«

Letty wird hellhörig.

»Was hatten die beiden mit der Russenmafia zu tun?«

»Die bringen uns Autos, manchmal ...«

»Ach, wirklich?«

»Jedenfalls«, sagt er, um die Sache nicht auszuweiten, »Tranh und Do haben für die Russen eine Fuhre gemacht. Die zwei Typen brauchten einen Laster und zwei Leute.«

»Wofür?«

»Um den Laster zu klauen, in einem Haus Zeug einzuladen, irgendwo hinzubringen, den Laster abzufackeln.«

»Was für Zeug?«, fragt Letty. »Welches Haus? Und wohin?«

»Die Russen haben mit ihnen geredet, später angerufen und eine Adresse durchgegeben.«

»Welche Adresse?«

»Bluffside Drive 37.«

Das haut sie um.

In der Nacht, als Pamela ermordet wurde, holen zwei vermisste vietnamesische Gangster »Zeug« aus dem Haus.

Tony weiter: »Die klauen also den Laster, bei Paladin Unpainted Furniture, machen ihre Fuhre und kommen nicht zurück. Jetzt wissen Sie alles, was ich weiß. Kann ich jetzt gehen?«

»Wer waren die zwei Russen?«, fragt Letty.

»Weiß ich nicht«, winselt er. »Zwei Neue, nicht die, die sonst immer kommen.«

»Es kommen immer welche?«

»Welche, die die Autos bringen, und welche, die das Geld abholen«, sagt Tony. »Die waren es aber nicht.«

»Erkennst du die wieder, wenn ich dir ein Foto zeige?«

Tony schüttelt den Kopf. »Keine Chance, Lady, die verpfeife ich nicht. Dazu können Sie mich nicht zwingen.«

»Beschreib sie.«

»Ein langer Dünner und ein kleiner Dicker. Mehr sag ich nicht.«

»Hast du die noch mal getroffen?«

Tony schüttelt wieder den Kopf.

Zu schnell und zu heftig, sagt sich Letty.

»Oder von ihnen gehört?«

»Nein.«

»Lüg nicht, du kleiner Scheißer.«

»Ich lüge nicht!«

»Und winsel nicht so, das nervt. Was haben sie zu dir gesagt? Dass du die Klappe halten sollst?«

»So etwa«, sagt Tony. »Dass ich Onkel Nguyen nichts sagen soll.«

»Wussten sie, dass ich euren Laden geknackt habe?«

»Klar«, sagt er wütend, »das wissen doch alle.«

»Da hast du ja ganz schön Probleme.«

»Ihre Schuld!«

»Schon möglich«, sagt sie. »Na, komm schon, bring mir die Kerle.«

Tony denkt eine Sekunde drüber nach. »Mal sehen, wie's läuft.«

»Gut, sehen wir, wie's läuft.«

Doch Tony weiß schon, wie es läuft. Wenn es so läuft, wie es immer läuft, ist er ein toter Mann.

Also sagt er nur: »Geben Sie mir ein bisschen Vorsprung, ich will nicht mit Ihnen gesehen werden.«

»Hier draußen?« Letty muss lachen.

Hier gibt's nichts als Berge, trockenes Gras und Felsen.

»Egal wo«, sagt Tony und läuft los, den Weg runter.

Bei Letty überschlagen sich die Gedanken. Das Verschwinden von Tranh und Do hat mit Pamelas Tod und dem Brand zu tun. Sie hat irgendeine Verbindung zwischen Nicky Vale und der Russenmafia aufgedeckt. Ein Laster hat in der Brandnacht »Zeug« aus dem Haus abtransportiert.

All das geht ihr im Kopf herum, als sie bergab läuft.

Mit gesenktem Kopf.

Und so gut wie tot ist.

Denn der Schütze wartet schon.

Sie läuft mit gesenktem Kopf, sie denkt über alles nach, und sie blickt nur auf, weil sie etwas Metallisches glänzen sah, obwohl es hier nichts Metallisches gibt.

Sie sieht genauer hin und entdeckt den Gewehrlauf und hinter dem Gewehrlauf ein Gesicht.

Sofort wirft sie sich hin, auf den harten roten Felsgrund, landet unglücklich und spürt, wie ihre Schulter aus den Fugen gerät. Aber sie hat die Waffe schon gegriffen und sieht, wie sich der Arm des Schützen senkt, sich auf sie ausrichtet, also zielt sie auf die Stelle rechts neben dem Arm und drückt zweimal ab, WHAM WHAM, dann noch zweimal, WHAM WHAM, die ersten zwei Schüsse in Brusthöhe, die nächsten zwei auf den Kopf, und damit wäre *dieser* Kerl erledigt.

Denn schon kommt ein zweiter aus dem Gebüsch.

Sie brüllt: »Vergiss ihn, der ist tot!« und umklammert ihre Pistole, versucht sie ruhig zu halten, falls sie ihre letzten Schüsse abgeben muss, aber da fängt der Horizont an zu wanken und zu kippen, sie sieht den blauen Himmel und dankt *Madre María*, dass sie noch am Leben ist, dann wird es schwarz um sie.

Das Letzte, was sie hört, ist dieser Kerl, wie er flucht: »Fick dich! Geiles Ding.« Und sich entfernt.

Letty liegt am Boden, und ihre Schulter tut höllisch weh. Aber Schmerz ist gut – besser als das Andere.

100

Jack sieht fern.

Vor ihm stehen zwei Monitore, angeschlossen an zwei Videorekorder.

Auf dem einen das Heimvideo mit Pamela beim Vorführen der Antikmöbel, auf dem anderen die Aufnahmen, die Jack vom verbrannten Schlafzimmer der Vales gemacht hat.

Ziemlich verrückt, das miteinander zu kombinieren.

Die lebendige, aufreizend schöne Pamela als Gespenst auf der einen Seite zu sehen, die verkohlten Reste ihres Schlafzimmers auf der anderen. Zu sehen, wie sie auf die Sessel zeigt, den Kartentisch, den Schreibtisch ... das Bett. Zu sehen, wo die Sachen einmal standen, wo sie einmal stand.

Denn er hat alles verbrannt und sie mit.

Nein, hat er nicht, denkt Jack.

Sie hat er verbrannt, daran ist nicht zu rütteln.

Aber die Möbel hätte er niemals verbrannt.

So wie Olivia Hathaway niemals ihre Löffel wegwerfen würde.

Keiner verbrennt Dinge, die ihm wertvoll sind, denkt Jack.

Nicht, wenn es die Chance gibt, sie zu behalten.

Nur ich.

Ich verbrenne, was ich liebe, und verstreue die Asche.

Was habe ich damals zu Letty gesagt? *Pintale.*

Verschwinde.

Und wie hieß dieser Vogel, der aus der Asche aufstieg?

Phönix.

Wie Letty und ich.

Wie Pamela auf dem Video.

Wie Nickys kostbare Antikmöbel.

Zeig sie mir, Pam.

Zeig mir, wie sie aus der Asche aufsteigen. Zeig mir, was ich suche.

Pam will dir was sagen.

Das Feuer will dir was sagen.

Stell dich nicht so blöd an. Ich verrate dir alles. Du sprichst doch meine Sprache, oder? Wenn einer die versteht, dann bist du's.

Beim dritten Durchlauf sieht er es.

Die Hitzeschatten.

Pam zeigt auf den Schrank: »Ein seltener, rot und schwarz

lackierter Büroschrank mit gerundeten Ecken, etwa 1720 – ein sehr kostbares Stück.«

Jack schaltet beide Videos auf Einzelbild.

Da ist es.

Vergleicht den Standort des Schranks mit der Leerstelle auf dem Brandvideo.

Die Form des Hitzeschattens ist falsch.

Er spult ein Stück zurück und sieht noch mal genau hin.

Keine Frage. Die helle Stelle an der Wand, der Hitzeschatten, ist kleiner und niedriger, als er sein müsste, wenn dort wirklich der Schrank stand.

Es ist der falsche Hitzeschatten.

Das falsche Gespenst.

Es ist der Umriss des Schreibtischs.

Jack spult zu der Stelle, wo Pamela den Schreibtisch vorführt, schaltet auf Einzelbild, sucht die Stelle auf dem Brandvideo, vergleicht den Schreibtisch mit dem Umriss des Hitzeschattens.

Der Umriss ist falsch.

Er hat die Form des Schranks.

Du hast es vermasselt, Nicky.

Und danke, Pam.

Danke, Feuer.

Danke, Olivia Hathaway.

101

Zuerst sieht er nur den Papagei.

Der sieht aus, als würde er an der Hecke entlangschweben, dann kommt die Schulter von Mr. Meissner zum Vorschein.

»Eliot«, ruft Jack.

Eliot, Eliot, schöner Vogel!

Meissner bleibt stehen und sieht herüber.

»Ah, der Astronaut. Wo haben Sie Ihren Raumanzug gelassen?«

»Jack Wade, California Fire and Life.«

»Ich entsinne mich, Mr. Wade.«

»Jack.«

»Was kann Eliot für Sie tun, Jack?«

»Schachfiguren. Sie sagten etwas von Schachfiguren, die hin und her bewegt werden. Und ich dachte, Sie meinten die Kinder.«

»Die auch«, sagt Meissner.

»Da war noch was.«

Meissner nickt. »Der Lastwagen. Mit der Schachfigur drauf. Und die halbe Nacht wurde das Zeug rein- und rausgeschleppt.«

»Welches Zeug?«

»Möbel.«

»Haben Sie gesehen, wer –«

»Zwei kleine Asiaten und zwei große Kerle.«

Schöner Vogel!

»Ja, Eliot, bist ein schöner Vogel«, sagt Meissner.

Eliots Federn werden vom Wind gezaust, er krallt sich haltsuchend in Meissners Schulter.

»Ist das von Bedeutung?«, fragt Meissner.

»Könnte sein.«

»Hat es etwa mit Pamelas Tod zu tun?«

»Ich glaube schon.«

Meissner wendet sich ab und blickt aufs Meer. Dann sagt er: »Sie war ein nettes Mädchen. Mit Problemen, aber sehr nett.«

»Tja.«

»Wenn Sie mich als Zeugen brauchen ...«

»Nein«, sagt Jack hastig. »Sie brauchen nicht auszusagen. Haben Sie mit irgendjemandem darüber gesprochen?«

»Nur mit dem Papagei. Aber er hört mir nicht zu, oder, Eliot?«

Jack zuckt die Schulter. »Hören Sie, Mr. Meissner. Erzählen Sie keinem was davon. Nicht der Polizei, keinem Anwalt, niemandem. Wenn jemand fragt, was Sie in der Nacht gesehen haben, erwähnen Sie nur die Flammen und das Hundegebell. Das ist sehr wichtig.«

»Ich möchte mich gern nützlich machen.«

»Das haben Sie schon getan.«

Weil ich jetzt weiß, was passiert ist.

Nicky hat die Möbel ausgetauscht. Die guten Stücke rausgeholt, billigen Krempel reingestellt.

Aber einer von seinen Leuten hat gepfuscht.

Hat den Schreibtisch dorthin gestellt, wo der Schrank stehen musste, und umgekehrt.

Nicky hat seine kostbaren Antikmöbel noch.

Eine halbe Million gerettet.

Und zwei Millionen gewonnen, wenn man den Schadenersatz mitrechnet.

Wenn Jack jetzt noch die restliche Entschädigungssumme dazuzählt, kommt er auf das Geld, das Nicky bezahlt hat, um seine Schulden zu begleichen.

»Danke, Mr. Meissner.«

»Keine Ursache.«

»Doch, für alles.«

Jack geht zurück zum Auto.

Nicky hat die Möbel.

Aber was bringt's?

Als Beweismittel taugen die Hitzeschatten nichts, man kann sie auch manipulieren. Oder Nicky behauptet einfach, er habe vergessen zu erwähnen, dass die Möbel vor dem Brand umgestellt wurden.

Klar. Aber es gibt einen Augenzeugen, der gesehen hat, dass vor dem Brand Möbel rein- und rausgetragen wurden.

Nur kann ich ihn nicht gebrauchen. Macht er den Mund auf, ist er ein toter Mann.

Also, was tun?

Jack fährt nach Laguna.

Zehn Minuten später schiebt er Marlowe einen Messinggriff hin.

Marlowe beäugt ihn kurz und sagt: »Fälschung«.

»Woher wissen Sie ...?«

»Erstens bin ich nicht Helen Keller, zweitens bin ich nicht Forrest Gump, drittens verkaufe ich die echten Stücke schon seit zig Jahren. Noch was?«

Ein Klauenfuß.

»Darf ich mal dran sägen?«, fragt Marlowe.

»Tun Sie sich keinen Zwang an.«

Marlowe greift nach einer kleinen Säge und sägt ein keilförmiges Stück Holz heraus. Leuchtet mit der Taschenlampe in den Spalt und sagt: »Der Fuß ist vielleicht einen Monat alt oder zwei. Weiter?«

Eine Kupferschließe.

»Achtzehntes Jahrhundert?«

»Vielleicht in einem früheren Leben.«

»Und?«

»Ich weiß nicht, was ich dazu sagen soll«, sagt Marlowe. »Sehen Sie, ich kenne jedes Stück in Nicky Vales Sammlung. Die meisten habe ich für ihn zertifiziert. Bei anderen habe ich gegen ihn geboten, aber er hatte die tieferen Taschen. Ich weiß nicht, wo Sie dieses Zeug herhaben, aber die Möbel in Nickys Haus waren echt. Die Sachen hier stammen von einem guten Kopisten, würde ich sagen.«

»Fällt Ihnen dazu ein Name ein?«

»George Scollins ist der beste«, sagt Marlowe. »Hat eine Werkstatt oben in Laguna Canyon. Restauriert und macht Kopien. Fantastische Sachen.«

»Ist denn das legal?«

»Kommt drauf an, wie man's betrachtet. Viele Leute wollen Antikmöbel, die nicht alt sind, und kaufen einen Scollins. Oder sie wollen ein Möbelstück, das es nicht mehr gibt. Dann macht ihnen Scollins eine Kopie nach dem Foto. Oder sie wollen ein seltenes Stück, ohne den hohen Preis zu zahlen. Dann hilft ihnen Scollins weiter. Ihren Freunden gegenüber geben sie die Stücke für echt aus. Das ist nicht ganz ehrlich, aber legal. Wenn sie solche Möbel als echt verkaufen wollen, ist es Betrug.«

Oder wenn sie sie verbrennen und der Versicherung als echt verkaufen ...

»Haben Sie die Adresse von Scollins?«, fragt Jack.

102

Das hier ist das Ende der Welt, denkt Jack, als er den staubigen Feldweg entlangfährt, einen der vielen Seitencanyons hinauf, die sich wie Finger vom Laguna Canyon abspreizen.

Versteckt in einer kleinen Baumgruppe am Hang taucht schließlich Scollins' Anwesen vor ihm auf, mehrere ineinander verschachtelte Häuschen und Schuppen.

Zumindest waren es einmal Häuschen und Schuppen.

Als er näher kommt, ahnt er schon, dass er Scollins kaum lebend vorfinden wird. Denn was sich da an den Hang schmiegt, sind nur noch die ausgebrannten Reste von Häuschen und Schuppen.

Aber eine tolle Aussicht hier.

Jack steigt aus dem Auto und kommt sich vor wie in einem Adlernest – ein grandioser Blick über die ausgedörrten Berge, und der Ozean ein blaues Rechteck, fast wie eine blaue Wand.

Schön, hier zu wohnen, sagt er sich, und geht hinüber zum Wohnhaus.

Um ein bisschen rumzustochern.

Es riecht immer noch nach Terpentin und Schellack und anderen Lösungsmitteln, die eine gewaltige Brandlast erzeugt haben müssen.

Ein schnelles, heißes Feuer dürfte das gewesen sein.

Ein gefräßiger Alligator.

Ein kleines Steinhaus, voller Holz.

Als das Feuer ausbrach, wurde das Haus zum Ofen.

An dem Durcheinander im Inneren erkennt man, dass Leben und Arbeit für Scollins eins waren. Der Rahmen des Eisenbetts an der Wand, überall verkohlte Reste von Möbeln, an den Wänden Hitzeschatten.

Jack findet die Stelle, an der der Brand vermutlich ausbrach.

Eine elektrische Sockelheizung.

Wer hat hier mitten im Sommer geheizt?

Ein klassischer Teddy Kuhl.

Jack ruft die Polizei an.

»Brandermittlung, bitte.«

»Moment.«

Jetzt brauche ich ein bisschen Glück, denkt er.

Gott sei Dank, der Mann, der rangeht, ist nicht Bentley.

»Hier John Morici, Pacific Mutual Insurance«, sagt Jack. »Hey, habt ihr Jungs vor kurzem einen Brand ermittelt, Laguna Canyon, das Scollins-Anwesen?«

»Bleiben Sie dran.«

Der Mann kommt zurück und sagt: »Nach meinen Unterlagen ist die Farmer's Insurance zuständig.«

»Wir haben die Lebensversicherung«, sagt Jack auf gut Glück. »Ich komme nicht nach mit meinen Akten, mein Chef macht mir schon Ärger. Können Sie mir vielleicht die Brandursache mitteilen, damit ich die Zahlung veranlassen kann?«

»Warten Sie.«

Jack wartet. »Ja«, sagt der Mann. »Es war ein Unfall. Mal sehen: Ein Haufen alte Lappen neben der Heizung.«

»Also Unfalltod?«

»Sie haben es erraten.«

»Ach, und wer hat das ermittelt?«

»Ähhh, das war Officer Bentley.«

Ja, wer sonst.

Er hat das Gespräch gerade weggeklickt, da zirpt das Handy.

»Hallo?«

Goddamn Billy ist dran.

»Jack –«

»Ich weiß. Ich bin gefeuert.«

»Nein«, sagt Billy, »es geht um Letty del Rio.«

Sie ist in eine Schießerei geraten.

103

Sie richtet sich auf, als er ins Krankenzimmer kommt. Sieht erschöpft und mitgenommen aus, aber sie ist am Leben, und Jack ist so erleichtert, dass er dem lieben Gott am liebsten einen dicken Schmatz geben würde.

»Was ist passiert?«, fragt er.

»Ich hab was Blödes gemacht«, sagt sie. »Ich wollte einen Informanten treffen, allein. Hab nicht aufgepasst und bin in eine Falle gelaufen.«

»Letty ...«

»Ist noch mal gut gegangen«, sagt sie.

»Und dein Arm?«

»War ausgerenkt, aber sie haben ihn repariert. Am Nachmittag bin ich wieder draußen.«

»Bleib lieber noch drin«, sagt Jack. »Erhol dich ein bisschen.«

Als sie ihn ansieht, hat sie Tränen in den Augen.

»Einer von denen ist tot«, sagt sie.

»Kommst du damit zurecht?«

»Ich bin nicht gerade glücklich drüber, aber es macht mich auch nicht fertig.«

»Sind die Leute identifiziert?«

»Nein.«

Aber Jack sieht, dass sie angestrengt nachdenkt.

»Was ist?«

Sie berichtet, was Tony über Tranh und Do und den nächtlichen Möbeltransport erzählt hat.

»Die beiden sind tot«, sagt er.

»Woher weißt du das?«

»Ich weiß es nicht, aber es ist klar«, sagt er. »Nicky hat die echten Möbel rausgeholt und durch Fälschungen ersetzt. Der Mann, der die Fälschungen hergestellt hat, ist tot. Die beiden Jungs, die den Transport gemacht haben, sind auch tot.«

»Und Pam.«

»Und Pam.«

»Jack, jetzt kann ich Wiederaufnahme beantragen ...«

Ihre Stimme wird schwach, sie ist kurz vorm Abkippen.

»Okay«, sagt Jack.

»Du halt dich da raus.«

»Okay.«

»Versprochen? Diese Leute sind gefährlich.«

»Versprochen.«

»Dann ist's gut«. Sie schließt die Augen. »Jack, das Komische war«, murmelt sie, »ich war schon ziemlich hinüber, da hörte ich den anderen Kerl. Den Fahrer? In einem Caddy? Jedenfalls sagte der ›Geiles Ding‹ zu mir. Ist doch komisch, oder? Ich meine, vielleicht stimmt's. Vielleicht bin ich 'n geiles Ding.«

Jetzt tritt sie weg.

Jack drückt ihr den Handrücken und geht.

Mit einer Wut, die sich anfühlt, als würde er am ganzen Körper brennen.

Flashover.

104

Jack hält vor einem verlotterten Bungalow in einer Sackgasse oben in Modjeska Canyon. Das Haus war früher mal weiß, jetzt ist es dreckigweiß mit braunen Stellen, wo die Farbe runter ist.

Müsste dringend renoviert werden, sagt er sich, aber das wird wohl nicht passieren, denn die klapprige Veranda ist voller Müll, wozu er auch die vier Bikertypen rechnet, die dort rumhängen, die Füße auf dem Geländer, die Bierdose in der Hand.

Aus scheppernden Lautsprechern dröhnt Heavy Metal über die Straße.

Jack geht hinüber zur Verandatreppe. »Ist Teddy Kuhl da?«

»Ist sein Haus hier«, sagt einer.

»Das weiß ich selber«, sagt Jack. »Ich will wissen, ob er da ist.«

»Drinnen.«

»Sag ihm, er hat Besuch.«

»Nö.«

»Warum nicht?«

»Der hat zu tun.«

Die drei anderen lachen dreckig.

Jack hat nichts dagegen, den Stichwortgeber zu spielen. »Und was macht er?«

»Ficken!«

Einstimmiges Gefeixe.

»Sag ihm, er soll eine Pause einlegen«, sagt Jack. »Sag ihm, jemand will mit ihm reden.«

»Fick dich!«

»Okay. Fick dich selber.«

Jack geht zur Straße zurück, wo eine große schwarze Harley steht. Ein bisschen weiter weg stehen vier weitere Harleys. Das hier muss Teddys Harley sein.

Teddy Cools supergeile Harley.

Jack wirft sie um, mit einem kräftigen Tritt.

Dann tritt er den Scheinwerfer ein und trampelt so lange auf der Handbremse rum, bis sie abbricht.

Was bei den Jungs auf der Veranda schon mal Aufsehen erregt. Keine fünf Sekunden später kommt Teddy aus der Tür geschossen.

Die zwölf Jahre sind nicht spurlos an ihm vorübergegangen. Sein Haaransatz ist zurückgewichen wie eine geschlagene Armee, er hat deutlich mehr Zahnlücken und fette Hüften, die heftig wabbeln, als er seine Jeans zumacht und gleichzeitig in die Stiefel steigt.

Er ist noch mit seinem linken Stiefel beschäftigt, da brüllt er schon: »Wer ist die Sau?«

Jack grinst. »Ich bin die Sau.«

Jetzt grinst auch Teddy. »Ah, der nette Bulle!«

»Der nette Ex-Bulle«, antwortet Jack.

»Jetzt biste am Arsch, Bulle«, sagt Teddy. Er gibt seinen Buddys ein Zeichen, dass sie bleiben sollen, wo sie sind, und kommt auf Jack zumarschiert. »Wir haben noch eine Rechnung offen, Bulle!«

Jack schüttelt sich wie ein nasser Hund. »Ooooh, da krieg ich aber Angst. Bist du der Teddy Kuhl, der wie ein Köter vor mir gekrochen ist?«

Jetzt tickt Teddy aus.

Eine von Jacks Weisheiten besagt, dass man auf die Dummheit immer setzen kann, und Teddy enttäuscht ihn nicht, denn er ist tatsächlich so dumm, nach seiner Knarre zu greifen.

Noch während Teddy nach hinten greift, landet Jack einen linken Haken auf Teddys Nase, dass das Knacken der Knorpel die Lautsprecher übertönt.

Teddy hebt die Hand mit der Pistole, aber seine tränenden Augen sehen zu spät, dass Jack einen Ausfallschritt macht, Teddys Arm packt und ihm den Pistolenknauf auf die Nase krachen lässt.

Jetzt läuten bei Teddy sämtliche Glocken.

Vor lauter Schmerz merkt er nicht mal, dass ihm Jack die Pistole wegnimmt und ihm damit einen dritten Gong auf die Nase verpasst.

Teddy geht in die Knie, seine Buddys eilen zu Hilfe, aber bleiben wie gebannt stehen, als Jack die Pistole auf sie richtet. »Was ist?«

Sie stehen alle voll zu Teddy, aber so sehr, dass sie für ihn eine Kugel riskieren, auch wieder nicht. Teddy ist also mehr oder weniger auf sich gestellt.

Was ihm nicht gut bekommt, denn jetzt ist die ganze Straße mit Blut bekleckert, ein paar Zähne liegen auch rum, und aus Teddys Nase kommt immer mehr Blut und Rotz.

Auf die Dummheit kann man immer setzen, sagt sich Jack. Nur eine Dumpfbacke wie Teddy geht so dicht an einen ran, den er erschießen will. Willst du schießen, gehst du auf *Abstand*. Weshalb man überhaupt erst eine Knarre braucht. Aber was soll's ...

Er schleift Teddy über die Straße, tritt ihm bei jedem Schritt in die Rippen und unterstreicht jeden Tritt mit seinen Worten: »Wenn ich dir einen Rat geben darf, Teddy, dann lass – *Tritt* – die Finger – *Tritt* – von Leuten – *Tritt* –, die ich mag – *Tritt* –. Hast du das – *Tritt* – verstanden?«

Er schleift Teddy in die offene Garage, dann drückt er auf den Schließknopf, das Garagentor senkt sich auf Teddys Nacken, so dass Jack eigentlich nur noch zu Teddys Kopf spricht.

Der ein bisschen Schwierigkeiten mit der Atmung kriegt.

Als ich ihn das letzte Mal aufgemischt habe, hab ich's zwölf Jahre bereut, denkt Jack.

Na fein, denkt er. Das hier reicht für die nächsten zwölf Jahre.

105

»Na, Teddy, kommt dir das bekannt vor?«, fragt Jack.

»Fick dich ins Knie.«

»Du hast heute morgen einen Job erledigt.«

»Hab ich nicht.«

Jack lehnt sich ans Garagentor und drückt ein wenig dagegen, als wollte er Teddys Kopf vom Rumpf trennen.

Und ist kurz davor.

»Ich geb's ja zu«, krächzt Teddy. »Aber das ist kein offizielles Geständnis, ich wurde gezwungen.«

Jack lässt das Tor los.

»In wessen Auftrag?«

Teddy presst den Mund zusammen.

Jack lehnt sich ans Tor. »In wessen Auftrag?«

»Zwei Russen.«

»Du machst die Dreckarbeit für Kazzy. Kazzy ist Armenier. Was hat der mit den Russen zu tun?«

»Die haben ihn übernommen.«

»Nicky Vale«, sagt Jack. »Du kennst ihn.«

»Nie gehört.«

Jack lehnt sich mit Nachdruck ans Tor. »*Nicky Vale?*«

»Kommt mir irgendwie bekannt vor«, sagt Teddy. »Muss 'ne Art Boss sein. Der Boss der Bosse. Der Oberpate. So was. Kazzy meinte, der wär weg, nun ist er wieder da.«

»Hast du sein Haus angezündet?«

»Nein.«

Aber Teddy kichert. Wie man eben kichert, wenn einem ein schweres Garagentor im Nacken sitzt.

»Was ist daran so witzig, Teddy Cool?«

Jetzt lacht Teddy wirklich. »Wir haben dich voll verarscht, du Blödmann!«

»Ihr habt meine Akten in die Pfoten gekriegt«, sagt Jack. »Wer ist euer Mann bei Fire and Life?«

»Keine Ahnung.«

»Sandra Hansen? SEE?«

»SEE? Keine Ahnung.«

»Tom Casey?«

»Keine Ahnung.«

Jack stemmt sich gegen das Tor.

»Ich weiß es nicht!«, krächzt Teddy. »Und wenn du mein Gehirn in der ganzen Garage verspritzt. Aber irgendeiner war's, denn wir haben dich voll verarscht. Die Armenier, die Russen, alle haben sie dich gefickt.«

»Hast du das Haus von Scollins angezündet?«

»Kann schon sein«, sagt Teddy. »Aber du kannst das nicht gegen mich verwenden. Weil du noch vor mir im Knast landest.«

»Das war mal wieder ein echter Teddy Cool«, sagt Jack. »Ein Streichholz und paar Putzlappen mit Benzin. Du wirst nie erwachsen, Teddy. Du lernst nie dazu. Siehst du ja. Wir sind wieder am selben Punkt. Du bist das dumme faule Arschloch, und ich poliere dir die Fresse.«

Jack hebt das Garagentor.

»Von wem hattest du den Befehl, den alten Mann umzulegen, Teddy?«

»Welcher alte Mann?«

»Porfirio Guzman, vor zwölf Jahren.«

»Der alte Knacker?«, fragt Teddy. Guckt zu Jack hoch und grinst. »Kazzy hatte Befehl von seinem Boss, ich hatte Befehl von Kazzy. Und du kannst mich mal, Bulle.«

Das Problem ist: Teddy hat recht.

Jack kann nichts machen, wenn er nichts in der Hand hat.

Er hat einen Zeugen, dass in der Brandnacht Möbel transportiert wurden. Derselbe Zeuge hat auch Nicky in der Nacht gesehen, ohne das in seiner schriftlichen Aussage anzugeben.

Aber wenn Jack den Zeugen einsetzt, ist der Zeuge tot.

Déjà vu.

Jack hat Reste von den gefälschten Möbeln.

Ja, auch Proben mit Spuren von Petroleum. Aber haben sie genützt?

Er kennt den Mann, der die Möbel nachgebaut hat, aber der Mann ist tot.

Alles verbrannt.

Okay, da sind noch die zwei vermissten Vietnamesen, die den gestohlenen Laster gefahren haben. Und der Anschlag auf die Polizistin, die in der Sache ermittelte.

Aber nichts davon kann man Nicky Vale anhängen.

Jack sieht sich in der Garage um und entdeckt einen Benzinkanister.

Gießt Benzin auf den Fußboden, und Teddy brüllt los.

Den Rest des Benzins gießt er Teddy über den Kopf. Eine Benzinpfütze breitet sich unter dem Garagentor aus.

Jack hockt sich neben Teddy.

»Was hat Nicky mit den Möbeln gemacht?«

»Welche Möbel?«

»Scheiße, wo hab ich meine Streichhölzer?«

»ICH WEISS NICHTS VON IRGENDWELCHEN MÖBELN!«

Teddy lügt nicht. Teddy hat viel zu viel Schiss, um zu lügen.

»Gib mir einen Tipp«, sagt Jack. »Irgendwas, was ich verwenden kann.«

Teddy überlegt. Man sieht ihm an, wie er die Gefahren abwägt. Die Angst vor Nicky Vale gegen die Angst, zu verbrennen. Und Jack weiß, dass er gewinnt, denn die Angst vorm Feuer ist konkret, die Angst vor Nicky Vale ist abstrakt, und mit Abstraktionen hat Teddy nichts am Hut.

»Westview«, sagt Teddy.

»Was?«

»Das hätte ich anzubieten«, sagt Teddy. »Kazzy faselt ständig von Westview. Irgendwie hat das mit Nicky Vale zu tun.«

Jack drückt auf den Knopf, das Garagentor klappt hoch.

Teddys Buddys stehen davor. Mit drei Flinten und drei Pistolen im Anschlag.

»Tolle Idee«, sagt Jack. »Na los, ballert schon. Dann kriegt ihr euren Boss gegrillt.«

»Nicht schießen! Nicht schießen!«, brüllt Teddy.

Jack läuft zwischen ihnen durch zu seinem Auto. Steigt ein, lässt die Scheibe runter. »Tja, Jungs«, sagt er. »Euer geiles Ding hat gesungen wie ein Vogel.«

Startet durch und fragt sich:

Was zum Teufel ist Westview?

106

Nicky hat im Büro von Paul Gordon Platz genommen, der am Schreibtisch sitzt und an seinem Cappuccino schnuppert, um sicherzugehen, dass er mit Muskat und nicht mit Zimt bestreut ist.

Nach diesem bedeutsamen Akt widmet er sich Nicky, indem er aufblickt und ihm damit zu verstehen gibt: *So, jetzt bin ich für dich bereit.*

Nicky wartet ungeduldig, dass der Kerl endlich sein Ego bezwingt.

»Fertig?«, fragt Nicky.

»Ich stehe zur Verfügung.«

»Morgen früh«, sagt Nicky, »wird Casey Ihnen 50 Millionen Dollar anbieten – als Schlichtungssumme.«

Gordon dreht fast durch. In seinen absurdesten Träumen hätte er nicht gedacht, dass Fire and Life die 50 Millionen einfach so rüberschieben würde. Er hat fest mit der Ablehnung gerechnet. Was nützt ihm ein Versicherungskonzern, der plötzlich clever wird?

»Keine Sorge«, sagt Gordon. »Ich lehne ab. Ein Grund findet sich.«

Nicky schüttelt den Kopf. »Sie werden die Summe akzeptieren.«

Gordon wird bleich.

»Das war nicht der Plan.«

»Ist es aber jetzt.«

»Das könnte Ihnen so passen!«, sagt Gordon. »Ich habe Jahre gebraucht, um so weit zu kommen. Ich habe die Leute von der Polizei im Sack, ich habe die Richter im Sack. Sie können jetzt nicht einfach aussteigen.«

Nicky zuckt mit der Schulter.

Gordon wird schrill. »Was zum Teufel soll der Scheiß? Wir können da noch hunderte Millionen rausholen, wenn wir weiter auf der Jack-Wade-Nummer reiten. Nun geben Sie sich doch nicht mit Kleinkram zufrieden!«

»Jack Wade hat ausgespielt«, sagt Nicky.

Jack Wade ist schon so gut wie weg.

Jetzt kapiert Gordon.

»Sie Schwein!«, sagt er. »Sie haben mich ausgebootet!«

»Nehmen Sie das Angebot an«, sagt Nicky. »Sie kriegen Ihr Honorar.«

»Vergessen Sie's«, sagt Gordon. »Wir prozessieren. Wir bringen die alle vor Gericht.«

»Wenn Sie das machen«, sagt Nicky, »sind Sie gefeuert.«

Da muss Gordon aber lachen. »Sie mich feuern, Sie aufgeblasener kleiner Ganove? *Ich* brauch Sie nicht, aber Sie brauchen *mich*! Ohne mich sind Sie ein Nichts! Denken Sie, Sie kommen ohne mich gegen Fire and Life und Tom Casey an?«

Ich glaube schon, denkt Nicky.

Ich weiß es sogar.

Er steht auf und sagt: »Okay, Sie sind gefeuert.«

Gordon flippt aus.

Folgt Nicky auf den Flur und brüllt ihm hinterher: »Denken Sie, Sie sind hier die einzige große Nummer? In fünf Minuten kommt Tratchev, ein Mann mit Grips, ein Mann mit Visionen. Oder Kazzy Azmekian! Der hat die Power, solche Sachen durchzuziehen. Und diese Leute dulden nicht, dass Sie die Karre gegen die Wand fahren, Sie schmieriger kleiner aufgeblasener Eurogangster! Sie und mich feuern!«

Ziemlich geschmacklos, das mit dem Eurogangster, denkt Nicky, als er ins Auto steigt. Und mit Tratchev hätte er mir nicht kommen müssen. Oder mit Azmekian. Ausgesprochen kurzsichtig. Und uncool.

Diese beiden Trumpfkarten hätte er besser im Ärmel behalten.

Schmieriger kleiner aufgeblasener Eurogangster? Man könnte es glatt persönlich nehmen.

Nun ja.
Er räkelt sich in den Rücksitz.
Fast geschafft, sagt er sich.
Nur noch ein paar Schritte bis zum Ziel.
Und dem Aufstieg innerhalb einer Generation.
Fünfzig Millionen.
Fünfzig Millionen blitzsaubere Dollars.
Aber noch ist nicht alles getan.
»Ritz-Carlton«, befiehlt er Dani.
Jetzt gilt es zu handeln.
Dani wartet im Wagen, während der Pachan sein Treffen abhält.

107

Onkel Nguyen hat Kopfweh.

Er muss der hysterischen Mutter von Tommy Do gerade eröffnen, dass ihr idiotischer Sohn wahrscheinlich nicht nach Hause kommen wird – nie wieder.

Er muss das Gejammer, das Geschluchze und andere Störgeräusche über sich ergehen lassen – das Gekreische dieser Frau geht ihm durch Mark und Bein. Das dauert nun schon so lange, dass er das Spiel der Angels vergessen kann, und sie gibt erst Ruhe, als er das Versprechen abgibt, ihren Sohn zu rächen.

Er geht hinunter in den Keller, wo Tony Ky an den Handgelenken aufgehängt ist. Um auf andere Gedanken zu kommen, verpasst er ihm ein paar Hiebe mit dem Bambusstock, die Tony mit sattem Stöhnen quittiert, dann fragt er ihn: »Also, wer waren diese Russen?«

Tony beschreibt sie. »Ein großer Dünner und ein kleiner Dicker.«

Die Namen kennt er nicht, daher versetzt ihm Onkel Nguyen mit dem Bambusstock einen Schwinger, der ihm auf jedem Golfplatz Ehre machen würde, und fragt, für wen die Russen arbeiten.

»Tratchev«, sagt Tony.

Das muss Onkel Nguyen erstmal verdauen.

Mit Tratchev macht er seit Jahren Geschäfte, und es hat sich immer gelohnt – für beide Seiten. Er ruft sofort bei Tratchev an und fragt: »Was hat dieser Scheiß zu bedeuten?«

»Welcher Scheiß?«

»Zwei von Ihren Leuten haben zwei von meinen Jungs für eine Fuhre angeheuert, und sie sind nicht zurückgekommen.«

»Welche waren das?«, fragt Tratchev.

Onkel Nguyen beschreibt sie.

Und Tratchev ist hochbeglückt über diese Beschreibung. Ärger mit den Vietnamesen kann er überhaupt nicht brauchen. Was er jetzt braucht, ist ein Verbündeter gegen Nicky Vale. Also sagt er: »Sie meinen Dani und Lev.«

»Dann schicken Sie mir die mal vorbei, damit ich sie zur Rede stellen kann.«

»Die gehören nicht mir.«

»Wem denn?«

Tratchev klärt ihn auf.

Onkel Nguyen fragt: »Haben Sie ein Problem, wenn ich tue, was zu tun ist?«

Tratchev hat kein Problem, wie man sich denken kann.

108

Als Jack ins Büro zurückkommt, starren ihn alle an wie ein Gespenst.

Er hört sie tuscheln, während er durch den engen Gang zu seinem Schreibtisch läuft. *Gefeuert ... Meineid ... Prozente ... gewalttätig ...*

»Ich bin wieder da-ha!«, ruft er munter.

Die Regulierer ziehen die Köpfe ein, wenden sich ihren Monitoren zu. Eine greift zum Telefon, flüstert mit vorgehaltener Hand.

Also hat Sandra Hansen seine Kollegen instruiert, und diese Petze kann es nicht abwarten, seine Ankunft zu melden. Aber sie werden ein Weilchen brauchen, bis sie wissen, wie sie reagieren sollen. Zwischen Billy und der Chefetage werden die Drähte heißlaufen ...

Das heißt, er hat Zeit, aber nicht allzu viel.

Jack setzt sich an den Computer, ruft das kalifornische Gewerbeverzeichnis auf und tippt »Westview« ein.

Ein Name, der nicht gerade selten ist in einem Land, das an der Westküste liegt. Die Liste auf dem Bildschirm ist ellenlang.

Westview Travel, Westview Realty, Westview Retirement, Westview Recreational Vehicles, Westview Condominium Association ...

Westview Ltd.

Jack versucht es mit Westview Ltd.

Eine Gesellschaft mit beschränkter Haftung nennt nur die Gesellschafter, nicht die Teilhaber. Die sind anonym, und man braucht schon einen Gerichtsbeschluss, um an die Namen ranzukommen.

Daher ist so eine Gesellschaft bestens als Tarnung geeignet.

Jack klickt Westview Ltd. an und ruft den Geschäftsbericht ab, der auch die Namen der Gesellschafter nennt.

Einen James Johnson, einen Benjamin Khafti und eine Orange Coast Ltd.

Wieder eine GmbH.

Jack ruft den Geschäftsbericht von Orange Coast Ltd. auf.

Ein Howard Krasner, ein Grant Lederer und eine GmbH.

CrossCo Ltd.

Jack ruft den Geschäftsbericht von CrossCo Ltd. auf.

Und so weiter und so weiter.

Jeder Treffer liefert ihm ein paar hypothetische Gesellschafter und eine neue GmbH.

Die russische Puppe. Ein beliebtes Versteckspiel.

Finde raus, wer sich unter der Tarnung verbirgt.

Jack spielt weiter.

Bei der zwölften GmbH wird er fündig.

Gesellschafter: Michael Allen, Kazimir Azmekian und eine Gold Coast Ltd.

Gold Coast Ltd. Die nächste Tarnfirma. Der Geschäftsbericht nennt einen belanglosen Namen und zwei weitere GmbH, hinter denen sich wieder drei andere verbergen.

Und so weiter und so weiter – und da kommt es.

Great Sunsets Ltd. Die Baufirma, die Dana Strands bebauen will.

Und dahinter stehen Nicky Vale und Kazzy Azmekian.

Heiliges Kanonenrohr.

Jack sieht zwei Wachmänner nahen, begleitet von Cooper, dem Ex-Cop von der SEE.

Jack ruft den Geschäftsbericht für Great Sunsets Ltd. auf.

Der Computer rödelt.

Mach schon, denkt Jack.

Sie sind fünfzehn Meter entfernt.

Schneller, denkt Jack.

Ihm wird heiß, er hat das unheimliche Gefühl, dass sich ein Ring um ihn schließt.

Und er hat sich nicht geirrt.

109

Er fährt gerade den Computer runter, als er Coopers Hand auf der Schulter spürt.

»Sie sind beurlaubt«, sagt Cooper. »Für die Dauer der Ermittlungen.«

»Verpiss dich, ich kündige«, sagt Jack.

»Um so besser«, erwidert Cooper.

Jetzt kommt Goddamn Billy. »Was zum Teufel geht hier vor?«

»Mr. Wade wird beurlaubt.«

»Wer sagt, dass Mr. Wade beurlaubt wird?«

»Die SEE hat Hinweise auf Schmiergeldzahlungen, die –«

»Absoluter Blödsinn!«

»Da müssen Sie sich an Ms. Hansen wenden«, sagt Cooper.

»Darauf können Sie Ihren Arsch verwetten, dass ich mich an *Misss* Goddamn Hansen wende!«, brüllt Billy. »Jack, die Sache ist noch nicht gelaufen.«

»Doch, Billy.«

Es ist vorbei.

Sie führen ihn hinaus, und er entdeckt Sandra Hansen, die alles von weitem verfolgt hat. Er winkt ihr zu.

Doch sie hat keinen Grund zur Freude.

Sie könnte heulen vor Wut. Was für ein sturer begriffsstutziger Blödhammel, dieser Wade!

Er ist ein ganz ordentlicher Regulierer, schade nur, dass er so starrköpfig ist. Und sich so in den Fall Nicky Vale verbohrt hat.

Sie hat drei Jahre und Gott weiß wie viel von ihrem Etat auf die Russenmafia verwendet und lässt nicht zu, dass ihre Arbeit mit einem Schlag hinfällig wird.

Nicht jetzt.

Nicht vor heute Abend, wenn der ganze Laden hochgenommen wird.

Also muss Jack Wade verschwinden.

Phil Herlihy verfolgt das Geschehen am Überwachungsmonitor, oben in der Chefetage.

Und sein Herz spielt verrückt.

Weil er gesehen hat, was Jack Wade auf seinem Computer gesucht hat.

Jack Wade muss verschwinden.

110

Jack glaubt, sein Kopf explodiert.

Nicky Vale hat sich Dana Strands unter den Nagel gerissen.

Und die SEE hält ihm den Rücken frei.

Wie praktisch.

Mach dir nichts vor, dagegen kommst du nicht an.

Die sind stärker als du. Egal, was du machst, die machen dich fertig.

Die haben alle auf ihrer Seite. Die Bosse, die Polizei, die Anwälte, die Richter.

Und wer weiß, wen Nicky sonst noch gekauft hat.

Also gib's auf.

Tut mir leid, Pam.

Tut mir leid, Letty.

Nicky Vale hat gewonnen.

Seine Frau musste dafür sterben.

Seine Kinder müssen dafür büßen.

Lass die Finger von der Sache. Gib's auf!

Er sucht nach einer Stelle zum Wenden.

Aber er kann nicht, weil ihm ein schwarzer Cadillac im Nacken sitzt.

111

Ein dicker fetter schwarzer Caddy, der dicht hinter ihm fährt.

Jacks Mustang kann sich zwar sehen lassen, aber er hat einfach nicht die Schwungmasse, um einem aufgemotzten Caddy, der ihn von hinten bedrängt, Paroli zu bieten.

Der Caddy folgt ihm in eine tückische S-Kurve, und Jack tippt auf die Bremse, weil man die Kurve nicht zu schnell angehen darf, außer man will abheben wie die Gebrüder Wright.

Der Caddy bleibt an ihm dran, während die S-Kurve in eine weite Linksbiegung ausläuft.

Dann setzt das schwarze Ungetüm zum Überholen an.

Jack kann's nicht glauben, aber dieses Arschloch zwängt sich direkt neben ihn und bleibt da, obwohl sich die Straße links an den Felshang schmiegt und rechts der 70 Meter tiefe Canyon lauert.

Was vor allem deshalb von Übel ist, weil von hinten ein weiteres Auto kommt. Ein Dodge Charger, und nun hängt der sich an ihn dran.

Das verschärft die Lage radikal, denn Bremsen geht jetzt nicht mehr.

Da sieht er den Laster kommen, von vorn.

Auf *seiner* Fahrspur, direkt auf ihn zu.

Entweder, Jack kracht in den Laster, oder er hebt ab.

Genau das ist der Plan.

Jimmy Dansky sitzt in der Fahrerkabine des Lasters und sieht drei Autos auf sich zukommen. Der neue Mann ist gut, der macht genau, was er soll – den Mustang einklemmen.

Jetzt geht der Nervenkrieg los.

Den Jimmy gewinnen wird, wie es aussieht, denn ein Pkw-Fahrer hält so eine Situation psychisch nicht durch. Wenn der den Laster kommen sieht, steigt er auf die Bremse und weicht aus – ein zwangsläufiger Reflex. Weicht er in dieser Kurve aus, bleibt ihm nur der Weg in den Abgrund.

Und tschüs.

Jack macht den Abflug, der Charger wechselt die Straßenseite, und alle kommen sauber aus der Sache raus.

Bis auf den Mustang.

Der liegt am Grund des Canyons.

Ein atemberaubender Stunt, aber von durchschlagender Wirkung.

Also hält Jimmy auf den Mustang zu und wartet, dass er ausschert.

Jack schert weder aus, noch geht er auf die Bremse. Statt dessen gibt er Gas. Er hetzt seinen Mustang auf den Laster, als wollte er ihn plattmachen.

Wie ein Kamikaze-Flieger.

Jimmy Dansky kann es nicht fassen.

Sie haben ihm gesagt, dass der Kerl Nerven hat, aber nicht, dass er verrückt ist.

Oder lebensmüde.

Mach schon, du Hund, geh über die Klippe!, denkt Jimmy Dansky.

Fick dich, du Arschloch, denkt Jack. *Geh du doch.*

All das spielt sich in wenigen Sekunden ab, gleich wird es einen spektakulären Vierfach-Crash auf dem Ortega Highway geben, doch jetzt nimmt Jack eine Hand vom Steuer, greift sich Teddy Cools Pistole, schießt das linke Seitenfenster frei und feuert den nächsten Schuss auf den Caddy ab. Dessen Fahrer verliert die Nerven und weicht aus, fährt dicht an die Felswand ran, Jack weicht aus auf die frei werdende linke Spur. Der Charger will auch noch schnell ausweichen, aber es ist zu spät.

Danskys Laster rasiert dem Charger das Oberteil ab, das sich samt dem Oberkörper des Fahrers in den Kühlergrill des Lasters bohrt, während der Laster in seine Flugphase eintritt.

Nach dem Motto: *Hallo Houston, wir haben ein Problem.*

Jimmy Dansky in freiem Flug mit einem halben Charger und einem halben Charger-Fahrer im Kühlergrill, der direkt auf die Sonne zustrebt. Und eine Sekunde lang hofft Jimmy, dass der Laster genug Schwung hat, um auf der anderen Seite zu landen, aber dann treten die physikalischen Gesetze in Kraft, der Laster geht auf Sinkflug, und Jimmy hat keinen Fallschirm dabei.

Ein paar Sekunden später kracht der Laster kopfüber auf einen Felsvorsprung wie ein verunglückter Skispringer und überschlägt sich zweimal, bevor er zur Ruhe kommt.

Aber da ist Jimmys Genick schon an mehreren Stellen gebrochen.

Auch Jack kommt nicht so glimpflich davon.

Er streift die Felswand, wird an den Rand des Abgrunds geschleudert, reißt das Steuer rum, rast wieder auf die Felswand zu, gerät ins Schleudern und schlingert zwischen Felsen und Abgrund hin und her, bis er am Rand der Straße zum Stehen kommt.

Die Kühlerhaube des Mustang ragt in die Tiefe.

Jack schaut dem Tod ins Auge.

Ganz vorsichtig steigt er aus, mit zitternden Knien, alles um ihn dreht sich, aber er ist allein, der Laster, der Caddy und der Charger sind spurlos verschwunden.

Er nimmt seinen Mustang in Augenschein.

Oder was davon geblieben ist.

Der vordere linke Kotflügel eingedrückt, die Beifahrertür zerbeult. Risse und Kratzer auf ganzer Länge.

Soviel Spachtelmasse kann es gar nicht geben.

Die lassen mich nicht laufen, denkt er. Ich weiß zu viel. Letty weiß zu viel. Einfach aufgeben hat keinen Zweck, die lassen nicht locker.

Und außerdem könnte ich das nicht.

Es ist erst vorbei, wenn ich meinen Job erledigt habe.

Mein Job ist es, nur für die Schäden zu zahlen, für die ich zahlen muss. Man bezahlt Leute nicht dafür, dass sie ihr Haus anzünden, ihre Frau umbringen, man lässt nicht zu, dass sie die Firma ausnehmen. Man bringt den Job, den man angefangen hat, zu Ende.

Aber diesmal *richtig*.

Hör auf zu flennen und mach dich auf die Suche nach Nickys verdammten Möbeln.

Doch wie zum Teufel will er die finden?

Nicky hat Mietshäuser, Nicky hat Wohnungen, Nicky hat –

Klar.

Jack tätschelt dem Mustang das Hinterteil.

Stemmt die Schulter dagegen und kippt ihn über den Rand. »Mach's gut, alte Haut.«

Schaut ihm nach, wie er krachend und polternd in den Canyon stürzt und in einem Feuerball explodiert.

Und macht sich zu Fuß auf den Weg, westwärts, per Anhalter.

In einen grandiosen Sonnenuntergang hinein.

112

Young wartet auf den Sonnenuntergang.

Auf dem Parkplatz des Ritz hat er seine Truppen zusammengezogen, und alle sind sie eingewiesen. Er ist höllisch nervös, denn wenn der für den Abend geplante Einsatz glattgeht, wird es der größte Schlag gegen die Organisierte Kriminalität seit ewigen Zeiten. Er hat Namen, Tarnnamen, Listen, kennt die Schlupfwinkel, weiß, wo welche Waffen versteckt sind, wem sie gehören. Wenn er nur die Hälfte der Organisation hochgehen lässt, löst er eine Lawine aus, die das ganze Land erfasst, rollt er die Russenmafia in Arizona auf, in Texas, Kentucky, West Virginia, New York.

Er muss nur warten, bis es dunkel wird.

Auch Jimenez ist aufgekratzt. Auch er hat seine Listen, seine Haftbefehle, endlich ist das FBI mit von der Partie, seine Einheiten sind überall in Südkalifornien postiert. In L. A. hat er ein ganzes Bataillon aufgestellt, hier in Orange County und auch in San Diego seine Leute in Kompaniestärke zusammengezogen. Alle warten sie darauf, dass es dunkel wird.

Sandra Hansen sitzt in ihrem Zimmer im Ritz und trinkt eine Diet Coke nach der anderen, als könnte das ihre Nerven beruhigen. Dabei nimmt sie gar nicht teil an dem Einsatz. Sie darf nicht einmal durchblicken lassen, dass die Ermittlungen zur Hälfte von Fire and Life finanziert sind. Ihr bleibt nichts zu tun, als am Telefon zu sitzen und zu hoffen, dass die Sache läuft wie geplant, dass sie nicht in die Hose geht.

Denn es ist ein komplizierter Deal, der hier ablaufen soll.

Am Abend die Razzia.

Am Morgen darauf die Übergabe der fünfzig Millionen.

Dann legt ihr Beauftragter die ganze Operation der SEE offen, im Austausch gegen die absolute Immunität ihrer Ermittler, Kapitalverbrechen ausgeschlossen. Abgesegnet ist der Deal von der Schadensabteilung, der Chefetage und einer ganzen Latte von Polizeibehörden.

In dieser Nacht entscheidet sich alles.

Sandra Hansen geht ans Fenster, lässt den Blick über die Küstenlinie schweifen, während eine unglaublich rote Sonne hinterm Horizont verschwindet, doch sie wünscht sich nur, dass es schon Morgen wäre.

Auch Nicky Vale starrt in die untergehende Sonne.

Lev und Dani stehen hinter ihm auf dem Rasen wie seine leibhaftigen Schatten.

»Wie damals in der Zelle«, sagt er. »Wir drei gegen den Rest der Welt. Wir kämpfen um unser Leben. Unser neues Leben. Im Gefängnis habe ich euch ein neues Leben versprochen. Das Paradies. Wenn wir heute Nacht tun, was zu tun ist, haben wir morgen das neue Leben. Nur noch dieser eine Schritt, und wir haben es geschafft.«

Nur noch dieser eine Schritt, alles ist bereit.

Es wird eine blutige Nacht.

Das Vorspiel hat schon stattgefunden.

Jimmy Dansky und Jack Wade sind bei ihrer Begegnung auf dem Ortega Highway in den Trümmern ihrer Autos verbrannt.

Auch die Schwester ist tot.

Diesmal wirklich, weil Lev sie erledigt hat. Lev macht keine Fehler.

Alle Probleme werden sich in Luft auflösen.

113

Letty hat keine Lust auf Sonnenuntergänge. Sie ist völlig erledigt.

Ein Kollege fährt sie nach Hause. In ihrem eigenen Auto. Ein anderer Kollege fährt hinterher.

»Möchtest du, dass ich bleibe?«, fragt er.

»Ich komm schon zurecht.«

»Der Chef hat gesagt –«

»Ja, ich weiß«, lacht sie. »Ich bin okay.«

Sie hat einen Eisbeutel, ausreichend Vidocin und die Hoffnung, dass Jack bald kommt, um sie ein bisschen zu verwöhnen.

Mir einen Drink macht, mein Kissen aufschüttelt, mich in den Schlaf wiegt.

Denn gleich morgen früh will sie mit wehem Herzen zum Haus von Mütterchen Russland fahren und Nicky vernehmen. Er muss ihr Rede und Antwort stehen, was die zwei vermissten Vietnamesen in der Nacht vor ihrem Verschwinden in seinem Haus zu suchen hatten.

Anweisung vom Chef. Ich soll die Finger von Pams Fall lassen, mich lieber um die vermissten Vietnamesen kümmern.

Ihre Spur verfolgen.

Und wo führt die hin?

Sie führt zu Nicky.

Und wo zum Teufel ist Jack?

Man sollte meinen, er reißt sich darum, den besorgten Beschützer zu spielen.

Sie ruft in seinem Büro an.

Weg.

Sie ruft ihn zu Hause an, hinterlässt eine Nachricht.

Sie kann sich denken, was er macht.

Er folgt *seiner* Spur.

Hat er Blut gerochen, ist er nicht mehr zu bremsen.

Und wenn sie ihm dreimal kündigen, Jack gibt nicht auf.

Das gehört zu den Dingen, die sie an ihm mag.

Sie liebt ihn, sie macht sich Sorgen, sie sendet ein kleines Stoßgebet zum Himmel, dass ihm nichts passiert.

Dann nimmt sie zwei Tabletten, geht ins Bett und macht das Licht aus.

114

Natalie knipst die Nachttischlampe an.

»Schlaf endlich«, sagt sie zu Michael.

»Ich kann nicht.«

Er weint schon wieder.

»Warum denn nicht?«

»Die Gespenster.«

»Das sind keine Gespenster. Das sind nur Schatten.«

Aber Natalie muss zugeben, dass sie gruslig sind. Die Äste des großen Eukalyptusbaums vor dem Fenster schwanken im Wind und werfen gespenstische Schatten an die Wand.

»Ich hab Angst«, sagt Michael.

»Wovor denn?«

»Vor dem Feuer. Das Mama verbrannt hat.«

»Dieses Haus brennt nicht.«

»Wieso nicht?«

Sie weiß es nicht. Sie hat auch Angst.

Sie hat Alpträume, in denen es *überall* brennt.

Mama schläft, und sie wacht nicht auf.

»Weil ich eine Prinzessin bin. Ich kann verbieten, dass es brennt.«

»Wer bin ich dann?«

»Der kleine Bruder der Prinzessin.«

»Ich will auch was anderes sein!«

»Dann bist du eben ein Hexer.«

»Was ist das?«

»So was wie ein Zauberer, nur besser.«

»Kann ich dann Sachen wegzaubern?«

»Klar.«

»Auch Gespenster?«

»Klar«, sagt Natalie. »Aber jetzt musst du schlafen.«

»Lass das Licht an.«

Sie lässt das Licht an.

Liegt wach und verfolgt die Schatten an der Wand.

115

Jack sitzt im Dunklen.

Fast unsichtbar im Schatten des Felsvorsprungs, und wartet, bis es so hell wird, dass er sehen kann, ohne gesehen zu werden.

Er sitzt einfach nur da und guckt auf den Ozean.

Wie er es als Kind gemacht hat.

Die Wellen bei Vollmond sehen aus wie flüssiges Silber.

Und rauschen wie seit ewigen Zeiten. *Schschschschschsch* ...

Das Wiegenlied des Pazifik.

Jack wartet auf den Sonnenaufgang.

116

Letty schreckt aus dem Schlaf hoch.

Ein Geräusch auf der Terrasse.

Sie greift mit ihrer gesunden Hand nach der Dienstwaffe auf dem Nachttisch, steht auf und schiebt sich an der Wand entlang zur Terrassentür.

Schön ruhig bleiben, sagt sie sich, aber ihr Herz rast, ihre Hand zittert.

Draußen ist nichts zu sehen.

Sie hebt die Hand in der Armschlinge und entriegelt die Tür. Stößt sie mit dem Fuß auf und macht einen Schritt über die Schwelle, in Schussposition, schwenkt nach rechts – nichts. Schwenkt nach links –

Ein Waschbär trollt sich davon.

»Scheiße«, sagt Letty.

Sie atmet auf, muss über sich selbst lachen und nimmt sich vor, Gummischnüre für die Mülleimer zu besorgen.

Schließt die Tür und will wieder ins Bett.

Aber ihr Arm tut weh – sie geht ins Bad, macht Licht und schluckt ein paar Tabletten.

Knipst das Licht aus und geht zurück ins Bett.

Lev drückt sich an die Hausecke.

Er sieht, wie das Licht an- und wieder ausgeht.

117

Nicky beobachtet Paul Gordon. Gordon kommt aus dem Starbucks, einen Cappuccino in der Hand, blind für alle Gefahren, die auf ihn lauern könnten.

Nickys Fahrer folgt ihm quer über den fast leeren Parkplatz bis zum Bankgebäude, wo Gordon am Bankautomaten stehenbleibt, den Cappuccino abstellt, seine Karte einschiebt und mit dem Fuß wippt, während der Automat brummend seine Arbeit verrichtet.

Nicky verfolgt vom Rücksitz, wie Dani die Beifahrerscheibe runterlässt und die Maschinenpistole in Stellung bringt.

Gordon zieht seine zweihundert Dollar, nimmt den Cappuccino in die andere Hand und dreht sich um – in den Feuerstoß, der ihm die Brust zerfetzt. Der Cappuccino bespritzt sein blutiges Hemd, bevor er lang hinschlägt.

»Du bist gefeuert«, sagt Nicky.

118

Teddy Kuhl ist kein Dummer.

Er rettet seinen Arsch.

Weil er vor diesem verdammten Exbullen gesungen hat wie ein Vogel, ist es nur eine Frage der Zeit, bis ihn einer von seinen netten Buddys bei den Russen verpfeift.

Teddy ist eine wandelnde Abschussprämie, und er weiß es.

Also reißt er sich am Riemen, obwohl ihm jeder Knochen wehtut, packt ein paar Sachen, steigt auf sein Bike und düst los, gen Osten. Warten, bis die Scheiße abkühlt. Arizona, denkt er, ist genau das Richtige.

Eine clevere Idee.

Doch dann hat er eine total bescheuerte Idee.

Er gönnt sich ein Bier.

Schlimmer noch, er stoppt am Bikertreff Cook's Corner, oben im Modjeska Canyon, weil er sich sagt, das ist die letzte Chance, ein gutes Bier zu kriegen, denn die Fahrt durch die Berge wird lang, einsam und trocken.

Das Bier tut ihm so gut, dass er sich gleich ein zweites holt.

Plaudert mit ein paar Buddys, bis es fünf Biere sind.

Und merkt nicht, dass einer von ihnen telefonieren geht.

Beim siebenten Bier denkt er, es ist Zeit, aus Dodge City zu verschwinden, aber vorher muss er pissen. Die Blase drückt wie ein Medizinball.

Er rutscht vom Hocker, stößt die Blechtür zum Männerklo auf, stellt sich an die Pissrinne aus Edelstahl.

Ganz allein mit sich ist er dort.

Aus dem Lautsprecher in der Bar tönt George Thorogood, und Teddy rockt ein bisschen mit, während er den Stall aufmacht und es laufen lässt.

»Aaaaah!«

Der Killer tritt aus der Kabine, hält die Pistole an Teddys Hinterkopf und drückt ab.

Teddy stirbt in der Pissrinne. Was von seinem Gesicht noch übrig ist, liegt neben dem weißen Pinkelstein.

119

Richter John Bickford bekommt einen anonymen Anruf, der ihn informiert, dass die kalifornische Staatsanwaltschaft über seine Gefälligkeiten für gewisse Anwälte im Bilde ist und dass in der morgigen Ausgabe des Orange County Register ein Artikel erscheinen wird, der ihn mit dem ermordeten Paul Gordon und dessen Beziehungen zur Russenmafia in Verbindung bringt.

Bickford sagt seiner Frau Adieu, nimmt ein Hotelzimmer in Oceanside, betäubt sich mit Scotch und Valium und schneidet seine Pulsader auf.

Was nicht erscheint, ist der Zeitungsartikel.

Der pensionierte Richter Dennis Mallon bekommt einen ähnlichen Anruf und nimmt den nächsten Flug nach Mexiko mit Anschluss zu den Caiman-Inseln, wo er ein Haus besitzt.

Dr. Benton Howard läuft in ein fahrendes Auto und zieht sich schwere Verletzungen zu, an denen er kurz darauf stirbt.

Gegen Morgen wird bekannt, dass Howard als Informant für die Taskforce Russenmafia gearbeitet hat.

120

Und bei der geht es jetzt zur Sache.

Beim Petersburg-Massaker, wie der Einsatz später in Polizeizirkeln genannt wird, räumen Youngs Truppen kräftig mit der Tratchev-Brigade auf.

Sie erwischen Tratchevs Leute in Kneipen, in ihren Wohnungen, im Bett mit ihren Freundinnen.

Viktor Tratchev hat es sich zu Hause gemütlich gemacht, sieht die neue Folge von *Cops* im Fernsehen, als seine Haustür gesprengt wird und Special Agent Young mit dem Sturmgewehr hereinkommt, als wäre er Robert Stack. Tratchev ist sauer, weil er Wachen postiert hat, aber die Wachen haben die Hände hinter dem Rücken und Plastikfesseln um die Handgelenke, sind also, technisch gesprochen, keine Wachen mehr.

Bad boys, bad boys, what you gonna do?

Tratchev tastet nach seiner Brille.

Was ein Fehler ist, weil ihm einer aus Youngs Truppe zwei tödliche Schüsse verpasst, bevor er auch nur fragen kann, was das Ganze soll.

Doch der Mann, der geschossen hat, weiß sehr gut, was das Ganze soll.

Er verdient sich seinen Anteil, wenn Nicky Vale Kasse macht.

What you gonna do when they come for you?

Die Leute von Jimenez toben sich in L. A. aus.

Überall in Fairfax brechen sie Türen auf, stellen sie Autos quer, blockieren sie Fluchtwege. Sammeln Autodiebe ein, Versicherungsbetrüger, Erpresser, Drogendealer – das ganze Personal von Rubinsky und Schaller.

Und die beiden Brigadiere ebenfalls.

Rubinsky liegt mit seiner Frau im Bett, als ihm Jimenez den Pistolenlauf in den Nacken rammt. Schaller spielt Poker mit ein paar Freunden, als das Spiel zu einem jähen Ende kommt.

Nur an Kazzy Azmekian geht der Einsatz vorbei.

Der ist nicht zu Hause.

Er ist zwanzig Seemeilen vor Rosarita mit seiner Yacht unterwegs, um die Nacht zum Fischen zu nutzen.

Leider kann er nicht schwimmen, wie sich zeigt, als ihn sein altvertrauter Wachmann kurzerhand über Bord gehen lässt. Kazzy macht nur kurz *gluck-gluck*, bevor er in den dunklen Fluten verschwindet.

Parallel zu tragischen Unfällen wie diesen und dem Großeinsatz der Taskforce verläuft Nicky Vales Wiedergeburt als seriöser Geschäftsmann. Und diese Wiedergeburt ist so gut wie vollendet.

So gut wie.

121

Wieder Geräusche auf der Terrasse.

Die Mülltonne klappert.

»Verfluchte Waschbären!« Letty steigt aus dem Bett.

Läuft zur Terrassentür, diesmal ohne Pistole. Auf Waschbären schießt man nicht.

Lev wartet an der Ecke der Terrasse.

Es soll aussehen wie eine Vergewaltigung, hat der Pachan gesagt. Flachlegen, dann mit dem Messer aufschlitzen. Wieder mal ein Sexualmord in Südkalifornien.

Er hält das Messer in der linken Hand.

Hört ihre Schritte.

Hört die Tür aufgehen.

Sieht sie rauskommen.

»*Vamos!*« schreit Letty in die Nacht, »Haut ab!«, während Lev zum Sprung ansetzt.

Etwas hält ihn zurück.

Eine Schlinge um seinen Hals, die ihn die Treppe runterzerrt.

Letty hört die Waschbären fliehen.

Verriegelt die Tür und geht ins Bett.

Wo immer der Lärm herkam, er ist weg.

122

Endlich hat Mütterchen Russland ihre Ruhe. Die Kinder schlafen.

Um der Wahrheit die Ehre zu geben: Sie ist froh, wenn Dasjatnik sein Haus wieder aufbaut und dorthin zurückzieht, denn so gern sie den kleinen Michael bei sich hat – Natalie hängt noch immer an ihrer Mutter und ist ein richtiges kleines Biest.

Ein hoffnungsloser Fall, gegen die Gene ist man machtlos.

Michael, der wird ihr kleiner Prinz.

Wenn sie es richtig anpackt.

Aber Natalie …

Mütterchen Russland geht ins Bad, putzt die Zähne, wäscht sich das Gesicht, dann greift sie zur Haarbürste.

Hundert Striche jeden Morgen und jeden Abend, damit ihr Haar so voll und kräftig bleibt, wie Dasjatnik es an ihr liebt.

Als sie fertig ist, tritt sie einen Schritt zurück, um sich im Spiegel zu betrachten.

Da sieht sie den Mann.

Das muss einer von den neuen Wachen sein.

Aber die Frechheit, einfach in ihr Schlafzimmer einzudringen –

Bevor sie sich empören kann, hält ihr der Mann den Mund zu.

Presst ihr ein Tuch vor die Nase.

Und es wird dunkel.

123

Nicky gönnt sich einen Joint.

Genießt das süßliche Aroma, saugt es tief ein, lässt es in der Lunge kreisen und stößt es langsam wieder aus. Mit dem Rauch weicht auch die ganze Anspannung von ihm.

Alle Probleme lösen sich in der Nachtluft auf.

Tratchev tot.

Seine Brigade festgesetzt.

Rubinsky und Schaller mit ihren Leuten – ausgeschaltet.

Der verstorbene Dr. Howard als Polizeispitzel gebrandmarkt.

Paul Gordon gefeuert.

Kazzy Azmekian ist Treibgut. Oder Strandgut? Nicky verwechselt das immer. Ist auch egal.

Er nimmt einen weiteren Zug, streift die Sachen ab und lässt sich ins dampfende Wasser des Jacuzzi gleiten.

Fünfzig Millionen Dollar prasseln morgen auf ihn nieder. Er ist am Ziel.

Eine einzigartige Nacht. Ein einzigartiger Stoff.

Jetzt fehlt nur noch Lev mit der Meldung, dass die Schwester liquidiert ist. Nicky macht sich keine Sorgen. Was Lev anfängt, bringt er zu Ende. Lev wird gleich hier sein.

Und Nicky kann diese einzigartige Nacht in vollen Zügen genießen. Die ganze Polizeimaschine arbeitet für ihn, Tratchev ist tot, morgen ist Zahltag, und das Leben ist ein Fest. Er schließt die Augen und streckt die Beine aus, da spürt er etwas Rundes an den Füßen.

Dabei hat er Michael ausdrücklich verboten, den Fußball in den Pool oder den Jacuzzi zu schießen.

Nicky greift nach dem Ball und schreit auf.

Flieht in die äußerste Ecke des Jacuzzi.

Und starrt auf Levs abgetrennten Kopf, der im brodelnden Wasser auf und ab tanzt.

Dani, alarmiert von Nickys Schrei, kommt angerannt, zieht Levs Kopf am Haarschopf heraus und heult auf vor Entsetzen.

Levs Hals ist mit einem Band zugeschnürt.

Auf dem Band steht etwas geschrieben, aber sie können nicht lesen, was da geschrieben steht.

Es ist Vietnamesisch.

Nicky rennt ins Haus.

Zu Mutter.

Ihre Tür ist angelehnt, er sieht das Flackern des Fernsehers.

Er öffnet, ohne zu klopfen.

»Mutter –«

Ein Mann sitzt auf ihrem Bett und sieht fern. Er dreht sich um, richtet die Pistole auf Nicky.

»Hallo, Daz«, sagt Karpozow. »Man nennt dich jetzt Nicky, oder?«

»Genosse Oberst ...«

»General«, sagt Karpozow. »Ohne Genosse.«

Nicky ist kurz vorm Durchdrehen, aber er bleibt cool.

»Gratuliere«, sagt er.

»Danke«, sagt Karpozow. »Ist das HBO?«

»Nein, Cinemax.«

»Der Sender gefällt mir.«

»Das freut mich.«

»Nun«, sagt Karpozow, »ich gratuliere dir, Nicki. Wie ich sehe, hast du Himmel und Hölle in Bewegung gesetzt. Ausgezeichnet. Unser Land ist stolz auf dich. Du wirst uns doch an deinen Erfolgen beteiligen, nicht wahr, Nicky? Oder hast du geglaubt, es gäbe uns nicht mehr?«

»Ein wenig hatte ich die Hoffnung«, sagt Nicky. »Wo ist meine Mutter?«

»Sie bleibt ein Weilchen bei uns.«

»Was heißt ein Weilchen?«

»Nun, Nicky, sagen wir so: Bis wir unser Geld haben.«

Unseren Anteil.

Von California Fire and Life.

124

Langsam bricht der Morgen an, Jack erkennt die ersten Umrisse.

Es ist die Stunde, die man Morgengrauen nennt.

Jack klettert die Schlucht hinauf, die sich in das Steilufer einschneidet. Er klettert, bis er zu dem alten Drahtzaun kommt. Kriecht drunter durch, wie er es seit jeher macht, und steht auf dem alten Campingplatz.

Sehr seltsam das Gefühl, dass der Platz jetzt Nicky Vale gehört. Dass Nicky hier Reihenhäuser und Townhouses bauen will. Dass er seine Frau ermordet hat, um sich das Kapital zu beschaffen.

Jack sucht seinen Weg zwischen den Eukalyptusbäumen und Kiefern, vorbei an den alten Stellplätzen und dem Müllcontainer.

Er klappt den Deckel auf, leuchtet mit der Taschenlampe hinein und zuckt zurück.

Zwei verkohlte, zerbrochene Schädel.

Tommy Do und Vince Tranh.

Jack klappt den Deckel zu.

Läuft weiter zur alten Mehrzweckhalle, die er so gut kennt. Sie war seine Festung, als er acht war. Ein Rock-'n'-Roll-Schuppen, als er zehn war, ein Abschlepplokal, als er fünfzehn war.

Der alte Bau ist in einem traurigen Zustand. Herausgerissene Bretter, abgerissene Schindeln, aber die Flügeltür ist noch intakt.

Und mit einem glänzenden neuen Vorhängeschloss versperrt.

Einem Zahlenschloss.

Jack sucht einen Stein und schlägt die Verriegelung kaputt.

Die Flügeltür springt auf, als hätte sie nur darauf gewartet.

Als erstes sieht Jack das Bett.

Er hebt ein Tuch, und da steht es vor ihm.

Das Himmelbett von Robert Adam. Unglaublich kostbar mit seinen Seidendrapierungen und den filigranen Schnitzereien. Das Video hat ihm Unrecht getan. Es ist noch viel prächtiger.

Im ganzen Saal stehen die Möbel herum. Mit Tüchern verhängt sehen sie aus wie Ungetüme, wie Gespenster. Jack geht um sie herum, hebt die Tücher an.

Hier der Mahagoni-Schreibtisch von 1775, dort der Hepplewhite-Sessel und der Rokoko-Konsolentisch von Matthias Lock.

»Alles noch da«, flüstert Jack.

Die Mahagoni-Stühle, der stumme Diener, der Kent-Spiegel, der Wandtisch, der Kartentisch. Jack nimmt die kostbaren Möbel in Augenschein, aber im Geiste sieht er Pamela Vale, die ihn herumführt, gefilmt von Nicky Vale.

Hier eins unserer Prachtstücke: Ein seltener Sekretär von etwa 1730 in rotem und schwarzem Japanlack. Beachten Sie die wie behaarte Hufe ausgeführten Füße, auch die schlangenförmigen Kanten mit angedeuteten Akanthusblättern. Ein sehr seltenes Stück.

Da stehen sie nun, Nickys Antikmöbel. Mehr als eine halbe Million wert.

Und das mal zwei. Eine halbe Million bringt die Entschädigung, eine halbe Million der Verkauf.

Aber es ist auch Nickys Ego, das hier vor ihm steht, seine Eitelkeit, seine maßlose Gier.

Für die er seine Frau opferte.

Seine Frau, die zwei Vietnamesen, George Scollins und Gott weiß wen noch. Für einen Haufen alte Möbel. Obwohl er mit seinem Coup fünfzig Millionen Dollar ergaunern will und es klüger gewesen wäre, die Möbel zu verbrennen, hat er das nicht über sich gebracht.

Was ihn nun fünfzig Millionen kostet.

Und ihm das Genick bricht.

Wenn Jack mit seinem Plan durchkommt.

125

Morgengrauen auch bei Mütterchen Russland.

Nicky gießt Kaffee ein und setzt sich zitternd auf den Barhocker an der Küchentheke.

Zwei Millionen in Scheinen.

Und einen Großteil der Beute.

Verlangt Karpozow für Mütterchen Russland.

»Oder wir verbrennen sie Stück für Stück«, hat Karpozow gesagt. »Wir schicken dir die verkohlten Teile. Erst einen Finger. Wenn das nicht hilft, legen wir nach. Eine Hand, einen Fuß. Und wenn Mutter nichts mehr hergibt, holen wir uns die Kinder und machen mit ihnen weiter. Du wolltest uns übers Ohr hauen, Daz. Du schuldest uns Dollars. Viele Dollars, die du deinem Vaterland gestohlen hast.«

»Mein Vaterland existiert nicht mehr.«

»Dann hast du sie *uns* gestohlen.«

»Der KGB existiert auch nicht mehr. Nur noch ein besoffener Clown und die Russenmafia.«

»Aber Nicky!«, hat Karpozow darauf geantwortet und den Kopf geschüttelt. »Verstehst du nicht? *Wir* sind die Mafia. *Organisazija*! Alles ein und dasselbe. Und es gibt nur einen Grund, weshalb ich deine Mutter nicht in Stücke schneide, dir zum Fraß vorwerfe und dir hinterher das Gehirn rauspuste: du bist ein verdammt profitabler Schweinehund. Ein Meisterdieb. Und wirst wieder für uns arbeiten, Nicky. Zwei Millionen Dollar in Scheinen. Oder wir verbrennen deine Mutter. Ganz langsam. Das war doch deine Masche, nicht wahr? Damals in Afghanistan.«

»Ich besorge das Geld.«

»Das möchte ich dir auch geraten haben«, hat Karpozow gesagt und ist von Mutters Bett aufgestanden. »Ich würde den Film ja gern zu Ende sehen, aber sicher hast du jetzt einiges zu erledigen. Also, bis später, mein Junge.«

Und weg war er.

Nicky durchlebte eine *sehr* angenehme Nacht.

Wenn er die Augen zumachte, sah er Levs Kopf im Jacuzzi tanzen. Wenn er sie aufmachte, sah er die Fackel vor sich, mit der sie seine Mutter ...

Ruhelos lief er auf und ab.

Bis zum Morgen.

Jetzt packt ihn die Empörung. »Die sind in das Haus eingedrungen, in dem meine Kinder schlafen, und haben meine Mutter entführt!«, brüllt er und schlägt mit der Faust auf die Küchentheke.

Bleib ruhig, beschwichtigt er sich.

Wut hilft dir nicht weiter.

Denk lieber nach.

Karpozow ist eine Tatsache, der du dich stellen musst, und zwar schnell.

Oder Mutter ist tot und als Nächstes die Kinder.

Er wählt die Nummer, die Karpozow ihm gegeben hat.

»Ich hätte ein Angebot«, sagt er.

»Hoffentlich ein gutes.«

»Ein sehr gutes.«

Ein Stück vom größten Versicherungskonzern Kaliforniens.

»Ich will Dollars sehen«, sagt Karpozow. »Und zwar heute noch.«

»Kein Problem«, sagt Nicky. »Im Lauf des Vormittags kommen die Dollars.«

Was soll's, sagt er sich. Tratchev ist tot, Azmekian ist tot, Gordon ist tot. Doppelkreuz wurde vom KGB übernommen, das ist alles. Ein simpler Machtwechsel. Nachher kommen die Dollars, und ich kaufe Mutter frei. Alles wird gut –

Da klingelt das Telefon.

Jack verliest die Inventarliste. Als er fertig ist, sagt er: »Stimmt, alles vollzählig vorhanden.«

»Wo sind Sie?«, fragt Nicky. »Sagen Sie mir, wo die Möbel sind, wenn Sie –«

»Ich dachte, Ihre Möbel wären alle verbrannt?«, kontert Jack. »Sie können natürlich Ihre Schadensforderung zurückziehen.«

»Sie wissen nicht –«

»Wenn Sie behaupten wollen, dass Ihre Möbel gestohlen wurden, schlage ich Ihnen vor, sofort Anzeige zu erstatten.«

»– mit wem Sie –«

»Oder Ihre Diebstahlversicherung zu bemühen«, sagt Jack. »Das dürfte nicht so schwierig sein. Das Inventarverzeichnis haben wir ja bereits.«

»Sie wissen nicht, mit wem Sie es zu tun haben.«

»Porfirio Guzman«, sagt Jack.

»Was?«

»Der Name sagt Ihnen nichts?«

»Nein.«

»Klar«, sagt Jack. »Ist ja auch zwölf Jahre her, dass Sie den Mann ermorden ließen. In zwölf Jahren vergisst man manches.«

»Was wollen Sie von mir?«

»Ich habe hier Möbel, die eine Million wert sind, außerdem genügend Beweise, um Sie wegen Brandstiftung und Mord hinter Gitter zu bringen. Also, was glauben Sie, was ich von Ihnen will?«

Nicky überlegt kurz. »Ich bin bereit zu einer angemessenen Gegenleistung.«

»Ich nicht.«

»Hunderttausend Dollar«, sagt Nicky. »In Scheinen.«

»Ein so schäbiges Angebot, Nicky? Sie überraschen mich.«

»Hundertfünfzig.«

»Peanuts!«

»Zweihundert.«

»Nichts da!«

»Woran dachten Sie?«

»Dass Sie die Klage zurückziehen«, sagt Jack.

»Damit wären Sie zufrieden?«

»Nein«, sagt Jack. »Sie müssen auch die Schadensforderung zurückziehen.«

»Wenn ich die Möbel zurückbekomme ...«

»Die können Sie zurückhaben ...«

»Gut.«

»Aber erst nach dem Geständnis, dass Sie Ihr Haus angezündet und Ihre Frau ermordet haben.«

Ein langer Seufzer von Nicky.

»Wir können immer noch einen Deal machen«, sagt er.

»Meine Antwort kennen Sie.«

Ich mache keine Deals.

Nicky sagt nur: »Warte, ich kriege dich!«

»Bringen Sie sich was zu essen mit«, sagt Jack und legt auf.

Nicky haut mit der flachen Hand auf die Küchentheke.
Er spürt, dass er nicht allein ist, und dreht sich um.
Hinter ihm steht Michael.
»Ist Grandma weg?«, fragt Michael.
»Ja«, sagt Nicky. »Aber –«
»Ist sie auch ganz verbrannt?«, fragt Michael. »Wie Mama?«
Nicky zuckt zusammen.

126

Die Sonne ist aufgegangen, es wird schon heiß.
Die Welt liegt klar und leuchtend vor ihm, als er aus der alten Mehrzweckhalle tritt.
Er prüft das Magazin von Teddys Pistole.
Sechs Schuss.
Die sollten reichen.
Wenn sie kommen, kommen sie durch das alte Tor. Er wird hören, wenn es knarrend aufgeht, dann wird er die Schritte hören. Nicky wird nicht allein kommen. Er wird seine Killer mitbringen.
Sie werden mich töten.
Aber vorher erwische ich ihn.
Jack schiebt die Pistole in den Gürtel und wartet.

127

Letty del Rio prüft die Ladung ihrer Pistole und schiebt sie zurück ins Halfter.
Gar nicht so einfach mit nur einer Hand.
Noch schwieriger ist es, mit einer Hand zu fahren, aber es wird schon gehen.
Sie wird Nicky heimsuchen wie eine Avon-Beraterin.

Ding-Dong.

Nachdem sie ihren Kaffee zwischen ihren Füßen abgestellt hat, startet sie den Motor. Und fragt sich, wo zum Teufel Jack geblieben ist. Warum ist er nicht gekommen?

Ist egal jetzt.

Jetzt ist Nicky dran.

Ding-Dong.

128

Knarrend öffnet sich das Tor.

Jack hört das schabende Geräusch des Torflügels.

Und Schritte.

Hoffentlich Nicky, denkt Jack und greift nach der Pistole.

Zieht den Hahn und legt an.

Ein merkwürdiger Geruch weht ihm entgegen.

Der Geruch einer brennenden Zigarette.

Verdammt.

Er steckt die Pistole zurück unters Hemd.

Es ist Goddamn Billy.

129

Eine geschlagene Minute stehen sie da und sehen aneinander vorbei.

Jack hatte schon vergessen, wie schön der Ausblick von hier oben ist. Die Palmen, die Bougainvilleen, die Jacaranden. Der weiße Strand, der sich in weitem Bogen bis zum großen Felsen von Dana Head erstreckt.

Einer der schönsten Flecken der ganzen Welt.

So schön, dass man ihn retten muss.

So schön, dass man dafür tötet.

»Noch ist es nicht zu spät«, sagt Billy.

»Wofür?«, fragt Jack.

»Dass du einfach gehst«, sagt Billy. »Und vergisst, was du hier gesehen hast.«

Jack nickt.

»Doch, es ist zu spät«, sagt er. »Wie lange stehst du schon bei denen auf der Gehaltsliste?«

»Lange.«

»Seit Teppichlager Atlas?«

Billy nickt. »Es sollte nur ein Schadenersatz mit Wertbesserung werden. Niemand sollte dabei sterben.«

»Und warum, Billy?«

»Das Geld«, sagt Billy. »Man schuftet sich in diesem Laden für einen Hungerlohn zu Tode, während die Vertreter ihren Reibach machen, während die in der Rechtsabteilung ihre Anteile kassieren, die Richter sich schmieren lassen und die Anwälte nur so absahnen. Wir Regulierer können sehen, was übrig bleibt, nachdem sich alle anderen bedient haben. Ich hatte es satt.«

»Du hast mich reingelegt«, sagt Jack. »Du hast denen meine Akte gegeben, du hast ihnen jeden meiner Schritte verraten. Du hast mich rumgezerrt wie an der Hundeleine. Du wusstest alles und hast mich ins offene Messer laufen lassen, Billy. Ohne ein Wort zu sagen.«

»Ich hatte keine Wahl«, sagt Billy. »Ich hatte verdammt noch mal keine Wahl.«

»Jeder hat eine Wahl.«

»Dann triff du für dich die richtige«, sagt Billy. »Ich bin gekommen, um dir einen Deal anzubieten. Noch kannst du mit ins Boot.«

»Zu dir und Nicky?«

Billy lacht. »Du hast immer noch nicht kapiert. Es geht nicht um Nicky. Sondern um die ganze Chefetage. Alle VPs mitsamt dem Präsidenten. Sie alle besitzen Anteile.«

Jack denkt, er hört nicht richtig.

»Anteile woran?«

Billy schwenkt den Arm. »An diesem hier. Great Sunsets. Das gehört uns.«

Jack fühlt den Boden unter sich wanken.

»Fire and Life?«, fragt er. »Ist der Besitzer von Great Sunsets? Von Dana Strands?«

»Die Chefetage, ich und noch ein paar andere«, sagt Billy. »Alle haben wir hier Anteile.«

»Nicky Vale?«

»Er auch.«

Raffiniert, denkt Jack.

So raffiniert, dass man kotzen möchte.

»Die Firma hat verdammt viel einstecken müssen«, sagt Billy. »Nach all den Waldbränden und Erdbeben, dem großen Versicherungsbetrug und den verdammten Prozessen, die folgten, waren wir so gut wie pleite. Statt also alles an die Anwälte und die anderen Gauner abzuliefern, haben wir beschlossen, uns selbst ein Stück vom großen Kuchen zu sichern. Angefangen haben wir mit fingierten Unfällen, vorgetäuschten Diebstählen, gefälschten Arztrechnungen, mit Brandstiftungen. Haben die Schäden ausgezahlt und uns Geld in Form von Anteilen an Scheinfirmen zurückgeholt. So haben wir unseren Schnitt gemacht.«

Eine perfekte Methode, die eigene Firma auszunehmen, denkt Jack. Sie zahlen sich erfundene Schäden aus. Schieben das Geld Versicherten zu, die dann in die Scheinfirmen investieren.

Eine perfide Masche.

Und sie funktioniert in beide Richtungen. Die Russenmafia steckt ihr schmutziges Geld in Immobilien, erleidet einen »Schaden«, holt sich das Geld frisch gewaschen von der Versicherung zurück.

Und alle gewinnen.

Bis auf die ehrlichen Versicherten, die brav ihre Prämien bezahlen.

Und die dummen Regulierer, die von alledem nichts ahnen.

Manchmal bleibt auch jemand auf der Strecke. Zum Beispiel Pamela Vale.

Aber die Maschine läuft einfach zu gut.

Also schalten sie einen Gang höher.

Warum mickrige Schäden auszahlen, wenn man bei der kalifornischen Justizlotterie mitspielen kann? Man muss nur die eigenen Regulierer wegen bösem Willen verklagen und dann eine teure Schlichtung herbeiführen. Billy in seiner Position kriegt das spielend hin. Eine falsche Entscheidung, eine fehlerhafte Akte. Er wusste immer, wo die Schwachstellen saßen. Und wenn es keine gab, konnte er sie einbauen.

Einfach brillant.

»Irgendwann musste das aufhören«, sagt Billy. »Die SEE mit ihrer Schnüffelei, die verdammte Taskforce ... also haben wir uns eine letzte große Ausschüttung gegönnt.«

Und es war die perfekte Inszenierung für eine so gigantische Schlichtungssumme. Eine Riesenkomödie, die da veranstaltet wurde, um die Auszahlung von 50 Millionen Dollar zu rechtfertigen.

»Ihr habt mich also rausgehalten.«

»Wir haben dich in Reserve gehalten, Jack.«

»Zwölf Jahre lang?«

»Mehr oder weniger.«

Billy schmeißt seine Zigarette hin, zertritt sie mit dem Absatz und zündet sich eine neue an. »Wir haben im Lauf der Jahre eine Menge Geld in Great Sunsets gesteckt«, sagt er. »Aber ihr Idioten habt uns fast das Genick gebrochen mit ›Rettet die Strände‹. Wir mussten das Projekt stoppen. Daher haben wir diese letzte Ausschüttung organisiert.«

»Ihr habt Gordon zu der Sammelklage verlockt, um mit dieser gigantischen Summe den Prozess abzuwenden«, sagt Jack. »Und euch das Geld dann selbst auszuzahlen.«

»Na, siehst du«, sagt Billy. »Gordon ist tot. Nicky kriegt noch heute vormittag seine 50 Millionen.«

Und fünfzig Millionen werden in Great Sunsets gesteckt, was mehr als ausreichend ist, um die Behörden zu bestechen, die Anwälte und Richter. Und darüber hinaus den letzten unberührten Küstenabschnitt mit hässlichen Reihenhäusern zu bepflastern.

»Was ist mit Casey?«, fragt Jack. »Steckt der auch mit drin?«

»Nein, der nicht.«

»Sandra Hansen?«

Billy schüttelt den Kopf. »Sandra Hansen gehört zu den Rechtgläubigen. Aber ich muss jetzt wissen, Jack: Machst du mit oder nicht? Ich könnte dir Anteile bieten. Du könntest hier ein Reihenhaus kriegen, vielleicht ein Townhouse. Und den lieben langen Tag surfen.«

»Was muss ich dafür tun?«

»Nichts«, sagt Billy. »Das ist ja das Schöne daran. Du musst keinen Finger rühren. Einfach deiner Wege gehen.«

»Das ist der Deal?«

»Das ist der Deal.«

Jack dreht sich um und lässt den Blick schweifen. Über den Strand. Über den Ozean.

»Eine Frau musste sterben.«

»Das war nicht geplant.«

»Ein Ausraster von Nicky?«

»Vermutlich«, sagt Billy. »Also, wie hast du entschieden?«

Jack seufzt. »Es geht nicht, Billy.«

Billy schüttelt den Kopf. »Gottverdammich, Jack!«

»Gottverdammich, Billy.«

Sie stehen da und sehen sich an. Dann sagt Jack: »Ich lass dich gehen, Billy. Ich warte ein paar Stunden mit dem Anruf. Dann schaffst du es nach Mexiko.«

»Hm, das ist nett von dir«, sagt Billy. »Aber die Karre läuft andersrum. Im Moment hängt dein Leben allein von mir ab. Scheiße, Jack. Ich hab so drum gebettelt, mit dir zu reden, bevor ...«

»Bevor?«

Billy schüttelt den Kopf, stößt einen Pfiff aus.

Und Bentley kommt mit gezückter Dienstwaffe durchs Tor gewatschelt.

Dicht hinter ihm Nicky Vale.

Mit einem Benzinkanister.

Bentley geht um Jack herum und nimmt ihm die Pistole ab.

»Ich hab dir doch gesagt, du sollst nicht rumstochern«, sagt er.

Jack zuckt die Schultern, als Bentley ihn vor sich herschiebt, in die Mehrzweckhalle.

Nicky steht unter Strom.

Faselt von Afghanistan.

130

Hört gar nicht wieder auf mit seinem Rap. Afghanistan, Mudschaheddin und wieder Afghanistan.

»Die haben sich auch quergestellt «, sagt er zu Jack. »Aber nicht lange. Schon mal einen tanzenden Derwisch gesehen? Man muss die nur anzünden, dann fangen sie an zu tanzen.«

Er steht dicht vor Jack, starrt ihm direkt ins Gesicht. »Ich bin Geschäftsmann. Ich wollte dir ein *Geschäft* anbieten, aber du wolltest nicht. Hast dich stur gestellt. Du hast nie einen Russenknast von innen gesehen, in Dreck und Kälte gelebt. Du bist von hier, kennst nur Strand und Sonne und kapierst einfach nicht, dass ich auch ein bisschen Sonne will. Und ich brauch das Geld, ich muss das abliefern an Leute, die mich umlegen, wenn ich nicht liefere. Mich und meine ganze Familie. Ich sag das nur, damit du weißt, dass ich's ernst meine.

Hör zu, Jack. Seiner Vergangenheit entkommt man nicht. Das weißt du genauso gut wie ich. Aber ich lasse meine Vergangenheit für mich arbeiten, und das kannst du auch. Du kannst Geld machen wie Heu. Noch ist es nicht zu spät. Wir können uns neu erfinden, Jack. Die Vergangenheit kann man nicht ändern, aber die Zukunft, die gehört uns. Wir können uns gegenseitig reich machen. Entscheide dich für die Sonne, für Kalifornien, fürs Leben. Nicht für das Feuer. Es muss doch nicht in der Asche enden!«

»Ist schon passiert«, sagt Jack.

Nicky schüttelt den Kopf. »Du musst mir nur sagen, ob und wem du was erzählt hast. Tom Casey? Letty del Rio? Anderen Polizeistellen? Der Presse? Jack, antworte auf meine Fragen!«

»Sei kein Spielverderber, Jack!«

»Spuck's aus, Wade!«

Nicky dreht wieder auf. »Denk nicht, dass du tot bist, wenn dich die Flammen treffen. Wir fangen bei deinen Füßen an – die Schmerzen sind unglaublich, und du wirst plaudern, das verspreche ich dir. Vielleicht überlebst du, aber mit dem Surfen ist es Essig. Das wäre alles nicht nötig, Jack, aber ich stehe unter Druck, bin kurz vorm Durchdrehen. Lev ist tot, sie haben ihm den Kopf abgeschnitten und ins Haus meiner Mutter gebracht, wo meine *Kinder* sind! Dani ist jetzt dort und passt auf die Kinder auf, weil sie meine Mutter entführt haben, und sie wollen sie verbrennen, wenn das hier schiefgeht. Daher *muss* ich's wissen, Jack! Und ich tu's wirklich. Ich übergieße dich mit Benzin – oder Brandbeschleuniger, wie ihr dazu sagt. Ich zünde dich an! Du stirbst nicht an Rauchvergiftung, sondern an der Hitze, an deinen Verbrennungen!«

»Wie Pamela?«, fragt Jack.

»Nein, nicht wie Pamela«, sagt Nicky. Dann befiehlt er Bentley: »Mach den Kanister auf, lass ihn dran riechen.«

Jack riecht an der Öffnung. Benzin. Nicht zu verkennen.

»Ich hab sie geliebt, Jack«, sagt Nicky. »Ich hab sie geliebt wie mein Leben. Sie hat mir Kinder geboren. Aber dann wurde sie zickig. Sie wollte mir alles nehmen. Sie wollte mich aussaugen und wegwerfen. Mich vor Gericht zerren: Nicky ist ein Womanizer, Nicky ist ein Junkie, Nicky ist ein Gangster, Nicky schläft mit seiner Mutter – was überhaupt nicht stimmt, jedenfalls nicht so. Aber das wollte sie vor Gericht behaupten. Ich sagte: Es wird keine Scheidung geben, du kriegst nichts. Weder mein Haus noch mein Geld, meine Sachen, meine Kinder. Und sie sagte, eher behauptet sie all diese Dinge über mich vor Gericht, als dass meine Mutter die Kinder in die Finger kriegt und sie kaputt macht. Das hat sie wörtlich gesagt! Meine Mutter macht die Kinder kaputt! Aber ich hab sie nicht lebend verbrannt. Ich hab sie nicht in den Flammen tanzen lassen, das nicht. Weil ich sie geliebt habe. Ich hab sie nur eingeschläfert, mit Wodka und Tabletten. Sie hat genau gewusst, was sie tat. Solche Weiber kann man nur verbrennen, aber ich hab's nicht getan. Ich hab das Kissen genommen, sie mit dem Kissen erstickt. Dann erst hab ich das Petroleum geholt und unter dem Bett verschüttet. Auch über ihr hab ich Petroleum verschüttet, aber nicht über ihrem hübschen Gesicht. Keine Kinder mehr, die sie kaputt machen kann. Die Vergangenheit wirst du nicht los. Du siehst die Flammen, du hörst die Schreie. Jetzt sag mir, ob du Mitwisser hast. Ich zünde dich an. Meine Geduld ist am Ende, Ich brauche mein Geld, meine Sachen, und sie haben meine Mutter entführt, die Schweine!«

Er gibt Bentley ein Zeichen.

Bentley hebt den Kanister.

»Ich habe keinem was erzählt«, sagt Jack.

Nicky lächelt. »Das glaubst du doch selbst nicht.« Und befiehlt Bentley: »Los, mach schon!«

Bentley sieht aschfahl aus. Aber er hebt den Kanister.

»Verdammt!«, sagt Billy. Zieht seine 44er und schießt Bentley kurzerhand in den Bauch.

Der Feuerstoß entzündet die Benzindämpfe.

Die Benzindämpfe entzünden Bentley.

Bentley steht in Flammen, er lässt den Kanister fallen, das Benzin gluckert auf den Boden, er vergisst alles, was er in der Feuerwehrschule gelernt hat, und rennt raus ins Freie.

Als brüllende Feuerkugel, die auf dem trockenen Rasen zusammensinkt.

So entfacht Unfall-Bentley das große Feuer an der südkalifornischen Küste.

Ein reiner Unfall.

131

Jack kriegt das nicht mit.

Er steht in der Mehrzweckhalle, und die Halle steht in Flammen. Das Benzin aus dem Kanister verbreitet sich über den Fußboden, die Dämpfe entzünden sich und schießen als Feuersäule in die Höhe.

Jack sieht nichts mehr von Nicky Vale, nur Rauch und Flammen, aber er sieht Goddamn Billy rennen, nicht zur Tür, sondern weiter nach hinten, wo die alte Küche ist, und er denkt *bloß raus hier*, gleichzeitig denkt er, *ich muss Billy da rausholen*, also rennt er ihm nach.

Was ziemlich dumm ist, wie er selbst weiß. Denn all das Holz brennt wie Zunder, die Tücher über den Möbeln haben sofort Feuer gefangen, es breitet sich ungehemmt aus, überall Flammen und Rauch, und Billy, dieser Hundesohn, hat dich reingeritten, warum willst du ihn retten?

Weil du treu bist wie ein Hund, und Hunde sind eben so. Ein Hund rennt nicht weg. Jack duckt sich an den Boden, wo die Luft zum Atmen ist, und läuft hinter Billy her.

In die Küche.

Die alte Küche, wo sie Hamburger und Hotdogs machten und Chili in großen Töpfen.

Und da steht Billy an dem alten Stahltresen.

Zündet sich eine Zigarette an.

»Schnell!«, brüllt Jack. »Wir kommen hier raus!«

Oder auch nicht.

Die Decke brennt schon.

»Wir kommen hier raus!«, brüllt Jack noch einmal.

»Nein«, sagt Billy und nimmt einen tiefen Zug.

»Billy«, brüllt Jack. »Wir schaffen das!«

Der beißende Rauch brennt in den Augen, in der Kehle. An der Decke züngeln die Flammen.

»Es geht nicht, Jack.«

Jack fängt an zu heulen. Verdammt Billy, gleich kommt der Flashover. Erst die tanzenden Feen, dann das Inferno, und alles steht in Flammen.

»Komm, ich trage dich!«, brüllt er, weil die Flammen einen unglaublichen Lärm machen. Der ausgehungerte Alligator verschlingt den alten Holzbau.

Billy schüttelt den Kopf. »Ich bin am Ende.«

»Ich lüge für dich, Billy. Ich sage, du hattest mit all dem nichts zu tun!«

Winzige Flämmchen tanzen in der Luft.

Das sind die Feen.

»Hat keinen Zweck.«

Wozu streiten, denkt Jack. Ich schlag den Kerl k.o., wenn's sein muss.

Er will auf Billy zu, Billy schüttelt den Kopf, zieht seine 44er und richtet sie auf Jack.

Dann sagt er: »Gottverdammich!«, hält sich die Pistole an den Kopf und drückt ab.

Die Feen tanzen.

Flashover.

132

Das Feuer breitet sich rasend aus.

Der Wind greift sich die Flammen und jagt sie über das trockene Gras.

In die Bäume, über die Dächer.

Der ganze Himmel ein Flammenmeer.

Mit dem Feuerball der Sonne darüber.

Auch der Ozean scheint zu brennen.

Der rotorange Gluthimmel zieht nordwärts, Richtung Ritz und Monarch Bay.

Flammen fressen sich durchs Gelände, verschlingen Gras und Sträucher, machen sich über die saftigen Eukalyptusbäume her, die knacken und prasseln wie tausend Knallkörper. Die Flammen erfassen die Bäume am Ritz, kreisen das Hotel ein wie eine feindliche Armee, während das Feuer weiterrast über das Hochufer des Salt Creek Beach und auf Monarch Bay zu.

Und es wartet nicht, bis der Wachmann das Tor öffnet. Der Wind peitscht die Flammen vorwärts, in die Bäume, in die teuren Gartenanlagen, treibt sie auf die Dächer zu.

Natalie und Michael stehen am Fenster und sehen, wie sich der Himmel rötet. Der Brandgeruch macht ihnen Angst.

Mama ist ganz verbrannt.

Daddy ist schon wieder weg.

Auch Grandma ist verschwunden.

Es ist keiner da, nur die Männer, die auf Daddy aufpassen und jetzt Wasser aufs Dach spritzen und sich nicht um sie kümmern, während Sirenen heulen und Leute schreien und Lautsprecherstimmen »Evakuierung« brüllen und Dutzende Stimmen im Chor aufschreien, als ein Schindeldach in Flammen aufgeht. Natalie überlegt noch, was »Evakuierung« bedeutet, als Leo in die Höhe springt, sich im Kreis dreht und bellt und als plötzlich Flammen in den Ästen vorm Fenster prasseln und zischeln wie die Hexen im Traum und Natalie denken muss: So ist Mama verbrannt.

Letty versucht, in die Siedlung zu kommen, aber ein Polizist stoppt sie am Tor. Keine Zufahrt für Zivilfahrzeuge, sagt er, und sie brüllt zurück: *Ich habe Kinder da drinnen!* Aber sie kommt nicht durch. Sie lässt das Auto stehen und läuft zu Fuß hinein.

Zum Haus.

Sie rennt auf das Haus zu, während die Bäume über ihr prasseln und zischen. Autos und rennende Leute kommen ihr entgegen. Überall brennende Häuser, dicker Rauch, ohne die Flammen wäre es dunkel wie in der Nacht. Dann erreicht sie das Haus.

Es brennt.

Die Flammen tanzen auf dem Dach.

»Natalie! Michael!«

Ein Feuerwehrmann hält sie fest. Sie schlägt um sich, schreit. »Da drinnen sind zwei Kinder!«

»Da ist keiner drin.«

»Da sind zwei Kinder drin!«

Sie reißt sich los und läuft zur Haustür.

Drinnen Rauch, Hitze, Finsternis.

133

Jack kriecht durch die Hölle.

Dicht am Boden, auf dem Bauch, unter den Flammen durch, tastet sich die Wand entlang, um die Tür zu finden. Der Rauch, der Lärm, die Hitze ...

Dann eine Tür.

Es muss eine Tür nach außen sein.

Wenn nicht, schlagen die Flammen durch und blasen ihn weg, aber er hat keine Wahl, er wirft sich gegen die Tür – und ist draußen.

Das Gras brennt.

Alles brennt.

Ganz Kalifornien scheint in Flammen zu stehen.

Durch die Rauchschleier sieht er eine Gestalt.

Es ist Nicky, der zum Ufer hinabrennt.

Jack rennt ihm nach.

Keuchend und hustend jagt er ihn den Strand entlang. Er spürt sein Herz pochen, fast im gleichen Rhythmus wie die Brandung. Nicky wird allmählich langsamer, und Jack holt ihn ein.

Nicky dreht sich auf dem Absatz und zielt mit dem Finger auf Jacks Auge.

Jack weicht aus, der Finger verletzt ihn neben dem linken Auge, Jack ist geblendet, er springt in die Richtung, wo er Nicky vermutet und wirft ihn in die Brandung.

Landet auf ihm, packt ihn bei der Kehle und drückt ihn nach unten.

Ein Brecher wälzt sich schäumend und sprudelnd über sie hinweg, aber Jack lässt nicht los. Nicky strampelt, zerrt an Jacks Handgelenken, aber Jack bleibt eisern, auch als die nächste Welle kommt und über ihnen zusammenkracht. Während sich Nicky windet und bäumt, denkt Jack an das Feuer im Teppichlager, an Porfirio Guzman, die zwei toten Vietnamesen, an George Scollins und sein eigenes, verpfuschtes Leben. Und stößt Nicky tiefer ins Wasser, bis hinab zu den Steinen, die vom abfließenden Wasser fortgerissen werden. Nickys Gesicht taucht aus der Gischt auf, er sieht Nickys vorquellende Augen und hört sich brüllen: »Willst du einen Deal, Nicky? Hier hast du deinen Deal!«

Hört sich selbst brüllen.

Und lässt los.

Zerrt Nicky am Kragen aus dem Wasser und lässt ihn fallen.

Nicky hustet und spuckt und schnappt nach Luft.

Jack könnte schwören, dass er einen Hund bellen hört.

Über ihnen auf dem Hochufer liegt die Wohnanlage Monarch Bay.

Die Bäume brennen.

Die Schornsteine gehen hoch.

Und Jack rennt los.

134

Sie hält ihn fest im Arm, damit er nicht friert.

Schützt ihn vor dem kalten Seewind.

Evakuierung, hatte die Lautsprecherstimme gerufen, und das bedeutet so viel wie Flüchten. Sie ist mit Michael aus dem Haus gerannt, bevor das Feuer von den Bäumen auf das Dach übergegriffen hat.

Raus auf den Rasen und dann auf die Straße. Die Leute laufen zum Highway, aber Natalie ist überzeugt, dass die alle falsch laufen, geradewegs ins Feuer.

Sie überlegt sich, dass es am Strand viel sicherer sein muss. Wenn das Feuer auch dorthin kommt, können sie immer noch ins Wasser springen und schwimmen, bis es vorbei ist.

Sie nimmt Leo in den Arm und Michael bei der Hand und sie laufen Richtung Ozean. Die Treppe zum Strand hinunter, zum Salt Creek Beach, wo Tante Letty mit ihnen Bodyboarding geübt hat. Dort haben sie öfter Picknick gemacht, in den Felstümpeln nach Krabben und Schnecken gesucht.

Wenn Tante Letty uns sucht, kann sie uns dort finden, denkt Natalie.

Jack rennt am Strand entlang, das Hochufer steht in Flammen, von Monarch Bay steigt dicker Rauch auf, man sieht kaum etwas, er weiß nicht, wie er nach Michael und Natalie suchen soll, er kann nur hoffen, dass sie in Sicherheit sind, dann hört er den Hund kläffen.

Die Kinder erkennen ihn wieder.

Laufen ihm entgegen. Endlich ein Erwachsener, den sie kennen.

»Wo ist mein Daddy?«, fragt Michael.

Große dunkle Augen voller Tränen.

»Wo ist Tante Letty?«, fragt Natalie.

»Ich weiß nicht«, sagt Jack. »Habt ihr sie irgendwo gesehen?«

Natalie dreht eine Pirouette vor lauter Angst.

Sie muss hier irgendwo sein, denkt Jack. Aus dem gleichen Grund wie ich. O Gott, hoffentlich ist sie nicht in dem Haus.

»Es wird alles gut.« Jack umarmt die beiden Kinder. »Es wird alles gut.«

Weil Erwachsene eben lügen.

Die Mutter der beiden Kinder ist tot.

Der Vater hat sie umgebracht.

Und die Einzige, die diese beiden Kinder wirklich liebt, sucht nach ihnen, wo sie nicht sind – in einem brennenden Haus.

Und irgendwo in den Kulissen lauert Mütterchen Russland.

»Es wird alles gut«, ruft er und rennt weiter, hinauf zum Haus.

Es steht in Flammen, er geht trotzdem hinein.

Man sieht nichts, kann nicht atmen, überall Rauch.

»Letty! Letty!«

Er tastet sich die Treppe hoch zum Kinderzimmer.

Da liegt sie, auf dem Bett, mit dem Gesicht nach unten.

Er dreht sie um.

»Bitte, stirb nicht.«

Sie ist bewusstlos, sie atmet noch. Er schultert sie und hastet zur Treppe.

Die schon brennt.

Zu viele Flammen, zu viel Rauch.

Es hilft nichts, er muss durch.

Schafft es runter, schafft es raus auf den Rasen. »Bitte stirb nicht!«

Sie liegt auf dem Rasen, fängt an zu husten, dann macht sie die Augen auf. Als sie wieder sprechen kann, fragt sie nach den Kindern.

Er trägt Letty die Treppe hinunter zum Strand.

Dort unten steht Nicky, die Arme schützend um seine Kinder gelegt.

Jack geht zu ihm und flüstert ihm etwas ins Ohr.

Machen wir einen Deal.

135

Am nächsten Nachmittag.

Die Sonne steht hoch am Himmel und brennt auf eine verkohlte Landschaft herab. Ascheflocken treiben im sanften Wind.

Jack wartet in einem alten Pickup auf dem Parkplatz von Dana Strands Beach. Neben ihm kaut Letty an einem abgebrochenen Fingernagel.

»Er kommt bestimmt«, sagt Jack.

Sie nickt und beschäftigt sich weiter mit ihrem Fingernagel.

Fünf lange Minuten verstreichen, dann sieht Jack den schwarzen Mercedes, der sich auf der Selva Road durch die Kurve bewegt und auf den Parkplatz einbiegt.

»Sie kommen«, sagt er.

Der Mercedes hält. Dani steigt aus, nickt, dann Nicky. Jack verlässt den Pickup und geht ihm entgegen. Sie treffen sich in der Mitte.

»Wir haben einen Deal?«, fragt Nicky.

»Sie haben Ihr Geld bekommen, oder?«

»Ja.«

»Das wäre der halbe Deal.«

Nicky nickt und überreicht Jack die Papiere mit der Verzichtserklärung. Er verzichtet auf alle Rechte an seinen Kindern. Tom Casey hat das Schreiben aufgesetzt, und Jack kann darauf vertrauen, dass alles seine Ordnung hat. Er prüft Nickys Unterschrift und sagt: »Scheint mir okay zu sein.«

Nicky geht zum Mercedes zurück, öffnet die Tür und lässt die Kinder aussteigen, die in die grelle Sonne blinzeln. Natalie hat Leo unterm Arm. Nicky umarmt seine Kinder und sagt: »Daddy hat in der nächsten Zeit sehr, sehr viel zu tun, deshalb wohnt ihr ein paar Monate bei Letty. Ist das okay?«

Sie nicken, umarmen ihn, es gibt ein paar Tränen.

Letty geht den Kindern entgegen, und Nicky führt sie zu ihr.

»Gib gut auf sie acht«, sagt er.

»Kinder, steigt ein und wartet auf Tante Letty«, sagt sie.

Als sie im Auto sitzen, sagt sie zu Nicky: »In sechs Monaten adoptiere ich sie.«

»Wie du willst.«

Letty mustert ihn voller Abscheu.

»Was ist das für ein Mensch, der seine eigenen Kinder verschachert?«, fragt sie.

»Das hat Mutter auch gesagt«, antwortet er. »Sie ist ganz außer sich – aber wenigstens ist sie am Leben.«

Er wendet sich an Jack und lacht. »Dann ist der Deal abgeschlossen? Mit Jack Wade, der keine Deals macht?«

Nicky bekommt die fünfzig Millionen. Jack und Letty werden keine gerichtlichen Schritte einleiten. Jack ist bereit, alles zu vergessen, was er über Nicky, California Fire and Life und den großen Schwindel weiß.

Olivia Hathaway bekommt ihre Löffel bezahlt.

»Es war ein Unfall«, sagt Jack. »Das Haus und Pams Tod.«

»Ich wollte es nur aus Ihrem Mund hören«, sagt Nicky. »Jetzt sind wir quitt.«

»Es ist Geschichte«, sagt Jack. »Sofern Sie damit nicht weitermachen.«

»Sie haben mein Wort«, sagt Nicky und will ihm die Hand geben.

»Fahr zur Hölle«, sagt Jack.

»Sind Sie so sicher, dass ich nicht schon drin bin?«, erwidert Nicky.

Jack und Letty sehen dem wegfahrenden Mercedes nach.

»Ein Mörder, den man laufen lässt«, sagt Letty.

»Zwei Kinder, die eine Zukunft bekommen«, sagt Jack. »So einen Deal kann man nicht abschlagen.«

»Stimmt.«

Manche Deals kann man nicht abschlagen.

Und sie haben ihren Preis.

»Kommst du heute Abend?«, fragt Letty.

»Nein.«

»Zum Wochenende?«

Jack schüttelt den Kopf.

»Das heißt, du kommst gar nicht?«

»Das gehört zum Deal«, sagt Jack. »Sie wollen, dass ich aus Kalifornien verschwinde.«

Auch aus den USA, aus der Reichweite der Justiz. Diese kleine Sicherheit haben sie verlangt, Nicky und California Fire and Life. Sie haben ihr Geld, sie haben ihr Schweigen, und alles läuft weiter wie gehabt.

Nur ohne mich.

Und wenn ich ehrlich sein soll, ist es auch am besten so, denkt Jack. Die Kinder haben es schwer genug, sie brauchen sich nicht auch noch mit einem neuen »Daddy« zu behängen. Viel wichtiger für sie ist Lettys ungeteilte Zuwendung, und die werden sie bekommen.

»Da zahlst du einen hohen Preis«, sagt Letty.

»Dafür ist kein Preis zu hoch«, sagt er und nickt zu den Kindern hinüber.

Letty presst seine Hand. »Ich liebe dich, Jack.«

»Ich liebe dich, Letty.«

Sie lässt seine Hand los. »Komm, sag ihnen wenigstens auf Wiedersehen.«

Die beiden sitzen in Lettys Pickup, den Hund auf dem Schoß.

»Ihr zieht also aufs Land?« sagt Jack. »Da könnt ihr jeden Tag reiten.«

Tapferes Nicken, ein paar Tränen.

»Dann passt mal gut auf Tante Letty auf«, sagt er.

Er gibt Letty einen Kuss auf die Wange, umarmt sie kurz und steigt in seinen Truck. Startet durch und gibt Gas, bevor er in Versuchung kommt, sich noch mal umzudrehen.

Schiebt die Kassette von Dick Dale & His Del-Tones ein.

Fährt an dem neuen Schild vorbei, das am Parkeingang steht.

PAMELA VALE MEMORIAL PARK
Und steuert den Truck nach Süden.

136

Dani bremst den Mercedes und hält in einer Wegmündung oberhalb von Dana Strands.

Nicky fragt: »Was –«

Da schießt ihn Dani in den Unterleib. Die Kugel verletzt seine Wirbelsäule, aber er ist bei Bewusstsein, als Dani aussteigt, einen Benzinkanister aus dem Kofferraum holt und Benzin um das Auto verschüttet.

Dani öffnet die Tür zum Fond.

Er weint, als er Nickys Hosenbein hochkrempelt, sein Messer rausholt und die Haut in Nickys Kniekehle oberhalb der Doppelkreuz-Tätowierung aufschneidet. Er macht zwei senkrechte Schnitte und zieht die Haut mit dem Doppelkreuz ab.

Nicky spürt es nicht mehr.

Tränen strömen über Danis Gesicht, als er feierlich sagt: »Ich will in der Hölle schmoren, wenn ich jemals gegen das Gesetz der Diebe verstoße.«

Er klappt die Tür zu, tritt ein paar Schritte zurück und wirft das Streichholz.

Dann schiebt er sich die Pistole in den Mund und drückt ab.

137

Ein Mann sitzt in einem Mercedes, und der Mercedes brennt.

Er steigt nicht aus.

Die Flammen züngeln an seinen Beinen hoch, und er steigt nicht aus.

Unten an der Küste donnert der Pazifik gegen die Felsen.

California Fire and Life.

138

Jack Wade sitzt auf seinem alten Hobie-Longboard.

Er paddelt durch Wellen, die keine werden wollen, und sieht eine Rauchfahne über dem Strand.

Der Rauch bedeutet, dass Hernando oben im Fischercamp den Grill angeworfen hat, dass die Kohlen gleich glühen werden und er hinauf muss, um Hernando beim Kochen für die Touristen zu helfen. Falls welche gekommen sind.

Meistens sind keine da, dann hilft Jack ihm beim Bau des Hauses, das er im Camp hochzieht – nichts Besonderes, nur ein kleiner Ziegelbau mit Balkendach, aber Jack weiß, wie man so was macht, und Hernando freut sich über die Hilfe.

Die übrige Zeit verbringt er mit Surfen, Fischen oder Fahrten in die Stadt, wo er Vorräte für das Camp einkauft. Wenn Gäste da sind, macht er ihnen Frühstück aus *huevos rancheros* – oder Pancakes oder was immer sie wollen. Zu Mittag dann Obst, Hähnchen und dazu kühles, kühles Bier. Abends werden die Fische gegrillt, die er oder die Gäste gefangen haben, und wenn alles getan ist, gönnt er sich ein Bier und hört Hernando beim Singen der alten *canciones* zu. Hat Hernando keine Lust zum Singen, legt sich Jack auf die Ladefläche des alten Pickup und verfolgt am Radio ein Spiel der Dodgers. Der Wetterbericht kündigt Regen und Gewitter im Norden an.

Manchmal wirft er auch einen Blick auf die Kinderzeichnungen für »Onkel Jack«, die immer mal mit der Post kommen. Anfangs waren es brennende Bäume und Häuser, jetzt malen sie meistens Pferde oder Kinder auf Pferden. Die Kinder sind meistens fröhlich, und die Frau, die neben ihnen steht, hat schwarzes Haar.

Jack denkt oft an Letty.

Wie das wäre mit ihm, Letty und den Kindern.

Er denkt selten an California Fire and Life.